I0573700

EIN HELD FÜR RILEY

Delta Team Zwei, Buch 5

SUSAN STOKER

Copyright © 2022 Susan Stoker
Englischer Originaltitel: »Shielding Riley (Delta Team Two Book 5)«
Deutsche Übersetzung: Alexandra Hoffmann für Daniela Mansfield
Translations 2022

Alle Rechte vorbehalten. Dies ist ein Werk der Fiktion. Namen, Darsteller,
Orte und Handlung entspringen entweder der Fantasie der Autorin oder
werden fiktiv eingesetzt. Jegliche Ähnlichkeit mit tatsächlichen
Vorkommnissen, Schauplätzen oder Personen, lebend oder verstorben, ist
rein zufällig.
Dieses Buch darf ohne die ausdrückliche schriftliche Genehmigung der
Autorin weder in seiner Gesamtheit noch in Auszügen auf keinerlei Art
mithilfe elektronischer oder mechanischer Mittel vervielfältigt oder
weitergegeben werden.
Titelbild entworfen von: Chris Mackey, AURA Design Group

EBENFALLS VON SUSAN STOKER

Delta Team Zwei
Ein Held für Gillian
Ein Held für Kinley
Ein Held für Aspen
Ein Held für Jayme
Ein Held für Riley
Ein Held für Devyn (1 Sept)
Ein Held für Ember
Ein Held für Sierra

Das Bergungsteam vom Eagle Point
Ein Retter für Lilly
Ein Retter für Elsie (29, Juni)
Ein Retter für Bristol (15 Nov)
Ein Retter für Caryn
Ein Retter für Finley
Ein Retter für Heather
Ein Retter für Khloe

Die Delta Force Heroes:

Die Rettung von Rayne
Die Rettung von Emily
Die Rettung von Harley
Die Hochzeit von Emily
Die Rettung von Kassie
Die Rettung von Bryn
Die Rettung von Casey
Die Rettung von Wendy
Die Rettung von Sadie
Die Rettung von Mary
Die Rettung von Macie
Die Rettung von Annie

Mountain Mercenaries:
Die Befreiung von Allye
Die Befreiung von Chloe
Die Befreiung von Morgan
Die Befreiung von Harlow
Die Befreiung von Everly
Die Befreiung von Zara (1 Feb 2022)
Die Befreiung von Raven (1 Apr 2022)

Ace Security Reihe:
Anspruch auf Grace
Anspruch auf Alexis
Anspruch auf Bailey
Anspruch auf Felicity
Anspruch auf Sarah

SEALs of Protection:
Schutz für Caroline
Schutz für Alabama
Schutz für Fiona
Die Hochzeit von Caroline

Schutz für Summer
Schutz für Cheyenne
Schutz für Jessyka
Schutz für Julie
Schutz für Melody
Schutz für die Zukunft
Schutz für Kiera
Schutz für Alabamas Kinder
Schutz für Dakota

Die SEALs von Hawaii:

Die Suche nach Elodie
Die Suche nach Lexie
Die Suche nach Kenna
Die Suche nach Monica
Die Suche nach Carly (11 Oct)
Die Suche nach Ashlyn
Die Suche nach Jodelle

KAPITEL EINS

»Du bist zehn Jahre alt?«, fragte Porter »Oz« Reed seinen Neffen und zerbrach sich den Kopf auf der Suche nach einem Gesprächsthema mit dem kleinen Jungen, der in seinem Wohnzimmer stand.

Logan, sein Neffe, nickte, blieb aber sonst stumm.

Ein Mitarbeiter des Jugendamtes hatte Logan gerade bei ihm abgeliefert. Oz hatte herausgefunden, dass seine Schwester verstorben war ... und dass sie ein Kind gehabt hatte. Ein Kind, von dem er nichts gewusst hatte. Oz war also Onkel.

Das Problem: Er wusste so gut wie nichts über Kinder. Er hatte keine Ahnung, wie er mit dem Zehnjährigen umgehen sollte. Er fühlte, wie die Panik in ihm aufstieg; äußerlich blieb er allerdings ruhig, weil er nicht wollte, dass der Junge seine Unsicherheit spürte. Logan war traumatisiert, nicht nur von dem plötzlichen Tod seiner Mutter, sondern auch, weil er so mir nichts, dir nichts vor der Tür eines Fremden abgesetzt worden war.

Oz rechnete nach und stellte fest, dass seine Schwester schwanger gewesen war, als er sie das letzte Mal auf der

Beerdigung ihres Vaters gesehen hatte, aber gesagt hatte sie nichts. Es war verrückt, dass er nichts von seinem Neffen gewusst hatte, doch eigentlich sollte ihn das nicht überraschen.

Nachdem er herausgefunden hatte, dass Becky das Geld, das er ihr schickte, für Drogen ausgab, und auch während der Beerdigung high gewesen war, war ihm der Geduldsfaden gerissen. Er hatte sie angeschrien. Ihr gesagt, dass sie mit ihrem Leben spielte. Dass sie ihr Leben wieder unter Kontrolle kriegen musste. Kein Wunder, dass sie ihm nichts von ihrer Schwangerschaft erzählt hatte.

Sein Neffe sah seiner Schwester sehr ähnlich – bis auf die Augen. Sie waren grau, so wie seine. Beckys Augen waren braun gewesen. Aber der Junge hatte die Haare seiner Mutter, braun und wellig, und hatte die Größe geerbt, mit der alle Reeds gesegnet waren. Mit seinen ein Meter fünfundneunzig überragte Oz die meisten anderen. Mit ihren ein Meter achtzig war auch seine Schwester nicht die Kleinste gewesen. Er wusste nicht genau, wie groß ein Zehnjähriger sein sollte, aber er hatte das Gefühl, dass Logan größer war als andere Kinder in seinem Alter.

»Bist du hungrig?«, fragte Oz und versuchte so, ein Gespräch aufrechtzuerhalten.

Logan schüttelte den Kopf und wich seinem Blick aus.

Oz seufzte innerlich und dachte angestrengt nach, was er sonst sagen könnte. Er war nicht besonders gut mit Kindern. Es war nicht so, dass er Kinder nicht mochte – er hatte bisher einfach nicht viel Gelegenheit gehabt, mit ihnen umzugehen. Er konnte sich selbst kaum an seine Kindheit erinnern. Die Umstände, unter denen er aufgewachsen war, hatten dazu geführt, dass er schnell erwachsen werden musste.

Sein Blick blieb an der Plastiktüte hängen, die sein Neffe

fest umklammerte. Er runzelte die Stirn. »Was ist das?«, fragte er.

Logans Blick traf kurz den seinen, bevor er ihn wieder zu Boden sinken ließ. »Meine Sachen«, sagte er dann mit einem Schulterzucken.

»Deine Sachen?«, wiederholte Oz verwirrt.

»Ja. Ich habe keinen Koffer, deshalb haben sie mir eine Tüte gegeben.«

Oz starrte seinen Neffen an. Dann traf es ihn wie ein Schlag – alles, was Logan besaß, befand sich in dieser Tüte. Einer Mülltüte.

Wut kochte in ihm hoch. Wut auf seine Schwester. Wut auf die Leute vom Jugendamt. Wut auf die gesamte Situation. Er war der Letzte, der qualifiziert war, ein Kind großzuziehen. Aber er war alles, was Logan noch hatte. Er musste sich zusammenreißen und Herr der Lage bleiben.

»Okay«, sagte er und versuchte, seine Wut aus seiner Stimme herauszuhalten. Er ging hinüber und setzte sich neben Logan aufs Sofa. Er konnte sehen, sie Logan unbewusst von ihm wegrückte, sodass eine große Distanz zwischen ihnen blieb.

»Wann ist dein Geburtstag?«

»Am zweiundzwanzigsten Oktober.«

»Was ist deine Lieblingsfarbe?«

»Blau.«

»Magst du Sport?«

»Ja.«

»Lieblingsessen?«

»Habe ich nicht.«

Oz seufzte. »Ich weiß, dass das alles komisch ist. Und ... das mit deiner Mutter tut mir leid.«

»Warum? Du kanntest sie nicht einmal und wusstest nicht, dass es mich gibt. Warum tut es dir also leid?«

Obwohl Oz sich von dem Jungen angegriffen fühlte,

hatte er Mitleid mit ihm. Und Logan hatte recht. »Ich mache mir Sorgen«, sagte er.

»Das sah die letzten zehn Jahre aber nicht so aus«, murmelte Logan.

»Die Beziehung zwischen deiner Mutter und mir war nicht die beste, das ist richtig. Ich hatte seit über elf Jahren keinen Kontakt mehr mit ihr. Sie war damals in einer sehr schwierigen Lebensphase. Ich bin gerade zum Militär gegangen und lebte nicht mehr in Texas. Ich wollte ihr helfen, aber zuallererst musste sie sich selbst helfen.«

»Drogen«, sagte Logan traurig.

Oz hasste es, dass sein Neffe Bescheid wusste. »Ja. Ich nehme an, sie hat nicht damit aufgehört«, nickte Oz.

»Sie hat es versucht«, erklärte Logan.

Oz sah seinen Neffen an und wusste nicht, ob er ihm glauben konnte. Er dachte nicht, dass das Kind ihn anlügen wollte, aber Erwachsene sagten Kindern nicht immer die Wahrheit. Es war wahrscheinlicher, dass Becky ihren Sohn glauben lassen wollte, dass sie mit den Drogen aufhören wollte, und ihre Sucht so weit wie möglich vor ihm geheim hielt.

»Ich weiß, dass du mir nicht glaubst, aber sie hat es wirklich versucht. Sie ist in eine Entzugsklinik gegangen. Uns ging es gut«, sagte Logan.

»Was ist passiert?«, fragte Oz und bereute die Frage sofort. Er hätte das Jugendamt fragen sollen, nicht den Zehnjährigen. Aber die Frage war ihm einfach rausgerutscht.

»Jemand ist in unsere Wohnung eingebrochen und hat sie umgebracht. Derjenige hat alles gestohlen, was er konnte. Ich war in der Schule.«

»Verdammt ... verflixt, das tut mir leid«, sagte Oz und machte sich eine gedankliche Notiz, sein Fluchen von jetzt an einzustellen.

7

Logan schluckte schwer und sah zu Boden.

Oz sah auf seine Armbanduhr und stellte fest, dass es schon nach einundzwanzig Uhr war. Komisch, dass das Jugendamt den Jungen so spät am Abend bei ihm vorbeibrachte, aber so war es nun mal.

Dann fiel ihm noch etwas anderes ein. Er hatte zwar eine Dreizimmerwohnung, aber das zweite Schlafzimmer diente im Moment eher als Abstellkammer. Dort befanden sich seine Gewichte fürs Training und eine ganze Menge unordentlich gestapelter Kartons. Dort ließ sich zwar einiges finden, aber sicher kein Bett für einen Zehnjährigen.

»Ich weiß nicht, wie bis jetzt dein Tagesablauf aussah, wann du zu Bett gegangen bist und so«, sagte Oz, »aber es wird spät und ich bin mir sicher, dass du müde bist.«

Logan antwortete nicht.

»Da ich nicht wusste, dass du heute zu mir kommst, habe ich kein Zimmer für dich vorbereitet. Aber du kannst gern in meinem Zimmer schlafen und morgen kümmern wir uns dann darum, dass du dein eigenes Zimmer bekommst.«

»Ich will nicht in deinem Bett schlafen«, sagte Logan plötzlich mit großen Augen.

»Das ist okay«, entgegnete Oz und zuckte gekonnt desinteressiert mit den Schultern. »Das Bett übergebe ich dir auch nicht komplett. Ich bin ziemlich groß und brauche mein riesiges Doppelbett, sonst bekomme ich nicht alle Gliedmaßen unter.«

»Ich schlafe aber sicher nicht mit dir im Bett!«

Dieses Mal hörte Oz die Angst in der Stimme seines Neffen.

Er wollte nicht daran denken, woher diese Angst kam. »Natürlich nicht. Du bist ja kein Baby mehr und du brauchst deinen eigenen Platz. Ich schlafe heute Nacht auf der Couch. Mein Zimmer hat einen Schlüssel, da bist du sicher.«

Logan runzelte die Stirn und Oz sah, wie er erst ihn, dann das Sofa und dann wieder ihn musterte. »Du passt doch gar nicht aufs Sofa«, sagte er dann.

Oz zuckte mit den Schultern. »Das ist sicherlich nicht der schlimmste Platz zum Übernachten. Das passt schon.«

»Ist es wenigstens bequem?«, fragte Logan, den das Thema anscheinend nicht losließ.

»Nicht wirklich.«

»Ist das Bett bequem?«

»Ja. Und wie.«

»Ich verstehe das nicht«, sagte Logan so unsicher, dass es Oz fast das Herz brach.

Er fragte sanft: »Was verstehst du nicht?«

»Warum überlässt du mir dein gemütliches Bett, wenn du dann auf dem unbequemen, kleinen Sofa schlafen musst?«

»Weil die ganze Situation für dich bestimmt nicht einfach ist. Du vermisst deine Mom und bist sicherlich traurig, weil sie nicht mehr hier ist. Weil ich dein Onkel bin und es mein Job ist, mich um dich zu sorgen. Ich weiß, dass das schwer zu glauben ist, weil wir uns erst heute kennengelernt haben, aber du bist Teil meiner Familie. Ich bedaure es, dass ich dich nicht schon früher kennenlernen durfte. Aber jetzt, da wir uns miteinander bekannt gemacht haben, ist es meine Aufgabe, dein Leben einfacher zu machen, nicht schwerer. Und das fängt heute Abend an und bedeutet im Klartext, dass du das Bett zum Schlafen bekommst und ein Zimmer mit Schloss und Schlüssel, bis ich dir dein eigenes Zimmer herrichten kann.«

Logan hob den Kopf und sah Oz lange nachdenklich an. Dann fragte er: »Hast du keine Angst, dass ich in deinen persönlichen Sachen herumwühle? Oder etwas klaue?«

Oz zuckte mit den Schultern. »Wenn du etwas aus meinem Zimmer oder aus dem Badezimmer brauchst, bedien dich ruhig. Ich glaube, dass ich nichts habe, was ich schmerzlich vermissen würde. Aber ich glaube, du musst noch ein bisschen wachsen, bis dir meine Klamotten und Schuhe passen. Ich habe keine unanständigen DVDs oder Magazine rumliegen und meine Pistole behalte ich bei mir, wenn ich schlafen gehe.«

Logans Augen wurden groß. »Du hast eine Waffe?«

»Ich bin Soldat, deshalb habe ich eine Waffe, ja.«

»Hast du schon mal jemanden getötet?«

Oz verlagerte das Gewicht. Er wollte seinen Neffen nicht anlügen, egal wie unbequem die Wahrheit war. »Ja. Aber die anderen haben zuerst auf mich geschossen.« Er konnte nicht erraten, was sein Neffe über diese Aussage dachte. Für eine Sekunde sah Logan sehr interessiert aus, doch dann wurde sein Gesichtsausdruck wieder neutral und er zuckte mit den Schultern.

»Wie wäre es, wenn wir uns langsam bettfertig machen? Hast du einen Schlafanzug dabei?«, fragte Oz.

Logan nickte.

»Okay. Dann los. Ich zeige dir, wo du alles finden kannst.«

Eine halbe Stunde später war Oz allein im Wohnzimmer und musste sich dem Tumult der Gefühle stellen, den er seit der Ankunft seines Neffen unterdrückt hatte. Er machte sich Sorgen, war wütend und trauerte gleichzeitig um seine Schwester. Er konnte nicht glauben, dass Becky ihm nie von ihrem Sohn erzählt hatte. Sie hatten, so Logan, die letzten Jahre in Austin gewohnt, also nicht weit weg von Fort Hood. Oz wusste nicht, ob seine Schwester wusste, wie nahe bei ihm sie die ganze Zeit über gelebt hatte, aber er konnte die Wut einfach nicht abschütteln.

Logan hatte nicht viel gesagt, während Oz das Bett neu

bezogen hatte, damit der Junge frische Bettwäsche hatte. Er hatte seine Tüte nicht geöffnet, während Oz im Raum war, und Oz wurde klar, dass er darauf wartete, dass er ging.

Er wollte den Kleinen am liebsten umarmen und ihm sagen, dass er hier sicher war, aber sie waren Fremde. Er hatte das Gefühl, dass sein Neffe eine Umarmung nicht gerade beruhigend finden würde. Diese Frage, ob er mit ihm in einem Bett schlafen musste ... Was hatte das nur zu bedeuten?

Oz hatte so viele Fragen und keine Antworten.

Das Wichtigste war, dass sich sein Neffe sicher und beschützt fühlte. Alles andere würde sich mit der Zeit ergeben. Egal, ob das nun Tage, Monate oder Jahre brauchte.

Die nächste Stunde ging Oz im Wohnzimmer auf und ab, seine Gedanken ein einziges Chaos, während er darüber nachdachte, was er als Nächstes tun sollte. Er musste seinen Vorgesetzten über die Situation informieren. Sein Team musste auch Bescheid wissen. Er wusste ohne Zweifel, dass Trigger, Brain, Lefty, Lucky, Doc und Grover alles in ihrer Macht Stehende tun würden, um ihm zu helfen. Und das Gleiche galt für Gillian, Kinley, Aspen und Devyn.

Außerdem musste er sich darum bemühen, im Familienplan der Armee aufgenommen zu werden; das war besonders wichtig, da er als Delta-Force-Soldat arbeitete.

Der Familienplan der Armee half den Familien, die zurückblieben, wenn ein Soldat auf einen Einsatz geschickt wurde. Als Delta-Force-Soldat war Oz öfter unterwegs als andere Soldaten. Außerdem war er nun alleinerziehend. Er musste sich so schnell wie möglich darum kümmern, dass Logan während seiner Abwesenheit gut versorgt war.

Der Familienplan beinhaltete einen ganzen Stapel von Dokumenten und Vorgaben, die die Zeiten seiner Abwesenheit regelten. Unter anderem würde darin stehen, bei wem Logan in seiner Abwesenheit leben und wer sein gesetzlicher Vormund sein würde. Zudem wären dort Kontaktdaten für medizinische Notfälle sowie wichtige Dokumente wie etwa seine Lebensversicherung, finanzielle Daten sowie Pläne für den Tagesablauf des Jungen hinterlegt. Natürlich wusste Oz noch nichts über Logans Vorlieben, aber er würde bald mehr herausfinden.

Der Gedanke daran, Logan allein zurückzulassen, während er sich noch an die neue Umgebung gewöhnte, behagte Oz nicht. Zum ersten Mal in seinem Leben gab es etwas Wichtigeres als das Militär.

Es überraschte ihn, dass er schon jetzt so dachte, aber er hatte den Jungen nicht angelogen. Er machte sich Sorgen um ihn. Er war seine Familie. Und das bedeutete Oz viel.

Oz wusste, dass Logan von jetzt an an erster Stelle stand.

Er musste mit seinem Team und mit seinem Vorgesetzten darüber sprechen, was diese Verantwortung für ihre Einsätze bedeutete. Er wollte seine Einheit auf keinen Fall verlassen, aber er musste Logan Sicherheit und Stabilität im Leben geben.

Er konnte den Schmerz seines Neffen an dessen Augen ablesen. Und der ging tiefer als die Trauer um seine Mutter. Er hatte in seinem kurzen Leben schon viel erlebt, und das tat Oz weh. Er wollte Logan alles geben, allem voran ein stabiles Zuhause und das Wissen, dass er hier sicher war. Dass er bei seinem Onkel immer ein Zuhause haben würde.

Oz seufzte und in seinem Kopf rasten die Gedanken weiter. Er musste eine ganze Menge organisieren und hatte keine Ahnung, wo er anfangen sollte. Morgen musste er dafür sorgen, dass Logan in seine Krankenversicherung mit aufgenommen wurde. Und dann musste er sich darum kümmern, eine Schule für ihn zu finden. Vielleicht wäre es gut, gleich einen Termin beim Kinderarzt auszumachen.

Sowie er daran dachte, fiel Oz auf, dass Logan zwar sehr groß für sein Alter, aber auch sehr dünn war. Plötzlich machte er sich Sorgen, dass der Junge in letzter Zeit nicht genug zu essen bekommen hatte.

»Verdammt«, murmelte Oz und stand auf, um seine eigenen Lebensmittelvorräte in Augenschein zu nehmen. Was mochten Jungs in dem Alter? Was war sein Lieblingsessen? Er wusste es nicht.

Er durchsuchte seine fast leere Speisekammer. Der Gedanke, von nun an die Verantwortung für einen anderen Menschen zu tragen, war fast überwältigend. Was wusste er schon übers Elternsein? Nichts! Mehr als eine seiner Ex-Freundinnen hatte ihm vorgeworfen, mit anderen Menschen nicht gut umgehen zu können.

Eine hatte ihn einen »verdammten Egoisten« genannt, weil er sie nicht angerufen hatte, nachdem er von einem Einsatz zurückgekommen war. Er hatte immer Probleme damit gehabt, sich an das Lieblingsessen, die Lieblingsblumen oder die Geburtstage seiner Freundinnen zu erinnern. Wie zum Teufel sollte er ein Kind umsorgen?

Ihm wurde klar, dass er Panik bekam, konnte sich aber nicht stoppen. Er ging in Richtung Schlafzimmer und legte das Ohr an die Tür. Er hörte nichts. Es war fünfundvierzig Minuten her, seit Logan die Tür zu dem Zimmer geschlossen hatte. Leise öffnete er die Tür und lugte hinein.

Sein Neffe lag inmitten seines riesigen Doppelbetts, die Arme und Beine in alle Richtungen ausgestreckt, als wollte er so viel Platz wie möglich einnehmen. Komischerweise trug er einen rosafarbenen Schlafanzug mit Einhörnern darauf. Die Hose war ihm viel zu kurz und reichte gerade mal den halben Unterschenkel hinunter. Auch das T-Shirt war zu klein und entblößte seinen Bauch. Oz nahm an, dass seine Schwester sich keinen neuen Schlafanzug hatte leisten können und diesen im Secondhandladen gekauft hatte.

Aber am wichtigsten war Oz, zu sehen, dass Logan tief

und fest schlief. Oz konnte sein leichtes Schnarchen vom Türrahmen aus hören.

Oz traf eine Entscheidung, die er später eventuell bereuen würde. Er ließ die Schlafzimmertür offen stehen, steuerte auf den Flur zu, ließ auch die Wohnungstür hinter sich offen und ging schnurstracks zur Tür seiner Nachbarin. Riley war ihr Name.

Sie hatten noch nie ein richtiges Gespräch geführt, sondern sich nur hin und wieder auf dem Gang gegrüßt. Aber er wusste nicht, an wen er sich zu so später Stunde sonst wenden konnte. Er hätte vielleicht Gillian oder eine der anderen Frauen anrufen können, mit denen seine Teamkollegen ausgingen, aber er wollte sie um diese Uhrzeit nicht mehr stören. Außerdem konnte er den Fernseher in Rileys Wohnung hören, sie war also sicherlich noch wach.

Nach dem, was früher am Abend passiert war, hatte Oz die Hoffnung, dass Riley ihm helfen würde. Er hatte mitgehört, wie Riley ihren gewalttätigen Freund aus der Wohnung geworfen hatte. Oz war im Flur stehen geblieben und hatte dafür gesorgt, dass der Mann ging, ohne handgreiflich zu werden. Riley hatte dankbar ausgesehen.

Er wollte ihre Wohnung nicht betreten, das wäre ihr sicher unangenehm, und vor allem wollte er seine eigene Wohnung nicht aus den Augen lassen.

Oz klopfte an die Tür und hielt die Luft an. Als guter Soldat wusste er, wann es Zeit war, um Hilfe zu bitten – und er hoffte, dass Riley die richtige Adresse war.

KAPITEL ZWEI

Riley Rogers konnte nicht schlafen. Nachdem sie Miles rausgeworfen hatte, hatte sie Stunden damit verbracht, die Wohnung zu reinigen. Ihr Ex war ein fauler Sack gewesen. In der Spüle hatte sich das dreckige Geschirr gestapelt, die Gläser hatten schon verkrustete Ränder und die Essensreste auf den Tellern waren inzwischen steinhart geworden. Auch auf dem Wohnzimmertisch hatte sich sein Kram gestapelt und der Müll war übergequollen. Ekelhaft.

Danach hatte sie angefangen, darüber nachzudenken, was an diesem Abend passiert war. Ihr Streit mit Miles, seine Anfeindungen ... und ihr Nachbar.

Miles hatte ihr Angst gemacht. Sie hatte Sorge gehabt, dass er sich weigern würde, ihre Wohnung zu verlassen, und handgreiflich werden würde. Aber als sie die Tür öffnete, sah sie, wie ihr riesiger Nachbar stumm im Flur stand. Er hatte den Streit wohl mitverfolgt und Riley hatte sich in seiner Gegenwart sofort besser gefühlt.

Porter hatte einfach mit überkreuzten Armen dagestanden und Miles mit missbilligendem Blick angestarrt.

Das hatte Eindruck auf ihren Ex-Freund gemacht, der bei diesem Anblick ein paar weitere Drohungen murmelnd von dannen zog.

Ihr Nachbar hatte ihr gesagt, dass sein Name Oz war. Sie war sich sicher, dass es sich dabei um einen Spitznamen handeln musste; sie hatte einmal aus Versehen einen seiner Briefe in ihrem Briefkasten gefunden. Darauf stand der Name Porter Reed. Es war ihr gerade recht gekommen, dass er an diesem Abend im Flur stand – aus mehr als einem Grund. Sie fand den Mann anziehend. Natürlich war das nicht richtig. Immerhin war sie bis heute in einer Beziehung gewesen. Aber sie konnte sich nicht helfen. Jedes Mal wenn sie den Mann gesehen hatte, war er zuvorkommend und hilfsbereit gewesen – ganz anders als Miles.

Riley hatte keine Lust mehr, mit Verlierern auszugehen. Sie wollte einen Partner fürs Leben. Jemanden, auf den sie sich genauso verlassen konnte wie er sich auf sie. Aber stattdessen blieb sie an unselbstständigen Mannskindern hängen, die auf ihr Geld scharf waren, ihre Wohnung zumüllten und Gras rauchten. Die paar Soldaten vom nahe gelegenen Stützpunkt, mit denen sie ausgegangen war, waren auch nicht besser gewesen. Zumindest hatten sie Arbeit. Aber sie hatten sich kaum um sie als Mensch gekümmert und wollten eigentlich nur Sex, sonst nichts. Das war traurig.

Und dann war da ihr Nachbar. Groß, muskulös und mit Schultern, die so breit waren, dass sie den gesamten Flur blockierten. Er hatte braune Haare, so wie sie, und graue Augen. Riley mochte es nicht besonders, dass sie so viel kleiner war als andere, aber Porter hatte etwas Besonderes an sich. Am liebsten hätte sie ihren Kopf an seine Brust gelegt und sich von ihm beschützen lassen. Was natürlich bescheuert war.

Doch als sie daran dachte, wie er, einem stummen Wächter gleich, im Flur stand und darauf wartete, dass Miles verschwand, schlich sich ein Lächeln auf ihre Lippen. Er hatte sie, eine Fremde, beschützt – das hatten bis dahin nur wenige Männer in ihrem Leben getan.

Sie war kurz davor gewesen, etwas Doofes zu sagen – etwa, ob er auf einen Kaffee zu ihr reinkommen wollte –, als der Mann mit Anzug und dem kleinen Jungen den Flur betreten hatte. Er hatte Porter gesagt, dass der Junge sein Neffe sei und dass er von nun an das Sorgerecht für ihn habe.

Der Schock, der Porter ins Gesicht geschrieben stand, ließ sie vermuten, dass er zum ersten Mal davon hörte, dass er Onkel war. Das war überraschend und traurig zugleich. Die beiden waren in die Wohnung verschwunden und sie hatte seitdem nichts mehr gehört.

Dabei hatte sie aufmerksam gelauscht.

Die Wände in diesem Haus waren nicht besonders dick. Sie hörte oft seinen Fernseher und seine Musik und er hatte sicherlich jeden einzelnen Streit mit Miles mitbekommen. Dafür schämte sie sich, aber auf der anderen Seite war es einer der Gründe gewesen, warum sie endlich ihren ganzen Mut zusammengenommen und ihn rausgeschmissen hatte. Zu wissen, dass ihr Nachbar all die Dinge hören konnte, die Miles in der Vergangenheit zu ihr gesagt hatte, und sie ihn immer noch bei sich wohnen ließ – das war erniedrigend gewesen.

Riley wusste, dass sie nicht die schönste Frau der Welt war. Sie war alles in allem durchschnittlich. Sie war einen Meter zweiundsechzig groß und damit kleiner als die meisten Frauen, aber ihr Gewicht war in Ordnung. Sie war nicht besonders dünn, hatte aber auch kein Übergewicht. Sie hatte ihre Problemzonen, wie jeder – Oberschenkel und

Hintern, um genau zu sein –, aber eigentlich war sie mit ihrem Aussehen ganz zufrieden.

Sie hatte nicht viele Freundinnen und keine Familie. Sie verbrachte die meiste Zeit ihres Lebens in ihrer Wohnung. Sie arbeitete als Schreibkraft von zu Hause und bekam die meisten Jobs über Internetplattformen. Sie bekam Tonbandaufnahmen von Ärzten, Autoren und anderen Personen, die ihre Audioaufnahmen als Text benötigten, zugesandt. Sie hörte sich die Aufnahmen an, tippte sie ab und sendete die Textdateien dann zurück.

Sie hatte glücklicherweise eine ganze Reihe treuer Stammkunden, sodass ihre Einkünfte gesichert waren. Sie verdiente nicht allzu viel, aber es war genug, um Miete und Nebenkosten zu zahlen und Lebensmittel einzukaufen.

Sie hatte Miles, wie auch einige andere ihrer Ex-Freunde, online kennengelernt. Aber darauf hatte sie nun keine Lust mehr. Sie hatte bis jetzt nicht viel Glück damit gehabt. Obwohl ihr das Internet erlaubte, von zu Hause zu arbeiten, war es auf der Suche nach der großen Liebe keine große Hilfe gewesen.

Wahrscheinlich sollte sie vorerst sowieso auf Männer-Diät gehen. Sie war sich sicher, dass ihre Nachbarn inzwischen alles Mögliche über sie dachten. Sie war die Nachbarin, die man selten sah und die keine Freundinnen hatte. Aber so war es eben.

Immer noch besser, als die Nachbarn mit ihren Streitereien zu behelligen, weil sie nicht den Mumm hatte, ihren Freund zu verlassen.

Sie seufzte und wollte sich gerade auf den Weg ins Bett machen, als es an der Tür klopfte.

Sie erstarrte und fragte sich mit klopfendem Herzen, ob Miles zurückgekommen war. Das hatte er schon einmal gemacht, er war nach einem Streit zurückgekehrt, um sie um Verzeihung anzuflehen. Wie auch immer. Dieses Mal würde sie sich nicht darauf einlassen. Ihr war klar geworden, dass Miles keine Freundin suchte, sondern eine bessere Haushälterin, die ihn bediente, während er sich den Hintern breit saß. Aber das würde nicht wieder passieren.

Sie schlich zur Tür und blickte durch den Spion, um herauszufinden, wer zu so später Stunde an ihre Tür klopfte. Erschrocken stellte sie fest, dass ihr gut aussehender Nachbar, Porter Reed, vor ihrer Tür stand. Er wirkte unruhig und schaute immer wieder den Flur hinunter zu seiner Wohnung zurück.

Ohne weiter darüber nachzudenken, schloss Riley auf und öffnete die Tür.

»Alles in Ordnung?«, fragte sie ohne Umschweife.

»Ich ... weißt du, was zehnjährige Jungen gern zum Frühstück essen?«, platzte es aus Porter heraus.

Riley blinzelte. »Wie bitte?«

»Ich ... na ja, du hast es vorhin ja mitbekommen, mein Neffe ist gerade bei mir eingezogen. Er schläft nun – ich habe die Tür zum Schlafzimmer und zur Wohnung offen gelassen, weil ich ihn nicht allein lassen will –, aber ich habe an den Morgen gedacht und da er heute Abend nichts essen wollte, ist er morgen früh sicher hungrig und ich habe keine Ahnung, was er gern essen würde.«

»Was isst du denn zum Frühstück?«, fragte Riley.

»Normalerweise nur einen Protein-Shake«, gab er verlegen zu.

Riley konnte sich nicht helfen und rümpfte vor Abscheu die Nase.

»Ich weiß. Ich glaube nicht, dass er auch einen Shake will, aber ich habe keine Ahnung, was ich ihm stattdessen anbieten soll.«

»Willst du reinkommen?«, fragte Riley.

»Danke, aber ich kann nicht. Ich muss ein Auge auf die Wohnung haben, falls Logan aufwacht.«

Stimmt, das hatte er ja erwähnt. Aber Riley war noch immer sehr überrascht von seinem nächtlichen Überfall – um eine, wie sie fand, ziemlich einfache Frage zu stellen. »Ach so, stimmt ja. Lass mich überlegen. Müsli oder Pfannkuchen. Vielleicht Rührei. Oder ein belegtes Brötchen. Ich nehme an, dass er mit den meisten Sachen glücklich sein wird.«

Ihre Worte führten leider nicht dazu, dass ihr Nachbar sich besser fühlte. Stattdessen wurde er noch unruhiger.

»Verdammt«, sagte er leise, »ich habe nichts davon im Haus. Nicht einmal Eier. Ich muss einkaufen – aber das kann ich nicht, weil er sonst allein wäre. Ich kann nicht einfach zum Supermarkt fahren. Soll ich ihn noch mal aufwecken und ihn mitnehmen? Eigentlich will ich das nicht. Ich bin mir nicht einmal sicher, ob er mich mag. Aber ich weiß, dass er mich noch weniger mögen wird, wenn ich ihn mitten in der Nacht aufwecke, um einkaufen zu gehen. Was mache ich nur?«

Rileys Herz schmolz dahin, als sie seinen Ausbruch hörte. Es war offensichtlich, dass er für seinen Neffen alles richtig machen wollte, mit der Situation aber überfordert war. »Warte kurz«, befahl sie deshalb.

Sie wollte nicht so kurz angebunden wirken, aber er schien ihren Ton gar nicht zu bemerken oder gar zu kommentieren – wie Miles es sicherlich getan hätte. Er nickte einfach. Er hatte vor lauter Aufregung die Lippen aufeinandergepresst und auf seiner Stirn standen tiefe Sorgenfalten.

Riley ließ die Tür offen stehen, während sie zurück in ihre Wohnung ging. Sie ging in die Küche und schnappte sich eine alte Einkaufstüte. Sie öffnete den Küchenschrank und füllte die Tüte mit Kleinigkeiten, von denen sie dachte, dass ein Kind sie mögen würde. Zum Glück war Riley nicht auf gesunde Nahrungsmittel versessen, deshalb hatte sie eine ganze Auswahl an Snacks und Süßigkeiten.

Dann öffnete sie den Kühlschrank, wo sie eine angebrochene Packung Eier, Frischkäse und Milch fand. In der Milchpackung war noch genügend drin, um eine Schüssel Müsli zu mixen. Außerdem fand sie noch eine Packung Toast auf der Anrichte sowie eine halb volle Packung Cornflakes.

Drei Äpfel und zwei Bananen packte sie ebenfalls noch ein. Die Tüte war mehr als voll, als sie fertig war, und Riley machte sich Sorgen, dass sie zu viel eingepackt hatte. Aber sie entschied, dass der Mann und der Junge von nebenan die Lebensmittel nötiger hatten als sie, und sie wollte ihnen eine gute Auswahl bieten.

Sie ging zurück zur Tür und hoffte, dass Porter noch nicht verschwunden war. Doch er stand noch da, wo sie ihn zurückgelassen hatte. Er sah noch immer sehr gestresst aus.

»Bitte schön«, sagte sie und streckte ihm die Tüte entgegen.

Anstatt danach zu greifen, starrte Porter sie verwirrt an. »Was ist das?«

»Frühstück«, sagte sie. »Die Sachen sind fast alle angebrochen, aber ich habe einige Dinge gefunden, die deinem Neffen sicher schmecken werden. Du kannst morgen früh herausfinden, was er mag. Ich habe ein paar Müsliriegel gefunden – die Guten, mit Schokolade. Dann noch Eier, Toast, Frischkäse, Cornflakes, Obst und Erdnussbutter. Die sollte er mögen, auch wenn er sonst nichts mag. Alle Kinder lieben Erdnussbutter, denke ich. Und ein paar Süßigkeiten habe ich auch dazu getan – bitte keine blöden Kommentare dazu, ich mag es nun mal süß.«

»Das kann ich doch nicht annehmen«, sagte Porter, der noch immer nicht nach der Tüte griff.

»Warum nicht?«

»Das sind doch deine Lebensmittel.«

»Porter, es ist alles gut. Ich verhungere schon nicht, das kann man sicher sehen.«

Er runzelte die Stirn, als er das hörte. »Du siehst super aus«, sagte er zu ihr.

Riley wollte sich in seinem zugegebenermaßen etwas ungeschickten Kompliment am liebsten sonnen, obwohl das natürlich sehr oberflächlich war. Aber sie konnte sich nicht erinnern, wann Miles das letzte Mal etwas Nettes zu ihr gesagt hatte. »Ja, danke. Wie auch immer, ich habe genügend Lebensmittel im Haus. Die Sachen sollten dir helfen, bis du mit deinem Neffen reden und herausfinden kannst, was er mag. Ich nehme an, dass du ihn bald in der Schule anmeldest, dann musst du auch erfragen, ob er dort essen oder lieber etwas von zu Hause mitnehmen will. Das musst du dann mit einplanen. Und Abendessen natürlich. Chicken Nuggets, Hamburger, Nudeln, solche Dinge. Die meisten Kinder essen sehr viel, also werden die Sachen sicher nicht lange reichen.«

Je länger sie sprach, desto besorgter sah Porter aus. Riley wurde klar, dass sie seine Sorgen mit ihrer Rede noch verstärkt hatte.

Sie schmiss alle Vorsicht über Bord, machte einen Schritt nach vorn und legte ihre Hand auf seinen Unterarm. »Porter?«

Er blinzelte. Dann sagte er: »Keiner nennt mich so.«

»Oh, es tut mir leid.«

»Nein, kein Problem. Woher weißt du eigentlich, wie ich heiße?«

»Ich habe einmal einen Brief, der an dich adressiert war, in meinem Briefkasten gefunden. Aber du hast auch einen Spitznamen, nicht wahr? Oz?«

»Ich mag es, wenn du mich Porter nennst«, gab er zu.

»Okay«, sagte Riley. Knisterte es etwa zwischen ihnen?

Das war weder der richtige Ort noch der richtige Zeitpunkt dafür, aber sie mochte es, wie er seine ganze Aufmerksamkeit auf sie richtete, wenn sie redete. Er sah nicht auf sein Handy, ihre Brüste oder an ihr vorbei zum Fernseher, der im Wohnzimmer hinter ihr lief.

Er sah die Tüte an, die sie noch immer hielt, und dann wieder sie. »Ich kann wirklich nicht deine Lebensmittel mitnehmen.«

»Das ist schon okay«, beharrte Riley und streckte ihm einmal mehr die Tüte entgegen.

»Ich habe ein schlechtes Gewissen, das einfach so anzunehmen.«

»Das passt schon, wirklich. Immerhin habe ich dann einen Grund, morgen rauszugehen und einzukaufen«, sagte Riley. »Es tut mir nur leid, dass ich keine Croissants oder Nutella dahabe. Ich bin mir sicher, das würde dein Neffe lieben.«

»Logan. Er heißt Logan. Und er ist zehn Jahre alt.«

Riley lächelte und atmete erleichtert auf, als Porter endlich die Hand ausstreckte und ihr die Tüte abnahm.

»Es tut mir sehr leid, dass ich dich gestört habe. Ich hatte eine kleine Panikattacke«, gab Porter beschämt zu.

»Kein Problem. Ich finde es gut, dass du vorbeigekommen bist. Ich arbeite von zu Hause, ich bin also fast immer hier. Wenn du je wieder etwas brauchen solltest, zögere nicht und klingele einfach. Ich kann dir auch meine Nummer geben, damit du mir schreiben kannst. Ich weiß aus eigener Erfahrung, wie gruselig es für ein Kind ist, bei Fremden einzuziehen.«

Dieses Mal galt die Sorge auf seinem Gesicht ihr. »Warst du ein Pflegekind?«, fragte er geradeheraus.

Riley schämte sich, nickte aber. »Ja. Meine Eltern hatten ziemliche Schwierigkeiten und ich habe einige Pflegestellen durchgemacht. Meine Eltern schafften es immer wieder, mich zurückzubekommen, aber dann ging wieder etwas schief und ich kam zur nächsten Pflegestelle. Ich habe bestimmt bei sieben verschiedenen Familien oder mehr gelebt. Die meisten waren gute Menschen, aber ich wusste nie, wie lange ich bei ihnen bleiben würde und ob und wann meine Eltern mich zurückholen.«

»Er hatte nur eine Mülltüte, in der alle seine Sachen waren«, gab Porter zu.

Riley kannte diese Situation zu gut. »Das ist blöd. Die meisten Kinder haben keinen Koffer oder eine große Tasche, wenn sie von zu Hause ausziehen müssen. Sie können nur das mitnehmen, was sie in eine Plastiktüte stopfen können. Darf ich dir einen Rat geben?«

»Gern.«

»Wasch die Kleider, so schnell du kannst. Der Geruch des Plastiks setzt sich in den Klamotten fest, und das stinkt ganz bestialisch.«

Porter sah geschockt aus. »Mache ich. Sobald er morgen aufwacht.«

Riley nickte.

»Und es macht dir nichts aus, wenn ich dich um Hilfe bitte? Ich habe keine Ahnung, was auf mich zukommt.«

»Willst du, dass er bei dir bleibt?«, wollte Riley wissen.

»Natürlich bleibt er bei mir. Er ist mein Neffe. Er hat sonst keine Familie mehr.«

»Es tut mir leid, wenn das wie ein Vorwurf klang«, lenkte Riley schnell ein. »Die meisten Leute hätten keine Lust, dass ein Kind, das nicht einmal ihr eigenes ist, ihr Leben auf den Kopf stellt.«

»Auf den Kopf stellen? Ich glaube, dass er derjenige ist, dessen Leben auf den Kopf gestellt wurde. Ich hasse es, dass ich bis jetzt noch nichts von ihm gewusst habe. Ich hasse es, dass ich das Gespräch mit meiner Schwester nicht gesucht habe, bevor sie gestorben ist. Ich würde gern daran glauben, dass sie ihr Leben wieder unter Kontrolle hatte, aber ein Blick auf Logan und den Schmerz in seinen Augen verrät mir, dass das wohl eher nicht der Fall war. Ich würde meinen Neffen niemals hergeben. Egal wie schwer es für mich wird, mich so plötzlich um ihn zu kümmern, die ganze Situation ist zehnmal schwerer für ihn. Er bleibt bei mir.«

Riley wurde warm ums Herz. Sie liebte es, wie Porter seinen Neffen schon jetzt in Schutz nahm. Er hatte nicht gesagt, dass er den Jungen liebte, aber das überraschte sie nicht; immerhin hatte er ihn gerade erst kennengelernt und Gefühle brauchten Zeit, sich zu entwickeln. »Dann helfe ich gern.«

»Vielen Dank«, sagte Porter und seufzte tief. »Ich komme mir echt dumm vor, weil ich nicht wusste, was er zum Frühstück essen will.«

»Gehe es langsam an. Es gibt eine Menge Dinge, die du noch nicht über Zehnjährige weißt, aber du wirst es schon schnell genug lernen.«

»Das hoffe ich«, sagte Porter, stellte sich gerade hin und Riley konnte sehen, wie er wieder etwas an Selbstbewusstsein gewann. »Ich zahle gern etwas für die Lebensmittel«, sagte er und zeigte auf die Tüte.

»Das musst du nicht.«

»Natürlich muss ich das. Möchtest du ... möchtest du Logan kennenlernen?«, fragte Porter.

»Sehr gern.«

»Ich meine, nicht jetzt, jetzt schläft er ja. Das hoffe ich zumindest. Aber vielleicht morgen? Wir müssen morgen eine ganze Menge erledigen. Ich muss ihn zu meiner Krankenversicherung hinzufügen und die Schulen in der Gegend anrufen. Aber vielleicht hast du Lust, zum Abendessen vorbeizukommen?«

Riley sah ihn nachdenklich an. »Hast du Angst, mit ihm allein zu sein?« Sie wusste nicht, wie sie auf den Gedanken gekommen war, aber irgendwie fiel es ihr nicht schwer, die Intentionen dieses Mannes zu lesen. Was komisch war, da sie sich gerade erst getroffen hatten.

»Etwas. Unser erstes Gespräch war nicht sonderlich ergiebig. Ich weiß, dass seine Lieblingsfarbe blau ist und er im Oktober Geburtstag hat.«

»Ein Tag nach dem anderen«, sagte Riley zu ihm. »Das ist alles, was du tun kannst.«

»Ich weiß. Also, Abendessen? Oder wird dir das zu viel?«

»Ich komme gern vorbei«, sagte Riley lächelnd. Es war ja nicht so, dass sie viele Termine in ihrem Kalender stehen hatte. »Soll ist etwas mitbringen?«

»Nicht nötig. Wenn ich auch nichts anderes auf die Reihe bekomme, aber Hamburger kann ich grillen. Um achtzehn Uhr?«

»Das klingt gut. Willst du meine Nummer haben?«

»Ja, gern.«

Riley wartete, aber er bewegte sich nicht. Sie runzelte die Stirn. »Soll ich sie dir aufschreiben?«

Er lächelte und sie konnte sehen, wie er dabei kleine Lachfalten neben den Augen bekam, die sie am liebsten mit ihren Fingern erkundet hätte. Der Mann sah großartig aus. Sie hatte keine Ahnung, warum er Single war, aber er schien keine Partnerin zu haben.

»Sag sie mir einfach. Ich habe ein gutes Gedächtnis«, sagte er.

Also ratterte Riley ihre Nummer herunter und war sich sicher, dass er sie wieder vergessen würde.

Porter lachte leise und sagte: »Das Militär verlässt sich darauf, dass ich die geheimsten Informationen, die niemals aufgeschrieben werden, im Kopf behalte. Deine siebenstellige Nummer ist da gar kein Problem, meine Lebensmittelfee.«

Riley lief rot an, als er diesen Spitznamen aussprach.

Natürlich vertraute das Militär ihm geheime Informationen an. Sie wusste zwar nicht, was genau er beruflich machte, aber nach den Muskeln an seinen Armen zu urteilen vermutete sie, dass er Mitglied einer Elite-Einheit war. Sie lebte schon länger in der Nähe des Stützpunkts und war mit genügend Soldaten ausgegangen, um diejenigen zu erkennen, die mehr taten, als ihre Zeit im Büro abzusitzen oder eine Waffe herumzutragen. »Na dann.«

»Vielen Dank noch mal. Du hast mir das Leben gerettet«, sagte Porter. »Ich schreibe dir morgen, um sicherzugehen, dass du deine Meinung über das Abendessen nicht geändert hast.«

»Das werde ich nicht«, sagte Riley selbstbewusst.

Er nickte ihr noch einmal zu und ging dann zu seiner Wohnung zurück.

Riley konnte sich nicht helfen und sah ihm nach. Genauer gesagt seinem Hintern. Der Mann hatte großartige Muskeln. Groß und stark. Eine Sekunde lang musste sie an den Größenunterschied zwischen ihnen denken. Würde er sie verletzen wollen, wäre das für ihn eine Leichtigkeit. Sie schüttelte den Kopf und verbannte diesen Gedanken sofort.

Sie konnte nicht anfangen zu denken, dass jeder Mann, den sie traf, sie verletzen wollte. Das war Opferdenken. Und schwächte ihr Selbstbewusstsein.

Stattdessen schweiften ihre Gedanken weiter ab und sie stellte sich vor, wie es sich wohl anfühlte, unter ihrem starken Nachbarn zu liegen. Im Bett. Nackt. Er würde sie überall umgeben und sie würde sich klein und geborgen fühlen.

Dieser Gedanke gefiel ihr viel besser. Und überraschte sie; sie hatte Miles, ihren Ex, nie attraktiv genug gefunden, um so über ihn zu denken.

Sie stand noch immer im Türrahmen, als Porter auf dem

Flur vor seiner Tür anhielt und einen Blick zu ihr zurückwarf. »Riley?«, fragte er.

»Ja?«, entgegnete sie und war bereit, jede seiner Fragen zu beantworten.

»Du bist viel zu hübsch und nett für den Vollidioten, den du heute rausgeworfen hast. Er ist ein Dummkopf, wenn er nicht verstanden hat, was für eine tolle Partnerin er hatte. Gute Nacht.«

Und mit Worten, die ihr Herz schneller schlagen ließen, verschwand Porter in seiner Wohnung und schloss die Tür hinter sich.

Es dauerte ein paar Sekunden, bis Riley sich bewegen konnte, dann schloss sie ihre eigene Tür hinter sich. Sie lehnte sich mit dem Rücken dagegen und rutschte daran hinunter, bis sie auf dem Boden saß.

Porters Worte gingen ihr nicht mehr aus dem Kopf. Sie wusste, dass es die richtige Entscheidung gewesen war, Miles zu verlassen, aber die Worte ihres Nachbarn stärkten sie in ihrem Entschluss. Er hielt sie für hübsch. Und für eine gute Partnerin. Riley würde sich noch wochenlang an diese Worte erinnern und sich über sie freuen.

Sie hatte keine Ahnung, wie die Sache mit ihr und Porter weitergehen würde. Aber sie wusste instinktiv, dass Porter Reed ein guter Mann war. Sie hatte schon das eine oder andere Mal mit ihren Einschätzungen falschgelegen, aber diesmal war sie sich sicher.

Es war schön, dass er sich so um seinen Neffen sorgte, anstatt sich über ein blödes Computerspiel aufzuregen. Er hatte keine Angst, um Hilfe zu bitten und sich ordentlich dafür zu bedanken – ein weiterer Pluspunkt.

Sie lächelte in sich hinein, als sie aufstand und in Richtung Schlafzimmer ging. Sie musste noch Miles' Sachen einsammeln und ihm irgendwie zurückgeben, aber dafür war sie im Moment zu erschöpft. Sie hatte einige Aufträge, die sie morgen abarbeiten musste. Außerdem musste sie einkaufen gehen ... und dann war da noch das Abendessen mit ihrem Nachbarn und seinem Neffen.

Auf einmal wirkte ihr Leben viel aufregender als noch vor ein paar Stunden. Riley konnte den nächsten Tag kaum erwarten.

KAPITEL DREI

»Ein Kind?«, fragte Doc ungläubig am nächsten Nachmittag.

Oz nickte. Der Tag war ziemlich anstrengend gewesen. Er war seiner Nachbarin am Morgen einmal mehr dankbar gewesen, denn Logan war über ihre gesamte Spende hergefallen, als hätte er schon viel zu lange nichts Anständiges in den Magen bekommen. Zuerst hatte er sich mit einer Schale Müsli den Bauch vollgeschlagen, dann den Müsliriegel gegessen und sogar von dem Rührei probiert, welches Oz gemacht hatte. Es war offensichtlich gewesen, dass er schon lange nicht mehr gut gegessen hatte, und Oz schwor sich, von nun an dafür zu sorgen, immer genügend Lebensmittel im Haus zu haben.

Ihr Gespräch war weiterhin eher einseitig und gestelzt verlaufen, aber Oz machte sich deshalb keine Sorgen. Es würde seine Zeit dauern, bis sie sich aneinander gewöhnt hatten, und bis dahin war es seine Aufgabe, Logan ein sicheres Zuhause zu bieten.

Sie waren auf den Stützpunkt gefahren und Oz hatte dafür gesorgt, dass Logan in seinen Unterlagen vermerkt wurde. Er hatte sogar seinen eigenen Ausweis bekommen, mit dem er sich auf dem Stützpunkt bewegen durfte. Oz hatte seinem Neffen die Entscheidung überlassen, die Schule auf dem Stützpunkt oder die in der Stadt zu besuchen, und Logan hatte sich, ohne zu zögern, für die Schule im Ort entschieden.

Oz wusste nicht, ob das eine gute Entscheidung gewesen war oder nicht. Er hatte noch nicht herausgefunden, wie gut die örtliche Schule war. Aber er wollte Logan so viel Mitspracherecht geben wie irgend möglich.

Danach waren sie zum Militärkrankenhaus gefahren, damit Logan einem Arzt vorgestellt wurde. Sie brauchten medizinische Unterlagen, damit Logan offiziell in der fünften Klasse angemeldet werden konnte. Dann mussten sie noch zum Supermarkt und zum Einrichtungshaus. Logan brauchte zumindest ein eigenes Bett. Er brauchte auch neue Kleidung und Spielzeug, aber das würden sie heute nicht mehr schaffen.

Oz hatte Rileys Ratschlag angenommen und am Vormittag Logans Kleider gewaschen. Dabei wurde ihm einmal mehr schmerzlich bewusst, wie wenig der Junge besaß. Er verstand nicht, warum das Jugendamt sich nicht die Mühe gemacht hatte, seine gesamten Sachen aus der Wohnung seiner Mutter zu holen und zu ihm zu bringen. Wo waren überhaupt ihre Sachen? Er konnte es sich nicht erklären. Gab es vielleicht einen Ort, an dem Logans Besitztümer auf ihn warteten? Er musste mit Logans Betreuer vom Jugendamt sprechen, aber im Moment waren andere Dinge noch wichtiger.

Oz hatte noch nicht die Zeit gefunden, Logan seinen Delta-Kameraden vorzustellen. Einer der Administratoren im Gebäude hatte Logan gefragt, ob er den Maschinenpark, inklusive der Panzer, die auf dem Stützpunkt standen, sehen wollte. Oz fühlte ein Stechen in der Brust, als sein Neffe den Mann daraufhin anstrahlte, wie er es beim ihm noch nie getan hatte. Aber der Mann hatte Logan auch eine Tour mit Panzern angeboten. Er schob den Gedanken zur Seite. Es würde nicht einfach werden, Logans Vertrauen zu gewinnen, deshalb musste er geduldig sein. Er war sich sicher, dass das Gefühl einfach unbeschreiblich sein würde, sollte es je dazu kommen. Und daran glaubte er ganz fest.

»Ich weiß, es ist verrückt«, erwiderte Oz.

»Ich hätte nie geglaubt, dass du der Erste von uns sein würdest, der ein Kind hat«, warf Trigger sein.

Oz schnaubte. »Ja, das ist schon lustig, oder? Du, Lefty und Brain, ihr habt schon Partnerinnen, und ich nicht.«

»Wie geht es dir damit?«, fragte Grover. »Können wir dir helfen? Was brauchst du?«

»Ich brauche ungefähr alles«, sagte Oz ehrlich. »Aber ich arbeite daran, trotzdem danke. Meine Nachbarin hat mir gestern den Arsch gerettet.«

»Deine Nachbarin?«, fragte Lucky.

»Ja. Riley Rogers. Gestern Abend war verrückt. Nicht nur, weil Logan so spät bei mir abgeliefert wurde. Riley hat es endlich geschafft, ihren bescheuerten Freund rauszuwerfen. Er hatte sie immer wieder angeschrien, seit er eingezogen war. Die Wände in meinem Haus sind dünn, deshalb habe ich die Streitereien hören können. Er hatte an allem etwas auszusetzen. Sie arbeitet von zu Hause – ich weiß nicht genau, was sie macht –, aber er hat ihr mehrmals vorgeworfen, dass sie faul sei.«

»Ich nehme an, dass er nicht gearbeitet hat?«, fragte Trigger trocken.

»Anscheinend nicht. Na ja, Riley hatte endlich genug von ihm und hat sich von ihm getrennt. Er hat es nicht gut aufgenommen. Ich habe mich im Flur platziert, nur für den Fall, dass er auf dumme Gedanken kommt. Aber als er mich dort stehen sah, ist er ohne ein weiteres Wort verschwunden.«

»Glaubst du, dass er wegbleiben wird?«, fragte Lefty.

»Ich bin mir nicht sicher. Ich bin nur froh, dass sie all ihren Mut zusammengenommen und ihn rausgeschmissen hat. Sie ist viel zu nett, um so schlecht behandelt zu werden«, sagte Oz.

»Und du hast gesagt, sie ist dir zur Rettung gekommen? Hört sich eher so an, als hättest du ihr geholfen«, warf Brain ein.

»Stimmt. Na ja. Nachdem der Idiot von dannen gezogen war, kam ein Mitarbeiter des Jugendamtes mit Logan vorbei. Sie hat das alles mitbekommen. Nachdem Logan eingeschlafen war, stellte ich fest, dass ich quasi nichts Essbares im Haus hatte, aber auch nicht einkaufen gehen konnte, weil ich ihn nicht allein lassen wollte. Also habe ich Riley um Hilfe gebeten. Sie hat mir eine ganze Tüte voll Essbarem gegeben fürs Frühstück. Ich glaube, das Einzige, was gefehlt hat, waren Donuts.«

»Das war aber nett von ihr«, sagte Doc.

»Das zahlst du ihr aber zurück, oder?«, fragte Lucky.

»Das würde ich, wenn sie mich lassen würde. Aber ich glaube nicht, dass ich eine Chance habe. Sie scheint da ihren eigenen Kopf zu haben. Allerdings habe ich sie zum Abendessen eingeladen. Ich hatte gehofft, dass es ein bisschen leichter ist, wenn Logan und ich nicht allein sind.«

»Und deshalb hast du also eine vollkommen Fremde zum Abendessen eingeladen. Eine Frau. Und das soll die Sache leichter machen?«, fragte Trigger und zog die Augenbrauen hoch.

»Hm. Verdammt. Ja?«, sagte Oz, plötzlich unsicher.

»Aha. Okay. Ich bin mir sicher, dass es gut gehen wird«, sagte Lefty und klang selbst nicht überzeugt.

Oz war sich auch nicht mehr sicher, ob es eine gute Idee gewesen war, aber er würde sein Wort halten. Riley wieder auszuladen wäre unhöflich. Aber es gab noch etwas anderes, worüber er mit seinen Freunden reden wollte. »Logan hat gesagt, dass er lieber die Schule in der Stadt besuchen will, nicht die auf dem Stützpunkt. Das ist okay für mich. Aber ich muss immer noch die Familienunterlagen ausfüllen. Unser Vorgesetzter hat mir Zeit gegeben, um über die Details nachzudenken, aber ich werde nicht in der Lage sein, euch auf Missionen zu begleiten, solange der Plan nicht steht. Ich kenne niemanden in der Gegend, dem ich Logan anvertrauen kann, während ich weg bin. Ich wollte fragen, ob Gillian, Kinley oder Aspen eventuell in der Lage wären zu helfen.«

»Natürlich«, sagte Trigger, ohne zu zögern.

»Immer«, stimmte auch Lefty zu.

»Aspen würde sich geehrt fühlen«, sagte Brain.

»Ich bin mir sicher, dass auch Devyn gern zur Verfügung steht, wenn Not am Mann ist«, fügte Grover hinzu, der seine Schwester meinte. Sie war in letzter Zeit eine gute Freundin der anderen Frauen geworden.

Oz atmete erleichtert auf. »Vielen Dank. Ich wollte sie so bald wie möglich anrufen und fragen, aber vielleicht könnt ihr sie ja vorwarnen. Damit sie wissen, was von ihnen verlangt wird, wenn wir auf einem Einsatz sind.«

Der nächste Teil des Gesprächs würde schwierig werden, aber Oz war nicht der Typ, der sich vor solchen Sachen drückte. »Und sollte mir je etwas passieren ... dann will ich, dass einer von euch Logan aufnimmt. Ich will auf keinen Fall, dass er wieder in den Händen des Jugendamtes landet. Er hat in seinem kurzen Leben schon genug mitmachen müssen. Er soll nicht von Familie zu Familie geschoben werden. Wusstet ihr, dass die Kinder in der Obhut des Jugendamtes manchmal nicht einmal einen Koffer haben, um ihre Sachen zu transportieren? Sie müssen eine Mülltüte nehmen. Das ist doch grauenvoll.«

Trigger machte einen Schritt auf ihn zu und legte Oz

den Arm um die Schultern. »Erstens wird dir nichts passieren. Wir arbeiten schon eine ganze Weile zusammen. Wir haben ein Auge aufeinander. Würdest du sterben, ist etwas ganz furchtbar schiefgelaufen und wir sind höchstwahrscheinlich alle am Arsch. Zweitens passen wir natürlich auf deinen Neffen auf. Logan wird nie wieder die Hilfe des Jugendamtes in Anspruch nehmen müssen. Er hat sicherlich Angst und ist besorgt, wie seine Zukunft mit seinem Onkel aussehen wird. Aber er ist deine Familie. Und das heißt, dass er auch zu unserer Familie gehört. Du kannst Gillian und mich gern als Kontaktpersonen eintragen, sollte dir etwas passieren.«

Oz holte tief Luft. Er liebte seine Freunde. »Du solltest das erst mit Gillian besprechen«, sagte er.

»Nein«, antwortete Trigger sofort, »sie wird mir zustimmen. Logan weiß es vielleicht noch nicht, aber er hat mit dir das große Los gezogen. Die Sache mit seiner Mutter ist schrecklich, aber er wird hier ein gutes Leben haben. Er hat nun nicht nur dich, sondern uns alle.«

»Wir sind von der Tour zurück«, sagte der Mann, der Logan die Panzer und Lastwagen gezeigt hatte und jetzt im Türrahmen stand.

Oz drehte sich um und sah, wie Logan ihn mit einem Ausdruck anschaute, den er nicht interpretieren konnte. »Super. Vielen Dank für Ihre Hilfe, Sergeant.«

»Gern geschehen. Bis dann.« Mit diesen Worten drehte sich der Mann um und verschwand den Gang hinunter.

Oz streckte seine Hand aus. »Komm rein, damit ich dich meinen Freunden vorstellen kann, Logan.«

Der Junge kam langsam auf ihn zu, aber nicht nahe genug, um berührt zu werden. Oz war nicht beleidigt. Es würde Zeit brauchen, bis er ihm vertraute. »Das sind die Männer, mit denen ich jeden Tag zusammenarbeite. Wenn ich auf einem Einsatz bin, halten sie mir den Rücken frei und ich ihnen auch. Das sind Trigger, Lefty, Brain, Lucky, Doc und Grover. Das sind alles Spitznamen, die wir füreinander haben.«

Seine Kameraden begrüßten Logan.

Der Junge sah sich jeden einzelnen an, dann schaute er zu Oz. »Also macht ihr supergefährliche Dinge?«

Oz wollte nicht darüber reden. Es war einfach zu früh. Er wollte nicht, dass der Junge es mit der Angst zu tun bekam. Logan hatte offensichtlich den letzten Teil seines Gesprächs mit seinen Kameraden mitgehört. Aber wenn er die Frage ganz ignorierte, würde das Logan umso nervöser machen.

Er ging in die Knie, sodass er Logan in die Augen sehen konnte. »Manchmal ja. Wir sind Teil einer Spezialeinheit. Weißt du, was das ist?«

Logans Augen wurden groß und er nickte.

»Das heißt, dass wir ganz spezielle Aufgaben bekommen. Wir retten Leute, die in Gefahr sind, wir finden die Bösen und helfen aus, wenn die Soldaten in anderen Ländern Unterstützung brauchen. Aber siehst du die Männer, die da neben mir stehen?«

Logan blickte zu seinen Freunden und zurück zu Oz.

»Das sind die allerbesten Soldaten der Welt. Wir arbeiten schon eine ganze Ewigkeit zusammen. Ich vertraue ihnen mein Leben an. Das meine ich so. Wir sind immer sehr vorsichtig. Ich kann dir nicht versprechen, dass ich niemals verletzt werde, aber ich werde immer alles tun, um zu dir nach Hause zu kommen. Trigger ist verheiratet und Lefty sowie Brain haben Freundinnen. Grovers Schwester lebt auch hier in der Stadt. Wir alle haben also gute Gründe, nach Hause kommen zu wollen.«

Logan dachte wohl eine Weile darüber nach, dann fragte er: »Und wenn du stirbst, dann ziehe ich zu jemand anderem?«

»Ja, dann kommst du zu mir und meiner Frau«, sagte Trigger sofort.

Oz behielt seinen Neffen im Auge und versuchte, seine Gedanken zu lesen, aber ohne Erfolg. Als Logan nicht antwortete, fragte Oz: »Ist das für dich in Ordnung?«

Logan traf seinen Blick nur kurz und zuckte mit den Schultern. Dann flüsterte er: »Warum?«

»Warum was?«, fragte Oz zurück.

»Warum würde er mich aufnehmen? Er kennt mich doch gar nicht.«

»Das stimmt«, sagte Trigger mit sanfter Stimme, »aber du bist der Neffe von Oz.«

»Oz wusste bis gestern noch nicht einmal, dass es mich gibt«, sagte Logan.

»Das heißt aber nicht, dass du nicht meine Familie bist«, sagte Oz zu ihm. »Ich weiß, dass wir uns noch viel besser kennenlernen müssen, und ich will dich nicht überfordern. Aber wir müssen irgendwann darüber reden. Ich bin nicht glücklich darüber, dass ich keinen Kontakt mehr mit deiner Mutter, also meiner Schwester, hatte. Sie hat mir nichts von dir erzählt und ich verstehe nicht warum. Jetzt wünsche ich, ich hätte noch mehr getan, um meine Schwester zu unterstützen. Sie war älter als ich und als ich mit der Schule fertig war, hat sie die eine oder andere blöde Entscheidung getroffen. Entscheidungen, die sie in schwierige Situationen gebracht haben. Ich wollte zum Militär gehen und deshalb dachte ich, ich müsste mich von ihr lösen. Aber das war falsch. Ich war egoistisch und dumm.«

»Das stimmt so nicht, Oz«, sagte Grover. »Du warst jung.«

Oz zuckte mit den Schultern, sah aber weiterhin Logan an. »Es ist über zehn Jahre her, dass ich mit deiner Mutter geredet habe. Und jetzt bekomme ich nicht mehr die Gelegenheit dazu. Das werde ich für immer bereuen. Aber weißt du, womit ich kein Problem habe?«

Logan schüttelte den Kopf.

»Mit dir. Ich hoffe, dass wir irgendwann Freunde sein können und du mit mir über dein Leben sprechen willst. Und über deine Mutter. Das Gute und das Schlechte. Wir sind mehr als die doofen Entscheidungen, die wir in unserem Leben getroffen haben. Deine Mutter hatte es nicht immer leicht, aber ich bin mir sicher, dass sie dich geliebt hat.

Die Männer hier sind meine Familie. Wir streiten manchmal und sind wütend aufeinander, aber wir bleiben zusammen. Wenn Trigger und Gillian irgendwann Kinder haben, dann sind die auch meine Nichten und Neffen. Ich würde ihre Kinder sofort aufnehmen, so, wie sie es mit dir auch tun würden. Du wirst immer einen Platz zum Leben haben, mein Großer. Darüber musst du dir ab heute keine Gedanken mehr machen, okay?«

Logan nickte.

»Super.« Oz stand auf und drehte sich zu seinem Team um. »Ich rufe Gillian, Kinley und Aspen bald an. Vielen Dank.«

»Wenn du etwas brauchst, lass es uns wissen«, sagte Lucky.

»Ich nehme an, dass du es nicht mehr um sechs Uhr zum Training schaffen wirst, also werde ich mit unserem Offizier reden, dass wir ab jetzt um acht Uhr anfangen. Dann kannst du Logan davor zur Schule bringen«, sagte Trigger.

Oz schloss für einen Moment die Augen, dann nickte er Trigger dankbar zu. »Vielen Dank.«

»Keine Ursache.«

Regelmäßige Trainingseinheiten waren für Soldaten verpflichtend, aber sie boten den Männern auch die

Chance, ihre Verbundenheit zu stärken und miteinander zu reden. Weil Oz Logan morgens nicht allein lassen wollte, war er froh, dass seine Freunde dieser Änderung des Tagesablaufs zustimmten. Es war, als würde ihm eine Last von den Schultern genommen, weil er sich nun keine Sorgen mehr über ihre neue Morgenroutine machen musste.

Er hatte noch immer nicht ganz begriffen, dass sich sein Leben komplett geändert hatte. Nicht zum Schlechteren. Aber ein alleinerziehender Vater zu sein war nicht einfach.

Oz hatte plötzlich großen Respekt vor allen Alleinerziehenden auf der Welt. Arbeit, Schule, Einkaufen – alles war schwieriger, wenn man sicherstellen musste, dass das Kind nicht allein war und jemand nach ihm sah.

»Bist du bereit für unsere Einkaufstour?«, fragte Oz Logan.

Der Junge zuckte nur mit den Schultern. Das schien seine bevorzugte Art der Kommunikation zu sein.

»Super. Wir müssen vor dem Abendessen noch eine ganze Menge besorgen. Meine Nachbarin kommt vorbei, ich habe dir heute Morgen von ihr erzählt. Sie hat uns freundlicherweise mit dem Frühstück geholfen.«

Logan verzog keine Miene und zuckte erneut mit den Schultern.

Oz seufzte innerlich. Es würde nicht einfach werden, die Mauern einzureißen, die sein Neffe um sich herum errichtet hatte. Aber er hoffte, es irgendwann zu schaffen.

KAPITEL VIER

Riley balancierte vorsichtig den Auflauf, den sie vorbereitet hatte, als sie sich auf den Weg zu Porters Wohnung machte. Er hatte gesagt, dass sie nichts mitbringen müsse, aber es fühlte sich komisch an, mit leeren Händen aufzutauchen. Deshalb hatte sie einen Bohnenauflauf gemacht. Es war ein Risiko, denn vielleicht mochte Porters Neffe – oder Porter selbst – kein Gemüse, aber das Gericht war eine ihrer Lieblingsspeisen. Sie hatte knusprige Zwiebeln und extra viel Käse auf den Auflauf gestreut, in der Hoffnung, die Jungs damit zu überzeugen.

Sie klopfte an die Tür und fühlte sich gleichzeitig unbeholfen und nervös, wie sie im Flur stand. War das eine gute Idee? Vielleicht nicht. Riley hatte viel zu viel Interesse an ihrem gut aussehenden Nachbarn. Hatte sie nicht erst gestern beschlossen, dass sie erst mal genug von der Männerwelt hatte? Und trotzdem stand sie jetzt hier.

Gerade als sie beschlossen hatte, dass sie zurück zu ihrer Wohnung gehen und sich dort verstecken sollte, ging die Tür auf und Porter stand vor ihr.

Die Gedanken an den strategischen Rückzug verpufften, als sie ihren Nachbarn vor sich stehen sah. Er sah gestresst aus. Das Lächeln auf seinem Gesicht wirkte angespannt.

»Hey«, sagte er.

»Hi«, erwiderte Riley. Dann senkte sie die Stimme. »Geht es dir gut? Ist alles okay mit Logan?«

»Uns geht es gut. Es war nur ein anstrengender Nachmittag«, sagte Porter zu ihr. Dann fügte er lauter hinzu: »Komm rein. Du bist superpünktlich. Ich habe das Essen fast fertig.«

Riley übergab Porter den Auflauf und sie betrat die Wohnung. Das Layout war genau das gleiche wie bei ihr, nur spiegelverkehrt. Ihre Küche befand sich auf der rechten Seite der Tür, Porters auf der linken. Der Gang in ihrer Wohnung ging nach links, seiner nach rechts. Sie war etwas überrascht zu sehen, wie aufgeräumt Porters Wohnung war. Sie hatte sich wohl zu sehr auf ihre eigenen Vorurteile verlassen und geglaubt, dass sie eine unordentliche Wohnung vorfinden würde, einfach deshalb, weil er ein Mann war. Aber dann wurde ihr klar, dass der Mann beim Militär arbeitete und bestimmt mehr vom Aufräumen verstand als viele andere.

Logan saß im Wohnzimmer und sah fern.

»Logan, das ist Riley Rogers. Sie ist unsere Nachbarin.«

Der Junge sah nicht einmal auf.

»Logan«, wiederholte Porter. »Es ist nicht besonders höflich, einen Gast einfach zu ignorieren.«

Sein Neffe sah vom Fernseher auf und warf einen genervten Blick in ihre Richtung. »Hey.«

»Hi. Schön, dich kennenzulernen«, sagte Riley zu ihm.

Logan zuckte nur mit den Schultern und wandte die Aufmerksamkeit wieder dem Bildschirm zu.

Porter flüsterte: »Entschuldigung«, und ging in die Küche.

»Kein Problem«, erwiderte Riley ebenso leise. »Ich nehme an, dass die Dinge gerade nicht ganz einfach sind?«

Zu ihrer Überraschung stellte Porter den Auflauf ab und stützte sich dann schwer auf die Arbeitsfläche. Er senkte den Kopf und seufzte.

Am liebsten hätte sie ihn umarmt. Sie kannte den Mann noch nicht lange, konnte aber sehen, wie sehr er mit der Situation kämpfte.

»Ich glaube, dass er mich hasst«, sagte Porter. »Er hat keine zehn Wörter zu mir gesagt, seit wir den Stützpunkt verlassen haben. Er kommuniziert ausschließlich mit Grunzen und Schulterzucken. Ich habe ihn heute nur ein einziges Mal lächeln sehen, und zwar, als ein anderer Soldat ihm die Panzer gezeigt hat.

Wir sind in den Laden gegangen und ich habe ihm alles Mögliche gekauft, weil ich nicht wusste, was er am liebsten hat. Aber er war die ganze Zeit schlecht gelaunt und ist mir unbeteiligt nachgelaufen. Ich habe ihm Möbel gekauft und bin mir immer noch nicht sicher, ob er sie mag. Er zeigt keinerlei Emotionen.« Porter sah auf und Riley konnte Frustration und Traurigkeit in seinem Blick erkennen. »Ich weiß nicht, was ich machen soll.«

Riley kannte sich nicht gut mit Kindern aus, konnte sich aber vorstellen, was Logan durch den Kopf ging. Sie war in der gleichen Situation gewesen. Abgeschoben in das Haus von Fremden, während ihre Eltern versuchten, ihr Leben unter Kontrolle zu bringen. Sie legte eine Hand auf seinen Arm. »Du musst einfach Geduld mit ihm haben.«

»Ich weiß«, sagte Porter und sah ihr in die Augen. »Aber ich mache mir solche Sorgen um den Jungen und ich kenne ihn gerade mal einen Tag! Ich will, dass er weiß, wie leid es mir tut, ihn nicht früher kennengelernt zu haben, und dass er hier sicher ist.«

»Hast du ihm das gesagt?«, fragte Riley.

Porter blinzelte. Dann schüttelte er den Kopf. »Nicht wirklich. Er hat ein Gespräch mit meinen Kameraden überhört; wir haben darüber geredet, wer ihn aufnimmt, falls mir etwas zustoßen sollte. Ich habe versucht, ihm zu erklären, dass meine Freunde meine Familie sind und damit nun auch seine Familie.«

Riley fiel es schwer, die richtigen Worte zu finden. Sie wusste nicht, ob sie diesem Mann und seinem Neffen helfen konnte, aber sie wollte es zumindest versuchen. »Als ich meinen Eltern zum ersten Mal weggenommen wurde, hatte ich riesengroße Angst. Ich wusste nicht, wo ich leben sollte, was ich essen sollte, wo ich schlafen sollte. Ich wurde einer netten Familie zugeteilt, die sich liebevoll um mich gekümmert hat, aber ich kam mir dort fremd vor. Es war nicht mein Zuhause. Ich kannte sie nicht. Als ich mich langsam eingelebt hatte, wurde ich wieder abgeholt und zu meinen Eltern zurückgebracht. Ich habe mich natürlich gefreut, aber auf der anderen Seite fühlte ich mich schuldig, weil es mir bei meiner Pflegefamilie so gut gefallen hatte. Meine Eltern versuchten ihr Bestes, aber sie stritten sich oft. Ich fühlte mich bei ihnen nicht wohl. Ständig versuchte ich, alles richtig zu machen, damit sie keinen Grund für einen neuen Streit hatten.

Als ich das zweite Mal gehen musste, war es etwas einfacher, aber noch immer schrecklich. Die Familie war nicht so nett wie die erste, aber ich musste mir keine Sorgen darüber machen, ins Kreuzfeuer eines Streits zu kommen oder hungrig ins Bett zu gehen. Aber ich fühlte mich immer noch schuldig. Jedes Mal wenn ich wieder umziehen musste, kam dieses Gefühl zurück. Ich war so verwirrt und es war beängstigend, immer wieder bei Fremden einzuziehen, auch wenn sie alle nett waren.

Gib Logan Zeit, Porter. Ihr beide werdet nicht nur deshalb gute Freunde, weil ihr Familie seid. Ich weiß, dass

Männern das nicht leichtfällt, aber du musst mit ihm über deine Gefühle reden. Und zwar oft. Vor allem am Anfang wird er darauf nicht eingehen. Aber er wird darüber hinwegkommen. Erzähl ihm, welche Gefühle du deiner Schwester gegenüber hattest. Sag ihm, dass du dich um ihn kümmern wirst. Dass du dich freust, dass er hier ist, auch wenn das dein Leben verändert. Sei offen mit ihm und irgendwann wird er es auch sein. Aber Vertrauen wächst langsam.«

Porter verlagerte das Gewicht und bevor sie wusste, was passiert, befand sie sich in seinen Armen.

Sie war gute dreißig Zentimeter kleiner als er, aber dennoch passten sie gut zusammen. Ihre Wange lag an seiner Brust und als seine Arme sie umschlossen, fühlte sie sich absolut geborgen. Sie war sich sicher, dass Porter geduscht hatte, bevor sie herübergekommen war. Er roch frisch und sauber. Selbst sein T-Shirt roch frisch gewaschen.

Riley war eigentlich kein großer Fan von Umarmungen, vielleicht weil ihre Eltern selten mit ihr gekuschelt hatten, als sie klein war. Sie hatte gelernt, Menschen auf Abstand zu halten. Aber diese Umarmung fühlte sich nicht unangenehm an. Eher so, als wäre sie endlich angekommen.

Gerade als sie die Arme hob, um die Umarmung zu erwidern, machte Porter einen Schritt zurück. Seine Wangen waren rot angelaufen, als würde er sich schämen.

»Entschuldige«, sagte er.

»Wofür?«, fragte Riley verwirrt.

»Ich habe dich umarmt, ohne zu fragen.«

Eine Bewegung im Augenwinkel verlangte ihre Aufmerksamkeit. Sie drehte den Kopf und sah, dass Logan in der Tür zur Küche stand.

»Kein Problem«, sagte sie zu Porter.

»Doch, das ist es«, sagte er und schüttelte den Kopf. »Es ist nicht in Ordnung, eine Frau zu berühren, ohne ihre

Erlaubnis zu haben. Es ist nur ... ich bin froh, dass du da bist. Es tut mir leid, dass du all diese Dinge erleben musstest, aber nun bewundere ich dich umso mehr. Und du hast recht, ich bin einfach ungeduldig. Ich muss mich zusammenreißen und einfach weitermachen. Was hast du uns denn eigentlich mitgebracht?«

Riley brauchte eine Sekunde, um den schnellen Themenwechsel zu verarbeiten, dann merkte sie, dass auch Oz Logan gesehen hatte.

»Bohnenauflauf. Und bevor hier jetzt jemand die Nase rümpft und sagt, dass er das nicht mag: Ihr werdet mein Rezept mögen, das verspreche ich euch.« Sie drehte sich zu Logan um. »Weißt du, was da drin ist?«

Logan zuckte mit den Schultern.

Riley interpretierte das als ein Nein. »Bohnen natürlich, aber die werdet ihr nicht mal schmecken, so viel Käse habe ich draufgerieben. Und dann ist Sahne drin, viel Sahne, und Sour Cream. Die Zwiebeln obendrauf sind extraknusprig. Hast du schon mal knusprige Zwiebeln probiert, Logan?«, fragte sie. Sie hatte unterschlagen, dass sie auch die Reste einer Pilzsuppe im Auflauf verarbeitet hatte, weil viele Leute Pilze nicht mochten. Sie selbst war nicht der größte Fan, aber als Suppe schmeckten sie ganz gut. Nicht halb so schwammig wie die Pilze, die sie selbst nicht essen würde.

Logan sagte so leise »Nein«, dass sie ihn kaum hören konnte.

Riley wertete es als Erfolg, dass sie überhaupt ein Wort aus ihm herausgebracht hatte. Sie lächelte. »Du wirst sie lieben. Sie sind wie Pommes, aber richtig knusprig. Und danach hat man einen richtig stinkenden Atem. Das ist super.«

Ihre Aussage zauberte sogar ein kleines Lächeln auf das Gesicht des Jungen. Riley sah Porter an – und erstarrte, als sie seinen Blick bemerkte. Auch er hatte ein kleines Grinsen auf dem Gesicht und einen Moment lang glaubte sie, dass er sie erneut umarmen würde. Aber dann drehte er sich zu seinem Neffen um.

»Dann müssen wir uns wohl beide gut die Zähne putzen, bevor wir ins Bett gehen, damit wir uns morgen früh nicht vor uns selbst ekeln, wenn wir unseren eigenen Atem riechen. Oder wir machen einen Wettbewerb, wer den schlimmsten Atemgeruch hat. Und Riley ist die Schiedsrichterin. Sie muss unseren Atem dann vergleichen.«

Porters Witze waren niedlich und Riley freute sich darüber, ein weiteres Lächeln auf Logans Gesicht erkennen zu können.

»Vielen Dank, dass du etwas mitgebracht hast«, sagte Porter. »Das musstest du nicht. Ich habe einen Salat gemacht, den wir mit den Burgern hätten essen können. Ich wollte dafür sorgen, dass Logan neben dem ganzen Fleisch auch etwas Gesundes isst.«

Und wieder einmal ging Riley das Herz auf. Porter dachte vielleicht, dass er keinen guten Job mit seinem Neffen machte, aber so wie Riley es sah, strengte er sich ziemlich an.

»Super«, sagte sie.

»Abendessen ist in zehn Minuten fertig, wenn das okay ist.«

Riley nickte und Porter drehte sich zu Logan um. »Wasch dir schnell die Hände. Dann kannst du uns beim Tischdecken helfen.«

Ohne ein weiteres Wort drehte Logan sich um und ging ins Bad. Als er außer Hörweite war, machte Porter einen Schritt auf Riley zu, berührte sie aber nicht. Riley fühlte sich nicht bedrängt.

»Vielen Dank, dass du vorbeigekommen bist. Ich weiß das zu schätzen. Ich glaube, es ist gut, wenn jemand als Puffer dabei ist. Das macht die Sache einfacher.«

Für wen?, fragte sich Riley, nickte aber, anstatt ihre Frage laut zu stellen. So wichtig war es nicht. Es war interessant, Porter so verletzlich zu sehen. Sogar intim.

»Ich weiß, dass du Miles gehört hast«, sagte sie stattdessen.

Porter runzelte die Stirn. »Wen?«

»Mein Freund ... Ex-Freund. Die Wände in diesem Haus sind dünn und ich weiß, wie laut er war, wenn er mit mir gestritten hat.« Riley wusste nicht, warum sie das erwähnte; sie wollte wohl, dass Porter nicht schlecht über sie dachte. Sie wollte nicht als Opfer gesehen werden. »Er war nicht immer so. Am Anfang war er sehr nett und hilfsbereit. Aber als ich ihm sagte, dass er nicht jeden Tag in meiner Wohnung rumhängen kann, weil ich arbeiten muss, wurde er immer unfreundlicher. Und eifersüchtig, nehme ich an. Er hat wohl gedacht, dass ich ihn betrüge. Aber ich musste einfach arbeiten.«

»Du musst mir das alles nicht erzählen«, sagte Porter zu ihr, als sie Luft holte.

»Ich wollte nur ... ich wollte, dass du die ganze Geschichte kennst. Ich weiß, dass ich lange gebraucht habe, um ihn zum Teufel zu schicken, aber ich hatte immer die Hoffnung, dass er sich ändern würde. Dass er mir glauben würde, wenn ich sagte, dass ich mich mit niemand anderem treffe. Aber als er anfing, mich zu beleidigen, und mir Angst einjagte, war es vorbei.«

»Ich war sehr stolz auf dich«, sagte Porter. »Niemand hat es verdient, beleidigt zu werden.«

»Danke.« Riley hasste es, dass er die Streitereien mitgehört hatte. Manchmal hatte sie tief in sich das Gefühl, dass sie weniger wert war als andere Menschen, die eine schöne, idyllische Kindheit gehabt hatten. Die wichtige Jobs machten. Aber sie schluckte dieses Gefühl herunter. Und dann platzte etwas aus ihr heraus, das sie nie laut sagen wollte. Niemals. »Und ich bin ganz sicher nicht frigide.«

Porters Augenbrauen schossen in die Höhe.

Riley schloss beschämt die Augen, aber sie wollte weitersprechen. »Ich weiß, dass du mehrmals mitbekommen hast, wie er mich frigide nannte. Auch gestern Abend, als ich ihn rausgeworfen habe. Aber das stimmt nicht. Wir haben nur einmal miteinander geschlafen und es war kein schönes Erlebnis. Für keinen von uns«, sagte sie. Dann zwang sie sich, die Augen zu öffnen und Porter anzusehen. »Ich habe schon damals gewusst, dass er ein Idiot ist. Er hatte keinen Job und wollte, dass ich alles für ihn bezahle. Ich habe kein Problem damit, die Kosten für Lebensmittel und andere Dinge zu teilen, wenn ich mit jemandem zusammen bin, aber ich habe keine Lust, alles zu bezahlen. Als ich begann, mich zu weigern, für Restaurantbesuche und Ähnliches zu zahlen, hat er mir sein wahres Gesicht gezeigt –«

»Riley, genug«, sagte Porter und unterbrach so ihren Redefluss.

Sie lief rot an.

»Ich hätte dem Idioten sowieso kein Wort geglaubt, auch ohne dass du dich verteidigst. Jemandem, der so streitlustig ist, kann man nichts glauben. Es tut mir leid, dass du das alles mitmachen musstest, aber ich bin stolz darauf, dass du ihn rausgeworfen hast. Das war bestimmt nicht einfach.«

»Das war es wirklich nicht«, stimmte Riley zu. »Er war ziemlich aggressiv. Habe ich dir schon dafür gedankt, dass du mir geholfen hast, indem du im Flur standest?«

»Dafür musst du dich nicht bedanken. Aggressive Männer wie er ziehen normalerweise den Schwanz ein, wenn ihnen jemand Größeres und Stärkeres gegenübersteht. Sie streiten sich nur mit denen, die sie überwältigen können.«

»Ich bin fertig.«

Riley drehte sich um und sah, dass Logan wieder im Türrahmen stand. Der Junge war auf leisen Sohlen unterwegs. Sie machte sich eine geistige Notiz, keine triefgründigen Gespräche mehr zu starten, wenn er in der Nähe war und lauschen konnte.

»Super. Komm her, dann zeige ich dir, wo alles ist«, sagte Porter zu seinem Neffen.

Riley machte Platz, während Porter Logan erklärte, wo die Besteckschublade, die Tassen und Teller, die Gläser und die Schüsseln waren. Es war rührend, ihn mit seinem Neffen zu sehen. Er hatte ein gutes Gespür für Kinder. Er behandelte ihn nicht von oben herab und machte dem Jungen gleichzeitig klar, dass er seine Hilfe im Haushalt erwartete.

Logan trug vorsichtig drei Teller zu dem kleinen Esstisch im nächsten Zimmer.

»Müssen wir den Auflauf noch einmal aufwärmen?«, fragte Porter.

Riley sah, dass ihr Nachbar auf den Auflauf zeigte, den sie mitgebracht hatte. »Nein. Er sollte noch warm sein.«

»Perfekt.« Porter entfernte die Alufolie, die sie als Abdeckung über die Auflaufform gelegt hatte, lehnte sich vor und atmete tief ein.

Er drehte sich zu Logan um, der gerade wieder in die Küche gekommen war. »Komm und riech mal, mein Großer. Wir werden einen extrem stinkigen Atem haben, wenn wir das gegessen haben.«

Der Junge lächelte zwar nicht, aber seine Mundwinkel zuckten verräterisch. Er ging zu seinem Onkel und Mann und Kind standen nebeneinander, während sie sich über den Bohnenauflauf lehnten.

»Dieses Gericht wird in diesem Haushalt ab heute offiziell Zwiebelauflauf genannt«, entschied Porter mit bestimmendem Tonfall.

Sie kicherte.

»Sollen wir den ganzen Auflauf auf den Tisch stellen oder soll sich jeder seinen Teller hier in der Küche auffüllen?«, fragte Porter Logan.

Logan zuckte mit den Schultern, sagte dann aber: »Teller.«

»Tolle Idee«, stimmte Porter sofort zu. »Ich mag es nicht, wenn sich die verschiedenen Bestandteile meiner Mahlzeit vermischen. Ich weiß, dass das komisch ist. Im Bauch kommt sowieso alles zusammen. Aber ich mag es nicht, wenn sich der Geschmack schon auf dem Teller vermischt.«

Logan sah seinen Onkel überrascht an. »Das hat meine Mom auch immer gesagt.«

Porter lächelte den Jungen an, aber Riley konnte dahinter eine große Traurigkeit erkennen. »Ja, ich glaube, das habe ich von ihr. Das hat unseren Vater wahnsinnig gemacht. Er hat uns immer angeschrien, wenn wir uns geweigert haben, etwas zu essen, das mit anderem Essen ›verseucht‹ war. Ich hatte vergessen, dass Becky es genauso gemacht hat. Vielen Dank, dass du mich daran erinnert hast.«

Der Junge und der Mann sahen sich für einen langen Moment an, dann nickte Logan und schaute weg.

Es war ein kleiner Schritt, aber ein Schritt in die richtige Richtung.

Riley streckte sich und holte einen Teller aus dem Schrank. Gleichzeitig drückte sie Porters Oberarm in stiller Unterstützung.

Das Gespräch beim Abendessen war etwas stockend, aber Riley konnte sich nicht erinnern, wann sie das letzte Mal eine Mahlzeit so genossen hatte. Es war interessant, die Dynamik zwischen Porter und Logan zu beobachten. Der

Junge sah immer dann zu seinem Onkel hinüber, wenn er glaubte, unbeobachtet zu sein, und Porter strengte sich sehr an, unterhaltsam zu sein. Logan sagte nicht viel, aber er hörte gut zu.

Riley freute sich, dass die beiden sich zwei Nachschläge von ihrem Auflauf gönnten, der nun als Zwiebelauflauf bekannt war. Wie sie vermutet hatte, überdeckte der Käse den Geschmack der Bohnen. Das Gericht war vielleicht nicht so gesund, wie es hätte sein sollen, aber das war im Moment egal.

Sie sah, wie Logan den Salat auf seinem Teller zur Seite schob, damit er seinen Burger nicht berührte – ganz so, wie auch Porter es zuvor getan hatte.

Der Mann und der Junge aßen viel mehr, als Riley es je gekonnt hätte. Logan aß etwas zu schnell, aber niemand kommentierte das. Porter versuchte, das Gespräch so stetig und harmlos wie möglich zu halten. Logan beteiligte sich kaum und antwortete nur mit seinem Schulterzucken oder einem Grunzen, wenn ihm eine direkte Frage gestellt wurde. Aber zumindest ignorierte er seinen Onkel nicht.

Nach dem Essen ging Logan zum Sofa, um den Fernseher einzuschalten, aber Porter hielt ihn auf. »Wir müssen noch abspülen, mein Großer.«

Logan drehte sich um und starrte ihn ungläubig an.

»Ich weiß nicht, wie ihr das bis jetzt gemacht habt, aber ich denke, dass der Koch sich ausruhen kann, während die anderen für den Abwasch verantwortlich sind. Du hast Glück, ich habe eine Spülmaschine. Man muss das Geschirr also nur reinstellen.«

Logan sah seinen Onkel lange an und Riley hielt den Atem an. Als der Junge sich schließlich widerwillig auf den Weg zur Küche machte, atmete sie erleichtert auf.

Es war nicht einfach, die Regeln eines neuen Haushalts zu lernen. Der Junge musste herausfinden, welche

Aufgaben von ihm verlangt wurden. Sie vermutete, dass Logan im Moment noch sehr vorsichtig war und deshalb neue Regeln erst einmal akzeptierte. Sie nahm allerdings an, dass er sich irgendwann auch auflehnen würde, um seine Grenzen auszutesten. Sie war nur froh, dass dies nicht am heutigen Abend geschah.

Riley saß am Tisch, während Porter und Logan die Spülmaschine einräumten. Er erklärte dem Jungen, wie er die Maschine am besten beladen konnte, und zeigte ihm, wo die Reinigungstabletten gelagert wurden und wie er die Maschine anschalten konnte.

»Gut gemacht.«

»Heißt das, du räumst auf, wenn ich koche?«, fragte Logan.

Es war der erste vollständige Satz, den der Junge gesagt hatte, und Riley freute sich sehr darüber.

Porter machte keine große Sache daraus und war gekonnt entspannt. »Ja. Kochst du gern?«

»Nicht wirklich. Aber manchmal, wenn man essen will, muss man kochen.«

Bei diesem Satz verging Riley die gute Laune. Sie hörte nicht gern, dass Logan sich selbst um seine Mahlzeiten hatte kümmern müssen. Porter ging es offensichtlich ähnlich.

Porter kniete sich vor Logan und sah ihm in die Augen, während er sprach. Das machte er oft, was Riley sehr nett von ihm fand. »Das ist leider wahr. Aber solange du bei mir bist, wird das nicht passieren. Ehrlich gesagt geht es mir gar nicht so sehr darum, ob du nun beim Aufräumen hilfst oder nicht, sondern darum, dass du höflich und zuvorkommend bist. Im Haushalt zu helfen ist ein Teil davon. Aber auch, wenn du keine Lust hast und nicht helfen willst, bekommst du trotzdem etwas zu essen. Und ich werde mein Möglichstes geben, um dich zu beschützen und zu umsorgen. Ich liebe dich, Logan. Ich weiß, dass wir uns noch nicht lange kennen, aber du bist mein Neffe und immer, wenn ich dich ansehe, sehe ich auch meine Schwester. Das ist etwas Gutes. Ich kann dir beibringen, was ich übers Kochen weiß. Viel ist das aber nicht. Aber ich verspreche dir: Wenn du kochst, dann räume ich auf. Abgemacht?«

Logan nickte.

Rileys Herz schmolz einmal mehr an diesem Abend. Zu sehen, wie liebevoll Porter mit seinem Neffen umging, machte es ihr schwer, ihn nur als Nachbarn zu sehen. Sie war tief beeindruckt – dabei versuchte Porter noch nicht einmal, Eindruck zu schinden. Er versuchte nur, der beste Onkel zu sein, der er sein konnte.

Die Tatsache, dass er ihren Ratschlag angenommen und Logan ohne Umschweife gesagt hatte, dass er ihn liebte, beeindruckte sie ebenfalls.

Sie sah zu, als Porter sich erhob. »Möchtest du Riley dein Zimmer zeigen?«

Wie zu erwarten antwortete Logan nur mit einem Schulterzucken; dann wandte er sich aber zu ihr um und sagte: »Ich kann dir das Zimmer zeigen, wenn du willst.«

»Das wäre super«, sagte Riley lächelnd. Eigentlich wäre sie gern bei Porter geblieben und hätte mit ihm geredet. Er sah nicht besonders glücklich aus, obwohl er seine Gefühle hinter einem Lächeln zu verstecken versuchte. Sie konnte ihm keinen Vorwurf machen. Die kleinen Details, die Logan aus seinem vorherigen Leben preisgab, ließen sie das Schlimmste vermuten. Und sie hatte das Gefühl, dass der Junge noch viel mehr erlebt hatte.

Riley blickte noch einmal zu Porter zurück, als sie und Logan den Flur entlang zu seinem Zimmer gingen. Sie sah, dass er den Kopf gesenkt hatte und seinen Nacken mit einer Hand massierte. Die andere Hand bildete eine Faust an seiner Seite. Sie hasste es, ihn so angespannt zu sehen, aber im Moment konnte sie nichts daran ändern. Sie beschloss, Logan eine Weile zu beschäftigen, sodass Porter sich sammeln konnte.

Logan führte sie in das zweite Schlafzimmer, das sie in ihrer Wohnung als Arbeitszimmer verwendete. Und sie atmete scharf ein, als sie den Raum sah. Porter hatte ihn in ein wunderschönes Kinderzimmer verwandelt. Riley hatte keine Ahnung, wie Porter den Raum dekoriert hatte, bevor Logan eingezogen war. Aber nun standen hier ein großes Bett, eine Kommode und ein Schreibtisch. Auch ein fast leeres Bücherregal stand im Raum und im offenen Kleiderschrank hingen ein paar vereinzelte Kleidungsstücke.

Der Raum war mit einer großen Auswahl an Baseballzubehör geschmückt. Ein Poster, welches einen Spieler der Texas Rangers zeigte, hing an der Wand und der Teppich im Raum war wie ein Baseball geformt. Riley konnte in der Zimmerecke auch einen Schläger, Ball und Handschuh liegen sehen. Die Tagesdecke wurde vom Logo der Texas Rangers geziert. Logan schien sich doch für etwas begeistern zu können.

»Du magst Baseball?«, fragte Riley.

Logan nickte. »Ja. Shin-Soo Choo ist mein Lieblingsspieler. Er ist großartig und kann ganz verrückte Bälle fangen. Er hat einmal ein Kind im Publikum gerettet, das fast einen Ball ins Gesicht bekommen hätte. Und er wirft seine Bälle mit der linken Hand. Voll cool. Er ist aus Südkorea und hat drei Kinder. Er hat drei Kinder und ihre Namen fangen alle mit ›A‹ an. A steht für ›abgefahren‹. Verstehst du? Weil seine Kinder so großartig sind. Mit einhundertzweiunddreißig Treffern führt er alle aktiven Spieler der Major League im ›Hit by Pitch‹ an.«

»Was ist denn ›Hit by Pitch‹?«, fragte Riley, die sich freute, dass der Junge mit ihr redete. Es war offensichtlich, wie sehr er Baseball liebte.

»Das heißt, dass der Schlagmann von einem Ball getroffen wird«, erklärte Logan sofort.

Riley wollte lachen, aber sie hielt sich zurück und nickte ernst.

»Solange der Schlagmann sein Bestes getan hat, um nicht getroffen zu werden, darf er automatisch zur ersten Base gehen. 2019 war er der achtälteste Spieler in der American League.«

Riley verstand nur die Hälfte dessen, was Logan erzählte, versuchte aber, am Ball zu bleiben. »Und dein Onkel weiß, dass du Baseball magst, und hat dir all diese Sachen besorgt?«

Logan nickte und sah zu Boden. »Als er meine Klamotten gewaschen hat, hat er mein Texas-Rangers-T-Shirt gesehen.«

»Ich habe das Gefühl, dass Porter ziemlich viel sieht.«

»Ja. Muss er ja. Er ist ein Elitesoldat.«

Das wusste Riley nicht, war aber nicht überrascht. Er hatte seine »Einheit« erwähnt, aber sie hatte gedacht, dass er einfach über seine Kollegen auf dem Stützpunkt gesprochen hatte. Aber nun, da sie wusste, dass er als Elitesoldat diente, machte seine Wortwahl mehr Sinn.

Logan überraschte sie, als er sagte: »Meine Mom hat viel von ihm erzählt. Sie war sehr stolz auf ihn.«

Riley setzte sich auf die Bettkante. Sie wollte nicht hinter seinem Rücken über Porter sprechen, aber da Logan plötzlich seine Stimme gefunden hatte, wollte sie ihn nicht stoppen. »Es sieht so aus, als wäre er ein Mann, auf den man stolz sein kann.«

»Ich verstehe nicht, warum er so nett zu mir ist. Er mochte Mom nicht, warum mag er also mich?«

Riley brach fast das Herz, als sie das hörte. »Er mochte deine Mutter«, sagte sie sofort. »Manchmal haben Erwachsene Streit und reden dann nicht mehr miteinander, aber das heißt nicht, dass sie keine Gefühle füreinander haben. Er ist nett zu dir, weil er dich liebt. Du bist sein Neffe. Er hat vielleicht eine lange Zeit nicht mit deiner Mutter gesprochen, aber das hat nichts mit dir zu tun, Logan. Hätte er gewusst, dass es dich gibt, hätte er alles getan, um die Beziehung zu deiner Mutter wieder aufzunehmen.«

»Sie war nicht die beste Mutter der Welt«, sagte Logan sanft.

»Das war meine auch nicht«, gab sie zu. Logan sah zu ihr auf. Sie redete weiter. »Sie und mein Vater haben mich nicht so großartig behandelt. Und manchmal haben sie vergessen, etwas zu essen zu besorgen. Sie haben meine Kleidung nicht gewaschen, also haben die anderen Kinder Witze über mich gemacht. Dann kam das Jugendamt und hat mich mitgenommen. Ich habe in Pflegefamilien gelebt, bis meine Eltern sich besser fühlten und ihr Leben wieder unter Kontrolle hatten. Eine Zeit lang war alles gut, aber dann haben sie wieder angefangen zu trinken und alles fing wieder von vorne an. Aber weißt du was? Ich habe sie trotzdem geliebt. Sie haben mir wehgetan, mich ignoriert und mich traurig gemacht, aber sie sind immer noch meine Eltern.«

»Wo sind sie jetzt?«, fragte Logan. Er saß auf dem Bett im Schneidersitz und hatte seine Ellbogen auf seine Knie gestützt.

Riley legte sich aufs Bett und starrte an die Decke. »Ich wurde alt genug, um mich um mich selbst zu kümmern, Essen zu machen, Kleidung zu waschen. Ich lernte, Geld aus ihren Geldbeuteln zu nehmen, um im Supermarkt einzukaufen. Ich habe mich angestrengt, die Schule abgeschlossen und bin ausgezogen. Vier Monate, nachdem ich ausgezogen war, sind sie bei einem Autounfall ums Leben gekommen. Sie waren in einer Kneipe gewesen und hatten getrunken. Sie sind mit dem Auto auf einer Brücke von der Straße abgekommen und ertrunken.«

»Ich habe meine Mom geliebt«, gab Logan zu. »Ich habe nicht verstanden, warum sie so gemein zu mir war, als ich klein war, aber sie ist immer netter geworden. Sie hat aufgehört, Drogen zu nehmen, und wir hatten es ganz gut. Ich vermisse sie.«

Riley setzte sich hin und streckte die Hände nach Logan aus. Dann erinnerte sie sich an das, was Porter früher am Abend gesagt hatte, und fragte: »Darf ich dich umarmen?«

Logan antwortete ihr zwar nicht, aber er rutschte ein Stück näher an sie heran und legte die Arme um sie.

Riley schlang ihre Arme ebenfalls um ihn. Sie hatte keine Ahnung, was der Junge alles durchgemacht hatte, aber die Liebe für seine Mutter war offensichtlich.

Sie umarmten sich ein paar Minuten lang, bis Logan seine Emotionen wieder unter Kontrolle hatte.

Riley wollte nicht, dass er sich schämte, deshalb sagte sie: »Dein Onkel ist ein guter Mann. Es klingt so, als hätten er und deine Mutter auch eine schwierige Kindheit gehabt. Ich bin mir sicher, dass er alles tun wird, um dir ein schönes Leben zu bieten. Zum Beispiel, indem er dir ein Bett, Kleidung und Baseballzeug kauft. Aber das heißt nicht, dass du deine Mom vergessen musst. Dass du sie nicht mehr lieben darfst. Man kann mehr als einen Menschen lieben. Und weiß du was?«

»Was?«, fragte Logan und sah sie mit tränengefüllten Augen an.

»Ich bin mir sicher, dass er mehr über deine Mom erfahren will. Er fühlt sich schlecht, weil er so lange nicht mit ihr gesprochen hat. Ich weiß, dass er gern über sie sprechen würde.« Riley musste unbedingt mit Porter über dieses Gespräch reden, damit er wusste, was auf ihn zukam. Er könnte wütend auf sie werden, aber es war offensichtlich, dass Logan über seine Mutter sprechen wollte und musste.

Logan nickte.

»Ich mag dein Zimmer«, sagte sie.

»Ich auch«, gab Logan zu.

»Ich wohne nebenan«, sagte sie zu dem Jungen. »Wenn du etwas brauchst, kannst du jederzeit an meine Tür klopfen.«

»Vielen Dank. Riley?«

»Ja?«

»Kannst du Oz sagen, dass ich ins Bett gehen will? Ich bin müde.«

»Sicher?«, fragte Riley.

»Ja. Ich muss mir noch die Zähne putzen. Ich habe morgen meinen ersten Schultag und ich will, dass die anderen Kinder mich mögen.«

»Das werden sie«, sagte Riley beruhigend, als sie merkte, dass Logan sich Sorgen machte.

Er zuckte mit den Schultern.

»Okay, ich sage ihm Bescheid. Vielen Dank für das Gespräch und die Führung«, sagte Riley.

Logan nickte.

»Bis später.«

»Bis später«, sagte Logan.

Riley stand auf und ging zur Tür. Sie schloss die Zimmertür hinter sich und ging den Flur entlang ins Wohnzimmer. Als sie dort ankam, stand Porter an dem großen Fenster, das auf den grünen Park hinter dem Wohnhaus hinausblickte. Dort befanden sich ein paar Picknick-Tische, öffentliche Grillstellen und ein Volleyball-Feld, das selten benutzt wurde. Da es dunkel war, passierte im Park sicherlich nichts Aufregendes. Sie konnte sich also nicht erklären, warum er so angestrengt nach draußen schaute.

Als sie den Raum betrat, drehte er sich in ihre Richtung

um und Riley konnte erkennen, wie traurig er war. Sie wusste sofort, dass er ihr Gespräch mit Logan gehört hatte. »Du hast mitgehört?«, fragte sie leise.

Porter nickte. »Du hast eine gute Art, mit ihm umzugehen.«

»Ich glaube, ich erinnere ihn an seine Mutter. Weil ich eine Frau bin«, fügte sie hinzu, damit Porter sich besser fühlte.

Er schüttelte den Kopf und für einen Moment sah er seinem Neffen unglaublich ähnlich. »Das ist es nicht. Es ist deine Art.«

»Er braucht einfach Zeit«, sagte Riley zu ihm. »Er ist einfach noch sehr unsicher.«

»Mein Beileid wegen deiner Eltern«, sagte Porter.

Riley schluckte schwer. Sie realisierte erst jetzt, dass Porter nicht nur gehört haben musste, was Logan erzählt hatte, sondern auch ihre eigene Geschichte. »Vielen Dank. Ich bin froh, dass in dieser Nacht niemand anderes zu Schaden gekommen ist. Für mich war es eher eine Befreiung. Meine Mutter hat mich immer wieder um Geld gebeten. Natürlich habe ich mich schlecht gefühlt, weil ich solche Gedanken über den Tod meiner Eltern hatte.«

»Das musst du nicht«, sagte Porter. »Du hast nämlich recht, sie hätten nie aufgehört, dich um Geld zu bitten. Wenn jemand an einer Sucht leidet, dann kann er oder sie an nichts anderes denken als daran, diese zu befriedigen.«

»Deine Schwester?«, fragte Riley sanft.

»Ja. Es war schlimm. Ich war noch nicht einmal volljährig und habe so viel gearbeitet, wie ich konnte, um ihr Geld zu geben. Zuerst dachte ich, dass ich ihr so helfe, aber sie hat das Geld immer wieder für Drogen ausgegeben. Ich habe mich schlecht gefühlt, als unser Vater gestorben ist. Ich bin zur Armee gegangen und habe ihr kein Geld mehr gegeben. Aber wie du gesagt hast, es war wie eine Befreiung, als ich aufgehört habe, ihr Geld zu geben. Aber ich kann nicht aufhören, an Logan zu denken und daran, wie sein Leben ausgesehen hat.«

»Es klingt so, als hätte sie sich zum Ende ihres Lebens hin wirklich geändert«, sagte Riley, »und dass sie sich unter Kontrolle hatte.«

»Ja«, stimmte Porter zu.

»Entschuldige, dass ich ihm gesagt habe, dass er über seine Mutter reden –«, fing Riley an.

Aber Porter unterbrach sie. »Nein, du hattest recht. Das war gut. Ich will nicht, dass er denkt, er darf nicht über sie reden. Trotz ihrer Schwächen war sie seine Mutter und er hat sie geliebt. Das will ich ihm nicht nehmen. Ich würde gern wissen, was für eine Frau aus ihr geworden war, anstatt mich daran zu erinnern, dass sie drogenabhängig war. Vielen Dank für den Vorschlag. Ich schulde dir etwas.«

Sie schüttelte den Kopf. »Nein, das tust du nicht.«

Porter lachte leise, klang aber nicht erfreut dabei. »Natürlich. Ich habe das Gefühl, dass ich in den nächsten acht Jahren vielen Leuten etwas schulden werde. Ich hatte keine Ahnung, wie schwer es ist, allein ein Kind groß-zuziehen.«

»Ich würde dir sehr gern helfen.«

Er starrte sie lange an. »Du meinst es ernst, nicht wahr?«

»Natürlich«, versicherte Riley ihm.

»Du hast erwähnt, dass du von zu Hause arbeitest. Was machst du beruflich?«

»Ich transkribiere Texte. Ich bekomme Audiodateien und tippe, was ich höre. Ich habe ein paar Ärzte, die mir ihre Aufnahmen zu ihren Patienten schicken, und ich bringe sie zu Papier. Ich habe auch schon für Autoren gear-beitet, die ihre Bücher nicht schreiben, sondern diktieren. Auch Vorlesungen transkribiere ich. Es gibt immer mehr Software, die Transkripte anfertigen kann, aber ich hoffe, dass ich weiterhin Aufträge bekommen werde. Ich mache bessere Arbeit als die Programme. Und bei den Ärzten geht es auch um die Datensicherheit.«

»Du magst deinen Job«, sagte Porter. Es war keine Frage.

Riley nickte dennoch. »Ja. Ich habe keine Ausbildung und deshalb fiel es mir schwer, nach der Schule einen Job zu finden, den ich machen kann und den ich mag. Meine Transkripte sind immer besser geworden und ich habe gelernt, immer schneller zu tippen. Jetzt habe ich einige sehr gute Kunden. Ich werde damit zwar nicht reich, aber ich kann die Miete bezahlen und habe etwas zu tun.«

»Die Armee hat etwas, das nennt sich Familienplan. Er wird hauptsächlich von alleinstehenden Soldaten mit Kindern verwendet. Darin wird festgelegt, was mit den Kindern passiert, wenn ein Soldat auf einen Einsatz geschickt wird oder ihm etwas passiert. Meine Freunde und ihre Partnerinnen haben eingewilligt, sich um Logan zu kümmern, wenn ich auf einem Einsatz bin oder wenn mir etwas zustößt. Wir haben unseren Zeitplan so geändert, dass ich später mit der Arbeit anfangen kann, aber ...« Er unterbrach sich.

»Aber was?«, fragte Riley.

»Vergiss es. Es ist eine dumme Idee.«

»Porter, was denkst du?«

Er schüttelte den Kopf. »Wir haben uns gerade erst kennengelernt. Ich kann dich jetzt nicht einfach um Hilfe bitten. Um ehrlich zu sein, ich mag dich, Riley. Und ich möchte nicht, dass du denkst, ich würde dich in irgendeiner Weise ausnutzen oder dich glauben lassen, dass ich nur wegen Logan an dir interessiert bin.«

Riley blinzelte überrascht. Er hatte Interesse an ihr? Ihre Finger kribbelten und sie fühlte, wie sie Gänsehaut bekam. Sie erinnerte sich daran, dass sie in nächster Zeit Abstand von romantischen Gedanken nehmen wollte, aber wenn dieser Mann sie fragen würde, ob sie mit ihm ausgehen wollte, würde sie sofort Ja sagen. Er war nicht wie Miles oder die anderen Idioten, mit denen sie sich in den letzten Jahren abgegeben hatte. Das wusste sie ganz genau.

»Frag ruhig«, sagte sie.

»Ich habe nur gedacht ... manchmal habe ich Besprechungen am Nachmittag, die sich in die Länge ziehen. Ich werde es vielleicht nicht immer schaffen, vor Logan zu Hause zu sein. Ich will nicht, dass er ein Schlüsselkind wird, so wie Becky und ich. Ich wollte fragen, ob du nach ihm sehen kannst, wenn er von der Schule heimkommt, bis ich zu Hause bin. Es wären nur ein paar Stunden unter der Woche.«

»Natürlich mache ich das.«

»Ich weiß, dass es eine große Bitte ist. Und wenn du mit der Arbeit zu beschäftigt bist, dann finde ich jemand anderen. Ich bin mir sicher, dass die Schule eine Nachmittagsbetreuung anbietet. Verdammt, daran hätte ich denken sollen, bevor ich dich um Hilfe bitte.«

Er sprach schnell und man merkte ihm an, wie unsicher er war. Riley lächelte. »Porter, ich habe schon Ja gesagt. Das ist kein Problem. Ich mag deinen Neffen. Ich kann seine Liebe für Baseball zwar nicht nachvollziehen, aber ich kann trotzdem ein paar Spiele mit ihm anschauen.«

Porter seufzte schwer und sah sie lange an. »Wirklich? Vielen Dank.«

»Keine Ursache.«

»Ich kann dich für deine Zeit auch bezahlen.«

Riley hob abwehrend die Hand. »Nein, das wirst du nicht.«

»Natürlich bezahle ich dich.«

»Wenn du mir Geld gibst, dann fühle ich mich wie deine Angestellte. Und das würde unsere Freundschaft, Beziehung, wie auch immer du es nennen willst, aus dem Gleichgewicht bringen.«

»Du hast recht«, sagte er nach einer oder zwei Sekunden. »Aber du musst in meine Wohnung kommen, wenn Logan nach Hause kommt, und dich aus *meinem* Kühlschrank bedienen. Ich kann ein Netflix-Konto einrichten, sodass dir nicht langweilig wird, und ich besorge einen Fernseher für Logans Zimmer. Dann schließe ich ein Abo für die Sportprogramme ab und er kann sich die Spiele in seinem Zimmer anschauen, während du dich im Wohnzimmer aufhältst. Du kannst gern mein Internet verwenden. Ich werde ein größeres Datenvolumen beantragen, sodass du auch in meiner Wohnung arbeiten kannst.«

»Porter, es ist alles gut. Wirklich.«

Er kam auf sie zu und hielt nicht an, bevor er ganz nahe bei ihr stand. Riley musste zu ihm aufschauen, um den Blickkontakt nicht zu verlieren. Er streckte die Hand nach ihr aus, langsam, um ihr Zeit zu geben, ihm auszuweichen. Aber sie bewegte sich nicht.

Eine Hand legte er an ihren Nacken und mit dem Daumen strich er über die Haut direkt unter ihrem Ohr. »In letzter Zeit habe ich viel über meine Entscheidungen nachgedacht. Darüber, dass ich nicht mit meiner Schwester gesprochen habe. Dass ich nichts von meinem Neffen wusste ... und dass ich meine Nachbarin nicht schon früher kennengelernt habe.«

Riley wusste, dass sie ein breites Lächeln im Gesicht hatte. Aber dann wurde sie wieder ernst. »Ich mag dich, Porter, aber ich will im Moment keine Beziehung eingehen, nachdem ich einige Male auf die falschen Männer reingefallen bin.«

Er nickte. »Ich verstehe. Ich werde beschäftigt genug damit sein herauszufinden, wie man ein Kind großzieht. Ich werde kaum Zeit für etwas anderes haben.«

»Vielleicht können wir die Dinge einen Tag nach dem anderen angehen. Nichts überstürzen«, schlug Riley vor und ärgerte sich im Geiste darüber, wie lahm sie sich anhörte.

»Abgemacht. Aber fürs Protokoll: Ich bin nicht wie dieser Miles. Ich würde dich oder Logan niemals anschreien.«

»Ich weiß. Du bist ein guter Mann«, platzte es aus Riley heraus und sie wiederholte damit, was sie zu Logan gesagt hatte.

Porter zuckte mit den Schultern. »Nicht immer, aber ich versuche mein Bestes.« Er machte einen Schritt zurück und Riley fühlte plötzlich die Kälte, die das Fehlen seiner Hand an ihrem Nacken hinterlassen hatte.

»Ich werde zumindest in der ersten Woche immer vor ihm nach Hause kommen. Aber wenn du willst, kannst du gern vorbeikommen und uns Gesellschaft leisten; das würde ihm sicher helfen, sich mit dir wohlzufühlen. Dann ist es für ihn einfacher, wenn ihr beide allein seid. Es klingt so, als wäre er viel allein geblieben, und ich will nicht, dass er denkt, dass ich ihm nicht vertraue.«

Einmal mehr war Riley von Porters Sorge und Vorsicht beeindruckt. »Klingt gut.«

»Ich schicke dir den Zeitplan seines Schulbusses. Vielen Dank für deine Hilfe.«

»Natürlich. Und du machst das gut mit ihm. Ich weiß, dass er erst einen Tag hier ist, aber ich meine es so. Das Bett, die Baseballsachen, das Essen und die Aufgaben im Haushalt, das machst du alles super.«

»Ich improvisiere, um ehrlich zu sein«, gab Porter zu.

»Das ist umso beeindruckender. Ich werde mich nun auf den Weg machen, damit du noch ein bisschen Zeit für dich hast. Ich denke, du bist es nicht gewohnt, den ganzen Tag zu reden.«

Er lachte. »Ich habe in meinem ganzen Leben noch nicht so viel geredet.«

»Ich wünsche dir noch einen schönen Abend.«

»Ich bringe dich nach Hause«, sagte Porter.

Riley lachte. »Ich muss nur den Flur runter.«

»Stimmt«, sagte Porter.

Riley wusste, dass sie es ihm nicht ausreden konnte, und insgeheim gefiel es ihr, wie beschützerisch er war, und sie ging zur Tür. Er ging den kurzen Weg mit ihr zu ihrer eigenen Wohnung, steckte dann die Hände in die Taschen und nickte ihr unbeholfen zu. »Vielen Dank noch mal. Du bekommst deine Auflaufform morgen sauber zurück.«

»Damit ich sie wieder befüllt zurückbringen kann?«, scherzte Riley.

»Wenn du willst«, sagte Porter lächelnd.

Sofort begann sie, daran zu denken, was sie für die beiden Männer nebenan kochen könnte. »Bis bald.«

»Bis bald«, sagte Porter in genau dem gleichen Tonfall wie sein Neffe zuvor.

Sie schloss die Tür und hörte, wie auch Porter seine eigene Tür hinter sich schloss und den Fernseher anschaltete. Vor gestern Abend hatte sie nicht viel darüber nachgedacht, wie dünn die Wände waren, aber als sie jetzt in ihrer Wohnung stand, wusste sie mit Sicherheit, dass Porter jedes einzelne Wort gehört hatte, das Miles ihr je ins Gesicht geschrien hatte. Das war peinlich, aber sie schob den Gedanken beiseite.

Ihr Nachbar hatte zugegeben, dass er sie mochte, obwohl er alles mitgehört hatte.

Sie lächelte in sich hinein und ging ins Badezimmer. Ihr Leben hatte sich plötzlich verändert, aber daran war sie schon gewöhnt. Nur diesmal schien es sich zum Besseren zu wenden.

KAPITEL FÜNF

Oz war warm, er war müde und von dem Training mit seinem Team genervt. Aber nichts konnte seine freudige Erwartung dämpfen, wenn er daran dachte, nach Hause zu kommen. Das war ein seltsames Gefühl. In der Vergangenheit hatte er sich kaum auf das Ende des Tages und die Rückkehr in seine leere Wohnung gefreut. Er mochte das Training mit seinem Team. Er mochte es, im Dreck herumzukriechen und in der heißen, texanischen Sonne zu schmoren. Aber nun hatte er Logan und freute sich jeden Tag darauf, ihn zu sehen.

Sein Neffe lebte erst seit anderthalb Wochen bei ihm, aber in dieser Zeit hatte sich Oz' Leben vollkommen geändert. Er liebte es zu hören, wie Logans Tag in der Schule gewesen war. Er war immer noch dabei, sich einzuleben, und Oz wusste, dass die Kinder in der Schule Logan noch nicht richtig akzeptiert hatten, aber der Junge arbeitete daran und Oz hatte sich gefreut, als Logan ihn gefragt hatte, wie man am besten einen Freund findet.

Sie waren noch nicht wirklich befreundet, aber Oz war

sehr froh darüber, dass Logan jetzt wenigstens mit ihm sprach.

Und dann gab es da noch Riley.

Als er seine Nachbarin gefragt hatte, ob sie nachmittags auf Logan aufpassen könnte, bis er von der Arbeit nach Hause kam, hatte er das aus Notwendigkeit getan, aber auch, weil er wirklich daran interessiert war, sie besser kennenzulernen.

Sie und Logan kamen sich jeden Tag näher. Er hätte darüber verwundert sein können, dass sie sich so leicht aneinander gewöhnt hatten, während er und sein Neffe noch auf Zehenspitzen umeinander herumtanzten und sich an ihren neuen Alltag gewöhnten, aber Riley war so aufgeschlossen und freundlich, dass er nicht überrascht war.

Oz war in der Lage gewesen, Riley dazu zu überreden, jeden Tag zum Abendessen bei ihnen zu bleiben, bevor sie in ihre eigene Wohnung zurückkehrte. Ihr war es wichtig, dass Logan und Oz Zeit zu zweit verbrachten. Er nahm an, dass sie recht hatte, und auch er wollte Zeit mit seinem Neffen verbringen ... trotzdem war er jedes Mal traurig, wenn sie abends nach Hause ging.

Riley Rogers war witzig, mitfühlsam, gut aussehend, interessant und Oz wollte mehr Zeit mit ihr verbringen.

Vieles, was er als alleinerziehender Vater erlebte, hatte ihn überrascht, aber es frustrierte ihn besonders, wie schwer es war, eine neue Beziehung zu beginnen. Er konnte Logan nicht allein lassen und der Junge war immer bei ihm. Deshalb war es kaum möglich, Riley zu sagen, dass er schon jetzt an mehr interessiert war als an einer guten nachbarschaftlichen Beziehung.

Aber dieses Wochenende hatte Grover eine kleine Party bei sich zu Hause geplant. Er hatte kürzlich ein altes Bauernhaus auf dem Land gekauft. Er brauchte Hilfe dabei, das Grundstück aufzuräumen und die alte Scheune abzureißen. Natürlich hatten die anderen Teammitglieder sofort ihre Hilfe zugesichert.

»Also dann, morgen um zehn Uhr?«, fragte Lefty Grover. Sie standen nach Ende ihrer Schicht zusammen auf dem Parkplatz.

»Ja. Aber eigentlich könnt ihr kommen, wann ihr wollt. Ich werde wahrscheinlich schon früher anfangen, aber ihr könnt gern später dazukommen«, sagte Grover. »Devyn wird bei mir übernachten und dafür sorgen, dass wir etwas zu essen haben.«

Lucky hörte plötzlich ganz genau zu. »Ich kann so früh kommen, wie du willst«, sagte er.

Doc grinste. »Weil du so ein netter Typ bist, oder? Du tauchst auch ganz bestimmt nicht in aller Herrgottsfrühe auf, weil Grovers Schwester auch da ist?«

Die anderen lachten schelmisch. Es war kein Geheimnis, dass Lucky an Devyn interessiert war, aber sie hielt ihn auf Abstand.

»Nur damit du es weißt: Ich habe überhaupt kein Problem damit, wenn du mit meiner Schwester ausgehen willst«, sagte Grover. »Die Sache mit Devyn ist die, wenn sie Angst hat, versucht sie umso mehr, so zu tun, als sei alles gut. Sie war schon immer so. Seit sie nach Texas gezogen ist, tut sie ihr Allerbestes, um so zu tun, als wäre alles in Ordnung.«

»Wovor hat sie Angst?«, fragte Lucky.

»Ich habe keine Ahnung«, sagte Grover und seufzte, während er sich mit der Hand durchs Haar fuhr. »Ich vertraue dir blind und deshalb vertraue ich dir auch gern meine Schwester an. Was mich betrifft hast du meine volle Unterstützung, wenn du mit ihr ausgehen willst. Schön wäre es, wenn du gut auf sie aufpasst und mir Bescheid gibst, falls dir etwas Komisches auffällt.«

»Gern«, versprach Lucky seinem Freund. »Aber denk

daran, dass Devyn nicht mehr fünf ist. Sie ist zwar immer noch deine kleine Schwester, aber sie ist auch eine erwachsene Frau.«

»Ich weiß. Aber ich erinnere mich immer an das kranke kleine Mädchen, wenn ich sie ansehe. Wir dachten, dass wir sie an die Leukämie verlieren, und es ist nicht einfach, dieses Gefühl abzuschütteln, selbst Jahre später. Deshalb habe ich sie auch nicht dazu gezwungen, mir zu sagen, was los ist«, sagte Grover. »Ich wollte nicht, dass sie ihr Vertrauen in mich als großen Bruder verliert. Aber mal eine andere Frage: Wie sieht es bei den anderen aus? Wann wollt ihr kommen?«

»Gillian und ich werden es wahrscheinlich erst gegen elf schaffen. Es ist schließlich Wochenende und ich bekomme nicht so viele Gelegenheiten, einen gemütlichen Morgen im Bett mit meiner Frau zu verbringen«, sagte Trigger grinsend.

»Kinley und ich werden um zehn Uhr da sein«, sagte Lefty.

»Aspen und ich ebenfalls«, fügte Brain hinzu.

»Ich komme gegen acht oder neun«, sagte Doc.

»Bringst du deine hübsche Nachbarin mit?«, fragte Trigger Oz.

Er nickte. »Ich werde es versuchen.« Oz hatte seinen Freunden erzählt, wie sehr Riley ihm in den letzten Tagen geholfen hatte.

»Also funktioniert eure Arbeitsteilung gut?«, fragte Lefty.

»Sehr gut sogar«, sagte Oz zu seinen Freunden. Selbst er war überrascht gewesen, wie schnell sie sich an die neue Situation gewöhnt hatten. Gestern Abend hatte er gegrübelt, wen er als zweiten Notfallkontakt für Logans Schule angeben sollte, als sie sich angeboten hatte. Sie hatte argumentiert, dass sie die meiste Zeit sowieso zu Hause war und schnell zu Logans Schule kommen konnte, sollte es nötig sein.

»Gillian freut sich darauf, sie kennenzulernen«, sagte Trigger.

»Ich denke, dass sie Gillian und die anderen ebenfalls gern kennenlernen würde«, sagte Oz. »Aber sie ist ein bisschen aufgeregt.«

»Hast du ihr erzählt, was wir beruflich machen?«, fragte Lefty.

»Nein. Aber ich glaube, Logan hat es ihr gesagt. Erinnert ihr euch, wie ich ihm erzählt habe, dass wir in einer Eliteeinheit dienen? Ich glaube, dass er ihr das mitgeteilt hat. Sie hat ein paar Sachen über meine Einheit gesagt, die darauf hindeuten, dass sie weiß, dass wir keine normalen Soldaten sind«, sagte Oz.

»Ist das ein Problem?«, fragte Doc.

»Nicht wirklich«, antwortete Oz ehrlich. »Die Frau passt auf meinen Neffen auf. Ich traue ihr. Ich hatte einfach noch nicht die Zeit, in Ruhe mit ihr zu sprechen, ohne dass Logan dabei ist.«

»Hast du schon herausgefunden, was mit seinen Sachen passiert ist?«, fragte Trigger.

Oz schüttelte den Kopf. »Nein. Ich habe mit den Mitarbeitern des Jugendamtes gesprochen, die sich bei mir melden wollen. Ich kann nicht verstehen, dass sie ein Kind aus seinem Leben reißen und ihm nur eine Mülltüte voll Klamotten mitgeben.«

»Soll ich mich mal erkundigen?«, fragte Grover.

»Vielen Dank, aber nein. Logan geht es im Moment gut. Ich würde ihm gern ein paar Erinnerungsstücke an seine Mutter geben, aber er hat genug zum Anziehen und Spielen. Ich verstehe nur die Geheimniskrämerei nicht.«

»Wenn es um Kinder geht, ist das immer so«, sagte Lucky. »Ich habe zwar keine eigenen Erfahrungen damit, aber die Regierung ist immer sehr auf Zurückhaltung aus, wenn es um Kinder geht.«

»Ja. Aber Logan geht es gut. Ich glaube, dass er sich darauf freut, morgen mitzukommen. Ich mache mir nur etwas Sorgen, ob die Baustelle sicher genug für ihn ist.«

»Mach dir keine Gedanken, wir werden auf ihn aufpassen. Das passt schon«, versicherte Grover ihm.

»Gibt es Neuigkeiten aus Somalia?«, fragte Oz Trigger. Er machte sich aufgrund der steigenden Spannungen im Land Sorgen. Das war einer der Gründe, warum sie in letzter Zeit so hart trainiert hatten. Normalerweise mochte er ihre Einsätze, aber das Timing dieser Mission war nicht gut. Er wollte mehr Zeit mit Logan verbringen, um ihre Beziehung zu stärken und ihm klarzumachen, dass er sich keine Sorgen machen musste. Dass er auch dann bei Oz bleiben konnte, wenn dieser auf einen Einsatz musste, und nicht in irgendeiner Pflegefamilie untergebracht würde.

»Ich habe heute nichts Neues gehört«, sagte Trigger. »Wir müssen abwarten. Aber ich werde dich informieren, sobald ich etwas herausfinde.«

Oz nickte. Er wollte nicht daran denken, dass er auf einen Einsatz gehen musste … und er fühlte sich schlecht, dass er sich ein bisschen auf den Einsatz freute. Alleinerziehend zu sein war nicht einfach und der Einsatz würde ihm eine kurze Verschnaufpause verschaffen. Genau wegen dieses Gedankens fühlte er sich schuldig. Es waren nur anderthalb Wochen vergangen und schon brauchte er eine Auszeit. Es war schwierig, Verantwortung für einen anderen Menschen zu übernehmen. Er wollte, dass Logan zu seinem Leben gehörte, aber es war schwer, keine Zeit mehr für sich selbst zu haben.

Er sah auf seine Armbanduhr und stellte fest, dass es schon halb sechs war. Schon am frühen Nachmittag hatte er Riley eine SMS geschickt und ihr gesagt, dass er es heute erst später nach Hause schaffen würde, und sie hatte geantwortet, dass das kein Problem sei.

»Bis morgen«, rief er, während er zu seinem weißen Ford Expedition ging. Der Heimweg zu seiner Wohnung dauerte nicht lange. Das Schöne an Killeen war, dass es hier nicht so viel Verkehr wie in Austin oder anderen größeren Städten gab.

Er lief die Treppe zu seinem Stockwerk hinauf und freute sich zu hören, ob Logan einen guten Freitag gehabt hatte. Was er in der Schule gelernt hatte – und ob er schon den einen oder anderen Freund gefunden hatte. Oz machte sich deswegen ein bisschen Sorgen. Er wollte, dass sein Neffe sich auf die Schule freute, und dazu brauchte er auch Freunde.

Außerdem konnte er nicht aufhören, an Riley zu denken. Zumindest ein Teil seiner Ungeduld, endlich zu Hause anzukommen, war ihr zuzuschreiben. Er wusste, dass sie gut mit Kindern auskam, eine klasse Köchin war und hart arbeitete. Aber er wollte sie noch besser kennenlernen. Mochte sie Hunde oder Katzen lieber? War sie gern in der Natur oder blieb sie lieber zu Hause? Mochte sie es, überrascht zu werden, dekorierte sie ihre Wohnung über Weihnachten, war sie ein Langschläfer? Diese Dinge fand er normalerweise erst dann heraus, wenn er mit einer Frau ausging.

Und Oz wollte sehr gern mit Riley ausgehen. Er wollte sie verwöhnen und ihr so seine Dankbarkeit für ihre Hilfe zeigen. Er hatte gelernt, dass sie nach dem Essen aufstand und sich streckte und dann Auf Wiedersehen sagte, bevor sie in ihre eigene Wohnung zurückkehrte. Er konnte verstehen, dass sie nicht zu lange bleiben wollte, um ihm Zeit allein mit Logan zu geben, aber er hätte sie gern länger bei sich gehabt.

Als Oz die Wohnung betrat, merkte er sofort, dass

niemand da war. Er konnte weder Rileys Lachen noch Logans kindliche Stimme hören. Kein verlockender Essensgeruch zog aus der Küche in den Flur.

Oz fühlte die Panik in sich aufsteigen, als er einen Zettel auf dem Tisch liegen sah.

Er nahm ihn in die Hand und erkannte Rileys feine Handschrift.

Uns ist drinnen langweilig geworden. Wir sind in den kleinen Park hinter dem Haus gegangen. Logan will mir beibringen, wie man Baseball spielt. Halte den Verbandskasten bereit! Das war ein Scherz. Wir wollten nicht, dass du dir Sorgen machst, falls du vor uns nach Hause kommst. Ich habe mir überlegt, dass wir zum Abendessen mal ungesundes Tiefkühlessen einschieben und ein paar Pommes machen. Ich habe euch meine Heißluftfritteuse mitgebracht. Bis später.

Riley

Oz merkte, dass er lächelte. Doch dann verging ihm das Lächeln. Es klang so, als hätte sie nicht vor, zum Abendessen zu bleiben, und das machte ihn traurig. Wahrscheinlich hatte sie etwas vor.

Verdammt ... vielleicht traf sie sich ja mit einem anderen Mann?

Er verwarf den Gedanken sofort. Er glaubte nicht, dass sie mit Logan in den Park gehen würde, wenn sie später noch etwas vorhatte und sich hübsch machen wollte. Aber er wusste ja nicht, wie lange Riley brauchte, um ausgehfertig zu sein. Die Möglichkeit, dass sie sich mit einem Mann traf, bestand also trotzdem. Sie war großartig und jeder Mann, der mit ihr zusammen war, hatte das große Los gezogen.

Mit diesem Gedanken im Hinterkopf zögerte Oz nicht lange und ging wieder zur Tür. Er roch nach dem langen Tag in der heißen Sonne nicht unbedingt nach Rosen, aber er wollte nicht länger darauf warten, Riley und seinen Neffen zu sehen.

Er ging über den Parkplatz zu dem kleinen Park auf der anderen Straßenseite. Er bestand aus einem kleinen Spielplatz mit einer Schaukel, einer Rutsche und einer Grasfläche. Die Fläche eignete sich gut zum Ballspielen. Er machte sich eine mentale Notiz, dass er öfter mit Logan hierherkommen sollte, um Ball zu spielen, und steuerte die einzigen beiden Menschen im Park an.

Als er näher kam, sah er, wie Logan ausholte und den Ball in Rileys Richtung warf.

Sie hatte einen Baseballhandschuh an – und schloss die Augen, als der Ball auf sie zuflog.

Oz wusste, was passieren würde, war aber zu weit weg, um einzugreifen.

Der Ball machte eine Kurve, aber da Riley die Augen geschlossen hatte, konnte sie ihren Handschuh nicht neu ausrichten.

Stattdessen traf der Ball sie an der Wange und fiel dann neben ihr ins Gras. Sie stieß einen leisen Schrei aus und fiel auf die Knie, während sie ihre Wange mit beiden Händen bedeckte.

Oz brauchte nur Sekunden, um zu ihr zu kommen. »Lass mich sehen«, befahl er und legte seine Hände über ihre.

Riley schüttelte den Kopf. »Gib mir eine Sekunde.«

»Ich muss sehen, wie schlimm es ist«, sagte Oz zu ihr.

Sie sah ihn an und er konnte Tränen in ihren Augen erkennen. Sein Magen zog sich zusammen.

»Mir geht es gut«, sagte sie und Oz konnte sehen, wie sie

versuchte, sich zusammenzureißen. Sein Respekt für Riley wuchs.

»Natürlich geht es dir gut. Aber darf ich trotzdem nachschauen, bitte?« Er musste wissen, ob der Ball ihren Wangenknochen gebrochen oder eine Arterie verletzt hatte.

Langsam senkte Riley die Hände und Oz sah sich ihre Wange genau an. Sie war rot und Riley würde sicherlich ein blaues Auge bekommen, aber es war nicht geschwollen. Er drückte sanft auf die Haut an ihrer Wange und konnte nicht umhin zu bemerken, wie glatt ihre Haut war. »Kannst du das Auge öffnen?«

Sie nickte und öffnete langsam das Auge auf der Seite ihres Gesichts, die getroffen worden war. Abgesehen von ihren Tränen sah das Auge gut aus. Oz atmete auf und lächelte sie an. »Es ist nicht so schlimm. Du wirst wahrscheinlich ein blaues Auge bekommen, aber es sieht nicht so aus, als wäre etwas gebrochen.«

»Bist du Sanitäter?«, fragte sie.

»Nein. Doc ist derjenige in unserem Team, der sich am besten auskennt, aber wir alle müssen regelmäßig Schulungen besuchen.«

Sie nickte, dann schweifte ihr Blick an ihm vorbei. »Logan«, flüsterte sie.

Oz drehte sich um und sah nach seinem Neffen. Er stand noch immer genau da, wo er zuvor gestanden hatte, und sah aus, als wäre er festgefroren. Er hatte die Augen weit aufgerissen und war weiß im Gesicht.

Oz machte sich Sorgen und stand auf.

Sobald er sich bewegte, machte Logan einen schnellen Schritt rückwärts.

Instinktiv hielt Oz in der Bewegung inne. Er wollte nicht, dass der Junge sich umdrehte und losrannte – und es sah so aus, als hätte Logan genau das vor. Er ließ die Arme entspannt an seinen Seiten hängen und sagte mit ruhiger Stimme: »Ihr geht es gut, mein Großer.«

Logan antwortete nicht. Sein Blick klebte noch immer an Oz' Händen.

Oz wurde es schwer ums Herz. Nicht nur wegen Logans offensichtlicher Angst, sondern auch, weil seine Reaktion so viel über seine Vergangenheit preisgab. »Ich bin nicht wütend. Und Riley auch nicht. Unfälle passieren nun mal. Aber ihr geht es gut.«

Dann mischte sich auch Riley ein und half ihm, seinen Neffen zu beruhigen. »Ich bin einfach keine gute Baseball-spielerin. Ich glaube nicht, dass ich ins Team aufgenommen werde, oder?«, scherzte sie, um die Situation zu entspannen.

Aber Logan war noch immer wie festgewachsen. Er blieb stehen, wo er war, jeden Muskel angespannt, bereit zur Flucht.

»Schau mich an, Logan«, befahl Oz sanft. Er wartete, bis Logan ihm in die Augen sah. »Es war ein Unfall. Riley geht es gut. Dir geht es gut. Ich bin nicht wütend. Alles ist gut.«

Logan blinzelte und Oz konnte sehen, wie er sich langsam auf seine Worte einließ.

»Das wollte ich nicht«, sagte Logan leise.

»Natürlich nicht.«

»Ich wollte den Ball nicht so hart werfen.«

»Ich hätte die Augen nicht schließen sollen«, sagte Riley. »Du hast mir beigebracht, dass ich den Blick auf dem Ball halten soll, und das habe ich nicht gemacht. Das ist nicht deine Schuld, sondern meine.«

Logans Schultern entspannten sich ein bisschen, aber er war noch immer nicht vollkommen beruhigt. »Wirst du mich jetzt bestrafen?«

Es gab so viel, das Oz darauf erwidern wollte. Gedanken wirbelten in seinem Kopf, weil er nun wusste, warum Logan so große Angst zeigte. Aber er sagte nur ein einziges Wort: »Nein.«

»Ich gehe ohne Abendessen ins Bett«, bot Logan an.

»Das musst du nicht«, entgegnete Oz. »Ich habe in meinem Leben schon viele Fehler gemacht, aber das heißt nicht, dass man jedes Mal dafür bestraft wird. Ich komme jetzt zu dir, okay? Bitte lauf nicht weg«, fuhr Oz fort. Er drehte sich noch einmal zu Riley um. »Dir geht es wirklich gut?«

»Ja, es ist alles okay«, sagte sie sofort. Sie hatte ihre Hand wieder an ihre Wange gelegt und es war klar, dass sie noch immer schmerzte, aber sie tat ihr Bestes, um die Schmerzen zu überspielen. Für Logan. Sein Respekt für sie wurde jede Sekunde größer und er war ihr dankbar. »Ich gebe dir einen Eisbeutel, sobald wir wieder in der Wohnung sind. Halte noch ein paar Minuten durch.«

»Ist schon okay«, sagte sie zu ihm. »Kümmere dich um Logan. Er muss verstehen, dass du ihn nicht bestrafen willst.«

Oz wusste das und der Gedanke, dass sein Neffe Angst vor ihm hatte, beunruhigte ihn zutiefst. Allein der Gedanke, dass jemand den Jungen in der Vergangenheit so hart angefasst hatte, ließ ihn die Hände zu Fäusten ballen. Aber er entspannte sich sofort wieder und öffnete die Hände, weil er nicht wollte, dass Logan noch mehr Angst bekam.

Er machte langsam einen Schritt auf seinen Neffen zu, und dann einen weiteren, und er war froh, dass der Junge nicht davonlief. Er kam bis auf zwei Meter an seinen Neffen heran, dann kniete er sich hin. Er hoffte, dass der Junge sich so wohler fühlte. »Es war ein Unfall, mein Großer«, wiederholte er. »Das passiert.«

»Ich habe Riley wehgetan«, sagte Logan mit zitternder Unterlippe.

»Ja, das stimmt«, entgegnete Oz. »Aber es geht ihr schon wieder gut.«

»Aber dann muss ich doch bestraft werden«, flüsterte Logan.

»Das musst du nicht«, sagte Oz, als Erinnerungen an seine eigene Kindheit in ihm hochstiegen. »Was würde das bringen? Du hast dich doch schon entschuldigt und gesagt, dass es ein Unfall war. Riley hat zugegeben, dass sie die Augen hätte offen lassen sollen. Was würde es denn bringen, wenn Riley oder ich dich nun bestrafen? Das würde den Unfall nicht ungeschehen machen.«

Oz wartete, bis Logan den Kopf schüttelte.

»Würdest du dich dann weniger schuldig fühlen?«

»Nein.«

»Würde Riley sich besser fühlen?«

»Vielleicht«, war Logans Antwort.

»Das würde ich ganz sicher nicht«, sagte Riley hinter ihm. Oz konnte hören, dass sie näher gekommen war, aber sie hielt Abstand zu ihm und Logan.

»Mein Vater konnte ziemlich gemein sein, als deine Mom und ich noch klein waren. Manchmal hat er uns geschlagen, oft nur angeschrien. Manchmal konnte er aber richtig böse werden. Er hat mich geohrfeigt, wenn ich nicht gegessen habe, was er zum Abendessen gekocht hatte. Er hat mich geschubst, wenn ich nicht schnell genug gelaufen bin. Oder wenn ich etwas Falsches gesagt habe. Aber das hat alles nur dazu geführt, dass ich Angst vor ihm hatte. Und das hat mich traurig gemacht. Hat deine Mom dich geschlagen, wenn du etwas falsch gemacht hast?« Oz wusste nicht, ob er die Antwort hören wollte.

Aber er war erleichtert, als Logan den Kopf schüttelte. »Nein. Aber ihre Freunde manchmal.«

»Ich verstehe. Dann musst du mir jetzt gut zuhören, mein Großer. Hörst du zu?«

Logan nickte.

»Ich werde dich nicht schlagen. Niemals. Egal was passiert. Manchmal muss ich vielleicht in einem ernsten Ton mit dir reden, der ein bisschen Furcht einflößend ist. Ich muss dich vielleicht hin und wieder bitten, eine kurze Pause einzulegen und in dein Zimmer zu gehen, damit wir uns beide beruhigen können. Vielleicht werde ich dich auch bitten, etwas mehr im Haushalt zu helfen. Aber ich werde dich nicht schlagen. Es ist nicht in Ordnung, jemanden zu schlagen, der kleiner und schwächer ist als man selbst. Niemals. Frauen, Kindern oder auch Männer. Ich sage nicht, dass du niemals Gewalt anwenden darfst in deinem Leben, weil man sich selbst und andere verteidigen muss, und dann ist das manchmal unumgänglich. Aber du solltest niemals jemanden schlagen, der sich nicht verteidigen kann.«

Oz hoffte, dass Logan seine Worte verstand. Er wollte nicht, dass Logan auf Zehenspitzen um ihn herumschlich, aus Angst, er würde geschlagen oder angeschrien werden, wenn er sich falsch verhielt. So war Oz groß geworden und es hatte keinen Spaß gemacht.

Ein paar Momente vergingen, dann fragte Logan: »Versprochen?«

»Großes Indianerehrenwort«, sagte Oz. »Auf meine Ehre als Soldat, ich werde niemals die Hand gegen dich erheben. Egal worum es geht.«

Die Unterlippe seines Neffen begann wieder zu zittern. »Ich wollte dir nicht wehtun«, sagte er dann zu Riley und brach in Tränen aus.

Riley war an Oz vorbeigegangen, bevor dieser sich vom Boden erheben konnte. Sie schlang die Arme um den Jungen und schaukelte ihn vor und zurück. »Das weiß ich doch. Ich bin einfach keine große Sportlerin. Wenn wir uns zusammen ein Spiel anschauen, musst du gut auf mich aufpassen, dass mich kein verirrter Ball trifft.«

Logan nickte gegen ihre Brust.

Oz kam zu den beiden und streckte die Hand nach ihrem Gesicht aus. Sanft ließ er seinen Daumen über ihre rote und inzwischen leicht geschwollene Wange gleiten. Die Verletzung sah fast so aus, als wäre sie das Opfer eines Angriffs geworden, und das beunruhigte ihn.

»Logan? Wir müssen Riley nach drinnen bringen und ihr etwas Eis für ihr Gesicht geben.«

Sein Neffe sah zu ihm auf und nickte. Er machte einen Schritt von Riley weg und wischte sich die letzten Tränen aus dem Gesicht, während er langsam wieder seine Fassung gewann.

»Willst du noch den Ball und den Handschuh einsammeln, bevor wir gehen?«, fragte Oz ihn.

Logan nickte noch einmal und lief los, um den Ball zu holen, der irgendwo hinter Riley im Gras gelandet war.

Er wusste, dass er nur ein paar Sekunden hatte, bevor Logan wieder zurück war, und sagte schnell zu Riley: »Das Gleiche gilt auch für dich. Ich bin vielleicht groß und stark, aber ich würde niemals die Hand gegen dich erheben, Riley. Ich würde dich niemals anschreien oder dich beleidigen. Ich bewundere dich sehr und würde niemals etwas tun, das dir wehtut.«

»Ich weiß«, sagte sie.

Sie sahen sich tief in die Augen und für einen Moment war Oz sicher, dass er in ihrem Blick mehr als Freundschaft sehen konnte. Aber dann kam Logan zurück und unterbrach den intimen Moment. Ohne nachzudenken, streckte er die Hand nach Logan aus.

Logan sah nur verständnislos auf seine Hand hinunter und Oz wurde sich seines Fehlers bewusst. *Zu früh,* dachte er. Er ließ die Hand sinken und sagte stattdessen: »Los geht's, ab nach Hause. Ich weiß ja nicht, wie es dir geht, aber ich bin ziemlich hungrig. Ich war den ganzen Tag draußen und hätte Lust auf richtig ungesundes Fast Food.« Das war eine Lüge. Oz aß nie Fast Food. Aber für seinen Neffen würde er alles tun.

»Du riechst ein bisschen komisch«, sagte Logan.

Oz wollte gerade antworten, als die kleine Kinderhand sich einen Weg in die seine bahnte.

Ihm ging das Herz auf und Oz lächelte seinen Neffen breit an. »Tja, du kannst ja mal versuchen, den ganzen Tag durch den Dreck zu robben. Dann werden wir ja sehen, wer am Ende besser riecht.«

»Magst du das?«, fragte Logan.

Oz konnte sich nicht helfen, er streckte die Hand nach Rileys Hand aus. Sie hatte ihm einen ganz schönen Schreck eingejagt, als sie auf die Knie gefallen war, und er musste sich versichern, dass es ihr gut ging. Sie war verletzt worden, weil sie mit seinem Neffen gespielt hatte. Und danach hatte sie ihm geholfen, Logan zu beruhigen und dafür zu sorgen, dass er sich sicher fühlte. Nichts fühlte sich besser an, als mit den beiden gemeinsam zurück zur Wohnung zu gehen, Rileys Hand in seiner rechten, Logans Hand in seiner linken.

»Ich mag es nicht nur, ich liebe es«, antwortete Oz auf Logans Frage hin. Er kannte seinen Neffen noch nicht lange, aber er konnte sich schon jetzt kaum mehr vorstellen, wie das Leben ohne ihn gewesen war. Sie verstanden sich jeden Tag besser. Jeden Tag stellte Logan mehr Fragen und Oz lernte langsam, was er mochte und was nicht. Es war gleichzeitig aufregend und unheimlich. »Ich hoffe, dass du, wenn du groß bist, auch eine Arbeit findest, die du richtig liebst. Für die du eine Leidenschaft hast.«

Danach sprachen sie über verschiedene Arten von Dreck und Schmutz, Insekten und Würmer und die schlimmsten Gerüche, die sie kannten, während sie zur Wohnung zurückgingen. Als sie an der Tür angekommen waren, ließ Oz Rileys und Logans Hand los, um nach dem Schlüssel zu kramen.

»Ich gehe zurück in meine Wohnung«, sagte Riley.

Oz drehte sich um und sah sie an. »Wirklich?«

»Ich will nach Hause«, sagte sie und zeigte mit dem Daumen auf ihre Wohnungstür.

»Nein«, sagte Oz mit Nachdruck, stieß seine eigene Tür auf und griff nach ihrem Arm.

Sie ließ sich in die Wohnung ziehen, aber sobald die Tür hinter ihnen ins Schloss gefallen war, begann sie: »Porter, ich –«

Er ließ sie nicht ausreden und drehte sich zu Logan um. »Logan, kannst du bitte in mein Badezimmer gehen und mir die blaue Flasche mit den kleinen Tabletten bringen? Sie steht in dem Schrank über dem Waschbecken.«

Ohne ein Wort lief Logan ins Badezimmer.

»Ernsthaft, es geht mir gut, Porter. Ihr beide braucht Zeit für euch.«

»Stimmt nicht. Wir müssen uns jetzt um dich kümmern. Und sicher sein, dass es dir gut geht. Logan braucht das jetzt, weil er es war, der dich verletzt hat. Und ich brauche es, weil ich den Gedanken daran, dass du nebenan sitzt und Schmerzen hast, einfach nicht ertragen kann.«

Sie blinzelte. »Aber ich bin doch nicht mehr als eine Nachbarin.«

Riley klang nicht so, als wäre sie selbst hundertprozentig von dieser Aussage überzeugt, was Oz freute. Und zwar ziemlich. »Stimmt nicht«, sagte Oz, ohne zu zögern. »Du bist viel mehr als ›nur‹ eine Nachbarin. Ich weiß, die Sache ist nicht ganz einfach, weil du auf Logan aufpasst, aber ich muss es einfach sagen. Ich will mit dir ausgehen, Riley. Ich will dich zum Essen ausführen, mit dir flirten, herausfinden, ob du genauso schmeckst, wie du riechst ... Ich will dir auf jede erdenkliche Weise zeigen, dass ich an dir interessiert bin, nicht nur, weil du mir mit Logan hilfst, sondern weil ich dich als Menschen sehr zu schätzen weiß.«

»Oh ... okay«, stammelte sie.

»Okay?«, fragte er. »Willst du mit mir ausgehen?«

Sie lächelte ihn schüchtern an und nickte.

»Und darf ich dich heute Abend umsorgen? Ich mag nicht, dass du verletzt wurdest. Es macht mich froh, dass du mit Logan zum Ballspielen gegangen bist, obwohl du überhaupt kein Interesse daran hast, nur, um ihn glücklich zu machen. Aber vielleicht ist es besser, die Sportkarriere erst einmal hintanzustellen. Zumindest bis ich dir beibringe, wie man einen Ball richtig fängt. Bis dahin kann ich mit ihm Ballspielen.«

»Ich muss nicht umsorgt werden.«

»Gut. Aber ein paar Doktorspielchen musst du über dich ergehen lassen«, neckte Oz sie.

Sie lief rot an und lächelte ihn an.

»Und wenn ich heute Abend dieses Fast Food essen muss, dann musst du das auch.«

Sie kicherte. »Vielleicht gefällt es dir ja.«

»Das bezweifele ich.«

»Wir werden sehen.«

»Ich habe sie gefunden!«, rief Logan und kam mit der kleinen Flasche in der Hand auf sie zu.

»Danke, mein Großer. Riley soll es sich jetzt am besten auf dem Sofa bequem machen. Dann brauchen wir noch einen Eisbeutel und etwas zu trinken, damit sie die Tabletten schlucken kann. Danach kannst du mir mit dem Abendessen helfen.«

»Chicken Nuggets. Lecker!«, sagte Logan mit einem großen Grinsen im Gesicht.

»Oh ja, lecker«, sagte Oz mit großer Begeisterung. Er

hörte, wie Riley leise kicherte. Er legte seinen Arm um sie und zog sie an seine Seite. Er mochte es, wie ihr Kichern sich in ein überraschtes Einatmen verwandelte, als er sie berührte.

Er liebte es, wie sich ihre sanften Kurven an ihn schmiegten. Er half ihr zum Sofa – nicht dass sie dafür seine Hilfe gebraucht hätte – und freute sich, sie neben sich zu spüren. Als sie sich hingelegt hatte, legte er eine Hand auf Logans Schulter und führte ihn in die Küche. »Lass mal sehen, was wir beide in der Küche zusammen fertigbringen, okay?«, sagte er.

Das Lächeln auf dem Gesicht seines Neffen erinnerte ihn so sehr an seine Schwester, dass er für einen Moment die Augen schließen musste.

Er wollte so viel Zeit wie möglich mit dem Kind verbringen; er wusste, dass Logan viel zu früh erwachsen werden und sein eigenes Leben führen würde. Er hatte die ersten zehn Jahre seines Lebens verpasst, aber er würde alles tun, damit sein Neffe sich sein restliches Leben lang sicher, beschützt und geliebt fühlte.

KAPITEL SECHS

Riley war unter anderem immer sofort nach dem Abendessen in ihre eigene Wohnung zurückgegangen, weil sie sich viel zu schnell und heftig in Porter verliebt hatte. Aber es hatte nicht geholfen. Der Mann ging ihr einfach unter die Haut. Er sah gut aus, respektierte sie und war ein unglaublich guter Vater, auch wenn diese Ehre ihn ganz plötzlich ereilt hatte.

Sie hatte eigentlich vorgehabt, eine Stunde mit Logan zu spielen und die beiden Männer dann dem Fast Food zu überlassen.

Aber es war ganz anders gekommen.

Ihr Gesicht schmerzte noch immer und die Erinnerung an den Schmerz, als der Ball sie traf, war frisch. Sie war entsetzt gewesen, welch große Angst Logan vor einer Bestrafung gehabt hatte – für etwas, das offensichtlich ein Unfall gewesen war. Aber sie musste zugeben, dass Porter einen großartigen Job gemacht hatte, als er seinen Neffen beruhigte und ihm erklärte, dass er ihn niemals schlagen würde.

Und als er das Gleiche zu ihr sagte, war es um sie geschehen. Sie wusste, dass er sich dabei auch auf ihre

Vorgeschichte mit Miles bezog, wofür sie sich schämte, aber sie beschloss, sich auf seine Worte zu konzentrieren und nicht auf die Vergangenheit.

Riley hatte die Angewohnheit, sich sehr schnell in Männer zu verlieben. Sie hatte versucht, ihre Emotionen unter Kontrolle zu halten, aber sie wollte einfach immer das Gute in anderen sehen. Und sie war einsam. Aber nach der Sache mit Miles, die schlimmer gelaufen war, als sie es sich hatte vorstellen können, wollte sie erst einmal eine Pause einlegen.

Zumindest war das der Plan gewesen, bevor Porter und sein süßer Neffe in ihr Leben getreten waren.

Und nun wollte Porter mit ihr ausgehen. Sie hatte nicht gezögert, als sie eingewilligt hatte. Er war ganz anders als die anderen Männer, mit denen sie in der Vergangenheit zusammen gewesen war – auf eine gute Art.

Sie mochte es ebenfalls, Zeit mit Logan zu verbringen. Der Junge war klug und sie lernte ihn jeden Tag besser kennen. Als sie auf dem Sofa saß, konnte sie hören, wie Logan und Porter in der Küche besprachen, wie sie den Eisbeutel am besten einwickeln sollten, sodass er für sie am angenehmsten war. Daraufhin musste sie lächeln und zuckte sofort zusammen, als der Schmerz in ihre Wange fuhr.

Ihr Handy vibrierte und Riley runzelte die Stirn, als sie die SMS las, die sie bekommen hatte.

Miles ging ihr schon auf die Nerven, seit sie ihn rausgeworfen hatte. Am Anfang hatte er sich mehrfach entschuldigt. Doch allzu bald war er dazu übergegangen, sie zu beleidigen, weil sie seine Nachrichten ignorierte. Sie hatte gehofft, dass er die Trennung akzeptieren würde, aber nun hörte er nicht auf, sie zu belästigen.

Riley hatte ihre ganze Wohnung auf den Kopf gestellt, um all seine Sachen zu finden, und hatte sie in einen Karton gepackt und ihn am Eingang in den Flur gestellt. Sie hatte Miles gesagt, dass er vorbeikommen und seine Sachen abholen könne, am besten, bevor jemand sie mitgehen ließ. Am nächsten Tag war der Karton verschwunden gewesen, aber Miles hatte nicht aufgehört, ihr zu schreiben und sie anzurufen.

Er bestand darauf, dass einige seiner Sachen fehlten und dass er vorbeikommen wollte, um den Rest abzuholen. Aber das wollte sie nicht. Riley war nicht dumm. Sie wollte ihn auf keinen Fall mehr in ihrer Wohnung haben. Er würde versuchen, Sachen mitzunehmen, die ihm nicht gehörten – und das im besten Fall.

Sie wusste, dass Porter ihr helfen würde, wenn sie ihn bat, aber sie schämte sich zu sehr, um das zu tun. Miles würde alles Mögliche sagen, wenn er sah, dass Porter ihr half, und sie hatte Angst davor, was er alles von sich geben würde – selbst wenn Porter seine Lügen nicht glaubte.

Sie würde schon selbst mit Miles fertigwerden. Irgendwann würde es ihm zu langweilig werden, sie zu belästigen. Sie musste nur den längeren Atem haben.

Sie ignorierte seine Nachricht also, genau so, wie sie es mit den meisten anderen gemacht hatte.

Ihr Ex-Freund und Porter waren so unterschiedlich wie Tag und Nacht. Sie dachte darüber nach, was Miles wohl getan hätte, wenn er gesehen hätte, wie ein Baseball sie traf. Wahrscheinlich hätte er nur gelacht und ihr gesagt, dass sie zu langsam sei.

Als sie sich an die Sorge und die sanfte Berührung von Porter erinnerte, wie er neben ihr im Gras kniete, überkam sie ein wohliger Schauer. Sie musste die Augen schließen, um ihre Emotionen in Schach zu halten. Es war lange her, dass jemand sich so sehr um sie gesorgt hatte. Ihre Eltern hatten sie auf ihre eigene Weise geliebt, aber sie waren nicht besonders fürsorglich gewesen. Sie waren zu beschäftigt mit ihrer Alkoholsucht und dem ständigen Streit mit dem Jugendamt gewesen, um sie einfach mal zu umarmen.

»Hier ist das Wasser, Riley«, sagte Logan und gab ihr vorsichtig das Glas in die Hand.

»Vielen Dank, Logan. Das ist lieb von dir.«

Er blieb stehen und sah sie an.

»Was?«

»Oz hat gesagt, dass ich dabeibleiben soll, um sicherzugehen, dass du die Tabletten nimmst und nicht nur so tust, als wäre alles in Ordnung.«

Riley lachte leise. Porter schien sie schon sehr gut einschätzen zu können. Sie nahm nicht gern Schmerzmittel, selbst wenn es nur eine Paracetamol war. Aber sie wollte Logan nicht noch größere Sorgen bereiten, deshalb öffnete sie die Flasche und holte zwei Tabletten heraus. Sie nahm sie in den Mund und spülte sie mit Wasser herunter.

»Gut gemacht«, sagte Porter, der rechts von ihr aufgetaucht war.

Gott, seine Stimme klang so toll.

Riley musste sich am Riemen reißen.

»Wir haben den Eisbeutel in einen Kissenbezug getan. Ein Handtuch wäre zu dick gewesen und Papiertücher wären sofort aufgeweicht. Oz hat vorgeschlagen, einen Kissenbezug zu nehmen. Wenn er zu nass wird, sag mir Bescheid und ich hole einen neuen Bezug.« In Logans Stimme klangen Stolz und Sorge mit. Er machte sich noch immer Gedanken und hatte ein schlechtes Gewissen.

Riley griff nach dem Eisbeutel. »Vielen Dank, dass du dich so großartig um mich kümmerst«, sagte sie zu dem Jungen.

»Wir machen Chicken Nuggets, Pizzaröllchen und Käsesticks zum Abendessen«, erzählte er ihr.

Das wusste Riley zwar schon, aber sie nickte trotzdem. »Klingt gut.«

»Ich habe noch nie Pizzaröllchen gegessen«, gab Logan zu.

»Du wirst sie mögen«, versicherte Riley ihm. Sie wusste zwar nicht, ob das stimmte, aber sie wollte ihn in seinem Enthusiasmus nicht bremsen. Sie hatte während der letzten anderthalb Wochen herausgefunden, dass Logan sehr introvertiert war, aber neue Sachen, vor allem Gerichte, ließen ihn aufblühen.

Porter hob den Arm, um sich im Gesicht zu kratzen, und Riley konnte sehen, wie der Junge zusammenzuckte und unbewusst ein paar Schritte zurück machte. Porter hatte seine Reaktion auch bemerkt, sagte aber nichts. Es würde noch einige Zeit dauern, bis Logan genug Vertrauen zu seinem Onkel gefasst hatte, um zu verstehen, dass er sein Versprechen ernst gemeint hatte.

Riley überraschte das nicht. Sie hatte lange gebraucht, um anderen wieder zu vertrauen, nachdem sie von zu Hause weggegangen war. Sie hatte ihren Eltern geglaubt, als sie sagten, sie wollten in Zukunft alles besser machen, sodass sie nicht mehr weggeholt würde. Aber wieder und wieder hatten sich ihre Versprechen als Lügen entpuppt und sie waren in ihr altes Muster verfallen. Selbst als Erwachsene war es ihr schwergefallen, den richtigen Leuten zu vertrauen. Als Miles ihr sagte, dass er einen Job suchen würde, hatte sie ihm geglaubt.

Aber sie wusste ganz genau, dass Porter die Wahrheit gesagt hatte, als er ihr und Logan versicherte, dass er ihnen niemals wehtun würde. Er war ein durch und durch guter Mann. Das war eine schöne Erfahrung.

Es würde einige Zeit dauern, all die Speisen zu frittieren, und Logan fragte höflich, ob er so lange in seinem Zimmer spielen durfte. Nun blieben also nur Riley und Porter im Wohnzimmer zurück.

»Tut es immer noch weh?«, fragte Porter und setzte sich auf den Rand des Sofas.

»Nur ein bisschen«, erwiderte Riley.

»Ich weiß, dass das Eis etwas unangenehm ist, aber halte es so lange wie möglich gegen deine Wange. Das wird gegen die Schwellung helfen und dein blaues Auge sieht dann nicht ganz so gefährlich aus.«

»Okay.«

Porter senkte den Blick. »Er hatte solche Angst.«

Riley wusste genau, worüber Porter sprach. »Das stimmt«, sagte sie.

»Er dachte, dass ich ihn schlagen will«, flüsterte Porter.

Riley nickte.

»Ich bin kein Idiot, ich weiß, dass das öfter passiert, als man denkt. Aber ich hasse den Gedanken daran, dass ihm das widerfahren ist. Becky hat immer versucht, mich vor unserem Vater zu beschützen. Das hat nicht funktioniert. Ich habe sie angebettelt, sich nicht einzumischen, wenn er einen schlechten Tag hatte. Wir haben lange darüber geredet, dass uns so etwas als Erwachsene nicht mehr passieren kann. Ich kann nicht glauben, dass sie mit Männern ausgegangen ist, die genauso gewalttätig waren wie unser Vater. Und dass sie Logan geschlagen haben.« Porter schüttelte den Kopf. »Das macht mich so traurig.«

Riley streckte ihre freie Hand aus und legte sie auf Porters Oberschenkel. Es war eine intime Berührung, um ihm Trost zu spenden. »Du kannst deiner Schwester keinen Vorwurf machen. Drogensucht ist eine Krankheit. Nichts ist mehr wichtig, Essen, Sicherheit, Kinder. Nur die Drogen zählen. Und viele Menschen nutzen das zu ihrem Vorteil. Becky war wahrscheinlich davon ausgegangen, dass die Männer ihr helfen, von den Drogen wegzukommen. Aber dann stellten sie sich als Idioten heraus. Wer einmal in einer gewalttätigen Beziehung steckt, kommt so schnell nicht mehr davon. Sie kann nichts dafür, Porter.«

Er atmete tief und bedeckte ihre Hand mit seiner. »Ich nehme an, dass du aus Erfahrung sprichst. Das ist genauso schlimm.«

»Die Dinge mit Miles sind nicht derartig ausgeartet. Aber du hast recht, auch ich habe schon eine gewalttätige Beziehung erlebt und nichts in meinem Leben war so schwer, wie aus dieser auszubrechen und ein neues Leben zu beginnen. Ich habe mir geschworen, mich nie wieder auf so jemanden einzulassen … und dann habe ich Miles getroffen. Wie das ausging, wissen wir beide.«

»Aber du hast ihn rausgeschmissen, bevor er handgreiflich werden konnte«, sagte Porter.

»Ja. Aber ich habe kein Kind. Wenn ein Kind im Spiel ist, ist es viel schwerer, die Beziehung zu beenden«, sagte Riley.

»Ich verstehe das immer besser und dabei kenne ich Logan noch gar nicht so lange. Ich habe sehr viele Vorurteile gegenüber Leuten gehabt, die Drogen nehmen, aber ich verstehe langsam, dass die Welt nicht schwarz-weiß ist. Ich fühle mich etwas besser, weil Logan sagte, dass Becky sich am Ende zum Guten gewandelt hat. Ich hasse es nur, die Angst in seinen Augen zu erkennen, wenn er mich ansieht oder ich mich zu schnell bewege.«

»Gib ihm Zeit. Er beobachtet dich ganz genau. Er macht dich nach, wenn du es nicht mitbekommst. Er wird lernen, dass du nur das Beste für ihn willst. Du wirst sein Vertrauen gewinnen, da bin ich mir sicher.«

Porter musterte sie. »Werde ich auch dein Vertrauen gewinnen können?«, fragte er.

Riley blinzelte. »Ich vertraue dir.«

»Wirklich?«, fragte er und legte den Kopf schief. »Es gibt Momente, in denen ich das glaube. Aber dann frage ich dich nach den Nachrichten, die du ständig bekommst, und du lenkst von dem Thema ab in der Hoffnung, dass ich es vergesse. Ich habe auch gesehen, dass du mich genauso aufmerksam beobachtest, wie Logan es tut, als ob du darauf wartest, dass ich etwas falsch mache.«

Riley seufzte und versuchte, ihre Hand zurückzuziehen, aber Porter hielt sie fest. Sie schämte sich, dass sie ihm einen Vortrag über Vertrauen und Geduld gehalten hatte, während er sie schon längst durchschaut hatte.

»Ich werde dein Vertrauen auch gewinnen«, wiederholte Porter mit Selbstvertrauen. »Ich will dein sicherer Hafen sein. Ich will, dass du weißt, dass ich alles tun werde, um dich zu beschützen. Vor mir selbst, vor Idioten, die dich schlecht behandeln, weil du eine Frau bist, und vor dir selbst. Ich mag dich genau so, wie du bist, und ich denke, dass du so großartig bist.«

Riley starrte Porter an und war sich nicht sicher, ob sie ihn richtig verstanden hatte.

Die Fritteuse piepste und zeigte an, dass die erste Ladung Essen fertig war. Porter sah ihr in die Augen und lehnte sich zu ihr. Riley schloss die Augen.

Sie fühlte, wie ihre Lippen sich sanft berührten, dann stand er auf.

Sie öffnete die Augen und sah, wie er in die Küche ging. Er nahm das Essen aus der Fritteuse und lud es in eine Schüssel, die er in den Ofen stellte, damit sie warm blieb. Dann gab er die nächste Ladung Pommes in die Fritteuse und schaltete sie wieder an.

Er kam zurück ins Wohnzimmer und fragte sie: »Brauchst du etwas? Noch mal etwas zu trinken? Aber frag nicht nach Alkohol, der würde sich nicht mit den Medikamenten vertragen. Ich kann dir Wasser, Tee oder einen Softdrink anbieten.«

»Ich habe noch immer das Wasser, das Logan mir gebracht hat«, sagte sie zu ihm.

»Okay. Ich sehe mal, was Logan macht. Wirst du noch da sein, wenn ich zurückkomme?«

Riley zog die Augenbrauen hoch. »Glaubst du etwa, dass ich mich davonschleiche, während du bei deinem Neffen bist?«

Porter sah sie lange an. »Vielleicht«, sagte er. »Ich weiß, dass du in deine Wohnung gehen wolltest, bevor ich dich auf das Sofa bugsiert habe. Fürs Protokoll: So was würde ich sonst nicht machen. Ich bin nicht der Typ, der Frauen durch die Gegend bugsiert.«

»Wenn ich nicht hier sein wollte, wäre ich es nicht«, sagte Riley zu ihm. »Meine Wange schmerzt immer noch und ich wollte vor Logans Augen keine Szene machen. Außerdem bin ich ein ganzes Stück kleiner als du. Aber ich hätte mich schon gewehrt, wenn ich wirklich nicht hätte mitkommen wollen.«

Porter lächelte. »Gut. Falls die Fritteuse sich meldet, das ist die letzte Ladung. Könntest du alles in die Schüssel geben und in den Ofen stellen?«

»Ich weiß, wie meine eigene Fritteuse funktioniert«, sagte Riley mit einem Lächeln auf den Lippen.

»Sicher, dass ich nicht noch ein Steak machen soll? Ich würde nicht lange brauchen«, sagte Porter, der nicht so aussah, als würde er das Steak gern teilen wollen.

»Du wirst ein Abendessen mit Fast Food überleben«, sagte sie.

Er seufzte und wirkte für einen Moment ernsthaft niedergeschlagen. »Na gut.«

Riley musste kichern. Daraufhin begann ihre Wange erneut, schmerzhaft zu pulsieren. »Aua«, sagte sie, lächelte aber immer noch.

Sofort änderte sich Porters Gesichtsausdruck. »Vielleicht

sollte ich Doc anrufen, damit er vorbeikommt und sich dein Gesicht mal anschaut. Es kann sein, dass die Verletzung schlimmer ist, als ich anfangs dachte.«

Er bewegte sich, um nach seinem Handy zu greifen, das auf der Arbeitsfläche in der Küche lag, aber Riley hielt ihn zurück. »Mir geht es gut, ehrlich. Es wird nur eine Weile zum Abheilen brauchen.«

»Okay, aber falls die Tabletten und das Eis bis zum Ende des Abends nicht geholfen haben, rufe ich Doc an.«

Riley fühlte sich schon jetzt viel besser als in den Minuten nach dem Unfall, also wusste sie, dass die Tabletten halfen, nickte aber trotzdem. »Okay. Sieh nach Logan.«

Porter sah sie noch einen langen Moment an, dann nickte er und ging den Gang hinunter in Richtung Logans Zimmer.

Sobald er außer Sichtweite war, lehnte Riley sich zurück und seufzte. Sie hatte geglaubt, dass ihr Abend ziemlich langweilig enden würde; dass sie Porter kurz begrüßen und dann in ihre Wohnung zurückkehren würde, um fernzusehen, während sie durch die Wände den leisen Abendaktivitäten ihrer Nachbarn zuhörte. Stattdessen wurde sie verletzt, Porter hatte sich um sie gekümmert, sie hatten herausgefunden, dass Logan noch eine lange Zeit brauchen würde, um ihnen zu vertrauen, und Riley hatte einer Verabredung mit ihrem sexy Nachbarn zugestimmt. Es war verrückt, wie schnell sich die Dinge ändern konnten.

Vierzig Minuten später lächelte Riley die beiden Männer an, die ihr gegenübersaßen. Logan hatte seine Pizzaröllchen skeptisch gemustert, bevor er begann, sie zu probieren. Seine Augen waren groß geworden und er hatte sie schnell als »großartig« deklariert. Danach hatten er und Porter sich durch den Berg Chicken Nuggets, Pommes, Pizzaröllchen und Käsestangen gearbeitet.

»Ich muss zugeben, dass das gar nicht so schlecht war«, sagte Porter schließlich.

Riley grinste ihn an.

Dann drehte er sich zu Logan. »Aber gewöhn dich nicht an solche Gerichte. Wir müssen darauf achten, dass wir auch gesunde Sachen essen. Morgen gibt's als Gegenprogramm Gemüse.«

»Okay«, sagte Logan.

Riley konnte nur überrascht den Kopf schütteln. Die meisten Kinder weigerten sich, Gemüse jeglicher Art zu essen, aber Logan schien die Meinungen seines Onkels ernst zu nehmen und ihnen gern zuzustimmen.

Dann wandte Porter sich an sie. »Was kann eine Heißluftfritteuse sonst noch alles?«

»Apfelschnitze, Zimtrollen, Bananen, Arme Ritter, Hamburger, Käse-Toast, Süßkartoffel-Pommes ... selbst einen Ananaskuchen habe ich schon damit gemacht. Im Internet gibt es eine Menge Rezepte für Heißluftfritteusen. Fleischbällchen, Schweinefleisch, Pommes, Lachs, Mais, selbst Spanakopita habe ich schon gesehen.«

»Spank-a-ko-wie bitte?«, fragte Porter mit einem Lächeln.

»Nicht ›Spank‹, sondern ›Spanakopita‹. Das ist ein griechisches Gericht und richtig lecker«, erklärte Riley.

»Gibt es auch etwas, das die Fritteuse nicht machen kann?«, fragte Porter.

Sie dachte eine Weile über seine Frage nach und sagte dann: »Suppe.«

Alle lachten.

»Stimmt, das würde nicht funktionieren«, nickte Porter ernst.

»Ich habe aber auch einen Schonkocher, wenn euch der Sinn nach Suppe steht«, fügte sie hinzu.

Porter hob die Hand. »Ich bin zwar kein schlechter

Koch, aber das übersteigt meine Fähigkeiten. Außerdem würde ich einen Schonkocher nicht anlassen, während ich nicht in der Wohnung bin. Dabei kann zu viel schiefgehen.«

Riley überraschte das nicht. Porter war sehr auf die Sicherheit der Menschen in seinem Umfeld bedacht. Das gefiel Riley. Ihre Wange fühlte sich schon viel besser an. Sie hatte gesehen, dass Logan und Porter beide mehrmals die rote Verletzung an ihrer Wange gemustert hatten, während sie aßen, aber sie hatten nichts gesagt – was gut war.

»Also, Logan, morgen besuchen wir meinen Kameraden Grover ... glaubst du, wir sollen Riley auch einladen?«

Riley sah Porter mit offenem Mund an. »Wirklich?«

»Er hat eine Scheune auf dem Grundstück, das er gerade gekauft hat, und würde sie gern abreißen. Wir kommen alle vorbei, um ihm dabei zu helfen. Gillian, Kinley, Aspen und Devyn werden auch da sein. Willst du mitkommen?«

»Ich? Ich bin mir nicht sicher«, murmelte Riley überrascht.

»Oz hat gesagt, dass ich den Männern helfen darf«, rief Logan aufgeregt.

Ihr Blick traf Porters. »Ist das eine gute Idee? Ist das nicht zu gefährlich?«

Sein Lächeln wurde breiter.

»Was denn?«, fragte Riley.

»Ich mag es, wie viele Sorgen du dir um meinen Großen machst. Aber er kann gern helfen. Wir achten sehr auf unsere Sicherheit«, sagte Porter zu ihr. »Es würde dir guttun, ein bisschen frische Luft zu schnappen. Und ich fände es schön, wenn du meine Freunde kennenlernen würdest.«

Riley wollte gern kommen, aber der Gedanke machte sie nervös. Er hatte viel über die anderen Frauen erzählt. Es war klar, dass er sie mochte und respektierte, was sich gut anfühlte, aber ihr gleichzeitig Angst machte. Was, wenn seine Freunde sie nicht mochten?

Sie schwieg wohl zu lange, denn nun versuchte auch Logan, sie zu überzeugen.

»Ich kenne auch niemanden«, sagte er. »Wenn die anderen uns nicht mögen, dann können wir zusammen etwas unternehmen.«

Es war traurig, dass Logan so dachte. »Niemand kann deinem Charme widerstehen«, versicherte Riley ihm. »Du bist freundlich und hilfsbereit und ich bin mir sicher, dass die Männer froh sein werden, dich dabeizuhaben.« Sie sah Porter an. »Bist du sicher?«

Sie musste nicht ausführen, was sie meinte. War er sicher, dass er sie dabeihaben wollte? War er sicher, dass er wollte, dass sie seine Freunde traf? Es war ein großer Schritt – und das, obwohl sie noch nicht einmal richtig miteinander ausgegangen waren.

»Ich bin sicher«, sagte er. Nicht nur seine Worte, sondern auch sein Ton bestätigte ihr, dass dem so war.

»Okay.«

»Fantastisch!«, sagte Porter. »Ich habe Grover gesagt, dass wir um zehn Uhr da sind. Ist es okay, wenn wir um halb zehn hier losfahren?«

»Natürlich.« Riley war kurz davor anzubieten, für sie alle ein Frühstück vorzubereiten, hielt sich aber zurück. Sie mochte es sehr, Zeit mit den beiden zu verbringen – vielleicht etwas zu sehr. Ihre Beziehung zu den beiden entwickelte sich schon jetzt rasend schnell. Und wenn sie und Porter beschließen würden, dass sie doch nicht zueinander passten, mussten sie immer noch als Nachbarn miteinander auskommen. Sie würde es nicht ertragen zu sehen, wie er eine andere Frau mit nach Hause brachte. Oder Logan jeden Tag zu sehen, ohne Teil seines Lebens zu sein.

Sie schüttelte den Kopf in dem Versuch, diese dunklen

Gedanken zu verbannen. Sie und Porter waren noch kein Paar, obwohl er sie gefragt hatte, ob sie mit ihm ausgehen wollte. Und sie dachte schon darüber nach, wie die Beziehung auseinanderging! Sie machte sich viel zu viele Gedanken.

»Zieh dir etwas an, das schmutzig werden darf«, sagte Porter zu ihr. »Grover hat ein paar Quads, die wir ausleihen dürfen, wenn wir uns die Umgebung ansehen wollen. Es gibt einen schönen Weg, der direkt an seinem Grundstück vorbeiführt.«

»Jeans und T-Shirt sind okay, oder?«, fragte Riley. »Was werden die anderen anziehen?« Sie wollte auf keinen Fall als Einzige in Jeans aufkreuzen, während alle anderen Frauen Sommerkleider trugen.

»Ich habe nicht die geringste Ahnung, aber ich glaube nicht, dass sie ihre Sonntagskleider anziehen werden«, sagte Porter mit einem Grinsen im Gesicht. »Mach dir nicht zu viele Gedanken. Ich bin mir sicher, dass sie dich mögen werden.«

Riley musste sich sehr zurückhalten, um nicht darauf zu reagieren. Männer waren alle gleich. Sie waren sich sicher, dass alle Frauen sich gut verstehen, nur weil sie das gleiche Geschlecht hatten. Aber sie wusste es besser. Männer waren viel gelassener, wenn sie neue Leute kennenlernten. Sie nahmen die Dinge einfach so, wie sie kamen. Aber wenn Porter seinen Freunden – und Freundinnen – eine Frau vorstellte, war die Sache um einiges komplizierter.

»Das werden sie«, wiederholte Porter, »vertrau mir.«

Schon wieder sprach er über Vertrauen. Sie wusste, wie schwer es ihr fiel, anderen zu vertrauen, aber als Riley zu Logan schaute, konnte sie sehen, wie dieser nickte. Wenn der Junge seinem Onkel vertraute, konnte sie es auch. Sie nickte.

Porter strahlte. »Super. Logan, hilfst du mir, die Teller in die Küche zu bringen?«

Riley stand auf. »Ihr habt gekocht, also mache ich den Abwasch«, bot sie an.

»Wir machen das gern. Du hast uns die Fritteuse ausgeliehen. Und nach diesem riesigen Abendessen muss ich mich bewegen. Logan und ich übernehmen das.«

Sie konnte dem nicht widersprechen. Außerdem konnte sie heraushören, dass Porter gern Zeit mit seinem Neffen verbringen wollte.

»Ich mache mich dann auf den Heimweg«, sagte sie.

Porter protestierte nicht, sondern sah sie nur einen langen Moment an, wahrscheinlich, um ihre Gedanken zu lesen und sich davon zu überzeugen, dass sie nicht ging, weil sie sich unwohl fühlte oder sich nicht amüsierte, sondern weil sie stattdessen wirklich gehen wollte. Er musste etwas in ihrem Gesichtsausdruck gesehen haben, das ihn beruhigte, denn er nickte und sagte: »Ich begleite dich zu deiner Wohnung.«

»Ich wohne doch nur nebenan.«

»Aber mir ist es wichtig, dich bis zur Tür zu begleiten«, sagte er. Dann drehte er sich zu Logan. »Kommst du ein paar Minuten allein klar, mein Großer?«

Logan nickte. »Ich glaube kaum, dass ich in den zwei Minuten, die du brauchst, um Riley nach Hause zu bringen, von einem Velociraptor angefallen werde«, scherzte er.

Eine Sekunde sah Porter seinen Neffen verwundert an, dann lachte er laut. »Stimmt. Ich will nur nicht, dass du allein Angst bekommst.«

Logan lachte mit seinem Onkel, aber dann wurde er ernst. »Ich war früher oft allein. In den letzten Jahren musste Mom viel arbeiten.«

»Ich verstehe«, sagte Porter. »Aber ich will trotzdem nicht, dass du viel allein bist. Nicht, weil ich es dir nicht zutraue, ich bin mir sicher, dass du super klarkommst, aber ich mag es einfach nicht. Ich mache mir dann zu viele Sorgen. Dass Riley nach der Schule mit dir spielt, liegt nicht daran, dass ich dir nicht vertraue oder glaube, dass du Ärger machst, sondern es hilft mir, mir keine Sorgen zu machen. Macht das Sinn, mein Großer?«

Logan nickte. »Okay. Und ... ich mag es, wenn sie hier ist.«

Riley stiegen Tränen in die Augen. Ohne eine bewusste Entscheidung getroffen zu haben, zeigte Porter seinem Neffen, wie wichtig er ihm war. Er erklärte sein Verhalten auf eine Art und Weise, dass Logan sich nicht wie ein kleiner Junge fühlte.

»Okay, wenn also in den zwei Minuten, die ich brauche, um Riley nach Hause zu bringen und um mich davon zu überzeugen, dass sich keine Dinosaurier in ihrer Wohnung verstecken, ein T-Rex oder ein anderer Dinosaurier bei dir vorbeikommt, dann benutze deinen Baseballschläger, um dich zu verteidigen, bis ich zurück bin und helfen kann.«

Logan lächelte. »Okay, Oz.«

»Und wenn du die Zeit, in der du keine Dinosaurier abwehrst, damit verbringen könntest, die Spülmaschine einzuräumen und zu schauen, ob du noch Müll in deinem Zimmer liegen hast, damit ich den Müll runterbringen kann, wäre das fantastisch.«

Anstatt sich über die Aufgaben aufzuregen, die ihm aufgetragen wurden, straffte Logan die Schultern, als wäre er stolz, helfen zu dürfen. »Das bekomme ich hin.«

»Vielen Dank. Ich bin gleich zurück«, sagte Porter, bot Riley den Arm zum Unterhaken an und ging mit ihr in Richtung Tür.

»Ich hatte heute viel Spaß, Logan«, sagte Riley beim Gehen. »Ich verspreche, den Ball nächstes Mal mit meinem

Handschuh zu fangen und nicht mit meinem Gesicht. Bis morgen.«

»Bis dann«, sagte Logan einsilbig, weil er sich darauf konzentrierte, alle drei Teller gleichzeitig unfallfrei in die Küche zu tragen.

Riley ging neben Porter, als er sie zu ihrer Wohnung führte. Sie zog den Schlüssel aus der Tasche und schloss die Tür auf. Porter bewegte sich nicht von ihrer Seite, während sie das tat.

Als sie die Tür öffnete, machte er allerdings keine Anstalten, ihr in die Wohnung zu folgen oder sie auf andere Art in Bedrängnis zu bringen. Wegen dieser kleinen Aufmerksamkeiten fühlte Riley sich in seiner Umgebung so wohl. Sie hätte kein Problem damit, wenn er noch hätte mit reinkommen wollen, aber sie wussten beide, dass Logan in seiner Wohnung auf ihn wartete. Und obwohl Porter auf den Scherz mit den Dinosauriern eingegangen war, mochte er es nicht, seinen Neffen zu lange allein zu lassen.

»Nimm noch mal eine Schmerztablette, bevor du schlafen gehst«, sagte Porter besorgt. »Und ein weiterer Eisbeutel würde sicher auch nicht schaden.«

»Mir geht es schon viel besser«, erwiderte Riley.

»Ich mag es nicht, wenn du verletzt bist«, gab er zu.

Sie zuckte mit den Schultern. »Das gehört zum Leben dazu«, sagte sie philosophierend.

»Das heißt aber nicht, dass ich es mögen muss«, schoss er zurück. Dann legte er eine Hand an ihre unverletzte Wange. »Ich freue mich, dass du morgen mitkommen willst.«

»Bist du sicher, dass du mich dabeihaben willst?«, fragte sie einmal mehr.

»Natürlich. Ich würde gern mehr Zeit mit dir verbringen. Wir müssen zwar an der Scheune arbeiten und werden uns deshalb nicht den ganzen Tag sehen, aber dennoch werden wir morgen mehr Zeit miteinander haben, als es unter der Woche normalerweise der Fall ist.«

Sie bekam eine freudige Gänsehaut, als er das sagte.

»Es wäre auch schade, wenn du den ganzen Tag nur mit den anderen Frauen verbringst. Ich würde dich gern mal auf einem Quad mitnehmen. Hast du Lust dazu?«

»Ja, gern. Ich freue mich darauf.«

»Gut.«

Sie sah, wie Porters Augen dunkler wurden, bevor er sagte: »Ich würde dir gern einen Gutenachtkuss geben.«

Riley schluckte schwer, leckte sich über die Lippen und nickte.

Er senkte langsam den Kopf, sodass sie genügend Zeit hatte, ihren Entschluss zu überdenken. Aber Riley hatte ihre Entscheidung schon längst getroffen. Sie hatte schon oft von diesem Moment geträumt.

Seine Hand lag noch immer an ihrer Wange und als ihre Lippen sich berührten, fühlte sie sich ihm plötzlich ganz nahe. Sie legte ihre Hände auf seine Hüfte und ging auf die Zehenspitzen, um sich größer zu machen. Riley fühlte, wie er seine andere Hand um ihren Rücken schlang – aber dann konnte sie sich nur noch auf den Kuss konzentrieren.

Er war nicht grob. Er zwang seine Zunge nicht in ihren Mund. Am Anfang nippte er nur sanft an ihren Lippen und fuhr mit der Zunge über sie hinweg, als wollte er ihren Geschmack kennenlernen. Aber als sie ihre Lippen einladend öffnete, zögerte er nicht.

Er vertiefte den Kuss, bis alles um Riley herum sich drehte.

Sie wurde schon oft geküsst, aber noch nie so, wie Porter sie jetzt küsste. Sie konnte fühlen, wie ihre Nippel unter der Bluse hart wurden, und konnte nicht nahe genug bei Porter sein.

Riley presste ihre Brust an seine und öffnete ihren Mund

weiter. Sie wollte so viel wie möglich von ihm haben. Seine Zunge spielte mit ihrer und als er den Kopf schief legte, um den Kuss zu intensivieren, klammerte Riley die Hände an den Stoff seines T-Shirts.

Sie stöhnte überrascht, als die Bewegungen den Schmerz in ihrer Wange wieder aufflammen ließen.

Porter zog sich sofort zurück.

Riley wollte nicht, dass er den Kuss schon beendete, und versuchte, ihn nahe bei sich zu halten, aber er war stark und wollte sicherstellen, dass es ihr gut ging.

»Habe ich dir wehgetan?«, fragte er mit heiserer Stimme. Seine Lippen waren vom Kuss etwas geschwollen und Riley wollte nichts mehr, als seinen Kopf sofort wieder zu sich herunterzuziehen.

»Nein.«

»Du hast gestöhnt«, sagte er, als hätte sie das selbst nicht mitbekommen.

Die Augen schließend lehnte Riley sich nach vorn und ließ ihre Stirn gegen seine Brust sinken. Sie konnte sein Herz unter dem T-Shirt schlagen hören, das sie noch immer umklammerte. Seine Hand hatte sich von ihrem Gesicht gelöst, als sie sich nach vorn gelehnt hatte, und nun konnte sie fühlen, wie er ihr sanft über den Rücken strich.

Nach einem Moment hatte sie sich gesammelt und hob den Kopf. Sie befreite sich allerdings nicht aus seiner Umarmung. Riley hatte keine Ahnung, was sie als Nächstes sagen sollte, aber sie musste sich keine Sorgen machen. Porter sagte genau das, was sie dachte.

»Das war großartig.«

Sie nickte. »Stimmt.«

»Ich mochte Küsse eigentlich noch nie. Für mich waren sie immer nur ein Meilenstein, der zu Sex führt.« Porter zuckte ob seiner eigenen Worte zusammen. »Das klingt furchtbar, ist aber wahr. Aber mit dir? Ich könnte dich stundenlang küssen und würde mich nicht langweilen. Ich spüre gern, wie dein Körper auf meine Berührungen reagiert. Das macht mich richtig an.«

Riley konnte fühlen, wie auch sein Körper auf den Kuss reagiert hatte. Seine Erektion war hart gegen ihren Bauch gepresst, weil sie noch immer nahe beisammenstanden. Sie mochte es, dass sie ihn so schnell so heiß machen konnte.

Sie leckte sich über die Lippen, auf denen noch immer sein Geschmack verweilte.

Er stöhnte. »Und nun lasse ich dich gehen«, sagte er und ließ die Hände sinken. Aber er brauchte noch eine Sekunde, um wirklich einen Schritt zurückzumachen. Mit den Augen musterte er ihr Gesicht und ließ den Blick dann über ihren Körper schweifen. Er verweilte einen langen Moment an ihrer Oberweite, bevor er ihr wieder ins Gesicht schaute. Riley wusste, dass ihre harten Nippel durch die Bluse sichtbar waren. Sie hatte schon immer große Brüste gehabt und schämte sich ihrer ein bisschen. Aber seine offensichtliche Zustimmung und sein Begehren machten sie selbstbewusster.

Er hob seine Hand und ließ seinen Daumen über ihre verletzte Wange gleiten. »Vielen Dank, dass du dich so gut um Logan kümmerst. Du warst sehr stark und ich weiß, dass du den Schmerz runtergespielt hast, damit er sich nicht zu viele Sorgen macht. Das bedeutet mir sehr viel.«

»Er ist ein gutes Kind«, sagte sie.

»Das ist er. Wir sehen uns morgen. Ich muss schauen, dass Logan ein anständiges Frühstück bekommt. Nach unserem Abendessen braucht er Obst und Proteine, um den morgigen Tag zu überstehen. Und du auch. Also kein Schoko-Müsli zum Frühstück, verstanden? Rührei oder so was ist keine schlechte Idee.«

Himmel! Sie hatte noch nie jemanden getroffen, der sich so um sie sorgte, wie Porter es tat.

»Okay.«

»Okay.« Dann ließ er den Daumen ein letztes Mal über ihre Lippen gleiten, bevor er einen Schritt zurück machte. »Schließ die Tür ab«, befahl er.

Sie wusste, dass er auf dem Flur stehen bleiben würde, bis sie die Tür von innen abgeschlossen hatte. Deshalb lächelte sie ihn noch einmal an und schloss dann die Tür. Sie legte die Kette ein und schloss zweimal ab, dann hörte sie seine Schritte im Gang.

Danach hörte sie, wie sich seine Tür öffnete und schloss; dann sprach er mit Logan. Sie konnte nicht genau hören, war gesagt wurde, aber die leisen Töne der Konversation beruhigten sie. Sie freute sich, dass sich die beiden immer besser verstanden und dass Logan sich mit jedem Tag in seiner neuen Umgebung wohler zu fühlen schien.

Er hatte noch immer keine Freunde in seiner Klasse gefunden, was ihr Sorgen bereitete, aber sie hoffte, dass sich das mit der Zeit ändern würde. Logan war ein bisschen schüchtern, aber witzig und freundlich. Sie konnte sich nicht vorstellen, dass niemand sein Freund sein wollte.

Riley ging in ihr Badezimmer. Sie nahm zwei weitere Schmerztabletten und legte sich einen kalten Waschlappen auf die Wange. Sie war zu müde, um einen Eisbeutel zu holen, aber ein kalter Waschlappen sollte ebenfalls einen guten Job tun.

Sie zog sich um und ging ins Bett, wo sie die Müdigkeit überkam. Sie hatte einen langen Tag gehabt: Arbeit, spielen mit Logan, die Verletzung, dann das Abendessen mit Porter und Logan.

Und dann war da der Kuss gewesen.

Durch Porter hatte sie sich schön und geschätzt gefühlt; diese Gefühle waren in ihrem Leben bis jetzt eine Seltenheit gewesen. Aber das war nicht der Grund, warum sie ihn so mochte. Der lag darin zu sehen, wie viel Mühe er sich mit seinem Neffen gab. Jeder, der ein ängstliches Kind so sanft behandelte wie Porter, musste auch ein guter Partner sein. Zumindest hoffte sie das.

Morgen würde sie sehen, wie Porter mit seinen Freunden umging, und das würde ihr zeigen, was für ein Mann er war. War er jemand, der in der Gesellschaft anderer Männer zum Macho verkam, oder würde er der gleiche Mann bleiben, den sie in der letzten Woche kennengelernt hatte? Die Zeit würde es zeigen.

KAPITEL SIEBEN

Der Gedanke, Riley mit zu Grover zu nehmen, machte Porter nicht nervös. Er hatte seinen Freunden erzählt, dass sie mitkommen würde, bevor er sie überhaupt gefragt hatte. Er war sich sicher gewesen, sie überzeugen zu können. Er wusste ohne Zweifel, dass die anderen Frauen sie mögen und sie sich in deren Gesellschaft wohlfühlen würde. Er fand es schwer zu begreifen, warum sie nicht verstand, wie großartig sie war. Er nahm an, dass ihre Kindheit viel zu ihrer Nervosität beitrug. Es wirkte so, als hätten die Leute, die ihr am nächsten standen, mehr als einmal ihr Vertrauen missbraucht. Allen voran ihre Eltern. Und die Männer, mit denen sie in Beziehungen gewesen war. Aufgrund dieser Erfahrungen war sie es nicht gewohnt, Komplimente zu bekommen. Er schwor sich, das zu ändern.

Er würde alles tun, damit sie auflebte. Riley hätte ihm mit Logan nicht helfen müssen. Oder mit den Abendessen. Sie hätte sie nicht mit offenen Armen empfangen müssen, so wie sie es getan hatte. Aber sie hatte mehr getan, um ihm zu helfen, als sie je verstehen würde.

Als Logan bei ihm abgegeben wurde, war Oz vollkommen aufgeschmissen gewesen. Er wusste nicht, ob er das Vorbild sein konnte, das sein Neffe so dringend brauchte, obwohl er sein Bestes versuchte. Aber mit Rileys Hilfe und der der anderen Frauen fühlte er sich langsam in seiner neuen Rolle als Vater ein. Er wusste, dass er in Zukunft Fehler machen würde, aber im Moment lief es nicht so schlecht.

Er sah zu Logan hinüber und lächelte. Er arbeitete im Moment an Triggers Seite und zusammen schaufelten sie das schimmelnde Heu in Richtung Scheunenausgang. Die Scheunentüren hatten sie schon zuvor abmontiert. Grover wollte sie im Haus verwenden. Logan und Trigger unterhielten sich und mussten dabei laut reden, da sie alle Masken trugen, um ihre Lunge vor dem Schimmel zu schützen. Sie hatten die Struktur der Scheune mehrmals überprüft, bevor sie hineingegangen waren.

Doc hatte versprochen, dass Logan später mit ihm auf dem Traktor sitzen durfte, wenn er das Gebäude niederriss, und der Junge freute sich sehr darauf. Jeden Tag sah Oz, wie sein Neffe sich mehr öffnete. Selbst in der kurzen Zeit, die sie miteinander verbracht hatten, wirkte der Junge immer entspannter.

Aber hin und wieder, so wie gestern, als Riley verletzt worden war, zeigte sich seine schlimme Vergangenheit. Dann wurde er sehr zurückhaltend und vorsichtig. Und obwohl Logan begonnen hatte, sich Oz gegenüber zu öffnen, wirkte es noch immer so, als hielte ihn etwas zurück. Er sprach nicht oft darüber, wie es gewesen war, bei seiner Mutter zu leben, und wenn er direkt darauf angesprochen wurde, wurde er abweisend.

Sein Neffe verschwieg ihm etwas – und das mochte Oz nicht. Er verstand, dass sein Neffe vorsichtig war, wenn es um Informationen über seine Mutter ging, weil er nicht wollte, dass andere schlecht über sie dachten. Aber Oz wusste, dass Logan über seine Vergangenheit sprechen musste, um sie wirklich hinter sich zu lassen. Nächste Woche wollte er mit seinem Vorgesetzten darüber reden, ob er Logan einem Kinderpsychologen vorstellen könnte. Wenn Logan nicht mit ihm sprechen wollte, konnte vielleicht ein Experte helfen.

Außerdem hatte Oz noch immer nicht herausgefunden, was mit Logans Sachen passiert war. Er war mit einem einzigen Müllbeutel voller Klamotten bei ihm angekommen, aber Oz war sicher, dass er mehr besaß. Das Jugendamt hatte sich nicht als sonderlich hilfreich erwiesen. Das war nervig und frustrierend, aber Oz wollte keine Szene machen, weil er Angst hatte, dass die Behörden Logan dann zurückholen würden.

Also hatte er die Sache fürs Erste auf Eis gelegt, dennoch hatte er noch immer viele Fragen über seine Schwester und was vorgefallen war. Er wusste nur, dass es einen Raubüberfall gegeben hatte, bei dem sie gestorben war. Der Mörder war noch nicht gefunden und die Untersuchung war noch immer offen.

Er musste wissen, ob sie den Verbrecher finden würden und ob er für seine Taten bezahlen musste. Aber im Moment sagten sie ihm nichts, außer, dass sie den Fall bearbeiteten und bis jetzt noch nichts gefunden hatten, was auf den Täter hindeutete.

Aber heute stand der Spaß im Vordergrund. Natürlich war es harte Arbeit, die Scheune auszuräumen. Aber sie amüsierten sich miteinander und es war gut, an der frischen Luft zu sein, obwohl es ziemlich heiß war. Oz sah zum Haus hinüber und konnte erkennen, dass die Frauen es sich auf der breiten Veranda im Schatten gemütlich gemacht hatten. Grover hatte ein paar hölzerne Schaukelstühle gekauft, wie sie oft in Western-Bars zu finden waren.

Riley war still und nervös gewesen, als sie ankamen,

aber nun lachte sie laut, als Antwort auf einen Witz, den jemand gemacht hatte.

»Sie tut dir gut«, sagte Grover, der neben ihm aufgetaucht war.

Oz drehte sich zu seinem Freund um und nickte. »Ich kenne sie schon eine Weile. Oder sagen wir es so, ich habe gehört, wie sie in ihrer Wohnung werkelte, und habe sie ein paarmal im Flur gesehen, aber ich habe nie wirklich über sie nachgedacht, außer dass ich ihren Ex ziemlich blöd fand, wenn er sie angeschrien hat. Ich bereue es ein bisschen, mich nicht schon früher mit ihr angefreundet zu haben. Aber wahrscheinlich wäre sie gar nicht darauf eingegangen, wenn nicht Logan aufgetaucht wäre.«

»Du glaubst, dass sie nur wegen Logan bei dir ist?«, fragte Grover und runzelte die Stirn.

»Nein! So meine ich es nicht. Glaube ich. Ich glaube nur, dass sie nach der schlimmen Trennung von ihrem Ex noch nicht für einen neuen Mann bereit war. So hat sie es gesagt. Ich glaube nicht, dass sie sich gleich in die nächste Beziehung gestürzt hätte. Aber ich weiß nicht, was ich ohne sie getan hätte.«

»Ich bin mir sicher, dass die anderen Frauen dir geholfen hätten«, gab Grover zu bedenken.

»Ich weiß«, sagte Oz, »aber dann hätte Logan sich sicherlich blöd gefühlt. Da Riley gleich nebenan wohnt, ist es einfach für sie vorbeizukommen. Und sie ... sie kann nachvollziehen, was Logan durchgemacht hat. Ich glaube, dass sie deshalb so schnell Freunde geworden sind.«

»Weil sie auch ein Pflegekind war?«

»Genau«, sagte Oz. Er hatte seinem Freund über Rileys Kindheit erzählt.

»Kinley ging es genauso«, erinnerte Grover ihn.

»Ich weiß. Aber ich kann ja schlecht zu Logan gehen und sagen: ›Schau mal, Kinley magst du sicher, sie hatte es in ihrer Kindheit auch nicht einfach, genauso wie du‹«, sagte Oz und runzelte die Stirn. »Riley und Logan verstehen sich einfach gut, und das macht mich glücklich.«

»Es ist manchmal schwer, das zu glauben, aber alles hat seinen Grund. Es ist nicht einfach zu sehen, warum das so ist, vor allem, wenn man selbst in der Situation drinsteckt, aber wenn man später darüber nachdenkt, macht alles Sinn«, sagte Grover.

Oz dachte einen Moment darüber nach. Er war traurig, dass seine Schwester gestorben war, bevor er sich bei ihr entschuldigen konnte, aber dafür hatte er nun Logan in seinem Leben. Er wusste nicht, was die Zukunft bringen würde, aber er hoffte, dass Grover recht hatte.

»Wie geht es Devyn?«, fragte er.

Grover seufzte und schüttelte den Kopf. »Nicht so gut. Sie verheimlicht mir etwas und das bringt mich fast um. Wir waren uns früher sehr nahe, aber nun spricht sie kaum mehr mit mir und ich weiß nicht warum. Ich habe mit unserer Mutter gesprochen, die sich ebenfalls Sorgen macht. Aber Devyn redet auch nicht mit ihr. Deshalb versuche ich einfach, auf sie aufzupassen.«

»Sie ist schon lange nicht mehr das kranke Kind mit Leukämie«, gab Oz zu bedenken.

»Das stimmt, aber ein Teil von mir will sie noch immer beschützen. Sie wird immer meine kleine Schwester bleiben.«

»Und Lucky? Hast du es ernst gemeint, als du ihm sagtest, dass er mit ihr ausgehen kann?«

»Natürlich«, erwiderte Grover, ohne zu zögern. »Ich liebe euch alle. Und falls Lucky oder Doc mit ihr ausgehen, wäre ich nur zu glücklich. Aber sie hält ihn auf Abstand. Das macht ihn verrückt.«

Oz musste lächeln. »Das ist vielleicht gar nicht so schlecht für ihn. Dem Mann ist so viel im Leben zugeflogen, es ist eine gute Lektion, wenn er sich einmal anstrengen muss.«

Grover grinste. »Stimmt. Mal sehen, wer den längeren Atem hat.«

»Ich glaube ja, dass er auf dem richtigen Weg ist«, stellte Oz fest.

»Ja. Vielleicht kann er herausfinden, was nicht stimmt. Ich würde auf jeden Fall in seiner Schuld stehen, wenn ihm das gelingt«, sagte Grover.

»Hast du je wieder etwas von der Frau aus Afghanistan gehört?«, fragte Oz.

Grover runzelte die Stirn und zuckte mit den Schultern. »Sierra? Nein. Und unter uns gesagt, ich habe ein schlechtes Gefühl dabei.«

»Sie hatte Persönlichkeit. Kaum größer als einen Meter fünfzig, aber das hat sie nicht zurückgehalten«, erinnerte sich Oz.

»Ja, deshalb verstehe ich nicht ganz, warum sie sich nicht mehr bei mir gemeldet hat«, sagte Grover. »Hätte sie keinen Kontakt mit mir gewollt, hätte sie mir ja nicht ihre E-Mail-Adresse geben müssen.«

»Hast du dich mal erkundigt, ob da etwas passiert ist?«

Grover schüttelte den Kopf. »Noch nicht. Ich kann nicht ganz verstehen, warum sie so freundlich war, während wir drüben waren, und mich dann ignoriert, sobald ich wieder in Amerika bin. Ich habe mich bis jetzt noch nicht darum gekümmert, weil es auch einfach sein kann, dass sie mich nicht mag.«

»Aber was, wenn ihr etwas passiert ist und sie deine E-Mails einfach nicht beantworten kann, selbst wenn sie wollte?«

»Ich weiß. Deshalb werde ich bald mit unserem Vorgesetzten sprechen und fragen, ob er mal seine Fühler ausstrecken kann. Falls sie kein Interesse mehr an mir hat, dann wird sie nie erfahren, dass der Anstoß dazu von mir kam, und ich kann die Sache hinter mir lassen. Und wenn nicht ...« Grover ließ den Satz offen.

Oz war nicht sicher, was Grover tun würde, wenn etwas nicht stimmte, aber das war ein Problem für einen anderen Tag. Heute schien die Sonne und sie mussten eine Scheune niederreißen.

»Hey, Oz, schau, was ich gefunden habe!«, rief Logan und hielt etwas hoch.

Der Junge hatte die größte tote Ratte am Schwanz gepackt, die Oz je gesehen hatte. »Widerlich«, murmelte Oz leise, bevor er breit grinste und seinem Neffen einen erhobenen Daumen entgegenstreckte.

Grover lachte leise. »Ja, von denen habe ich auch schon ein paar gefunden, deshalb hatte ich keine Einwände, als Trigger und Logan sich freiwillig zum Heuschaufeln gemeldet haben.«

»Kluger Mann«, sagte Oz zu ihm.

Grover klopfte Oz auf den Rücken und ging dann zu Doc, um ihm auf der anderen Seite der Scheune zu helfen. Lefty kam ein paar Minuten später zu ihm herüber und begann, neben ihm zu arbeiten. »Also war Riley auch ein Pflegekind?«

»Ja, zumindest zeitweise.«

»Zeitweise?«, fragte Lefty und hob die Augenbrauen.

»Ihre Eltern haben mehrmals das Sorgerecht für sie verloren und während sie ihr Leben neu ordneten, lebte Riley zeitweise bei verschiedenen Pflegefamilien.«

Lefty pfiff durch die Zähne. »Das war bestimmt nicht einfach. Ich weiß nicht, ob es schlimmer ist, ganz ohne Eltern aufzuwachsen, oder sie immer nur zeitweise zu sehen.«

»Ich weiß. Sie sind gestorben, als sie achtzehn Jahre alt war, und seitdem schlägt sie sich allein durch. Ich weiß, dass

Kinley und sie unterschiedliche Ausgangssituationen hatten, aber ich hoffe, sie verstehen sich trotzdem gut, weil sie Ähnliches erlebt haben«, sagte Oz.

»Nur weil sie beide in Pflegefamilien gelebt haben, heißt das nicht, dass sie beste Freundinnen werden«, warnte Lefty.

»Ich weiß. Es ist nur ... ich würde mich freuen, wenn Riley die anderen mag. Sie hat kein Problem damit, allein zu sein, aber ich glaube, es würde ihr guttun, ein paar Freundinnen zu haben, die sie verstehen.«

Lefty gestikulierte in Richtung Veranda. »Ich glaube nicht, dass du dir darum Sorgen machen musst.«

Oz folgte seiner Geste mit dem Blick und sah, wie die Frauen erneut auflachten und offensichtlich viel Spaß zusammen hatten. Er entspannte sich etwas. »Ich wusste, dass sie sich gut verstehen würden«, sagte er, mehr zu sich selbst als zu Lefty.

»Sie alle sind gute Menschen. Und jeder braucht Freunde. Ich weiß nicht, was ich ohne euch gemacht hätte in den Monaten, in denen Kinley im Zeugenschutzprogramm war. Ich wollte sie unbedingt suchen und ihr habt dafür gesorgt, dass ich keine Dummheiten mache. Gillian kannte ihre Freundinnen Ann, Wendy und Clarissa, bevor sie Trigger kennenlernte, aber sie hatten entweder schon Kinder oder waren in Beziehungen. Ich glaube, Kinley und Aspen haben ihr gutgetan. Und ich weiß, dass Kinley sehr froh ist, Gillian, Aspen und Devyn in ihrem Leben zu haben.«

Oz konnte nicht glauben, dass sie hier standen und sich über die Freundschaften der Frauen unterhielten, aber es fühlte sich nicht seltsam an. Auch deshalb nicht, weil ihm Rileys Wohlergehen sehr am Herzen lag. »Danke. Ich fühle mich schon besser.«

»Kein Problem. Aber über andere Frauendinge müssen wir uns dann doch nicht unterhalten«, sagte Lefty mit einem Grinsen im Gesicht. »Also los, lasst uns zusehen, dass wir diese Scheune endlich einreißen, damit wir uns zu den Frauen setzen und uns entspannen können.«

Oz musste lachen. »Das klingt doch nach einem Plan. Kannst du ein Auge auf Logan haben? Ich will nicht, dass er sich verletzt.«

»Natürlich. Wir passen alle auf. Ihm wird nichts passieren.«

Oz nickte und sah noch einmal zur Veranda zurück, bevor er die Aufmerksamkeit auf die alten, morschen Holzbretter richtete, die ihn umgaben. Je schneller sie mit der Arbeit fertig waren, desto schneller konnte er zurück zu Riley und sie auf den Ausflug mitnehmen, den er ihr versprochen hatte.

***

Riley lachte, nachdem Gillian etwas gesagt hatte. Sie war bis jetzt eher still gewesen und hatte den anderen Frauen bei ihrem Gespräch zugehört, aber sie amüsierte sich prächtig. Die anderen waren bodenständig und offen, was sie sehr erleichtert hatte.

Sie hatte nicht genau gewusst, wie die anderen Frauen auf sie reagieren würden. Sie war in ihrem Leben oft der Außenseiter gewesen. Sei es, weil sie eine so andere Kindheit gehabt hatte als die meisten, weil sie nicht auf die Uni gegangen war oder weil sie von zu Hause arbeitete – Gründe gab es genug.

Aber mit Gillian, Kinley, Aspen und Devyn fühlte sie sich wohl. Sie saßen zusammen auf der Veranda und warteten darauf, dass die Männer die Scheune abrissen. Sie konnte sich nicht helfen und musste sich immer wieder nach Porter umsehen. Er hatte sein T-Shirt ausgezogen und ihr wurde bei dem Anblick auch ganz heiß. Seine Schultern waren breit und jedes Mal, wenn er etwas aufhob, konnte sie die Muskeln in seinen Armen erkennen. Sie konnte sich nicht entscheiden, ob sie seine Arme, seinen Rücken oder seine Brust anziehender fand.

»Nicht gerade subtil, meine Liebe«, scherzte Gillian und lehnte sich zu ihr hinüber, um ihr spielerisch in den Arm zu kneifen.

Sie schreckte auf und sah, dass die anderen sie alle anschauten. Riley lief rot an und zuckte lächelnd mit den Schultern.

Alle lachten. »Mach dir keine Vorwürfe, wenn ich mir Trigger ohne T-Shirt anschaue, wird mir auch ganz anders«, sagte Gillian zu ihr.

»Gage versucht bis heute, all das nachzuholen, was wir verpasst haben, als ich im Zeugenschutzprogramm war«, sagte Kinley mit einem Lächeln auf den Lippen.

»Du warst so mutig, als du das gemacht hast«, sagte Gillian zu ihr. »Ernsthaft. Und du bist gegangen, bevor du dich richtig von den Schlägen und dem Sturz von der Brücke erholt hattest. Du bist auf jeden Fall nicht leicht kleinzukriegen.«

Kinley verzog das Gesicht. »Ich musste es tun.«

Riley verlagerte das Gewicht in ihrem Stuhl. »Aber jetzt geht es dir gut?« Porter hatte ihr erzählt, was der anderen Frau widerfahren war. Das war nur ein Grund mehr, warum sie glaubte, dass die anderen viel zu gut für sie waren.

»Ja, mir geht es gut. Manchmal, bevor das Wetter umschlägt, spüre ich die Verletzungen in meinen Knochen. Aber zum Glück haben wir hier meistens gutes Wetter«, sagte Kinley lächelnd. Dann wurde sie wieder ernst. »Ich habe gehört, dass wir als Kinder ähnliche Erfahrungen gemacht haben.«

Riley wusste sofort, dass sie über ihre Zeit in einer Pflegefamilie sprach. »Ja. Aber ich bin immer zu meinen Eltern zurückgekommen, wenn sie sich mal wieder etwas angestrengt hatten.«

»Entschuldige, aber das klingt auch ziemlich schwierig«, sagte Kinley. »Du hattest zwar noch deine Eltern, aber du wusstest nie, wie lange du diesmal bei ihnen bleiben würdest, und ich bin mir sicher, es hat jedes Mal wieder wehgetan, wenn du gehen musstest.«

Das stimmte. Kinley hatte den Nagel auf den Kopf getroffen. Riley hatte sich als Kind oft gefragt, warum ihre Eltern sie nicht genug lieben konnten, um sie bei sich zu behalten. Aber die Sucht hatte sie immer wieder übermannt. »Ja, es gab viele Nächte, in denen ich wach lag und darüber nachgedacht habe, wann ich endlich wieder nach Hause darf. Warum meine Eltern nicht alles taten, um mich zurückzubekommen«, sagte Riley.

»Das ist doof. Ich habe immer gebetet, dass meine Pflegefamilie mich genug mag, um mich zu adoptieren, aber das ist nie passiert. Ich konnte nie verstehen, was ich falsch gemacht hatte, als ich zur nächsten Familie weitergereicht wurde«, sagte Kinley.

»Ich habe mich immer gefragt, warum meine Eltern den Alkohol mehr liebten als mich«, erwiderte Riley.

Kinley lehnte sich zu ihr und nahm ihre Hand in ihre. Riley hielt ihre Hand und fühlte sich sofort besser. »Das kann man nicht so einfach abschütteln, nicht wahr?«, fragte sie sanft.

Riley nickte.

»Es wird besser. Ich weiß, dass das abgedroschen klingt, aber mit dem richtigen Mann«, sie blickte in Richtung Scheune und fuhr dann fort, »und den richtigen Freunden kann man die Vergangenheit viel leichter hinter sich lassen und ein glückliches Leben führen.«

Riley suchte seit zehn Jahren nach dem Glück, hatte es aber noch nicht gefunden. Aber sie musste zugeben, dass sie an den Abenden, die sie mit Logan und Oz verbrachte, eine Ahnung bekam, wie ein glückliches Leben aussehen könnte.

Kinley drückte ihre Hand und lehnte sich dann wieder zurück.

»Ich habe eine Frage«, sagte Gillian.

»Gern«, antwortete Riley.

»Nicht an dich, sondern an Devyn.«

Alle sahen die andere Frau an. Riley war sehr beeindruckt gewesen, als Devyn sich vorgestellt hatte. Sie war groß, fast einen Meter achtzig, hatte lange, blonde Haare und wunderschöne blaue Augen. Sie war sich sicher gewesen, dass Devyn als Model arbeitete, aber als sie sie danach gefragt hatte, hatte Devyn nur gelacht und gesagt, dass sie »nur« als Tierarzthelferin beim örtlichen Tierarzt arbeite.

»Ich möchte gern wissen, warum du wirklich nach Texas gekommen bist«, sagte Gillian. Ihr Ton war sanft, aber ihre Neugier ließ sich kaum verbergen.

»Du weißt doch warum«, sagte Devyn. »Mein Chef wollte mit mir ausgehen und ich habe seine Gefühle nicht erwidert. Dann hat er mich körperlich angegriffen und gegen einen Tisch gestoßen. Danach war es für mich vorbei. Ich wollte einen Neuanfang. Ich habe lange gebraucht, um hier einen Job zu finden, aber jetzt habe ich eine gute Stelle.«

»Ich bin mir sicher, dass das eine schlimme Situation gewesen ist. Aber warum bist du ausgerechnet hierhergekommen? Ich meine, du bist in deinem Job supergut. Ich bin mir sicher, dass viele Tierärzte in Missouri froh gewesen wären, dich einstellen zu können. Oder hat dein Chef seine Kontakte in der Gegend genutzt, sodass du keine neue Stelle finden konntest? Deine anderen beiden Brüder leben doch in Missouri, hätten sie dir nicht helfen können?«

Devyn war lange still. »Lass uns doch einfach sagen,

dass es gut gepasst hat. So hatte ich eine Ausrede, um die Stadt zu verlassen und ganz neu anzufangen.«

Das kam Riley verdächtig vor. Sehr sogar.

»Was meinst du damit?«, fragte nun auch Kinley. »Ich erinnere mich, wie du dich vor einiger Zeit geweigert hast, mit deiner Mutter am Telefon zu sprechen.«

»Ich mag euch wirklich sehr, aber ich spreche echt ungern über diese Sache. Mir geht es gut. Alles ist gut«, sagte Devyn und klang so, als würde sie es selbst nicht ganz glauben.

Riley wusste, dass nichts gut war, aber sie kannte Devyn nicht gut genug, um nachzubohren.

Aber Gillian hatte solche Bedenken offensichtlich nicht. »Ich habe das Gefühl, dass du in der Vergangenheit nicht immer allzu großes Glück mit den Männern hattest. Und ich weiß, dass du als Kind viel verpasst hast, weil du krank warst. Aber du kannst uns vertrauen. Und den Jungs auch. Vor allem Lucky. Er würde alles für dich tun.«

»Genau das macht mir ja Sorgen«, murmelte Devyn.

»Du hast viele Menschen in deinem Leben, die alles tun würden, um dich zu beschützen. Deine Brüder, Lucky, die anderen Jungs aus der Einheit, uns ... aber wir können dir nur helfen, wenn du dich öffnest«, sagte Gillian.

»Manchmal sind es die, die dich beschützen sollten, die dir am meisten wehtun«, sagte Devyn leise.

Riley wusste, was sie meinte. Sie hatte das in der Beziehung mit ihren Eltern lernen müssen.

Die anderen Frauen wirkten besorgt, als sie das hörten, und Kinley machte den Mund auf, um etwas zu sagen, aber Devyn setzte sich auf, straffte die Schultern und drehte sich zu Aspen um, um sie mit lauter Stimme, die klarmachte, dass sie nicht mehr über sich selbst reden wollte, zu fragen: »Kann Brain sich wieder an seine Sprachen erinnern, die er vergessen hatte, nachdem dein Ex ihm eine übergezogen hatte?«

Aspen zögerte, denn auch sie wollte Devyns Kommentar wohl einfach nicht so stehen lassen, aber dann lächelte sie die andere Frau an und ließ sich auf den Themenwechsel ein. »Ja, das ist wirklich erstaunlich. Er fing langsam an, sich an das eine oder andere zu erinnern, und plötzlich war sein Wissen wieder da.«

Riley hatte über Brains temporäre Einschränkung gehört und dass er all die Sprachen vergessen hatte, die er mit den Jahren gelernt hatte. Aber sie wusste nicht, dass Aspens Ex ihn verletzt hatte. Porter hatte diesen Teil der Geschichte ausgelassen ... vielleicht, damit sie sich keine Sorgen wegen Miles machte. »Was ist mit deinem Ex passiert?«, fragte sie.

Aspen seufzte. »Er ist in der Nacht gestorben, in der er versuchte, Kane umzubringen. Er hat einen elektrischen Schlag bekommen.«

»Und dann wurde er als Held beerdigt«, warf Gillian ein.

»Ernsthaft?«, fragte Riley.

»Ja. Mein Wort stand gegen das eines Toten«, sagte Aspen. »Ein Toter, der mehrmals von der Armee ausgezeichnet worden war und der sich in seiner Karriere nie etwas hat zu Schulden kommen lassen.«

»Das ist echt schlimm«, sagte Riley. »Ich könnte einen Brief schreiben und die Armee wissen lassen, dass er kein so toller Typ gewesen ist, wie alle glaubten, wenn du denkst, dass das helfen könnte.«

Die anderen vier Frauen starrten sie mit großen Augen an.

»Ich meine ... nur, wenn du willst«, stammelte Riley.

»Vielen Dank«, sagte Aspen zu ihr, »aber das ist schon in Ordnung. Ich bin nicht damit zufrieden, wie die ganze

Sache ausgegangen ist, aber Kane und mir geht es gut und wir sind glücklich miteinander. Das ist alles, was ich will.«

Riley hatte den größten Respekt vor der anderen Frau. Sie wusste nicht, ob sie die Sache ebenfalls so gelassen sehen könnte. Als sie darüber nachdachte, was Aspen widerfahren war und dass es ihr Ex war, der Brain verletzt hatte, ließ sie ihre Gedanken zu Miles wandern und zu der Tatsache, dass er ihr noch immer schrieb und sie anrief. Es wurde immer schwerer, seine Nachrichten zu ignorieren. Im Moment behauptete er, dass sie noch eines seiner Video-spiele in ihrer Wohnung hatte. Sie hatte alle CDs und DVDs durchsucht, konnte es aber nirgends finden. Aber Miles hatte nicht aufgehört, ihr deswegen zu schreiben.

Sie hatte noch nie darüber nachgedacht ... aber was, wenn er sie mit Porter sah? Oder Logan? Und beschloss, seine Anschuldigungen auf die nächste Ebene zu heben? Sie schüttelte sich. Sie wollte nicht darüber nachdenken, dass andere aufgrund ihrer schlechten Entscheidungen verletzt werden könnten.

Aber sie konnte nicht länger darüber nachdenken, weil Aspen das Gespräch wieder aufnahm. »Und außerdem müssen Kane und ich im Moment über andere Dinge nachdenken ...«

Die anderen lehnten sich nach vorn, als sie nicht sofort weitersprach.

»Ach ja? Worüber denn?«, fragte Kinley ungeduldig.

Das Lächeln auf Aspens Gesicht war riesig, als sie sagte: »Ich bin schwanger.«

Für eine Sekunde war es totenstill, als die anderen ihre Worte verarbeiteten. Dann sprangen alle gleichzeitig auf und jede wollte die Erste sein, die Aspen umarmte.

»Oh mein Gott! Glückwunsch!«, rief Gillian.

»Das ist großartig!«, sagte Kinley zu ihr.

»Besser du als ich«, fügte Devyn augenzwinkernd hinzu.

»Gratulation«, sagte Riley lächelnd und umarmte die andere Frau.

Als die anderen sich wieder gesetzt hatten, fragte Gillian: »Hattet ihr es darauf angelegt? Ich meine, ich will nicht konservativ erscheinen, aber ihr seid doch noch gar nicht verheiratet.«

»Nun, wir haben hin und wieder über eine Hochzeit gesprochen, aber er hat noch nicht offiziell um meine Hand angehalten. Wir haben auch über Kinder gesprochen und wir wollen beide Kinder. Ich habe manchmal Probleme mit meiner Periode und meine Frauenärztin meinte, dass es wohl nicht ganz leicht sein könnte, schwanger zu werden. Also haben wir zusammen beschlossen, die Verhütung erst mal wegzulassen und die Sache langsam anzugehen. Ich weiß nicht, wie der Mann es gemacht hat, aber danach war ich schneller schwanger, als ich gucken konnte.«

»Das ist ja toll. Wie wirst du das mit deinem Job machen?«, fragte Devyn. »Du hast doch gerade erst als Rettungssanitäterin angefangen, oder?«

Aspen rümpfte die Nase. »Das stimmt. Ich habe deswegen auch ein schlechtes Gewissen. Das ist sicher der Albtraum eines jeden Arbeitgebers, jemanden einzustellen, der dann sofort schwanger wird. Aber ich will so lange weiterarbeiten, wie es für mich und das Baby sicher ist. Ich liebe meinen Job und will unbedingt wieder arbeiten, wenn das Kind da ist. Aber komisch ist es schon, dass es so schnell gegangen ist.«

»Warum denn?«, fragte Kinley.

»Ich war nie in der Situation, Brain zu schreiben und ihm zu sagen: ›Komm schnell nach Hause, wir müssen Sex haben, ich habe heute meinen Eisprung‹«, sagte Aspen grinsend.

Die anderen lachten. Als sie sich wieder unter Kontrolle

hatten, fragte Gillian: »Gibt es also schon konkrete Hochzeitspläne?«

Aspen zuckte mit den Schultern. »Nicht wirklich. Kane hat gesagt, dass er zwar nicht auf eine traditionelle Herangehensweise besteht, aber dennoch will er, dass ich einen ordentlichen Antrag bekomme. Ich persönlich habe kein Problem mit einer kleinen Hochzeit. Meine und seine Eltern wollen sicher dabei sein, aber ich habe keine Lust, viel Geld für ein Kleid und eine große Feier auszugeben. Würde es euch sehr stören, wenn wir keine Hochzeitsparty schmeißen würden?«

Riley merkte sofort, dass Aspen sich Sorgen machte, was die anderen darauf erwidern würden, aber sie nahmen ihr ihre Idee nicht übel.

»Natürlich nicht. Es ist deine Hochzeit und du kannst sie genau so gestalten, wie du das willst«, sagte Devyn.

»Wir sehen dich so oft, dass wir genau so feiern können, wie du es möchtest«, stimmte Gillian ihr zu.

»Ich glaube nicht, dass ihr noch viele Sachen für euren Haushalt braucht, aber wir können als Geschenke sicherlich auf supersüße Babysachen ausweichen«, fügte Kinley hinzu.

»Richtig ist, was sich für dich und Brain richtig anfühlt«, sagte Riley. »Wenn du versuchst, es allen anderen recht zu machen, dann hast du nur viel Stress, und das ist schlecht für das Baby.«

»Das stimmt«, sagte Aspen lächelnd. Dann drehte sie sich zu Kinley um. »Wann werden Lefty und du heiraten?«

»Sobald wir es schaffen, unseren Urlaub in San Francisco zu buchen. Er ist genervt, dass wir es noch nicht hinbekommen haben. Er ist kurz davor, für die Hochzeit einfach nach Las Vegas zu fliegen«, sagte Kinley mit einem Lächeln.

»Das ist eigentlich keine schlechte Idee«, sagte Gillian. »Weil unsere Freunde einen so gefährlichen Job haben, ist es ihnen wichtig, früh zu heiraten. Dann sind wir geschützt, falls etwas passiert.«

»Ich weiß. Aber wir werden versuchen, nächsten Monat nach San Francisco zu reisen. Wir wollen einfach gern heiraten. Ist es schlimm, dass ich es einfach hinter mich bringen will, damit ich wieder ein normales Leben führen kann?«, fragte Kinley.

»Nein, ist es nicht. Wenn du den Menschen gefunden hast, mit dem du dein Leben verbringen willst, dann willst du auch, dass dieses Leben so bald wie möglich anfängt. So denke ich zumindest«, sagte Gillian lächelnd.

»Da kann ich nur zustimmen«, sagte Aspen. »Da ich schwanger bin, glaube ich, dass er mir sehr bald einen Antrag machen und sich danach sofort um die Hochzeitsvorbereitungen kümmern wird.«

Riley fühlte sich in der Gesellschaft der anderen wohl genug, um zu fragen: »Nur weil sie in der Armee sind?«

Vier paar Augen wandten sich ihr zu und für einen Moment hatte sie das Gefühl, das Falsche gesagt zu haben, da alle sie erstaunt anschauten.

»Du weißt nicht, was die Jungs machen?«, fragte Gillian.

Riley schluckte schwer. »Ähm ... sie sind beim Militär. Ich weiß aber nicht, was sie genau machen. Aber die meisten Soldaten sind spezialisiert, nicht wahr?«

»Ja, das stimmt. Jeder beim Militär erhält eine spezifische Ausbildung in einem bestimmten Bereich«, sagte Aspen. »Ich war zum Beispiel im medizinischen Bereich.« Sie sah die anderen an. »Sagen wir es ihr? Ich weiß nicht, wie ihr normalerweise damit umgeht.«

Riley fühlte sich schlecht. Wovon redeten die anderen? Was konnten sie ihr nicht sagen? Sie würde immer ein Außenseiter bleiben.

Gillian lehnte sich vor und stützte die Ellbogen auf ihre Knie. »Erzähl uns von dir und Oz«, sagte sie.

Riley hatte das Gefühl, dass sie plötzlich verhört wurde, und wusste nicht genau warum. »Er ist mein Nachbar. Ich helfe ihm unter der Woche mit Logan, damit er nicht allein ist, bis Oz nach Hause kommt.«

Gillian wedelte ungeduldig mit der Hand. »Ja, das wissen wir, aber wie sieht eure Beziehung aus? Oz hat uns noch nie eine Frau vorgestellt.«

Riley war sich nicht sicher, was im Moment vor sich ging, war aber langsam etwas irritiert. »Ich weiß nicht genau, was du von mir wissen willst. Ob ich Porter mag? Natürlich. Ich glaube, er mag mich auch. Und unsere Beziehung ... das kommt ganz darauf an, wie du es interpretierst. Wir haben jeden Tag miteinander zu Abend gegessen, seit Logan bei ihm lebt. Gestern Abend hat er mich geküsst und gesagt, dass er mit mir ausgehen will. Aber wir kennen uns noch nicht sehr gut. Was auch erklärt, warum ich nichts von seinem supergeheimen Job weiß.«

»Entschuldige, dass wir so geheimnisvoll tun«, sagte Aspen, »aber sie reden normalerweise nicht viel über ihre Arbeit. Dem Falschen das Falsche zu sagen, kann tödliche Folgen haben.«

Riley sah sie mit großen Augen an. »Dann sagt mir lieber nichts. Ich bin in erster Linie nur Porters Nachbarin. Wenn sein Job ein so großes Geheimnis ist, will ich es gar nicht wissen. Zumindest noch nicht. Und nicht von euch. Ich will ihn nicht in Gefahr bringen.«

»Vielen Dank, Riley«, sagte eine tiefe Stimme zu ihrer Rechten.

Sie drehte sich um und sah, dass Porter neben der Veranda stand. Sie hatte keine Ahnung, wie lange er schon dort stand, aber er hatte zumindest einen Teil des Gesprächs gehört.

Er drehte sich zu den anderen Frauen. »Und vielen Dank, dass ihr euch an die Richtlinien haltet. Ich übernehme das von hier an.« Er streckte Riley die Hand entgegen. »Ich habe dir eine Fahrt mit dem Quad versprochen.«

Riley sah von seiner Hand zur Scheune. Zu ihrer Überraschung war sie fast vollständig verschwunden. Sie hatte sich so auf das Gespräch mit den anderen Frauen konzentriert, dass sie von dem Abriss kaum etwas mitbekommen hatte. Porter hatte sich sein T-Shirt wieder angezogen, aber ihm stand Schweiß auf der Stirn. Sie war eigentlich kein naturbegeisterter Mensch, aber zu sehen, wie hart Porter gearbeitet hatte, machte sie fast noch mehr an, als sein nackter Oberkörper es vorher getan hatte.

»Kann ich noch etwas helfen, bevor wir gehen?«, fragte sie die anderen.

Sie lächelten sie an.

»Nein«, sagte Kinley. »Geh ruhig.«

Riley sah zu Aspen. »Weiß er schon Bescheid?«

Die andere Frau zwinkerte. »Wahrscheinlich nicht, sonst hätte er sicher etwas gesagt. Aber du kannst es ihm ruhig erzählen. Kane und ich werden den anderen Bescheid geben, während ihr unterwegs seid.«

»Was weiß ich nicht?«, fragte Porter mit Sorge in der Stimme. »Geht es dir gut?«, fragte er Aspen.

»Mir geht es gut. Und nun habt ihr beide etwas, das ihr euch gegenseitig erzählen könnt. Los jetzt, sonst findet Grover noch etwas für euch zu tun«, sagte sie halb im Scherz. »Ich nehme an, dass ihr nicht viel Zeit für euch habt, da ihr euch um Logan kümmern müsst. Und während Logan die anderen Männer auf Trab hält, hast du die Gelegenheit, Zeit mit Riley allein zu verbringen.«

»Und du bist sicher, dass es dir gut geht?«, fragte er noch einmal nach.

»Ich bin sicher. Nun aber los«, befahl Aspen.

Porter kam zur Treppe und streckte erneut die Hand aus.

Sie stand auf und ging zu ihm. An der Treppe blieb sie noch einmal stehen und drehte sich zu den anderen Frauen um. »Seid ihr noch hier, wenn wir zurückkommen? Ich würde euch gern noch Tschüss sagen.«

»Wir werden noch hier sein«, beruhigte Gillian sie. »Versprochen.«

Riley nickte und ging die Stufen hinunter, bevor sie Porters Hand ergriff. Mit seinen warmen Fingern umschloss er ihre und obwohl sie immer noch nervös war, weil sie nicht wusste, worüber die Frauen gesprochen hatten, vertraute sie ihm.

Sie gingen zu dem Quad, das neben dem Haus stand, und Riley fragte: »Wie geht es Logan?«

»Gut. Es tut ihm gut, mit den anderen Zeit zu verbringen, denke ich. Er scheint immer entspannter zu werden.«

»Gut«, sagte Riley und seufzte erleichtert. Keiner hatte einen entspannten Tag unter netten Menschen mehr verdient als Logan. Sie hoffte, dass Logan verstand, wie gut sein Onkel mit den anderen Männern befreundet war, damit das dazu beitrug, dass er sich in ihrer Gesellschaft wohlfühlte.

Porter hielt neben dem Fahrzeug an. Es hatte nicht allzu groß ausgesehen, als sie es von der Veranda aus gesehen hatte, aber nun wirkte es riesig.

»Mach dir keine Sorgen«, sagte Porter, der wohl ihre Gedanken gelesen hatte. Er hob einen Helm vom Sitz und setzte ihn ihr auf. Riley bekam Gänsehaut, als er sie berührte. Sie liebte es, ihm so nahe zu sein. Dann setzte er sich selbst auch einen Helm auf und stieg auf. »Los geht's, Riley. Klettere hinter mir auf den Sitz und halte dich fest.«

Sie wusste nicht genau, wie sie aufsteigen sollte, und hoffte, dass ihr niemand bei ihren ungelenken Kletterversuchen zusah. Sie hörte, wie Porter leise lachte, und beschloss spontan, ihn zu ignorieren. Als sie endlich hinter ihm saß, wurde sie plötzlich schüchtern. Sie legte vorsichtig ihre Hände an seine Seiten.

»Du musst dich schon ordentlich festhalten«, sagte Porter zu ihr, griff nach ihren Händen und legte sie um seinen Bauch.

Riley rutschte ein bisschen nach vorn, um bequemer zu sitzen. Nun saß sie eng an Porters Rücken geschmiegt und er drückte ihre Hände an seinen Bauch. »Ich werde nicht hart bremsen«, sagte er. »Ich will nicht, dass du hinten vom Quad fällst. Halt dich gut fest, meine Liebe.«

Nach hinten fallen?

Riley hielt sich noch mehr an Porter fest und ließ sich von seinem leisen Lachen nicht beirren.

Er startete das Fahrzeug und das laute Motorengeräusch machte ihr klar, dass sie sich während der Fahrt nicht unterhalten konnten.

»Festhalten!«, rief Porter noch einmal über die Schulter, dann betätigte er das Gas und die Maschine machte einen Satz vorwärts.

Riley presste die Augen zusammen und sie schossen los.

KAPITEL ACHT

Oz liebte das Gefühl von Rileys Armen, die sich um seine Taille schlangen. Er wusste, dass sie am Anfang ihres Ausflugs Angst gehabt hatte, aber je länger sie nun auf den Feldwegen um Grovers Grundstück herum unterwegs waren, desto mehr entspannte sie sich. Er fühlte, wie sie ihre Wange an seinen Rücken legte, und drückte als Antwort darauf ihre Hand.

Grover hatte ihm von einem Ort etwas weiter unten am Weg erzählt, der sich gut eignen würde, um ein längeres Gespräch zu führen. Er lag an einem kleinen Bach; andere Quad-Fahrer kamen dort zwar hin und wieder vorbei, aber sie würden genug Privatsphäre haben, um sich unterhalten zu können.

Es überraschte ihn nicht, dass seine Arbeit als Delta-Force-Soldat im Gespräch aufgekommen war, aber er hatte sich sehr gefreut, dass die anderen Frauen mit dieser Information vorsichtig umgegangen waren. Doch ihm war klar, dass er Riley reinen Wein einschenken musste. Sie kümmerte sich nicht nur liebevoll um seinen Neffen, sondern spielte auch sonst eine immer größere Rolle in seinem Leben.

Oz hatte kein Problem damit, wie stark seine Gefühle für sie schon nach kurzer Zeit waren, weil er die Geschichten seiner Kameraden kannte. Er hatte gesehen, wie schnell sie sich in ihre Partnerinnen verliebt hatten, und sie alle waren bis heute glücklich miteinander. Trigger war sogar verheiratet, und auch Brain würde bald um Aspens Hand anhalten. Brain hatte sie um Rat gefragt, wie er den Antrag gestalten sollte, und sie hatten ihm geholfen. Lefty wollte so schnell wie möglich mit Kinley nach San Francisco fliegen, weil seine Eltern dort lebten, und sie ebenfalls heiraten.

Wenn er also über die Geschichten nachdachte, die seine Freunde erlebt hatten, waren die starken Gefühle, die er Riley gegenüber hatte, gar nicht so ungewöhnlich.

Riley legte sich mit ihm in die nächste Kurve und er konnte nicht anders, als stolz darauf zu sein, wie schnell sie das Quad-Fahren verstanden hatte. Es war zwar nicht dasselbe wie das Fahren auf einem Motorrad, aber er mochte es, dass sie seinen Bewegungen so leicht folgte.

Er hatte die Augen offen gehalten, um die Abzweigung nicht zu verpassen, und war froh, dass er sie nun sofort erkannte. Er parkte die Maschine am Wegesrand, sodass sie anderen Fahrern nicht im Weg stand, und machte den Motor aus.

Er drehte sich um und lächelte Riley an. »Und?«, fragte er. »Gefällt es dir?«

»Ich liebe es. Vor allem, wenn du der Fahrer bist. Ich glaube nicht, dass ich mir das selbst zutrauen würde.«

»Das bekommst du sicher hin«, sagte er beruhigend. »Steig ab und dann zeige ich dir, warum wir hier angehalten haben.«

Oz wartete, bis Riley den Fuß über die Maschine geschwungen hatte und sicher zum Stehen gekommen war, bevor er selbst abstieg. Riley machte einen Schritt und schwankte etwas.

»Vorsichtig«, warnte Oz und fing sie sanft mit einem Arm um ihre Hüfte ab.

»Meine Beine fühlen sich an wie aus Gummi«, rief sie.

»Mach erst mal langsam, du musst dich erst mal wieder an den festen Boden gewöhnen«, erklärte er.

»Den festen Boden?«, fragte sie mit einem Lachen.

Oz öffnete die Schnalle seines Helms mit einer Hand, weil er sie weiter in seinen Armen halten wollte. Er legte ihn auf den Sitz und griff dann nach Rileys Helm. Ohne den Blick von ihr zu nehmen, legte er ihren Helm neben den seinen. Dann umrahmte er ihr Gesicht mit beiden Händen. Er strich mit dem Daumen über die Wunde an ihrer Wange, die inzwischen kaum noch rot war. Das Eis, das sie gestern verwendet hatten, hatte einen guten Job gemacht und die Schwellung klein gehalten. »Tut es noch weh?«, fragte er.

Riley schüttelte den Kopf. »Das wird schon. Ich habe etwas Make-up aufgetragen, um das blaue Auge zu tarnen, das ich heute Morgen entdeckt habe. Aber es war mehr ein dunkler Schatten als ein richtiger blauer Fleck.«

Oz sah sie ganz genau an. Hätte er nicht gewusst, was am Vortag vorgefallen war, hätte er sicher vermutet, dass sie nicht richtig geschlafen hatte, mehr nicht.

Dann tat er das, worauf er sich schon den ganzen Tag gefreut hatte. Er hob mit einem Finger sanft ihr Kinn an und senkte den Kopf.

Riley stellte sich auf Zehenspitzen, um ihm entgegenzukommen. Ihr Körper drückte sich gegen seinen, als sie sich an ihn lehnte. Am liebsten wollte er sie ganz und gar vereinnahmen, aber er tat sein Bestes, den Kuss leicht und sanft zu halten. Er knabberte an ihren Lippen und strich mit der Zunge über ihre Unterlippe. Er liebte es, wie sie sofort den Mund für ihn öffnete. Sie testete seine Zurückhaltung, als sie mit ihrer eigenen Zunge über seine Lippen leckte. Er zog sich zurück, behielt sie aber weiter im Arm und lächelte.

Sie schmollte. »Das nennst du einen Kuss?«, fragte sie neckisch.

Er lachte leise. »Für den Moment, ja. Ich will dir etwas zeigen und dann müssen wir uns unterhalten. Würde ich den Kuss vertiefen, dann wäre es aus mit einem Gespräch. Und ich weiß nicht, ob das Quad bequem genug für Sex in freier Wildbahn ist.«

Riley lief daraufhin rot an, musterte die Maschine aber mit neu erwachtem Interesse.

»Bring mich bloß nicht auf Ideen«, bat Oz sie und küsste ihre Stirn. »Los geht's, Grover meinte, die Stelle ist nicht weit von hier.«

Sie lachte leise und er musste lächeln. Sie schien sich genauso sehr zu ihm hingezogen zu fühlen wie er sich zu ihr. Gemeinsam gingen sie durch den Wald und er sorgte dafür, dass sie nicht von herunterhängenden Ästen getroffen wurde. Er hörte den Bach, bevor er ihn sah.

Riley atmete erfreut auf, sobald sie ihr Ziel erkennen konnte. Jemand hatte im Schatten eines Baumes am Ufer des Baches eine Bank aufgestellt. Im Moment führte der Bach kaum Wasser, weil es in letzter Zeit wenig geregnet hatte, aber Oz musste zugeben, dass es ein sehr romantischer Ort war. Die Vögel zwitscherten in den Baumkronen und die Blätter warfen großzügige Schatten auf den Boden.

Er führte Riley zur Bank und bat sie, sich zu setzen, nachdem er die Holzbretter der Sitzfläche auf ihre Standhaftigkeit überprüft hatte. Er setzte sich neben sie und nahm ihre Hand in seine.

»Was für ein schöner Ort«, sagte Riley und sah sich begeistert um. »Vielleicht will Brain Aspen hier seinen Antrag machen.«

»Gute Idee«, sagte Oz.

Riley lief rot an. »Also nur, wenn er will. Ich will ihm nichts einreden.«

»Du redest ihm nichts ein. Brain will so bald wie möglich um Aspens Hand anhalten, aber er will sie auch nicht überrumpeln.«

»Ähm ... erinnerst du dich, wie ich Aspen gefragt habe, ob du schon Bescheid weißt?«, fragte Riley.

»Ja. Ihr geht es gut, ja?«

»Sie ist schwanger«, platzte es aus Riley heraus.

Oz starrte Riley eine Sekunde lang an, bevor ein großes Grinsen auf seinem Gesicht erschien. »Wirklich?«

Sie erwiderte sein Grinsen. »Wirklich. Ich glaube also nicht, dass sie sich überrumpelt fühlen würde, wenn er bald um ihre Hand anhält.«

»Das ist großartig. Ich wusste nicht, dass sie Pläne in diese Richtung hatten.«

»Ich habe das Gefühl, dass es nicht ganz geplant war. Ich nehme an, dass sie sich über Kinder unterhalten hatten und beide die Idee gut fanden. Dann haben sie wohl beschlossen, die Verhütung erst mal wegzulassen. Aber es sieht so aus, als hätte es sehr viel schneller funktioniert als erwartet.«

»Dann will er sie bestimmt so bald wie möglich heiraten«, sagte Oz. Er regte sich nicht auf, weil Brain ihm und den anderen noch nichts verraten hatte. Er nahm an, dass Aspen es vorher den anderen Frauen erzählt hatte und Brain im Moment dabei war, die anderen Männer aufzuklären. Oz freute sich, dass Riley diese gute Nachricht auch in der Runde mitbekommen hatte.

»Man muss aber nicht verheiratet sein, nur weil man schwanger ist«, neckte Riley.

»Das stimmt, aber das hat auch mit der Sache zu tun, über die wir reden müssen«, sagte Oz.

Riley runzelte besorgt die Stirn. Er beschloss, nicht länger ein Geheimnis daraus zu machen.

»Logan hat dir sicher schon gesagt, dass wir in einer Spezialeinheit dienen. Um genau zu sein, sind wir Delta-Force-Soldaten. Wir führen spezialisierte, kürzere Auslandseinsätze durch. Und die sind meistens ziemlich gefährlich. Deshalb ist es Brain so wichtig zu heiraten, damit Aspen und das Baby abgesichert sind, sollte etwas passieren. Er war dem Tod schon einmal sehr nahe und weiß, was auf dem Spiel steht.«

Er versuchte, Rileys Gesichtsausdruck zu interpretieren, aber sie zeigte keine Reaktion.

»Das ist alles?«

»Wie meinst du das?«, fragte Oz.

»Das ist es, worüber die anderen gesprochen haben? Dass ihr in einer Spezialeinheit dient?«

»Ja, genau.«

»Aber das wusste ich schon«, sagte Riley. »Logan ist das rausgerutscht, als er mir sein Zimmer gezeigt hat«, sagte sie.

»Spezialeinheiten sind das eine, Delta Force etwas anderes. Unsere Missionen sind noch gefährlicher als etwa die der Rangers.«

»Gefährlicher?«, fragte Riley und runzelte die Stirn.

»Ja, aber wir wissen, was wir tun. Wir wissen es sehr gut.« Oz beobachtete, wie Riley seine Antwort verdaute.

»Mir war nicht klar, dass eure Arbeit bei den Spezialeinsatzkräften ... oder als Delta-Force-Soldaten vorhin das Gesprächsthema war«, sagte Riley. »Ich kann sehen, wie nahe ihr euch steht. Natürlich bin ich nicht begeistert davon, dass ihr auf gefährliche Missionen geht, aber ich glaube, dass du die besten Leute hinter dir stehen hast, die man sich wünschen kann.«

Das Gespräch verlief viel besser, als Oz es sich vorgestellt hatte. Er hatte nicht gewusst, wie sie reagieren würde, aber von seinen Kameraden hatte er öfter gehört, dass ihre Freundinnen nicht sehr begeistert waren, als sie von ihren Jobs erfuhren. Manche waren sogar in Panik verfallen, weil die bei jeder Mission Angst hatten, dass ihr Partner nicht lebend zurückkommen würde. Er hätte wissen müssen, dass Riley gut mit dieser Information umgehen würde.

»Ich vertraue ihnen mit meinem Leben und sie mir. Wir sind immer sehr vorsichtig, aber ein Restrisiko bleibt bestehen. Deshalb wäre ich nicht überrascht, wenn Brain und Aspen noch vor unserem nächsten Einsatz heiraten.«

»Wann ist der nächste Einsatz?«, fragte Riley.

»Wahrscheinlich schon bald. Ich werde dir nicht sagen können, wo wir hingehen und wie lange wir dortbleiben werden. Aber wir haben im Moment eine Situation und es kann gut sein, dass wir dort hinmüssen, um auszuhelfen.«

Riley sah ihn lange an. Dann nickte sie. »Okay.«

»Okay?«

»Nein, okay ist es nicht, aber ich kann nichts daran ändern und will das auch gar nicht. Ich kann sehen, dass du deinen Job magst und gut darin bist. Wo wird Logan leben, während du weg bist?«, fragte sie.

»Vielen Dank«, sagte Oz leise, hob ihre Hand zu seinen Lippen und küsste ihren Handrücken. »Du weißt gar nicht, wie viel mir deine Unterstützung bedeutet. Ich habe einen Familienplan für Logan vorbereitet. Gillian hat angeboten, dass er bei ihr leben kann, bis ich zurück bin.«

Oz wusste nicht, warum er sich deshalb plötzlich schuldig fühlte. Er wollte erklären, dass er den Plan aufgesetzt hatte, bevor er sie richtig kennengelernt hatte, aber er ließ es sein. Er wollte seine frischgebackene Partnerin nicht in den Familienplan aufnehmen, weil er noch nicht wusste, wie sich die Beziehung entwickeln würde. Natürlich wollte er, dass die Beziehung mit Riley sich positiv entwickelte, aber es erschien ihm einfach noch zu früh, sie zu bitten, in seiner Abwesenheit die Verantwortung für Logan zu übernehmen.

»Das ist eine gute Wahl«, sagte Riley und Oz konnte in ihrer Stimme keine Eifersucht erkennen. »Du hast sehr gute Freunde, Porter.«

»Ich weiß«, sagte er. »Und das sind nun auch deine Freunde«, fügte er hinzu.

»Das sind sie, nicht wahr?«, sagte sie mit einem kleinen Lächeln.

Sie saßen für einen Moment still nebeneinander und hörten den Vögeln beim Singen zu.

»Porter?«, fragte Riley irgendwann.

»Ja?«

»Vielen Dank, dass du mich hierhergebracht hast. Ich meine nicht nur hierher zum Bach, sondern auch zu Grover. Ich komme sonst nicht so viel vor die Tür und es gefällt mir sehr.«

»Keine Ursache. Ich hätte einen kleinen Snack oder ein Picknick mitbringen sollen. Bis jetzt war unser Ausflug ja noch nicht richtig romantisch.«

Riley grinste ihn an. »Das ist der romantischste Ausflug, den ich jemals erlebt habe«, sagte sie sanft. »Du hast mich deinen Freunden vorgestellt. Ich war dabei, als Aspen den anderen von ihrer Schwangerschaft erzählte. Und du warst ehrlich zu mir, was deinen Job angeht. Keine Angst, ich werde niemandem davon erzählen, ich wüsste nicht einmal, wem ich es erzählen könnte. Und du hast mich auf dem Quad mitgenommen. Ich mag es, dass du nicht so schnell gefahren bist, nur um mich zu beeindrucken. Das hätte mir Angst gemacht. Du hast so viel mit mir geteilt und ich habe nichts, was ich dir dafür zurückgeben kann. Ich weiß, dass unsere Beziehung sehr einseitig ist, aber ich bin trotzdem dankbar.«

»Ich will deine Dankbarkeit gar nicht«, sagte Oz ehrlich. »Und nichts ist einseitig. Du verstehst nicht, ich war mit Logan total überfordert. Ich weiß nicht, wie ich ihm ein guter Vater sein kann, vor allem, nachdem er seine Mutter verloren hat. Ja, Becky war meine Schwester, aber ich kannte sie nicht gut. Ich meine, ich kannte sie, als wir noch Kinder waren, ich kannte sie vor zehn Jahren, als ich den Kontakt abgebrochen habe. Aber ich habe keine Ahnung, was für eine Mutter Becky für Logan war. Manchmal will ich es auch nicht wissen. Ich glaube, es würde mich nur wütend machen, wenn ich wüsste, was Logan alles durchmachen musste. Aber manchmal glaube ich auch, dass sie die Kurve gekriegt hat und ihr Leben unter Kontrolle hatte.

Wie auch immer, ich rede zu viel. Ich will mich ganz auf die Beziehung zwischen uns beiden konzentrieren. Dass du nachmittags auf Logan aufpasst, hilft mir wirklich sehr. Nichts ist schöner, als nach Hause zu kommen und dein Lachen zu hören. Du hast dazu beigetragen, dass meine Wohnung sich endlich wie ein Zuhause anfühlt. Dafür kann ich dir nicht genug danken, Ri. Also denke nicht einmal daran, dass du mir nichts zurückgibst, okay?«

»Das werde ich versuchen, aber was ich getan habe, war nur selbstverständlich. Jeder hätte das getan. Und auf Logan aufzupassen macht mir viel Spaß. Er ist großartig und selbst in der kurzen Zeit, in der er bei dir ist, hat er sich schon sehr verändert – zum Besseren. Er hat Respekt und mag dich sehr. Vielleicht hast du nicht viel Erfahrung mit Kindern, aber das ist egal. Meiner Meinung nach machst du alles richtig.«

»Ich will trotzdem einmal richtig mit dir ausgehen«, sagte Oz zu ihr.

»Gern, aber für mich fühlt sich das hier schon sehr romantisch an«, beharrte Riley.

»Also sind wir nun offiziell zusammen?«, fragte Oz.

Riley lief rot an und nickte.

»Und wir sind in einer Beziehung?«

»Das hoffe ich doch«, sagte Riley.

»Dann sind wir es«, entschied Oz.

Sie lächelte. »Vielleicht sollten wir das mit einem Kuss besiegeln?«

»Gute Idee«, stimmte Oz ihr zu und senkte den Kopf.

Wie lange sie auf der Bank saßen und sich küssten, konnte Oz später nicht sagen. Er musste sich sehr zurückhalten, um seine Hände nicht unter Rileys Oberteil gleiten zu lassen und sie zu entkleiden. Er wollte sie überall berühren. Er wollte ihre Nippel sehen, ohne dass ihr T-Shirt und ihr BH im Weg waren. Aber er wollte nicht, dass ihr erstes Mal auf einer harten Bank im Freien stattfand. Er wollte sie in seinem Bett sehen. Er wollte sich alle Zeit der Welt lassen und ihr ganz genau zeigen, wie sehr er sie anhimmelte.

Das Geräusch von mehreren Quads, die den Weg entlangfuhren, unterbrach sie schließlich.

Riley zog sich zurück; ihre Augen waren glasig. Ihre Lippen waren von seinen Küssen geschwollen und Oz konnte sich kaum zurückhalten, so sehr wollte er sie erneut küssen.

Sie leckte sich die Lippen und lief rot an, während sie zu ihm aufschaute.

»Gott, du bist so schön«, sagte Oz. Er strich mit seinem Handrücken über ihre rosafarbene Wange.

»Es fällt mir schwer, dir zu widerstehen«, sagte Riley zu ihm.

Er gestikulierte vage in Richtung Hose. »Das geht mir

ganz ähnlich. Ich glaube nicht, dass ich schon jemals von einem Kuss so hart geworden bin.«

Seine Erektion presste sich gegen seinen Reißverschluss. Oz war etwas beschämt, sie darauf hinzuweisen, aber er wollte, dass Riley wusste, welche Wirkung sie auf ihn hatte. Sie war wie Wachs in seinen Armen und er war sich sicher, dass sie beide viel Spaß haben würden, sollten sie es in sein Bett schaffen.

»Ich wollte noch nie jemanden so sehr wie dich«, gab sie zu. »Normalerweise habe ich eher wenig Lust auf Sex. Deshalb haben Miles und ich es auch nur einmal versucht.«

»Das heißt aber nicht, dass du frigide bist, wie er behauptete, sondern dass du weißt, was richtig ist. Ich vermute auch, dass du einfach noch nie in den Genuss von gutem Sex gekommen bist. Das klingt jetzt vielleicht etwas eingebildet, aber ich freue mich sehr darauf, dir zu zeigen, wozu Männer im Bett fähig sind. Und ich verspreche dir, dich so sehr zu verwöhnen, dass du nie wieder mit einem anderen schlafen willst.«

»Ich glaube nicht, dass das allzu schwer wird«, gab Riley zu.

»Du machst mich richtig heiß«, platzte es aus Oz heraus und er duckte sich, als er seine eigenen Worte hörte.

Aber zum Glück lachte Riley nur. »Das sollte ich doch, oder etwa nicht?«, fragte sie unschuldig.

»Ich will damit sagen, was ich für dich fühle, habe ich so noch nie gespürt. Ich respektiere dich; ich freue mich darauf, dir beim Abendessen gegenüberzusitzen und zu hören, wie dein Tag war. Ich mag es einfach, Zeit mit dir zu verbringen. Ich liebe es, dich zu küssen, und von mir aus können wir es so lange beim Küssen belassen, bis du dich wirklich wohlfühlst.«

»Ich habe noch nie einen Mann wie dich getroffen«, sagte Riley erstaunt.

»Gut«, antwortete Oz sofort, »denn ich habe noch nie eine Frau wie dich getroffen.«

Das Geräusch der Motoren wurde immer leiser.

»Ich würde gern hier sitzen bleiben und dich küssen, aber ich glaube, wir sollten langsam zurückfahren. Ich muss nach Logan sehen«, sagte Oz.

Riley nickte. »Glaubst du, Aspen und Brain haben es den anderen schon erzählt?«

»Wahrscheinlich. Normalerweise hätten sie sicher darauf gewartet, dass ich zurück bin, aber Aspen vermutet bestimmt, dass du es mir schon erzählt hast.«

»Ich verstehe noch immer nicht, warum sie mich so schnell aufgenommen haben. Sie denken doch sicher, dass wir nur Freunde sind.«

»Sie wissen es besser«, sagte Oz, als er aufstand. Er nahm ihre Hand in seine, als sie zu ihrem Quad zurückgingen.

»Woher denn?«, fragte Riley und legte den Kopf auf unwiderstehliche Art schief.

»Weil ich noch nie eine ›Freundin‹ zu unseren Treffen mitgebracht habe. Mir war wichtig, dass ich es ernst meine, bevor ich ihnen eine Frau vorstelle.«

Er konnte fühlen, wie sie als Antwort auf seine Aussage stolperte, und ergriff die Möglichkeit, sie zu umarmen und nahe an sich zu ziehen.

»Also meinst du es mit mir ernst?«, fragte Riley.

Er war beeindruckt, dass sie die Frage so geradeheraus stellte. »Natürlich. Ernster als ernst«, sagte er. Ohne innezuhalten, beugte er sich zu ihr hinunter und gab ihr einen Kuss auf die Lippen. Es war nur ein schneller Kuss, der Hoffnung auf mehr machte und nicht zu vergleichen war mit den langen, tiefen, genussvollen Küssen, die sie zuvor geteilt hatten.

»Das ist gut. Mir geht es ähnlich. Sonst wäre die ganze Situation auch etwas komisch.«

Oz brach in Lachen aus. »Das wäre sie, nicht wahr?«

Sie lächelte ihn an und er musste schwer schlucken. Sie war wunderschön. Die Sonne schickte einzelne Sonnenstrahlen durch die Baumkronen und als sich ein Strahl in ihren braunen Haaren verfing, glänzte es wie Kupfer. Ihre braunen Augen wirkten im Sonnenlicht blau und im Schatten grün. Oz konnte sich nicht an ihr sattsehen. Er liebte ihren Anblick.

Er half ihr, ihren Helm wieder aufzusetzen, und schaffte es, dabei noch einen Kuss zu stehlen. Dann kletterte er auf die Maschine und befestigte seinen eigenen Helm. Dieses Mal zögerte sie nicht, die Arme um ihn zu schlingen und sich an seinen Rücken zu kuscheln. Ihre Hände presste sie gegen seinen Bauch und spielte mit den Fingerspitzen mit dem Bund seines T-Shirts.

Er lehnte sich in ihre Berührung und nahm einen tiefen Atemzug. Bevor er den Motor anließ, drehte er sich zu ihr um. »Sei vorsichtig, Rile. Ich muss mich konzentrieren.«

»Es macht aber Spaß, mit dir zu spielen«, neckte sie ihn. »Oder magst du das etwa nicht?«

Natürlich mochte er es. Er konnte fühlen, wie sie mit den Fingern seinen Torso erkundete. Er hoffte fast, dass sie ihre Hände unter sein T-Shirt gleiten lassen würde. Er wusste schon jetzt, dass er später davon träumen würde, wie sie ihm beim Fahren in die Hose griff und seinen Schwanz streichelte. Natürlich war das eine ganz, ganz schlechte Idee auf einem öffentlichen Weg, und sicher war es auch nicht. Aber sein Schwanz interessierte sich nicht für diese Bedenken.

»Du weißt, wie sehr ich es mag, wenn du mich berührst, aber ich brauche eine Auszeit. Ich will nicht mit einer Erektion bei den anderen ankommen«, erklärte Oz ihr ehrlich.

Sie seufzte frustriert. »Du hast recht. Ich hätte zu viel Angst, hier draußen gesehen zu werden. Ich mag es lieber, Sex im Schlafzimmer zu zelebrieren.«

»Ich würde nie etwas tun, wofür du dich schämst«, sagte Oz zu ihr. »Ich rede vielleicht manchmal etwas viel, aber ich bin sicher kein Exhibitionist.« Er nahm ihre Hand und küsste ihre Handfläche, bevor er sie wieder auf seinem Bauch platzierte – ein paar Zentimeter höher als zuvor.

Sie verstand seinen Hinweis und ließ auch ihre zweite Hand etwas höher rutschen, bevor sie die Finger ineinander verschränkte. »Einmal nach Hause bitte, Fahrer«, scherzte sie.

»Natürlich, Ma'am«, antwortete er lächelnd und warf den Motor an.

Die Heimreise erschien noch intimer als ihre erste Fahrt. Riley hielt sich an ihm fest und er fuhr noch langsamer als sonst, um die gemeinsame Zeit voll auszukosten. Er liebte seinen Neffen, aber er wollte unbedingt so bald wie möglich einen Abend finden, den er exklusiv mit Riley verbringen konnte. Er wusste, dass seine Freunde sicher gern den Baby-sitter spielen würden, um ihnen ein bisschen Zeit zu zweit zu geben.

Er lächelte noch immer bei dem Gedanken, Riley bald ganz für sich allein zu haben, als sie wieder bei Grovers Grundstück ankamen. Die Männer hatten sich inzwischen zu den Frauen auf die Veranda gesellt und alle waren guter Stimmung. Er hatte recht behalten; Aspen und Brain hatten ihnen die Neuigkeiten schon mitgeteilt. Oz wusste, dass es nicht mehr lange dauern würde, bis die beiden heiraten würden. Wäre seine Partnerin schwanger, hätte Oz keine Sekunde gezögert, ihr einen Antrag zu machen. Durch eine Heirat waren die Partnerinnen von Soldaten viel besser geschützt.

»Also los«, sagte er zu Riley, nachdem er die Maschine

geparkt und die Helme auf der Sitzfläche deponiert hatte. »Lass uns mit den anderen feiern.«

Das große Grinsen auf ihrem Gesicht sagte ihm alles. Riley wollte zur Gruppe dazugehören. Sie wusste allerdings nicht, dass sie schon längst akzeptiert war, einfach nur, weil sie sie selbst war. Er sah, wie Gillian Riley fragend anschaute, und Riley musste lachen. Gillian wollte herausfinden, ob sie nun über Oz' Job Bescheid wusste.

Er sah die Freude in Rileys Gesicht, als sie langsam nickte. Er wusste, dass sie den Respekt und die Freundschaft der anderen fühlen konnte, und wollte sie am liebsten sofort wieder in seine Arme nehmen und küssen – hier, wo alle anderen sie sehen konnten. Aber stattdessen schüttelte er einfach nur den Kopf, als Gillian erfreut in die Hände klatschte.

Dann sagte Brain: »Gut, dass ihr schon zurück seid.«

Und bevor Oz fragen konnte, warum Brain so in Eile war, ging Brain vor Aspen in die Knie.

Oz konnte hören, wie Riley überrascht einatmete; er selbst lächelte.

»Ich wollte warten, bis alle hier sind. Ich habe lange überlegt, was ich Romantisches sagen kann, aber nichts erschien mir passend. Wichtig war mir, dass unsere Freunde dabei sind. Willst du mich heiraten, Aspen? Ich will am liebsten schon morgen dein Mann sein. Da du schwanger bist, gibt es keinen Grund mehr, lange zu warten. Aber ich frage dich nicht nur, weil du unser Kind in dir trägst. Ich will einfach, dass du und unser Kleines alle Sicherheit habt, die eine Ehe bieten kann.«

Aspen grinste. Sie nickte sofort. »Ja, natürlich!«

Alle klatschten und freuten sich, als Brain aufstand und Aspen in die Arme nahm. Er drehte sie einmal im Kreis, dann lehnte er sich nach vorn, um sie zu küssen.

Oz sah zu Riley. Sie grinste bis über beide Ohren. Er

streckte den Arm aus und nahm ihre Hand in seine. Sie war nun ein Teil des Freundeskreises. Er musste geduldig sein – auch ihre Beziehung würde mit der Zeit wachsen. Die Tatsache, dass ihm dieser Gedanke kein Unbehagen bereitete, ließ ihn mit Sicherheit wissen, dass sie die Richtige für ihn war.

Für ihn und Logan.

KAPITEL NEUN

Oz war mit seinem Kauf zufrieden. Er hatte auf dem Heimweg von der Arbeit einen Zwischenstopp im Einkaufszentrum eingelegt und ein Geschenk für Logan besorgt. Der Grund für das Geschenk war allerdings keine Freude. Er hatte erfahren, dass er und seine Kameraden morgen nach Somalia ausrücken mussten. Er musste Logan auf seine Abwesenheit vorbereiten und ihm sagen, dass er die nächste Zeit bei Gillian verbringen würde.

Schon wieder wurde der Junge also aus seiner gewohnten Umgebung gerissen und Oz machte sich deswegen Vorwürfe. Logan verdiente ein stabiles Zuhause und Oz konnte ihm das nicht bieten. Aber er wurde geliebt, das musste im Moment genügen.

Es war etwas über eine Woche her, seit sie zusammen Grovers Scheune abgerissen hatten, und Logan fühlte sich in seinem neuen Zuhause immer wohler. Draußen war er noch lange nicht so entspannt wie in der Wohnung, aber Logan hatte bisher nicht darüber gesprochen, warum das so war. Oz hatte beschlossen, sich in Geduld zu üben und Logan entscheiden zu lassen, wann für ihn der richtige Zeitpunkt war, darüber zu sprechen. Falls etwas in der Schule nicht stimmte, so hoffte er, dass der Junge früher oder später auf ihn oder Riley zukommen würde.

Brain und Aspen waren inzwischen verheiratet. Er war in die Mittagpause gegangen und als er zwei Stunden später zurückkam, trug Brain einen Ring und war verheiratet. Sie waren einfach zum Standesamt gefahren. Sie planten nicht, eine größere Party zu geben, aber sie hatten versprochen, eine Babyparty zu organisieren, wenn die Zeit gekommen war.

Mit Riley lief es großartig. Sie blieb jeden Abend zum Essen bei ihnen und er begleitete sie danach zu der Tür ihrer Wohnung, wo sie sich lange und innig küssten. Danach verbrachte er noch ein paar Stunden mit Logan, bevor es Zeit war, ins Bett zu gehen.

Die Situation war nicht perfekt, aber Oz wollte geduldig sein. Weil er und seine Kameraden so viel Zeit damit verbracht hatten, den Einsatz vorzubereiten, hatte er sich nicht getraut, sie darum zu bitten, auf Logan aufzupassen, während er mit Riley ausging. Das störte sie nicht, aber Oz schon.

Nun würde er für einen unbestimmten Zeitraum im Ausland sein und er hoffte, dass Riley ihrer Beziehung eine Chance gab, obwohl sie nun noch länger auf ihren gemeinsamen Abend warten musste. Es war nicht einfach, als Soldat der Spezialkräfte eine Beziehung zu führen – nahm man noch ein Kind dazu, wurde die Sache fast unmöglich. Aber Oz war keiner, der so leicht aufgab. Und er würde jetzt nicht damit anfangen.

Er schloss die Tür auf und hörte etwas wunderbares: Lachen.

Logan und Riley befanden sich im Wohnzimmer und hatten ihn nicht kommen hören. Sie hatten die Köpfe über ein Handy gebeugt und sahen sich zusammen ein Video an.

Während er zusah, nickte Riley seinem Neffen zu und lehnte sich zurück. Logan war aufgesprungen und führte einen kurzen Tanz auf, dabei zuckten seine Arme und Beine wild in alle Richtungen. Die Tanzeinlage dauerte nur ein paar Sekunden und dann brachen beide wieder in Lachen aus. Danach setzte Logan sich neben Riley auf das Sofa, um das Video anzuschauen, das sie von ihm gemacht hatte.

Erneut brachen sie in Gelächter aus und Riley sagte: »Das ist perfekt, Logan! Gut gemacht!«

»Was ist perfekt?«, fragte Oz.

Der Junge und die Frau waren beide überrascht, seine Stimme zu hören, dann lachte Riley erneut.

»Hi! Wir haben gar nicht gemerkt, dass du heimgekommen bist.«

Das hatte er mitbekommen. Oz lächelte sie an. »Was macht ihr denn?«

»Auf TikTok gibt es einen Tanzwettbewerb«, erklärte Riley.

»Und was bedeutet das?«, fragte Oz. »Was ist TikTok?«

»Das ist eine App, mit der Leute kurze Videos posten können«, sagte Logan zu ihm.

»Aha«, erwiderte Oz. Es war nicht einfach, auf dem Laufenden zu bleiben. Nach Logans Einzug hatte er schnell gemerkt, dass er nicht auf dem neusten Stand war, was Filme, Musik und Mode anging.

»Wir machen morgen weiter«, sagte Riley zu Logan.

»Okay.«

Oz räusperte sich. Er musste ihnen sagen, dass er morgen auf den Einsatz ging, aber er hasste es, die Stimmung zu zerstören. Er beschloss, noch einen Moment zu warten, und ging zurück zur Tür, wo er das Geschenk für Logan abgestellt hatte. Kinder liebten Geschenke. Und obwohl dieses Geschenk eher praktischer Natur war, hoffte er trotzdem, dass sein Neffe sich darüber freuen würde.

»Ich habe dir ein Geschenk mitgebracht«, sagte er und rollte den kleinen Handkoffer ins Zimmer. Er war ins Einkaufszentrum gefahren – ein großer Liebesbeweis, denn er hasse es, dort einzukaufen – und hatte den perfekten Koffer für Logan gefunden. Er war weiß und so dekoriert, dass er wie ein Baseball aussah. Er war etwas kleiner, als Oz es gern gehabt hätte, aber er hatte einfach nicht Nein sagen können.

Logan starrte den Koffer einen langen Moment an.

Doch anstatt sich über das Geschenk zu freuen, begann er zu weinen.

»Mein Großer?«, fragte Oz, der sich nun ernsthaft Sorgen machte.

»Ich hasse dich!«, schrie Logan laut und schrill. Seine Stimme war voller Schmerz und Wut; die schöne Stimmung, die noch vor Sekunden geherrscht hatte, war endgültig zerstört.

Logan wartete nicht auf Oz' Antwort, sondern lief in sein Zimmer und schlug die Tür hinter sich zu.

Oz zuckte zusammen, wandte den Blick vom Flur ab und schaute erst zu Riley, dann zurück zum Flur, in dem sein Neffe verschwunden war. Er wusste nicht, was er sagen sollte, weil er nicht verstand, was er falsch gemacht hatte.

Riley stand auf und kam zu ihm, ihr Gesicht vor Sorge verzogen.

»Ich weiß nicht, was gerade passiert ist«, gab Oz zu.

Riley nahm seine Hände in ihre und fragte sanft: »Warum ein Koffer?«

»Weil ich herausgefunden habe, dass ich morgen auf einen Einsatz muss. Er wird bei Gillian bleiben, während ich weg bin, und ich will nicht, dass er seine Sachen wieder in einem Müllbeutel transportieren muss.«

Rileys Gesichtszüge entspannten sich und sie legte ihm eine Hand an die Wange. »Als ich meine Eltern das erste

Mal verlassen musste, hatte ich auch eine Mülltüte dabei, weil wir keinen Koffer besaßen. Ich war verwirrt und hatte Angst vor dem, was kommen würde. Aber nach einer Weile fühlte ich mich in meiner Pflegefamilie wohl. Eines Tages kam meine Pflegemutter mit einem Koffer nach Hause. Sie sagte mir, dass ich meine Sachen packen solle, weil ich ausziehen müsse. Ich hatte keine Ahnung, wo ich als Nächstes hingehen sollte. Für mich bedeutete der Koffer Stress und Unsicherheit. Ich nehme an, Logan hat den Koffer gesehen und dachte, er muss gehen. Dass du ihn nicht mehr hierhaben willst.«

Oz war schockiert und schloss beschämt die Augen. Er wollte auf keinen Fall, dass Logan dachte, er müsse wieder gehen. Ganz und gar nicht.

Er hatte es verbockt. Und wie.

Er öffnete die Augen, nahm Rileys Hand in seine und küsste ihre Handfläche. Dann drehte er sich auf dem Absatz um und ging den Flur hinunter.

Er klopfte an Logans Tür und hörte seinen Neffen schreien: »Geh weg! Ich habe noch nicht gepackt!«

Er wusste, dass er schnell handeln musste, und öffnete die Tür.

Logan stand vor seinem Kleiderschrank und zog wahllos Kleidungsstücke daraus hervor, die er auf das Bett hinter sich warf.

»Logan, lass das bleiben und hör mir zu«, sagte Oz leise.

»Nein! Werde ich nicht. Du hast so getan, als ob du mich magst und als ob ich hierbleiben könnte. Ich hätte es besser wissen sollen. Mom hat immer gesagt, dass du großartig bist, aber anscheinend hatte sie keine Ahnung!«

Oz war mit den Nerven am Ende. Der Schmerz in den Worten seines Neffen traf ihn direkt ins Herz. Er mochte es zwar, dass Becky ihn gegenüber ihrem Kind erwähnt hatte, aber im Moment war es wichtig, dass Logan seine Beweggründe verstand.

Er ging in das Zimmer hinein und drehte Logan zu ihm um, sodass er ihn anschauen musste. Er hielt ihn an den Armen fest, ohne ihm wehzutun, sodass er seinem Blick nicht ausweichen konnte.

»Ich habe den Koffer gekauft, weil ich hoffte, dass er dir gefällt. Dass er dich an mich erinnert. Ich bin derjenige, der wegmuss, nicht du.«

Der Junge hatte versucht, sich aus seinem Griff zu befreien, aber als er seine Worte hörte, wurde er still.

»Genau. Ich muss morgen auf einen Einsatz fahren. Wir bekommen das immer nur sehr kurzfristig mitgeteilt, wie auch dieses Mal. Ich wusste, dass es irgendwann so weit sein würde, aber ich hatte gehofft, dass ich noch ein paar Wochen Zeit hätte. Ich habe Gillian gefragt, ob du bei ihr bleiben kannst, während ich weg bin, damit du nicht allein bleiben musst. Wenn ich zurückkomme, kommst du wieder zu mir. Ich schmeiße dich nicht raus. Du bist meine Familie und ich lasse dich nicht allein. Ich liebe dich, Logan. So sehr, dass es mir Angst macht.«

»Ich muss nicht gehen?«, fragte Logan leise.

»Nur für ein paar Tage, bis ich wieder zu Hause bin«, sagte Logan. »Es tut mir leid. Der Koffer war eine blöde Idee. Ich habe nicht richtig nachgedacht. Ich hätte wissen müssen, was der Koffer in dir auslöst. Ich bin noch kein sehr guter Onkel. Werde ich vielleicht auch nie sein. Aber ich versuche mein Bestes. Ich will dir niemals wehtun. Ich liebe dich, mein Großer. Kannst du mir verzeihen?«

»Entschuldigst du dich etwa?«, fragte Logan unsicher.

»Ja. Wenn ich etwas falsch mache, dann entschuldige ich mich. Das ist es, was Menschen tun, wenn sie Fehler machen. Es tut mir leid, dass es sich so angefühlt hat, als würde ich dich nicht hierhaben wollen. Ich mag es, nach

Hause zu kommen und dich zu sehen. Mit dir ist mein Leben weniger einsam. Nimmst du meine Entschuldigung an?«

Logan nickte, runzelte aber gleich darauf die Stirn. »Ist dein Einsatz gefährlich?«

Oz seufzte. »Ich will dich nicht anlügen, mein Großer. Jeder Einsatz kann gefährlich werden. Aber du hast meine Kameraden getroffen. Sie beschützen mich. Wir alle wollen sicher wieder nach Hause kommen. Auf Trigger wartet Gillian, auf Lefty wartet Kinley, auf Brain wartet Aspen mit ihrem Baby. Und die anderen Jungs haben auch Familie, die sie lieben. Wir versuchen unser Bestes, um sicher zu sein.«

»Wie lange wirst du weg sein?«, fragte Logan.

Oz ließ Logans Arme los und kniete sich vor ihn hin. »Das weiß ich nicht. Ich würde es selbst gern wissen. Manchmal dauern unsere Einsätze nicht lange, manchmal schon. Es könnten ein paar Tage sein, manchmal ist es auch ein ganzer Monat. Wenn ich es wüsste, würde ich es dir sagen. Das ist das Schwierige an meinem Job. Aber das Schöne ist: Die anderen Soldaten sind viel länger weg, wenn sie auf einen Einsatz gehen. Manchmal ein ganzes Jahr.«

»Ein Jahr?«, fragte Logan mit großen Augen.

»Ja. Aber so lange bin ich nicht weg«, sagte Oz.

»Versprochen?«

»Versprochen. Aber ich muss dich um einen Gefallen bitten, während ich weg bin.«

»Was denn?«, fragte Logan misstrauisch.

»Bitte mache keine Ballspiele mit Riley. Wir wissen beide, dass sie im Fangen eine Niete ist.«

Oz war erleichtert, als er ein kleines Lächeln auf Logans Gesicht aufflackern sah. Sie drehten sich beide zur Tür, als sie von dort ein Schluchzen hörten. Riley stand dort und wischte sich die Tränen aus den Augen.

»Riley?«, fragte Logan. »Warum weinst du denn? Ist alles okay?«

»Es ist alles gut«, sagte sie zu ihm. »Ich freue mich nur, dass du dich nicht mehr mit deinem Onkel streitest.«

Logan sah einen Moment auf den Boden, dann wieder zu Oz. »Entschuldige, dass ich gesagt habe, dass ich dich hasse. Das stimmt nicht.«

»Das freut mich. Und nun müssen wir uns überlegen, wie wir deine Sachen zu Gillian bringen. Der Koffer war ja eine schlechte Idee. Und wenn ich so darüber nachdenke, dann ist er sowieso nicht so toll, weil er viel zu klein ist«, sagte Oz. »Ich habe aber noch einen Seesack von der Armee übrig. Er ist nicht besonders schön und etwas schmutzig, aber da passt auf jeden Fall viel rein.«

»Du würdest mir einen von deinen Seesäcken geben?«, fragte Logan.

»Natürlich. Aber ich habe dich gewarnt. Er ist schmutzig.«

»Cool!«, freute sich Logan.

Oz musste lachen.

»Oz?«

»Ja, mein Großer?«

»Ich will deinen Seesack, aber kann ich mir den Koffer einmal anschauen? Ich hatte noch nie einen eigenen.«

»Natürlich«, sagte Oz. »Er gehört dir. Du kannst reintun, was zu willst. Schuhe, deine Toilettenartikel oder dein Kissen, wenn du möchtest.« Oz war überrascht gewesen, wie viele Toilettenartikel ein zehnjähriger Junge benötigte. Er konnte sich nicht daran erinnern, in diesem Alter auch nur eine Haarbürste besessen zu haben, aber die Dinge schienen sich in den letzten Jahren verändert zu haben.

»Der Seesack ist bei mir im Schrank ganz hinten. Den kannst du dir holen und auch den Koffer. Dann sehen wir uns deine Sachen in Ruhe an und überlegen uns, was du für die nächste Woche brauchst. Sollte ich länger weg sein, kannst du mit Gillian zurückkommen und zusammen könnt ihr Nachschub holen, okay?«

»Okay«, entgegnete Logan. Er zögerte kurz, dann lief er aus dem Zimmer.

Für einen Moment wollte Oz ihn umarmen, aber dann wurde ihm klar, dass es noch zu früh war. Vor allem nach dem Streit, den sie gerade gehabt hatten.

»Das hast du gut gemacht«, sagte Riley sanft.

Oz stand aus der Hocke auf und sah sich in dem Zimmer um, in dem überall Kleider verstreut lagen. Er schüttelte den Kopf. »Nein, ich habe es verbockt.«

»Und dann hast du es wiedergutgemacht. Porter, wenn du glaubst, dass andere Eltern es immer beim ersten Mal richtig hinbekommen, liegst du falsch. Denk an meine Eltern. Sie haben immer wieder Fehler gemacht und ich habe sie trotzdem geliebt. Natürlich wünsche ich mir, dass die Dinge anders gelaufen wären, aber sie haben immer ihr Bestes versucht. Ich weiß, dass es eine andere Situation war, weil sie Alkoholiker waren, aber trotzdem. Und du hast dich entschuldigt. Ich kann mich nicht daran erinnern, dass meine Eltern das jemals getan haben, wenn ich einmal mehr gehen musste. Sie haben die Schuld aufs Jugendamt geschoben, sie haben sich gegenseitig beschuldigt, sie haben sich beschwert, wie hoch die Auflagen waren, die sie erfüllen mussten. Aber sie haben sich nie mit mir hingesetzt und sich bei mir entschuldigt.«

»Ich kann seinen Blick einfach nicht vergessen, als er dachte, dass ich ihn verraten habe«, gab Oz zu.

Riley schaute sich um, aber Logan war nicht zu sehen. Dann ging sie auf Oz zu. Sie legte die Arme um ihn und presste ihre Wange an seine Brust. »Nimm es nicht so schwer. Du hast versucht, ihm eine Freude zu machen. Du konntest nicht ahnen, wie er darauf reagieren würde.«

»Aber das hätte ich müssen«, murmelte Oz. Dann legte er die Arme um Riley und hielt sie fest.

»Ich hätte mir einen Onkel wie dich gewünscht«, sagte sie, »dann hätte ich einen Ort gehabt, zu dem ich hätte flüchten können.«

»Ich bin aber nicht dein Onkel«, sagte Oz mit Nachdruck in der Stimme. »Aber du kannst trotzdem jederzeit zu mir kommen, wenn du mich brauchst.«

Riley legte den Kopf schief und ließ ihr Kinn an seiner Brust ruhen. »Vielen Dank«, flüsterte sie.

»Es ist schade, dass wir es nicht geschafft haben auszugehen, bevor ich auf den Einsatz muss«, sagte er zu ihr.

»Für mich war unsere Fahrt mit dem Quad schon ein großartiges Treffen«, sagte sie zu ihm.

»Gut. Schade ist es trotzdem«, erwiderte Oz.

»Du musst einfach gesund zurückkommen und dann holen wir das nach«, sagte Riley zu ihm.

Sie wusste, dass er sich deswegen Vorwürfe machte, und das fühlte sich gut an. »Ich komme für dich zurück, Ri.«

»Versprochen?«, fragte sie und wiederholte so Logans Frage.

»Versprochen«, sagte er mit einem Lächeln auf den Lippen.

»Ihr fangt jetzt aber nicht an rumzuknutschen, oder?«, fragte Logan vom Türrahmen.

Riley wandte sich in Oz' Armen, aber er hielt sie fest. Er sah über ihren Kopf hinweg zu seinem Neffen. Er hatte einen seiner alten Seesäcke in der Hand, der so groß war, dass er auf dem Boden schleifte, und den Koffer in der anderen. »Das kann schon sein. Ist das ein Problem?«, fragte Oz, der herausfinden wollte, wie Logan auf die Vorstellung reagierte. Falls er ein Problem damit hatte, würde Oz zwar trotzdem noch mit Riley ausgehen wollen, würde die Sache aber anders angehen.

»Nein. Solange ich nicht zuschauen muss«, sagte Logan und betrat das Zimmer.

Oz lächelte Riley an. »Siehst du, alles gut«, sagte er leise.

Riley lief rot an, aber dann leckte sie sich über die Lippen und sagte: »Okay.«

Oz konnte sich nicht stoppen und lehnte sich zu ihr, um ihr einen zarten Kuss auf die Lippen zu geben. Er hätte sie gern noch inniger geküsst, aber er musste erst sicher sein, dass Logan mit der Situation einverstanden war. Oz fühlte sich noch immer schuldig, weil er Logan hatte denken lassen, dass er ausziehen musste.

Riley lächelte ihn an, dann machte sie einen Schritt zurück und stützte die Hände in die Hüften. »Sieht so aus, als müssten wir einiges an Klamotten zusammenlegen. Ich fange mit den T-Shirts an. Logan, du kannst nach deinen Hosen schauen. Leg alle Hosen, die du mitnehmen willst, auf einen Stapel. Danach schauen wir uns zusammen die T-Shirts an und überlegen gemeinsam, welche du mitnehmen willst und welche wir in den Schrank zurückhängen.«

»Was soll ich tun?«, fragte Oz.

Der verschmitzte Ausdruck auf Rileys Gesicht brachte Oz fast dazu, sie sich über die Schulter zu werfen und in sein Schlafzimmer zu tragen, aber er lächelte stattdessen einfach zurück.

»Falls im Seesack wirklich noch Sandreste sind, kannst du diese ausleeren. Ich bin mir sicher, dass Gillian keinen Strand in ihrem Gästezimmer haben will. Falls du einen Raumerfrischer hast, kannst du den Sack damit einsprühen. Logan denkt bestimmt, dass es cool ist, wie ein stinkiger Soldat herumzulaufen, aber ich bin mir sicher, dass seine Klassenkameraden und seine Lehrer anderer Meinung sind.«

Oz wusste zwar, dass Riley keine Kinder hatte und allein lebte, aber sie hatte die Situation so gut unter Kontrolle, als wäre sie schon seit Jahren Mutter. Sie schien genau zu wissen, was sie sagen und tun musste, um Logan zu beruhigen. Sie war ein Geschenk des Himmels und er wollte sie wissen lassen, wie wichtig sie ihm war.

Zwei Stunden später hatte Logan seine Sachen gepackt und sie hatten zusammen gegessen. Die Zeit ging schnell vorbei und ehe Oz sichs versah, sagte Riley, dass sie nun in ihre Wohnung gehen würde.

Sie umarmte Logan ein letztes Mal lange und versicherte ihm, dass er sie jederzeit anrufen könne, wenn er wollte. Selbst wenn es mitten in der Nacht war. Er fühlte sich besser, als sie das sagte; aber dann musste er an all die Dinge denken, die schiefgehen könnten und dazu führten, dass Logan Riley anrufen musste.

»Ich begleite Riley zu ihrer Wohnung, ist das okay, mein Großer?«

Logan nickte abwesend. Er kannte ihr abendliches Ritual inzwischen gut.

»Ich bin gleich zurück. Du kannst dich schon mal bettfertig machen und ich komme dann und sage dir Gute Nacht. Falls du noch Fragen hast, kann ich sie dir dann beantworten.«

Logan ging bis zum Ende des Flurs und blieb dann abrupt sehen, um sich nach Riley umzusehen. Er kam zurück und umarmte sie noch einmal fest, bevor er in sein Zimmer lief.

Riley schniefte und Oz hasste es, dass er die zwei wichtigsten Menschen in seinem Leben unglücklich machen musste.

Er verschränkte seine Finger mit ihren und sie verließen zusammen die Wohnung. Sie gingen zusammen den Gang hinunter und er hielt ihre Hand, während sie die Tür aufschloss. Aber dieses Mal wartete er nicht im Flur. Er begleitete sie in die Wohnung und sobald die Tür hinter ihnen geschlossen war, umarmte er sie.

So standen sie für einen langen Moment. Oz konnte fühlen, wie sie ihre Finger in die Muskeln in seinem Rücken bohrte, als sie ihn an sich drückte.

»Ri?«, fragte er in ihre Haare.

»Mir geht es gut«, murmelte sie, ohne den Kopf zu heben.

Oz musste lachen. »Warum schaust du mich nicht an und versuchst, mich davon zu überzeugen?«, fragte er.

Sie hob das Kinn und er seufzte, als er die Tränen in ihren Augen sah. Er strich mit dem Daumen sanft unter ihren Wimpern entlang. »Ich komme bald wieder zurück. Denk einfach daran, wie viel Arbeit du geschafft bekommst, wenn du nicht die halbe Zeit als Babysitter einspringen musst.«

»Ich werde euch beide vermissen«, sagte Riley sanft. »Ich freue mich immer, wenn er von der Schule heimkommt, und verbringe gern Zeit mit ihm. Darüber nachzudenken, wie viele Texte ich transkribieren muss, ohne mich am Ende des Tages auf euch beide freuen zu können, macht mich traurig.«

»Du kannst Logan gern bei Gillian besuchen. Ich bin mir sicher, dass sie nichts dagegen hat.«

»Ich weiß, das werde ich auch tun. Aber ich werde dich auch vermissen, Porter.«

Sein Herz schlug schwer in seiner Brust. »Ich werde dich auch vermissen, Ri. Ich habe mich daran gewöhnt, dich jeden Tag zu sehen.«

»Ich hasse es, nicht zu wissen, wo du bist und wann du wiederkommst.«

Oz spannte sich an. Das war einer der schwierigsten Momente, wenn er mit jemandem ausging. Er wollte ihr ihre Angst nehmen, ihr erklären, dass er mit dem somalischen Militär zusammenarbeiten würde und dass sie nicht allein auf Einsätze gehen würden. Doch er durfte ihr keine Details preisgeben.

»Aber ich bin so stolz auf dich«, fuhr Riley fort. »Obwohl ich nicht weiß, was du genau machst, will ich jedem, den ich kenne, erzählen, wie großartig du bist und dass du beruflich die Welt rettest und beschützt. Etwas tust, was viele nicht tun können.«

Himmel. Diese Frau. »Danke«, sagte Oz leise.

»Nein, ich danke dir. Ich werde mir jede Minute, die du weg bist, Sorgen machen, aber ich weiß, dass du heil nach Hause kommen wirst. Ich würde deinen Kameraden was erzählen, sollte das nicht der Fall sein«, drohte sie halb im Spaß.

Oz musste lachen.

Dann strich sie mit einer Hand an seinem Nacken entlang durch seine Haare. Sie zog ihn zu sich hinunter und stellte sich auf Zehenspitzen.

Oz konnte einfach nicht anders, er musste sie necken. Mit einem Lächeln im Gesicht fragte er: »Willst du etwas Bestimmtes?«

Riley antwortete bestimmt: »Ja. Dich.«

Diese zwei Wörter führten dazu, dass Oz sofort eine Erektion bekam. Er wusste, dass sie nicht darauf hinaus-wollte, aber sein Schwanz hatte andere Ideen. Er senkte den Kopf und gab Riley, was sie wollte. Was sie beide wollten.

Er machte einen Schritt nach vorn, dann einen weiteren, bis sie mit dem Rücken an der Wand lehnte. Eines seiner Beine fand den Weg zwischen ihre; er drückte seinen Ober-schenkel gegen ihren Schritt. Sie stöhnte in seinen Mund, während er sie küsste, und sie griff mit der Hand in seine Haare. Er fühlte, wie sie ein Bein entlastete, um sich ihm zu öffnen.

Oz hielt sie mit einer Hand am Nacken fest, mit der

anderen bahnte er sich den Weg unter ihr T-Shirt. Er umschloss sanft eine ihrer großen Brüste.

Riley warf den Kopf nach hinten an die Wand. »Ja, bitte«, stöhnte sie.

Oz konnte sich nicht helfen, er zog ihren BH nach unten und nahm einen ihrer Nippel zwischen seine Fingerspitzen. Als Antwort drückte sie den Rücken durch, sodass ihre Brust sich auf ihn zu bewegte, und verhakte ihr Bein um seinen Oberschenkel.

Oz sah sie an und musste schwer schlucken. Sie war wunderschön und lebte unter seinen Berührungen förmlich auf. Er drückte mit seiner Hüfte gegen ihren Bauch, sodass sie seinen steifen Schwanz fühlen konnte, bevor er den Kopf erneut senkte.

So küssten sie sich minutenlang. Lange genug, sodass Oz auch ihre zweite Brust aus dem BH befreien und liebkosten konnte. Lange genug, sodass Oz Rileys Lust riechen konnte, als der süße Geruch ihrer Säfte den Weg in seine Nase fand. Lange genug, um festzustellen, dass er einem Orgasmus nahe war und aufhören musste, um nicht in seine eigene Hose zu kommen.

Ihre Brust loszulassen war schwer, aber endlich schaffte er es, die Hand zu ihrer Hüfte sinken zu lassen. Ein letztes Mal streichelte er ihr über den Nacken, dann hob er den Kopf und ordnete ihren BH und ihr Hemd. Riley protestierte und hob das Kinn, um seine Lippen auf ihren zu behalten. Aber er war zu groß – und er musste wirklich aufhören.

Sie atmeten beide schwer, Rileys Wangen waren vor Erregung gerötet. Die Röte zog sich an ihrem Hals hinunter und Oz wollte unbedingt herausfinden, ob sie auch von ihren Brüsten Besitz ergriffen hatte.

»Wir müssen aufhören«, sagte er schließlich.

»Ich weiß«, stimmte Riley ihm zu. »Aber ich will nicht.«

Oz lächelte daraufhin. Es sah so aus, als würde es ihnen ähnlich gehen.

»Anscheinend bin ich doch nicht so frigide«, sagte sie, während ein kleines Lächeln ihre Lippen umspielte.

Oz schnaubte. »Ich habe doch gesagt, dass du das nicht bist.«

Sie lächelte, dann seufzte sie. »Du solltest zurück zu Logan gehen. Ich bin mir sicher, dass er noch Fragen an dich hat.«

»Wenn du etwas brauchst, kannst du jederzeit meinen Vorgesetzten anrufen. Oder Gillian. Und falls Miles nicht aufhört, dir zu schreiben, dann musst du die Polizei einschalten und Anzeige erstatten.«

Riley zuckte erstaunt zusammen. »Du weißt davon?«

»Ja. Das war leicht herauszufinden, weil dein Handy die ganze Zeit piept. Ich habe aus Versehen auf den Bildschirm geschaut, als du gestern Abend mit Logan beschäftigt warst. Aber ich entschuldige mich nicht dafür, Riley. Ich habe das Handy nicht angefasst, konnte aber die jüngste Nachricht von ihm sehen. Ich finde, dass es eine gute Idee ist, ihn vorerst zu ignorieren, vor allem, wenn du dieses Spiel, das er zurückwill, gar nicht hast. Aber wenn er nicht aufhört oder bedrohlich wird, dann musst du die Polizei informieren, okay?«

»Mache ich. Und ich habe dieses blöde Computerspiel nicht. Ich habe überall danach gesucht. Ich bin kurz davor, das Spiel einfach neu zu kaufen, um es ihm zu geben. Ich will einfach, dass er aufhört und mich in Ruhe lässt. Ich habe keine Ahnung, wo er das Spiel gelassen hat, aber sicherlich nicht in meiner Wohnung.«

Oz lehnte seine Stirn an ihre. »Ich weiß, dass ich eigentlich nichts sagen darf, aber ... ich glaube nicht, dass wir dieses Mal allzu lange weg sein werden. Die Situation ist dort, wo wir hingehen, zwar angespannt, aber wir sind nur als Berater dort. Die Regierung will nicht, dass wir eingreifen. Wir werden die einheimischen Einheiten beraten und dann wieder zurückkommen.«

Riley nickte. »Okay.«

Oz konnte spüren, wie die Anspannung in ihrem Körper nachließ.

»Pass auf dich auf, während ich weg bin«, sagte er.

»Mache ich. Und pass du auf dich auf, während du weg bist«, erwiderte sie.

Er nahm einen tiefen Atemzug und wusste, dass einer von ihnen den Anfang machen und den Abschied einleiten musste. Oz fuhr mit der Hand über ihre Haare und musste ihr dann noch einmal mit dem Daumen über die Wange streichen, die sie sich beim Baseballspielen verletzt hatte. »Und bitte spiele keine Ballspiele mit Logan, okay?«

Sie lächelte gequält. »Kein Problem.«

»Wir sehen uns bald wieder«, sagte Oz, ließ seine Hände sinken und machte einen Schritt zurück. Riley bewegte sich nicht und blieb an die Wand gelehnt stehen. Er wusste, dass er nie wieder in ihre Wohnung kommen konnte, ohne an ihre wilden Küsse zu denken.

»Pass auf dich auf«, sagte sie noch einmal.

Oz nickte ihr zu, dann griff er nach der Türklinke. Er schaute nicht zurück, bevor sich die Tür hinter ihm schloss und er in seine Wohnung zurückkehrte. Er musste zu Logan zurück und sicherstellen, dass der Junge wusste, dass er zu ihm zurückkehren würde. Logan hatte in seinem jungen Leben schon genug Menschen verloren.

Normalerweise konzentrierte er sich am Abend vor einem Einsatz ausschließlich auf die Aufgabe, die vor ihm lag. Aber heute ging es in erster Linie darum, die Leute, die er liebte, zu beschützen.

Liebte ...

Liebte er Logan?

Ja, natürlich.

Riley?

Oz nickte im Geiste. Es war verrückt, aber er liebte sie. Er war noch nicht bereit, sie zu heiraten, aber wenn er sie verlieren würde, dann würde ihm das sehr nahegehen und er würde immer daran denken müssen, was wohl aus ihnen beiden geworden wäre.

Oz traf in diesem Moment eine Entscheidung, auf dem Flur vor seiner Wohnung, die Türklinke in der Hand. Wenn er zurückkam, dann würde er in seiner weiteren Beziehung mit Riley Nägel mit Köpfen machen. Logan hatte kein Problem mit ihnen beiden als Paar, oder zumindest hatte er nichts in diese Richtung gesagt. Oz mochte Riley – die Chemie stimmte einfach zwischen ihnen. Sie war witzig, aufmerksam und er hatte sich noch nie so sehr zu einer Frau hingezogen gefühlt.

Falls Riley dachte, dass er es schon jetzt ernst mit ihr meinte, dann hatte sie ihn noch nicht erlebt, wenn er sie richtig umwarb. Wenn Oz etwas wollte, dann konzentrierte er sich hundertprozentig auf sein Ziel. So hatte er die Ausbildung zum Elitesoldaten gemeistert und so hatte er es geschafft, mehrere gefährliche Einsätze zu überleben.

Sein Entschluss, seinem Neffen das bestmögliche Leben zu geben und Riley zu zeigen, wie viel sie ihm bedeutete, wuchs jeden Tag mehr.

Er hatte nicht auf diesen Einsatz gehen wollen, aber es fühlte sich so an, als wäre diese zeitweilige Trennung genau das, was Riley und er brauchten, um ihre Beziehung auf die nächste Ebene zu heben.

Lächelnd öffnete Oz die Tür und schloss hinter sich ab. Als er zu Logans Zimmer ging, schwor er sich, alles in seiner Macht Stehende zu tun, um seine Beziehung zu Logan – und zu Riley – zu stärken und weiter wachsen zu lassen.

KAPITEL ZEHN

Riley schaute zum gefühlt hundertsten Mal an diesem Nachmittag auf ihren Kalender. Es war drei Tage her, seit Oz abgereist war, und sie hatte sich noch nie einsamer gefühlt. Sie war daran gewöhnt, allein zu sein, bevor Logan und Oz in ihr Leben getreten waren, aber nun fiel es ihr schwer, sich zu konzentrieren. Sie machte sich Sorgen um Porter. Sie wusste nicht, wo er war und ob es ihm und seinen Kameraden gut ging. Sie machte sich Sorgen um Logan und darum, ob er sich bei Gillian wohlfühlte.

Sie machte sich auch Sorgen wegen Miles. Er hatte ihr gedroht, zu ihrer Wohnung zu kommen und die Tür einzuschlagen, wenn sie ihm nicht das Spiel zurückgab, von dem er behauptete, er hätte es in ihrer Wohnung gelassen.

Diese Drohung führte dazu, dass das kleinste Geräusch sie aus dem Konzept brachte. Sie schämte sich, wie sehr die Situation sie belastete, obwohl sie vor einem Monat noch kein Problem damit gehabt hatte, den ganzen Tag in ihrer Wohnung zu verbringen.

Es war also nicht überraschend, dass sie erneut zusammenzuckte, als ihr Handy klingelte und sie dabei fast ihren

Laptop vom Tisch stieß. Sie kicherte nervös, dann sah sie auf den Bildschirm des Handys und registrierte, dass Gillian sie anrief.

Ihr Herz klopfte sofort schneller in ihrer Brust. War etwas passiert? Hatte sie neue Informationen über den Einsatz vom Militär erhalten? Riley nahm den Anruf an.

»Hallo?«

»Hi, Riley, hier ist Gillian.«

»Was gibt's? Ist etwas passiert?«

»Nein, alles in Ordnung. Entschuldige, ich wollte dir keine Angst machen. Ich habe nichts von Trigger oder der Einheit gehört. Ich rufe wegen Logan an.«

Oh je. Riley hatte gar nicht daran gedacht, dass auch Logan etwas passiert sein könnte. »Wie geht es ihm?«, fragte sie.

»Es geht ihm gut«, antwortete Gillian schnell. »Er ist ein guter Junge. Ruhig. Fast schon zu ruhig. Er redet fast gar nicht mit mir. Ich wollte fragen, ob es okay wäre, wenn ich ihn morgen nach der Schule bei dir vorbeibringe? Ich glaube, es würde ihm guttun, dich zu sehen. Dann hätte er wieder einen Teil seiner alten Routine zurück.«

»Natürlich«, sagte Riley und seufzte erleichtert. Sie musste zugeben, dass sie den Jungen sehr vermisst hatte und ihn gern sehen wollte.

»Dann ist da noch etwas ... aber ich kann verstehen, wenn diese Bitte zu groß ist und du Nein sagst«, fuhr Gillian fort. »Ich glaube, es ist besser, wenn er wieder in Oz' Wohnung schlafen kann, in seinem eigenen Bett. Er wirkt hier so verloren. Ich mag es nicht, ihn so zu sehen. Ich versuche auf keinen Fall, ihn loszuwerden, es ist schön, ihn hierzuhaben – aber er hat mehr als einmal gesagt, dass er dich vermisst, und deshalb dachte ich –«

»Ja«, unterbracht Riley sie. »Ich habe kein Problem damit, wenn er für die nächste Zeit hier ist. Ich kann in Oz'

Wohnung schlafen und ihn morgens zum Bus bringen. Aber was würde das Militär dazu sagen? Porter hat den Familienplan so angelegt, dass du in seiner Abwesenheit Logans Vormund bist und er bei dir wohnt.«

»Das weiß ich ehrlich gesagt nicht«, gab Gillian zu, ohne besorgt zu wirken. »Aber es ist wichtiger, das Richtige für Logan zu tun, auch wenn das nicht so im Familienplan steht. Er wird umsorgt und er ist sicher. Das ist das Wichtigste.«

Riley dachte eine Sekunde lang daran, dass Logan nicht mehr sicher wäre, würde Miles entscheiden, vor ihrer Tür aufzutauchen. Aber Miles wusste nicht, dass sie nebenan bei Oz übernachten würde, also sollte das kein Problem sein. »Gern. Aber wenn Porter wütend wird, musst du ihm erklären, warum wir diese Entscheidung getroffen haben«, sagte sie.

»Oz wird nicht wütend sein, vor allem nicht auf dich«, erwiderte Gillian. »Er mag dich sehr ... und Logan auch. Er hätte ein größeres Problem damit, nach Hause zu kommen und herauszufinden, dass es Logan nicht gut geht.«

»Das stimmt«, sagte Riley.

»Er sollte bald aus der Schule kommen, also wären wir so in fünfundvierzig Minuten bei dir. Dann hat er genügend Zeit, seine Sachen zu packen. Wäre das in Ordnung?«

»Natürlich«, bestätigte Riley sofort. Sie dachte darüber nach, ob sie genug zu essen im Haus hatte oder ob sie noch einkaufen gehen musste, entschied dann aber, dass sich in ihrer und Porters Wohnung zusammen auf jeden Fall genug Essbares für den Abend befand. »Vielen Dank, dass du angerufen hast. Ich weiß, dass ich nicht Logans Mutter bin, aber ich hoffe, dass ich seine Freundin sein kann. Ich glaube nicht, dass er sich bei dir nicht wohlfühlt. Und ich glaube nicht, dass er dich nicht mag.«

»Ich nehme es nicht persönlich«, versicherte Gillian ihr.

»Er musste in letzter Zeit viel durchmachen. Es ist wichtig für ihn, dass er eine Routine hat. Er hat sich an dich und sein Zimmer gewöhnt. Wir sehen uns später.«

»Fahr vorsichtig«, sagte Riley.

»Mache ich. Bis gleich.«

»Bis gleich.«

Riley legte auf und schaute einen Moment ins Leere, während sie sich fragte, ob es Logan gut ging ... er musste Oz schrecklich vermissen. Er wüsste, wie sich sein Neffe besser fühlen würde. Obwohl er noch nicht lange für Logan sorgte, schien er ein natürliches Talent für Kinder zu haben. Er war nicht perfekt, wie man an dem Vorfall mit dem Koffer gesehen hatte, aber er hatte seinen Fehler sofort wiedergutgemacht. Er hatte mit seinem Neffen geredet, sich entschuldigt und dafür gesorgt, dass der Junge verstand, wie er das Geschenk gemeint hatte und dass er ihn nicht aufregen wollte.

Riley schüttelte den Kopf und stand auf. Sie musste noch einiges erledigen, bevor Logan und Gillian in unter einer Stunde kommen würden. Sie musste packen, sich überlegen, was es zum Abendessen geben würde, und ein paar E-Mails an ihre Kunden schreiben und ihnen sagen, wann sie ihre Transkripte erwarten können.

Aber als sie ins Schlafzimmer ging, lächelte Riley. Sie freute sich darauf, zu ihrer alten Routine zurückzukehren. Der Morgen gehörte der Arbeit und der Nachmittag Logan. Sie würde Porter nicht zum Abendessen sehen, aber zumindest war sie nicht mehr allein.

Zwei Stunden später saß Riley neben Logan auf Porters Sofa. Der kleine Junge hatte sie fest umarmt, als er angekommen war, und das hatte sich sehr gut angefühlt. Gillian war nicht lange geblieben, nur lange genug, damit Logan sich nicht abgeschoben fühlte. Sie gab ihm auch ihre Telefonnummer, falls er etwas brauchen sollte.

Riley bereitete ihnen einen kleinen Imbiss bestehend aus selbst gemachten Pizzaröllchen zu, bevor sie versuchte, ein Gespräch mit Logan zu beginnen.

»Geht es dir gut?«, fragte sie.

Logan nickte.

»Gillian ist sehr nett, oder?«

»Mhm-mhm.«

Okay, dieser Gesprächseinstieg war ihr wohl nicht geglückt. Logan war auch in seinen besten Zeiten keine Quasselstrippe, aber so still war er seit den ersten Tagen bei Porter nicht mehr gewesen.

»Ich vermisse Porter«, sagte sie ehrlich zu ihm. »Was komisch ist, weil ich ihn noch gar nicht lange kenne. Aber er hat etwas an sich, das mir Sicherheit vermittelt. Er ist witzig, obwohl er gar nicht versucht, witzig zu sein. Ich mag es zu wissen, dass er direkt nebenan ist. Jetzt, wo er weg ist, ist plötzlich alles sehr still.«

»Er schnarcht«, sagte Logan leise und sah seine Finger an, die in seinem Schoß lagen. »Na ja, er schnarcht nicht richtig, aber er atmet sehr laut. Ich kann ihn von meinem Zimmer aus hören. Zu wissen, dass er da ist und ich nicht allein in der Wohnung bin, gibt mir auch Sicherheit.«

Riley versuchte, ihre Stimme ganz normal klingen zu lassen. »Warst du früher oft allein?«

Logan zuckte mit den Schultern. »Mom hat nachts gearbeitet. Sie ist nach dem Abendessen gegangen und meistens erst nach Hause gekommen, kurz bevor ich in die Schule musste.«

Riley fühlte, wie schwer das für Mutter und Sohn gewesen sein musste. Sie konnte sich nicht vorstellen, wie es sich anfühlte, den eigenen Sohn allein zu Hause zu lassen – egal ob tags oder nachts –, um arbeiten zu gehen.

»Früher war sie nachts immer mit ihren Freunden unterwegs, aber damit hatte sie aufgehört. Es ist ihr sehr schwergefallen, einen Job zu finden. Die einzige Schicht, die sie bekommen hat, war nachts.«

Riley rückte näher an Logan heran. »Ich bin mir sicher, dass sie dich nicht allein lassen wollte.«

»Das wollte sie nicht«, stimmte Logan zu. »Sie hat sich immer wieder entschuldigt. Sie hat mir vertraut, nichts Blödes zu machen, während sie weg war.« Er sah zu Riley auf. »Ich weiß, dass sie nicht die beste Mom war. Ich bin nicht doof. Aber sie hatte sich verändert. Sie nahm nicht mehr so viele Drogen.«

Riley fühlte mit dem Jungen. Sie wusste selbst, dass es nicht einfach war, eine Sucht zu überwinden. Aber es hörte sich so an, als hätte seine Mutter es versucht. »Sie hat dich geliebt«, sagte sie zu Logan.

Er nickte.

»Es tut mir sehr leid, dass sie gestorben ist«, sagte Riley leise.

Es dauerte ein paar Sekunden, bis Logan antwortete. »Mir auch. Aber bin ich ein schlechter Mensch, wenn ich sage, dass es mir hier besser gefällt?«

»Oh, Logan. Natürlich nicht. Mir ging es genauso, wenn ich mal wieder zu einer neuen Pflegefamilie geschickt wurde, die nett war. Ich mochte es bei vielen von ihnen. Ihre Häuser waren sauber. Es gab kein Ungeziefer. Ich habe immer etwas zu essen bekommen, wenn ich wollte, und der Kühlschrank war immer voll. Und ich musste nicht anhören, wie meine Eltern sich miteinander streiten. Ich erinnere mich, dass ich traurig war, wenn ich wieder nach Hause zurückkehren musste. Ich habe meine Eltern geliebt.

Sie haben immer ihr Bestes versucht, aber sie waren nicht gut darin, sich um mich zu kümmern.«

Logan nickte, als könnte er ihre Situation nachvollziehen. Es fühlte sich so an, als würde er sich ihr öffnen. Deshalb fragte Riley: »Also wohnst du gern bei deinem Onkel. Und Gillian magst du auch. Gibt es irgendetwas anderes, was dich gerade belastet? Wie ist die Schule?«

Riley sah, wie seine Unterlippe zitterte, bevor er sich unter Kontrolle brachte. Aber sie wusste, dass sie den Nagel auf den Kopf getroffen hatte.

Er zuckte mit den Schultern.

Riley beschloss, dass Logan sich ihr eher öffnen würde, wenn sie ihm zeigte, wie ähnlich ihre eigene Kindheit gewesen war. »Als ich in deinem Alter war, hatte ich eine gute Freundin. Wir waren allerbeste Freunde. Aber eines Tages beschloss sie, dass sie mich nicht mehr mochte. Sie war stattdessen die neue beste Freundin von einem Mädchen, das in der Klasse sehr beliebt war. Sie waren jahrelang gemein zu mir. Sie machten Witze darüber, dass in der Mittagspause niemand mit mir essen wollte. Sie sagten, dass ich stinke, und machten Schweinsgeräusche, wenn ich vorbeiging. Es war furchtbar. Ich hasste es, in die Schule zu gehen.«

»Was ist dann passiert?«, fragte Logan leise. »Was hast du gemacht?«

»Zu dieser Zeit wurde ich in eine neue Pflegefamilie gebracht. Sie lebte weit von meinen Eltern entfernt, deshalb bin ich dann auf eine andere Schule gegangen. Das war auch nicht einfach, weil ich niemanden kannte. Aber ich mochte es, weil es dort niemanden gab, der Witze über mich machte. Als ich wieder zu meinen Eltern zurückkehrte, habe ich ihnen gesagt, dass ich in meiner neuen Schule bleiben will. Sie haben die Papiere ausgefüllt und ich konnte tatsächlich dortbleiben.«

Logan sah sie offen an. »Ich hasse meine Schule«, gab er zu. »Die meisten anderen Kinder sind richtig gemein. Nicht nur mir gegenüber, sondern auch den anderen.«

Riley wusste nicht, was sie sagen sollte. Sie wollte ihm sagen, dass er die Schule wechseln könne, aber das konnte sie nicht entscheiden. Und sie wusste nicht, ob er einfach traurig war, dass er seine alte Schule und seine Freunde dort zurücklassen musste, oder ob noch mehr passiert war. Sie wusste nicht, wie sie dieses Problem allein angehen sollte, und das fühlte sich nicht gut an.

Sie rutschte näher an den Jungen heran und legte ihm den Arm um die Schultern. »Das tut mir leid«, sagte sie sanft. »Ich weiß nicht, warum Kinder so gemein zueinander sind. Ich würde gern sagen, dass es besser wird, aber das kann ich nicht versprechen. Vielleicht kannst du dich mit anderen Kindern anfreunden, die auch gemobbt werden? Ich bin mir sicher, sie fühlen sich ebenfalls nicht gut. Sie freuen sich vielleicht über einen neuen Freund.«

»Vielleicht«, sagte Logan und zuckte mit den Schultern.

»Und falls es dir in der Schule in ein paar Tagen immer noch nicht gefällt, kannst du sicher mit deinem Onkel reden. Er hat bestimmt kein Problem damit, sich nach einer neuen Schule für dich umzusehen.«

»Ich habe ihm damals gesagt, dass ich nicht auf die Schule auf dem Stützpunkt gehen will«, gab Logan zu.

»Und?«, fragte Riley.

Er sah sie an und Hoffnung flammte in seinen Augen auf.

»Man kann seine Meinung auch ändern. Das passiert und ist nicht das Ende der Welt.«

Er nickte.

»Denk darüber nach. Du hast mit mir darüber gesprochen und das war nicht so schlimm, oder? Rede mit Porter, Logan. Er liebt dich und er wäre sicher traurig, wenn er erfährt, dass es dir nicht gut geht und du ihm nichts gesagt hast. Ich sage nicht, dass er all deine Probleme mit einem Fingerschnippen lösen kann, aber wenn du mit ihm redest, sehen die Dinge vielleicht schon ein bisschen besser aus.«

»Okay«, sagte er leise.

»Okay«, stimmte Riley ihm zu. »Also ... was machen wir nun mit dem restlichen Tag? Willst du in den Park gehen und Baseball spielen?«

Er riss die Augen auf und schüttelte nachdrücklich den Kopf. »Ich habe Oz versprochen, nicht mit dir Ballspielen zu gehen, egal wie oft du fragst.«

Riley lachte leise. »Ich habe mich doch gar nicht so schlecht angestellt.«

Logan zog die Augenbrauen hoch.

»Okay, vielleicht doch. Aber ich will etwas mit dir unternehmen, das dir Spaß macht. Und du magst Baseball. Was schlägst du vor?«

Logan dachte einen Moment darüber nach, dann sagte er vorsichtig: »Wir könnten uns ein Ziel aussuchen und die Bälle darauf werfen. Du kannst mir zuschauen und mir helfen, die Bälle wieder einzusammeln.«

»Das klingt gut«, sagte Riley lächelnd. Das klang zwar nicht sonderlich interessant, aber wenn Logan glücklich war, war sie es auch. »Ich glaube, wir müssen morgen einkaufen, aber fürs Abendessen heute kann ich dir Hotdogs mit Chili, Käse und Bohnen anbieten. Wie klingt das?«

Logan lächelte. »Lecker!«

»Gut. Lass uns deine Bälle und den Schläger holen und dann gehen wir in den Park auf der anderen Straßenseite.«

Sie standen auf und Logan ging in sein Zimmer, um seine Sachen zu holen. Er drehte sich noch einmal um, bevor er den Flur entlangging. »Riley?«

»Ja?«

»Es tut mir leid, dass deine Freundin so blöd war.«

»Mir auch.«

»Und vielen Dank, dass ich zurückkommen konnte. Ich mag Gillian. Sie ist sehr nett. Aber sie ist nicht so wie du.«

Riley fühlte, wie ihr Tränen in die Augen stiegen. »Keine Ursache. Ich habe dich sehr vermisst.«

Logan nickte, drehte sich um und ging in sein Zimmer.

Riley atmete ein paarmal tief durch, um ihre Gefühle unter Kontrolle zu bringen. Dann ging sie ins Badezimmer, um Sonnencreme zu holen. Sie wollte, dass Logan geschützt war, wenn sie nach draußen gingen, auch wenn es schon spät am Nachmittag war.

Später, nachdem sie Logan dabei zugesehen hatte, wie er tausend Bälle warf – so viele waren es nicht, aber es fühlte sich so an –, und nachdem sie ihr wenig gesundes Abendessen verspeist hatten, sahen sie sich eine alte Folge *Glücksrad* an und dann sagte Riley zu Logan, dass es Zeit fürs Bett war. Morgen war ein Schultag. Und obwohl sie wusste, dass Logan sich nicht auf die Schule freute, brauchte er trotzdem genügend Schlaf.

»Wo wirst du schlafen?«, fragte Logan.

Riley zuckte mit den Schultern. »Auf dem Sofa.«

Logan runzelte verwirrt die Stirn. »Warum? Du kannst in Oz' Bett schlafen.«

Nur der Gedanke daran, in Porters Bett zu schlafen, weckte in Riley die Sehnsucht nach Dingen, von denen sie nicht wusste, ob sie passieren würden. »Das Sofa ist in Ordnung.«

Logan sah sie noch immer verwirrt an und ihr wurde klar, dass er diese Vorstellung nicht mochte. »Okay. Du kannst in meinem Bett schlafen und ich schlafe auf dem Sofa.«

»Das ist kein Problem.« Riley versuchte, ihm die Idee auszureden, aber sie hatte keine Chance.

»Nein, es ist nicht okay. Du bist eine Frau und solltest ein richtiges Bett zum Schlafen haben. Falls mit Oz' Bett etwas nicht stimmt, dann solltest du in meinem Bett schlafen und ich nehme das Sofa. Das wäre nicht das erste Mal.«

Seine Worte machten sie stolz und traurig zugleich. »Mit dem Bett deines Onkels ist alles okay. Es ist nur ... es ist sein Bett. Es fühlt sich komisch an, darin zu schlafen.«

»Aber er ist nicht hier. Also stört es ihn doch nicht.«

Es gab keinen guten Weg, einem zehnjährigen Jungen zu erklären, dass das Bett sicher nach Porter riechen würde. Und dass dieser Geruch sie dazu bringen würde, den Mann noch mehr zu wollen, als sie es ohnehin schon tat. Aber sie mochte es, wie viele Gedanken er sich um sie machte.

Sie wusste, dass sie diese Entscheidung bereuen würde, aber sie sagte dennoch: »Wahrscheinlich macht es keinen Unterschied. Du hast gewonnen, ich schlafe in seinem Zimmer und du in deinem, okay?«

»Okay«, sagte Logan glücklich. »Du musst morgen früh nicht aufstehen. Ich stelle mir den Wecker.«

Manchmal machten sie die Dinge, die er sagte, sehr traurig. Sie erinnerte sich, dass sie in seinem Alter ebenfalls gelernt hatte, ihren eigenen Wecker zu stellen, weil ihre Eltern morgens selten in der Lage waren, sie zur Schule zu bringen. Sie nahm an, dass das Gleiche für seine Mutter galt. Später, als sie die ganze Nacht arbeitete, konnte sie ihn sicher auch nicht zur Schule bringen.

»Das ist kein Problem. Ich gehe nicht viel später schlafen als du. Außerdem muss ich ja schauen, dass du ein gesundes Frühstück bekommst, bevor du dich auf den Weg zum Bus machst.«

»Okay.« Logan stand auf und ging den Flur hinunter, dann hörte Riley, wie das Wasser im Bad angestellt wurde.

Sie schloss die Augen und versuchte, sich zu sammeln. Es war zu spät, um noch eine Ladung Wäsche aufzusetzen. Das hätte sie tun sollen, sobald sie in die Wohnung gekommen waren. Nun musste sie in Porters Bett schlafen, unter seiner Decke, und daran denken, wie schön es wäre, wenn er neben ihr liegen würde.

Sie ließ sich Zeit, die Küche aufzuräumen, obwohl es kaum etwas zu tun gab, bevor sie den Flur hinunterging. Sie klopfte sanft an Logans Tür.

»Ja?«, fragte er.

Sie streckte den Kopf in sein Zimmer. »Alles in Ordnung?«, fragte sie.

Er nickte. »Mhm-mhm.«

»Okay. Schlaf gut. Ich weiß nicht, ob ich schnarche oder laut atme, weil ich noch nie jemanden hatte, der mir das gesagt hat. Aber ich lasse meine Tür einen Spalt offen. Solltest du irgendetwas brauchen in der Nacht, kannst du jederzeit zu mir kommen.«

Logan zögerte, dann nickte er. »Vielen Dank. Ich weiß, dass ich nicht einfach bin. Aber ich mag es hier.«

»Du bist nicht *nicht* einfach«, beruhigte Riley ihn. »Wirklich. Und ich mag es hier auch. Nun aber ab ins Bett. Was hältst du von Pfannkuchen zum Frühstück?«

»Klingt gut«, sagte er lächelnd.

»Gute Nacht, Logan.«

»Gute Nacht, Riley.«

Sie schloss die Tür, ließ sie aber einen Spalt offen, bevor sie einen tiefen Atemzug nahm und zu Porters Schlafzimmer ging. Sie hatte ihre Tasche hier vorher abgestellt und als sie nun die Tür aufmachte, musste sie erneut tief Luft holen, um sich zu beruhigen.

Es sah aus, als wäre Porter nur ein paar Minuten weg gewesen. Das Bett war nicht gemacht und die Decke lag so da, als wäre er gerade erst aus dem Bett gesprungen auf seiner Mission, die Welt zu retten. In der Ecke stand ein Sessel und die oberste Schublade seiner Kommode stand zur Hälfte offen. Sie ging in das angeschlossene Badezimmer und konnte sich ein Lächeln nicht verkneifen.

Porter war vielleicht ein Elitesoldat, der in vielen Bereichen seines Lebens eine einwandfreie Ordnung pflegte, diese schien sich aber nicht bis zu seinem Badezimmer zu erstrecken.

Das Handtuch war gedankenlos über die Stange des Duschvorhangs geworfen worden, anstatt ordentlich auf dem Haken zu hängen. Reste seines Rasierschaums befanden sich im Waschbecken und an der Zahnpastatube fehlte der Deckel. Seltsamerweise fühlte sie sich besser, als sie sah, wie schmutzig das Waschbecken war.

Riley machte sich daran, den Raum schnell und effizient aufzuräumen und zu putzen. Sie stellte Mundwasser, Rasierschaum und das Fläschchen mit Vitamin-C-Tabletten in eine ordentliche Reihe. Sie fand den Deckel für die Zahnpastatube und schraubte ihn auf, damit sie nicht austrocknete, und verstaute sie in dem dafür vorgesehenen Halter neben dem Waschbecken. Das Handtuch war trocken, deshalb faltete sie es zusammen und legte es in das kleine Regal neben der Dusche.

Es war etwas seltsam, sich in Porters intimstem Raum aufzuhalten, aber sie mochte das Gefühl, hier zu sein. Sie ging zurück ins Schlafzimmer und griff in ihre Tasche, auf der Suche nach dem übergroßen T-Shirt, das sie gern als Nachthemd verwendete, und zog sich im Badezimmer um.

Sich in einem Zimmer auszuziehen, in dem auch Porter

regelmäßig nackt war, jagte ihr wohlige Schauer über den Rücken. Sie schloss die Augen, doch die Bilder in ihrem Kopf wurden nur klarer. Sie sah Porter, wie er langsam seine Unterwäsche abstreifte, bevor er über den Rand der Badewanne kletterte und die Dusche anschaltete. Sie konnte sehen, wie er sich danach mit seinem Handtuch abtrocknete, ungeduldig, sodass Teile seines Körpers noch immer feucht waren, sobald er das Handtuch von sich warf.

Sie schüttelte den Kopf, um die Bilder aus ihrem Kopf zu vertreiben. Sie war hier, um auf Logan aufzupassen, nicht, um über ihren Nachbarn zu fantasieren. Sie putzte sich die Zähne und fand ein sauberes Handtuch für den nächsten Morgen, bevor sie ins Schlafzimmer zurückkehrte.

Riley kletterte ins Bett und zog sich die Decke bis unters Kinn. Die Matratze war bequem und die Decke sehr weich. Sie musste ihn fragen, wo er seine Bettwäsche kaufte, wenn er wieder zurückkam, aber dann verwarf sie den Gedanken sofort. Sie würde Porter auf keinen Fall erzählen, dass sie in seinem Bett geschlafen hatte. Natürlich würde Logan ihm davon erzählen, aber sie würde die Information nicht selbst preisgeben.

Es fühlte sich zu … intim an. Sie glaubte nicht, dass er ein Problem damit hatte, dass sie während seiner Abwesenheit in seiner Wohnung war, vor allem, weil es das Beste für Logan war, aber sie wollte ihn nicht mit dem Gedanken aufregen, dass sie sich in seinem intimsten Raum aufgehalten hatte.

Auf der anderen Seite schien er neulich Abend kein Problem damit gehabt zu haben, in ihren persönlichen Raum einzudringen. Als er sie gegen die Wand gedrückt hatte, hatten seine Hände den Weg wie von allein unter ihr Oberteil gefunden.

Riley atmete tief ein und fühlte, wie Porter sie von allen Seiten umgab. Sein moschusartiger und erdiger Geruch hing in seinem Kissen und seiner Decke. Als Logan vorschlug, dass sie in seinem Bett schlafen sollte, wusste sie ganz genau, was passieren würde. Dass allein ihre Anwesenheit in Porters Schlafzimmer sie anmachen würde. In seinem Bett zu liegen. Wo er sich bestimmt schon selbst befriedigt hatte ...

Sie wollte nicht daran denken, dass er hier Zeit mit einer anderen Frau verbracht hatte. Er hatte gesagt, dass er schon lange mit niemandem mehr ausgegangen war.

Als sie an ihn dachte, begann ihre Hand, sie wie von allein zu bewegen. Sie strich geistesabwesend über ihre Nippel, bevor sie am Bündchen ihrer Unterhose innehielt. Sie blickte in Richtung Tür, dann schloss sie die Augen. Logan ging es gut. Er schlief. Sie könnte – wenn sie wollte. Und sie wollte.

Sie ließ ihre Finger unter dem Bündchen durchschlüpfen und öffnete ihre Beine weiter, während sie ihr Gesicht im Kissen vergrub. Erneut bemerkte sie Porters einzigartigen Geruch. Sie begann langsam, ihre Liebesperle zu streicheln, während sie daran dachte, wie großartig sich seine Hände neulich auf ihrer Haut angefühlt hatten.

Es dauerte nicht lange. Es war schon eine Weile her, dass sie sich selbst befriedigt hatte, und Porters Geruch trug seinen Teil zu ihrer Erregung bei.

Riley dachte daran, wie es wäre, dieses Bett und ihre Lust mit Porter zu teilen. Sie dachte daran, wie gut es sich anfühlen würde, seine Hand zwischen ihren Beinen zu spüren, ihn anzusehen, während er sanft in sie eindrang, immer darauf bedacht, ihr nicht wehzutun. Er würde langsam anfangen, um sicherzustellen, dass sie ihren Höhepunkt erreichte, bevor er sich selbst seiner Lust hingab. Und dann würde er sie richtig rannehmen. Er würde sie so hart vögeln, dass jeder seiner Stöße sie weiter und weiter zum Kopfende des Bettes beförderte, bis sie sich mit den Händen an der Wand abstützen musste, um nicht mit jedem Stoß dagegen zu stoßen.

Er würde seinen Kopf zurückwerfen, sodass sie die Venen an seinem Hals pulsieren sah, wenn er tief in ihr explodierte und sein Sperma in sie hineinpumpte. Er würde ihren Namen rufen, während er kam, und ihre Hüften festhalten, um seinen Schwanz so tief wie möglich in sie hineinzupressen.

Und das war alles, was sie brauchte. Ihre Fantasien und ihre Hand, mit der sie noch immer ihre Klitoris bearbeitete, ließen sie ihren Höhepunkt finden. Sie stöhnte leise, während die Wellen ihres Orgasmus sich über ihren ganzen Körper ausbreiteten. Sie zitterte vor Lust, während sie versuchte, ihre Atmung unter Kontrolle zu bekommen.

Sie zog ihre Hand aus ihrer Unterhose und schloss die Augen, während sie erschöpft im Bett lag. Sobald die Wellen der Lust abnahmen, fühlte sie sich schuldig. Sie hatte in Porters Bett onaniert!

Aber sie konnte nicht bestreiten, wie großartig sich das angefühlt hatte.

Und wie müde sie nun war.

Es war lange her, seit Riley so erschöpft gewesen war.

Sie schlief mit Porters Geruch in der Nase ein und war froh, dass es Logan gut ging. Sie betete, dass Porter unverletzt zu ihnen zurückkehren würde. Sie hatte sich an den Jungen und den Mann gewöhnt und freute sich auf ihre nächste Verabredung mit Porter.

KAPITEL ELF

Oz war schmutzig und müde, aber er war froh, wieder in Texas zu sein. Sie waren acht Tage unterwegs gewesen und er hatte sich noch nie so sehr auf seine Rückkehr gefreut wie bei diesem Einsatz.

Seine Gefühle mussten sich auf seinem Gesicht gespiegelt haben, denn Trigger legte ihm eine Hand auf die Schulter und fragte: »Jetzt ist es anders, nicht wahr?«

»Was meinst du?«, fragte Oz zurück.

»Nach Hause zu kommen, wenn du weißt, dass jemand auf dich wartet.«

»Ich bin mir nicht sicher, ob wirklich jemand auf mich wartet«, erwiderte Oz.

»Lügner«, sagte Trigger mit einem Lächeln auf den Lippen. »Ich habe gesehen, wie Riley und du euch angeschaut habt, als wir bei Grover waren. Ich würde mal behaupten, dass sie sich sehr freuen wird, dich zurückzuhaben.«

Trigger hatte nicht unrecht. Oz versuchte, sein Lächeln zu verbergen, aber ohne Erfolg.

Das Telefon in Triggers Hand klingelte und er grinste

immer noch, als er abnahm. »Hey, Di, wir sind gerade angekommen ... Okay ... Ja ... Ich bin mir sicher, dass das kein Problem ist. Ich rede mit ihm. Bis gleich. Ich liebe dich.«

»Geht es Gillian gut?«, fragte Oz.

»Ja, ihr geht es gut. Aber du musst wissen ... Logan wollte nicht bleiben, sondern in deine Wohnung zurück.«

»Wie bitte?«, fragte Oz und fühlte, wie ihn die Panik erfasste.

»Es ist alles gut, kein Grund zur Sorge. Ich kenne keine Details, aber anscheinend hat Gillian Riley angerufen und gefragt, ob es für sie in Ordnung sei, für die restliche Zeit mit ihm in deiner Wohnung zu bleiben. Sie hat zugestimmt und Logan hat seitdem wieder seinen gewohnten Schulweg und seine gewohnte Umgebung.«

Oz gingen eine Menge Gedanken durch den Kopf. Er hatte kein Problem damit, dass Logan mit Riley in seiner Wohnung blieb, aber wie war es dazu gekommen? War Logan Gillian auf den Geist gegangen? War er krank? Innerhalb von Sekunden spielte er eine ganze Reihe furchtbarer Szenarien durch. Er schaute zur Sicherheit noch einmal auf sein Handy, aber er hatte keine Nachricht von Riley bekommen, die die Situation erklärte.

Seine Panik wuchs nur noch.

»Fahr nach Hause«, sagte Trigger zu ihm. »Wir kümmern uns um die Dinge hier. Aber du musst trotzdem noch zu deiner Einsatzbesprechung morgen erscheinen«, warnte er.

Oz nickte seinem Freund und Teamleiter erleichtert zu. »Ich schulde dir etwas.«

»Tust du nicht«, sagte Trigger. »Aber fahr vorsichtig. Du hilfst niemandem, wenn du jetzt zu schnell fährst und am Ende noch einen Unfall baust. Logan ist sowieso noch in der Schule. Also fahr nach Hause, lass dir von Riley erklären, was Sache ist ... und geh duschen. Du stinkst.«

Oz winkte seinem Freund ein letztes Mal zu, aber eine Dusche war das Letzte, woran er im Moment dachte. Er musste so schnell wie möglich nach Hause, um sicherzustellen, dass es Logan gut ging. Und Riley auch. Jeder Gedanke an den Einsatz, den sie gerade beendet hatten, war vergessen.

Er erinnerte sich nicht einmal an die Fahrt vom Stützpunkt zu seiner Wohnung – außer, dass ihm der Weg unendlich lang vorkam. Er nahm zwei Stufen auf einmal, als er in den ersten Stock hinauflief. Es brauchte drei Versuche, bis er den Schlüssel ins Türschloss bekam, und als die Tür endlich aufging, warf er seinen Seesack auf den Boden und rief: »Riley!«

Er bekam keine Antwort, woraufhin er sich noch mehr Sorgen machte. Er wusste zwar, dass es eigentlich keinen Grund gab, sich solche Sorgen zu machen, aber diese Planänderung machte ihm dennoch Angst.

Er durchsuchte seine gesamte Wohnung, um sicherzugehen, dass sie nicht eingeschlafen war, und zögerte nur eine Sekunde, als er eine Tasche auf dem Boden seines Schlafzimmers sah, die zuvor auf jeden Fall noch nicht dort gestanden hatte. Der Raum roch nach Heckenkirsche, was er vor einer Woche noch nicht getan hatte. Es war der Geruch, den er sofort mit Riley in Verbindung brachte. Er hatte ihr einmal ein Kompliment gemacht, dass er ihren Duft mochte, und sie hatte ihm verraten, dass sie eine Creme mit dem Namen »Aerin Mittelmeerbrise« trug, in der auch Heckenkirsche enthalten war. Es war ihm egal, wie die Creme hieß und was drin war – er wusste nur, dass der Geruch ihn für immer an sie erinnern würde.

Er drehte sich um und ging zurück zur Tür. Er riss sie auf und wollte an Rileys Wohnungstür klopfen, um zu sehen, ob sie dort war, aber er hielt unvermittelt an, als die

Frau, die er so verzweifelt gesucht hatte, direkt vor ihm stand.

Er packte sie an den Schultern und zog sie in seine Wohnung.

»Du bist zurück«, sagte Riley und ihr Lächeln reichte bis über beide Ohren. »Ich habe dich durch die Wand gehört. Wann bist du –«

Oz unterbrach sie mit einem Kuss. Er verschlang sie, als wäre er am Verdursten und sie das Glas Wasser, nach dem er sich so lange gesehnt hatte. Sie widersetzte sich nicht. Riley öffnete ihre Lippen und ließ ihn ein; sie erwiderte seinen Kuss mit der gleichen Inbrunst.

Oz zog sich mit einem Seufzen zurück und hielt Riley bei den Schultern, während er sie von oben bis unten musterte. »Geht es dir gut?«

»Ja, natürlich. Und dir?«

»Ja. Geht es Logen gut? Warum ist er nicht bei Gillian geblieben? Ist etwas passiert?«

»Ihm geht es gut. Ich nehme an, du weißt schon, dass ich mit ihm hier in der Wohnung geblieben bin?«, fragte Riley.

Oz drehte sich um und ging zusammen mit Riley ins Wohnzimmer, wo er ihr bedeutete, sich aufs Sofa zu setzen, bevor er weitersprach. »Trigger hat einen Anruf von Gillian erhalten, aber sie hat nicht viel gesagt. Nur, dass Logan mit dir hier ist. Was ist passiert?«

»Nichts Großes«, sagte Riley beruhigend. »Gillian hat vermutet, dass er sich bei ihr nicht richtig wohlfühlt, und dachte, dass es besser ist, ihn hierher zurückzubringen. Und sie hatte recht. Er kennt diese Wohnung zwar noch nicht lange, hat sie aber als sein Zuhause angenommen. Und weil die Schule für ihn nicht einfach ist, ist das hier seine Zuflucht. Ich hatte kein Problem damit, bis zu deiner Rückkehr mit ihm hierzubleiben.«

Oz atmete erleichtert auf, aber dann drangen ihre Worte

zu ihm durch. Er setzte sich neben sie auf das Sofa. »In der Schule ist es nicht einfach? Was meinst du damit?«

»Ich glaube, dass du mit ihm darüber reden solltest«, sagte Riley zögerlich.

Oz schüttelte den Kopf. »Nein. Ich muss wissen, was er zu dir gesagt hat. Ich weiß nicht, wie ich ihn dazu kriege, mir zu vertrauen. Ich merke, dass wir uns näherkommen, aber er hat noch immer Geheimnisse vor mir. Und mit dir fühlt er sich sehr wohl, wenn er dir von seinen Problemen in der Schule erzählt hat. Bitte erzähl mir, was er gesagt hat, damit ich ihm helfen kann. Ich habe Angst, dass die Dinge schlimmer werden, wenn ich darauf warte, dass Logan sich mir öffnet.«

Ihre Gesichtszüge wurden sanft. »Es fällt ihm schwer, Freunde zu finden. Es gibt wohl einige Kinder, die ziemlich gemein sind und auf die anderen losgehen; er fühlt sich einfach sehr allein.«

Oz atmete tief aus. »Aber er hat keine Probleme mit dem Lehrstoff?«

»Ich glaube nicht. Ich habe ihm mit den Hausaufgaben geholfen und er schien keine Schwierigkeiten damit zu haben. Ich glaube wirklich, es liegt daran, dass er neu in seiner Klasse ist und die anderen ihn nicht wirklich annehmen.«

»Okay. Ich muss sehen, ob ich ihn dazu bekomme, mit mir zu reden«, sagte Oz. Dann nahm er Rileys Hände in seine. »Und dir geht es gut? Wie steht es mit der Sache um Miles?«

Riley rümpfte die Nase.

»So schlimm?«, fragte er.

Sie zuckte mit den Schultern und er wusste sofort, dass sie die aktuelle Situation herunterspielen würde. »Es ist okay. Er denkt noch immer, dass eines seiner Spiele bei mir ist.«

»Schreibt er dir noch?«

»Ja.«

Oz strich mit dem Daumen über ihren Handrücken. »Vielen Dank, dass du auf meinen Neffen aufgepasst hast. Ich hätte mich nie getraut, dich an diesem ersten Abend um Hilfe für das Frühstück zu bitten, hätte ich gewusst, wie viel Arbeit ich dir machen würde.«

»Er ist ein großartiges Kind, Porter. Ich verbringe gern Zeit mit ihm.«

»Also hast du hier übernachtet. In meinem Schlafzimmer?«

Er sah, wie ihr die Röte ins Gesicht stieg. »Es tut mir leid. Ich wollte das eigentlich nicht, aber als Logan spitzgekriegt hat, dass ich auf dem Sofa schlafen will, hat er mich ins Kreuzverhör genommen. Er hat nicht verstanden, warum ich nicht einfach in deinem Bett schlafe.«

»Ich habe deinen Geruch erkannt. Heckenkirsche.«

Ihre Röte wurde tiefer. »Ich habe meine Creme mitgebracht, weil meine Haut in letzter Zeit so trocken ist. Entschuldige.«

»Du musst dich nicht entschuldigen. Ich mag es.« Dann fiel ihm etwas anderes ein. »Also hast du in meinem Bettchen geschlafen ...«

Sie biss sich auf die Lippe und nickte.

»Du hast ja keine Ahnung, wie sehr mich das anmacht«, sagte er leise.

Riley schaute ihn mit ihren großen, braunen Augen an und er konnte sehen, wie ihre Atmung schneller wurde. Ihm gefiel der Gedanke, wie sie in seinem Bett lag. In seinem intimsten Raum. Wie sie in seine Decke gewickelt schlief. Wie ihre nackte Haut seine Bettwäsche berührte. Er konnte fühlen, wie sich sein Schwanz in seiner Hose zu Wort meldete, und er senkte den Kopf.

Sie hob ihr Kinn, um seinen Lippen entgegenzukommen, als sie jemanden an der Tür hörten.

Riley zog sich zurück und schaute zur Tür. Oz drehte ebenfalls den Kopf, gerade rechtzeitig, um Logan hereinkommen zu sehen. Die Erleichterung, als er seinen Neffen lächelnd und gesund sah, war überwältigend. Oz sprang vom Sofa auf und ging auf Logan zu.

Ohne nachzudenken, ging er auf die Knie und umarmte Logan.

»Du bist zurück«, murmelte Logan an seiner Schulter.

»Das bin ich, mein Großer. Es ist schön, dich zu sehen. Ich habe dich vermisst.«

»Hast du das?«, fragte Logan.

Oz löste die Umarmung. »Natürlich habe ich das. Ich habe es vermisst, mit dir Baseball zu spielen. Mit dir Abendessen zu machen. Selbst deine Hausaufgaben habe ich vermisst. Mit dir hier zu sein ist viel besser, als auf einem Einsatz im Dreck rumzukriechen und sich von Fertiggerichten zu ernähren.«

Logan rümpfte die Nase. »Du riechst auch nicht besonders gut.«

Oz brach in Lachen aus. Er hatte vollkommen vergessen, dass er seit Tagen nicht mehr geduscht hatte. Er war so darauf konzentriert gewesen, so schnell wie möglich zu Logan und Riley zu kommen, dass nichts anderes gezählt hatte.

»Entschuldige, mein Großer. Ich war so ungeduldig, weil ich dich und Riley unbedingt sehen wollte, dass ich noch keine Zeit zum Duschen hatte. Wie war die Schule?«

Er konnte sehen, wie Logan für eine Sekunde das Gesicht verzog, bevor er sich fing und sagte: »Gut.«

»Okay. Es gibt da ein paar Sachen, über die wir reden müssen. Ich habe kein Problem damit, dass du lieber hier wohnen willst als bei Gillian, während ich weg bin, aber darüber sollten wir gemeinsam sprechen. Und ich habe das Gefühl, dass es dir in der Schule nicht so gut gefällt. Schule ist nicht immer nur Spaß, aber hin musst du, damit du als Erwachsener mal einen guten Job findest.«

Logans Lippen zitterten, aber Oz redete weiter.

»Doch im Moment bin ich einfach nur froh, wieder zu Hause zu sein und dich zu sehen. Wie wäre es, wenn ich erst mal dusche und danach gehen wir Ball spielen? Und dann können wir zu Abend essen und uns über alles unterhalten, was seit meiner Abreise passiert ist, okay?«

»Ich werde meine Sache packen und in meine Wohnung zurückbringen. So habt ihr ein bisschen Freiraum, um unter euch zu sein«, sagte Riley und stand vom Sofa auf.

»Nein!«

Oz und Logan hatten gleichzeitig gesprochen.

Oz grinste seinen Neffen an, bevor er sich zu Riley umdrehte. »Willst du mit uns zum Park gehen? Du kannst Schiedsrichter spielen. Du hast sicher die ganze Woche hart gearbeitet. Logan und ich könnten dir als Dankeschön etwas zum Abendessen machen.«

»Du hast doch mindestens ebenso hart gearbeitet«, murmelte Riley. Lauter sagte sie: »Ach, ich weiß nicht, ihr braucht sicher etwas Männerzeit.«

»Nicht unbedingt. Oder, Logan?«, fragte Oz und hoffte, dass der Junge ihm zustimmen würde.

»Ja, das stimmt. Bitte, bitte, Riley? Kommst du mit?«

Oz wusste, dass sie seinen großen Welpenaugen nicht widerstehen konnte. Und er sollte recht behalten.

»Na gut, na gut, aber nur bis zum Abendessen.«

Oz stand auf und lächelte sie an. Er hatte sie auch vermisst. Natürlich hatte er seinen Neffen vermisst, aber nicht auf dieselbe Art, wie er Riley vermisst hatte.

»Ich ziehe mich um und hole meine Baseballsachen«,

sagte Logan, während er seinen Schulranzen mitten im Gang auf den Boden warf. Dann ging er in sein Zimmer.

Oz schüttelte den Kopf, ließ den Schulranzen aber da, wo er war. Dann ging er zu Riley. Er nahm ihr Gesicht in seine Hände. »Es tut mir leid, dass ich nicht so gut rieche«, sagte er.

Sie lachte leise. »Kein Problem.«

»Sag, hast du hier auch geduscht? Oder hast du gewartet, bis Logan in der Schule war, bevor du dich in deiner eigenen Wohnung fertig gemacht hast?«

Er sah, wie sie schwer schluckte und die Röte wieder in ihren Wangen aufstieg.

»Ich habe hier geduscht«, gab sie zu.

Der Gedanke daran, wie sie nackt in seiner Dusche stand, war sehr erotisch. »Sag mir, dass du nackt in meinem Bett lagst«, bat er.

Riley lachte. »Natürlich nicht. Was, wenn dein Neffe hereingekommen wäre?«

»Schade«, kommentierte Oz.

»Du bist verrückt«, sagte sie und schubste ihn leicht. »Geh duschen. Du riechst wirklich nicht nach Rosen.«

»Wenn ich dich also noch mal küssen will, dann würdest du mich nicht lassen?«, fragte er neckisch.

»Ich glaube, dein Neffe kommt gleich wieder ins Zimmer. Er ist bestimmt ungeduldig und will sofort in den Park, also solltest du dich beeilen.«

Oz mochte das. Er mochte, wie er und Riley sich gegenseitig auf den Arm nahmen. Es fühlte sich nicht so an, als würde sie jedes seiner Worte auf die Goldwaage legen. Er konnte einfach er selbst sein. »Vielleicht sollte ich dafür sorgen, dass du genauso riechst wie ich, dann hättest du kein Problem damit, dass ich so lange nicht geduscht habe.«

»Ich finde es gar nicht so schlimm«, sagte sie. »Es heißt nur, dass du deinen Teil dazu beigetragen hast, die Welt zu einem sichereren Ort zu machen. Ich bewundere, was du tust. Ich bin sehr stolz auf dich.«

Sie wusste zwar nicht, was genau er getan hatte und wo er gewesen war, aber sie war dennoch stolz auf ihn. Das machte Oz noch entschlossener, sie in seinem Leben zu behalten.

Er küsste sie kurz und stellte dabei sicher, dass er sie nicht mit seinen schmutzigen Klamotten berührte. Er sah in den Flur und konnte Logan dort nicht entdecken, also nahm er sich die Zeit, ihr Ohr kurz zu liebkosen und zu sagen: »Ich gehe jetzt duschen und werde mir dabei vorstellen, wie es wäre, wenn du bei mir wärst, nass und nackt. Dann werde ich mir einen runterholen, um die Erektion loszukriegen, die mich schon begleitet, seit ich dich wiedergesehen habe. Ich will dich, Riley. Aber nur, wenn du es auch willst. Ich will dich nicht drängen.«

Sie überraschte ihn, indem sie nach hinten wich, den Kopf in den Nacken legte, um ihn anzuschauen, und zu ihm sagte: »Ich will dich auch, Porter. Und das ist nur fair.«

Oz runzelte die Stirn. »Wie meinst du das?«

»Dass du dir in der Dusche einen runterholst. Das ist nur fair ... das gleiche Vergnügen habe ich mir in deinem Bett gegönnt.«

Oz verschluckte sich fast. Der Gedanke daran, wie sie in seinem Bett lag und sich selbst befriedigte, genügte, um nach ihrer Hand zu greifen. Er hatte noch keine zwei Schritte gemacht mit dem Ziel, sie mit in die Dusche zu zerren und ihr ganz genau zu zeigen, was er schon seit Wochen mit ihr anstellen wollte, als Logan im Flur erschien und ihnen den Weg versperrte.

»Ich habe meine Sachen gepackt«, erklärte er. Dann runzelte er die Stirn. »Du solltest unter der Dusche sein«, warf er Oz vor. »Wenn wir noch länger warten, ist es dunkel!«

Oz konnte hörten, wie Riley hinter ihm leise lachte, und ließ ihre Hand los. Er spürte, wie sie ihm auf den Arm klopfte. »Los jetzt, Superman, wir warten hier auf dich.«

»Später«, sagte er leise und mit heiserer Stimme zu ihr.

»Ich kann es kaum erwarten«, gab sie zu.

Obwohl er sie nicht stehen lassen wollte, ging er an Logan vorbei und fuhr ihm dabei spielerisch durch die Haare. »Ich beeile mich«, versprach er seinem ungeduldigen Neffen. »Warum hebst du nicht deinen Schulranzen auf und fängst schon mal mit den Hausaufgaben an, während du wartest? Dann musst du sie später nicht mehr machen.«

»Na gut«, sagte Logan in einem Ton, der sicherlich keine Begeisterung über seine Hausaufgaben vermuten ließ, aber auch, dass er seinem Onkel nicht widersprechen wollte.

Oz sah Riley an und fühlte, wie sein Schwanz sich weiter aufrichtete. Es war auf jeden Fall Zeit, unter die Dusche zu gehen. Aber er beruhigte sich mit dem Gedanken, dass er sie bald in seinem Bett haben würde – wenn er auch anwesend war. Er konnte es kaum erwarten.

KAPITEL ZWÖLF

Es war zwei Tage her, seit Porter von seinem Einsatz zurückgekehrt war. Riley konnte nicht glauben, wie offen sie am ersten Abend nach seiner Rückkehr mit ihm gesprochen hatte. Sie lief noch immer rot an, wenn sie daran dachte, wie sie ihm erzählt hatte, dass sie sich in seinem Bett befriedigt hatte.

Aber sie fühlte sich in seiner Gegenwart wohl. Und sie war nicht schüchtern. Leider hatten sie seit ihrem Kuss gleich nach seiner Rückkehr keine Zeit mehr gefunden, sich näher zu kommen. Nach dem Abendessen an diesem Tag hatte Oz Logan gefragt, warum er nicht bei Gillian hatte bleiben wollen, und Riley wusste, dass die beiden Männer ein paar Dinge unter vier Augen zu besprechen hatten.

Obwohl sie beide protestierten und sie zum Bleiben überreden wollten, war sie nach Hause gegangen. Sie wollte nicht länger bleiben, als sie willkommen war. Also wünschte sie Logan eine gute Nacht und Porter war mit ihr zu ihrer Wohnung gegangen, wie er es immer tat. Er hatte ihre Einladung, mit hineinzukommen, abgelehnt, indem er sagte, dass er sicherlich einige Zeit bleiben würde, wenn er sie jetzt mit nach drinnen begleitete. Stattdessen küsste er sie fast schon verzweifelt im Türrahmen und verließ sie nur nach einem letzten, langen, lustvollen Blick zurück, der einiges für die Zukunft versprach.

Porter hatte den gesamten nächsten Tag in Besprechungen verbracht und ihr gesagt, dass er erst spät nach Hause kommen würde. Er hatte ein schlechtes Gewissen gehabt, als er sie darum bat, dafür zu sorgen, dass Logan etwas zum Abendessen bekam, aber sie hatte versucht, ihm zu versichern, dass das kein Problem war. Sie verbrachte gern Zeit mit seinem Neffen.

Aber dennoch freute Riley sich darauf, Porter wiederzusehen. Sie wollte ihn. Genauso sehr, wie er sie wollte. Riley hatte keine Ahnung, wie sie es schaffen würden, aber vielleicht konnten sie, anstatt zurück in ihre Wohnung zu gehen, warten, bis Logan schlief. Dann konnte sie endlich die Erfahrung machen, zur gleichen Zeit wie Porter in seinem Bett zu liegen.

Sie hätte ein schlechtes Gewissen haben müssen, weil sie mit Porter Sex haben wollte, während Logan in der Wohnung war, aber der Junge hatte ihr gesagt, dass es ihm nichts ausmachte, wenn sie mit seinem Onkel ausging. Dass er es sogar mögen würde. Es war etwas seltsam gewesen, dass er das Thema angesprochen hatte, aber sie konnte nicht abstreiten, dass sie dafür dankbar war.

Und nun warteten sie und Logan beide darauf, dass Porter nach Hause kam. Riley wartete auf ihn, weil sie ihm an die Wäsche wollte, Logan wartete auf ihn, weil er gern Zeit mit seinem Onkel verbrachte, auch wenn er das nicht laut zugegeben hätte.

Sie sahen sich zusammen *Glücksrad* an, als sie plötzlich Lärm im Flur hörten.

»Mach die Tür auf, du Schlampe!«

Riley spannte sich an, als sie die Stimme erkannte. Miles.

»Ich schwöre, wenn du die Tür nicht aufmachst, dann trete ich sie ein, Riley! Du hast meine SMS und Anrufe lange genug ignoriert. Dieser Scheiß hört jetzt auf!«

Der Ton seiner SMS und Nachrichten war in den letzten Tagen immer aggressiver geworden.

»Lass mich rein, ich werde mein Spiel schon finden. Du bekommst nicht einmal die einfachsten Sachen gebacken, du dumme Kuh!«

Riley schüttelte frustriert den Kopf. Sie hatte sein dämliches Computerspiel nicht. Sie hatte die ganze Wohnung auf den Kopf gestellt und sein Spiel nirgends gefunden. Aber er glaubte ihr nicht. Sie hatte gehofft, dass es ihm irgendwann zu blöd wurde, sie zu belästigen, und dass er aufgeben würde. Aber sie hatte falschgelegen.

Logan stieß ein leises Geräusch aus und Rileys Schuldgefühle wuchsen ins Unendliche, als sie bemerkte, wie viel Angst er hatte. Dann stand der kleine Junge auf und streckte die Hand nach ihr aus. Er zog sie auf die Füße und führte sie um das Sofa herum. Er zeigte auf den Spalt zwischen Sofa und Wand. »Du zuerst!«

Riley runzelte die Stirn. »Wie meinst du das?«

»Versteck dich da. Ich habe das schon versucht. Wenn du dich seitlich hinlegst, passt du da rein. Du bist klein.«

Riley wollte weinen. Er hatte das schon ausprobiert.

Sie öffnete den Mund, um ihm zu sagen, dass es nicht nötig war, sich zu verstecken. In Porters Wohnung waren sie sicher, denn Miles wusste nicht, dass sie hier waren. Und dann begann ihr Handy zu klingeln. Es lag auf dem Wohnzimmertisch und vibrierte laut, bevor es begann, den altmodischen Klingelton in voller Lautstärke abzuspielen, den sie einprogrammiert hatte.

»Ich wusste es!«, schrie Miles aus dem Flur. »Ich wusste,

dass du deinen Nachbarn vögelst! Du Hure!«

Sekunden später begann er, an Porters Tür zu klopfen. »Mach auf, Schlampe! Ich weiß, dass du da drin bist! Ich kann dein Handy hören!«

»Riley!«, rief Logan leise, aber mit Nachdruck.

Ohne darüber nachzudenken, begann sie, sich zu bewegen. Sie glaubte nicht, dass Miles es in die Wohnung schaffen würde, aber was würde passieren, wenn doch? Eigentlich sollte sie Logan sagen, dass er sich verstecken muss, während sie ihrem Ex gegenübertrat, aber Miles wirkte betrunken. Sie hatte keine Ahnung, was er ihr antun würde, wenn sie die Tür öffnete oder wenn er es anders in die Wohnung schaffte. Also schien sich zu verstecken das einzig Richtige zu sein, was sie tun konnte.

Sie legte sich auf den Boden und drehte sich auf die Seite, um dann in die Lücke hineinzukriechen. Sie war zwar klein, aber es war nicht einfach, sich in den kleinen Raum hineinzuwinden. Das Sofa bewegte sich ein kleines Stück weiter von der Wand weg, aber Riley hoffte, dass es nicht weit genug war, um Miles aufzufallen, sollte er es in die Wohnung schaffen.

Riley kroch ganz in den Spalt hinein, damit Logan Platz hatte, sich ebenfalls hinter dem Sofa zu verstecken. Ihr Atem klang laut in ihren eigenen Ohren vor lauter Angst.

Miles hatte nicht aufgehört, gegen die Tür zu schlagen. Auch ihr Handy klingelte weiterhin. Es klingelte fünfmal, bevor der Anruf auf die Mailbox umgeleitet wurde. Jedes Mal schien Miles aufzulegen und erneut anzurufen. Wieder und wieder klingelte ihr Handy, während er auf die Tür einschlug.

Sie konnte nicht verstehen, was an diesem Computerspiel so wichtig war. Er mochte seine Spiele, aber dieses Verhalten war einfach übertrieben.

Miles beschimpfte sie so schlimm, dass Riley sich mit

jeder Sekunde schlechter fühlte, da Logan jedes Wort mitbekam. Während sie miteinander ausgingen, hätte sie niemals gedacht, dass Miles zu einem solchen Verhalten fähig war – außer vielleicht an diesem letzten Abend, als sie ihn verlassen hatte. Er hatte sie zwar immer wieder beschimpft, war dabei aber niemals körperlich aggressiv geworden.

Nun spuckte er nur noch wilde Beschimpfungen aus. Dann begann er, Porter zu beleidigen, nannte ihn einen dummen Muskelprotz, einen Neandertaler, einen Oger. Er warf ihr vor, mit Porter geschlafen zu haben, während sie miteinander ausgegangen waren, und sagte, dass sie es bereuen würde, ihn betrogen zu haben.

Nichts von dem, was er sagte, machte Sinn, aber es war klar, dass Miles nicht mehr Herr seiner Sinne war. Riley wusste nicht, ob er betrunken oder high war; auch wenn er damals kein Engel gewesen war, so war dieses Verhalten für ihn sehr ungewöhnlich.

Die Tür klang so, als würde sie in ihren Scharnieren wackeln. Sie konnte aus ihrem Versteck hinter dem Sofa die Tür nicht einsehen, aber sie nahm an, dass sie es mitbekommen würde, sollte die Tür nachgeben.

Sie schloss die Augen und zuckte jedes Mal zusammen, wenn seine Faust die Tür traf. Jede Sekunde würde er die Tür einschlagen und in die Wohnung kommen … und Riley hatte keine Ahnung, was er tun würde, wenn er sie fand.

Riley zitterte nun. Ihre Angst hielt sie fest im Griff. Sie fühlte, wie Logan ihren Knöchel umklammert hielt, und konzentrierte sich auf dieses Gefühl. Sie musste sich zusammenreißen. Für ihn. Falls Miles es in die Wohnung schaffte, würde sie nicht zulassen, dass er den Jungen auch nur böse anschaute. Nicht in ihrer Gegenwart.

Und so plötzlich, wie der Lärm begonnen hatte, endete er auch.

Riley konnte noch immer Schreie im Flur hören, aber nun klangen sie leiser und von weiter weg. Und Miles schlug zum Glück nicht mehr auf die Tür ein.

Bevor sie hinter dem Sofa hervorkriechen konnte, um herauszufinden, was passiert war, flog die Tür zur Wohnung auf und schlug mit einem Knall gegen die Wand. Sie konnte hören, wie jemand ins Wohnzimmer stürmte. Zum Glück lief derjenige einfach weiter. Sie hörte, wie er den Flur hinunterging und zu den Schlafzimmern.

Sekunden später war er zurück und sie hörte, wie er sagte: »Verdammt.«

Porter.

Er war zurück.

Riley kroch nach vorn, sodass ihr Kopf hinter dem Sofa hervorlugte. Sie sah, dass Porter im Eingang zum Flur stand. Er fuhr sich mit der Hand durch die Haare und starrte auf das Handy, das auf dem Küchentisch lag.

»Porter?«, flüsterte sie und kroch hinter dem Sofa hervor.

Er drehte den Kopf zu ihr und bewegte sich, sobald er sie erkannt hatte.

»Riley!«, rief er. Er hatte seine Hände auf ihre Oberarme gelegt und ihr geholfen, sich aufzurichten, bevor sie überhaupt bemerkte, dass er sich zu ihr bewegt hatte. »Wo ist Logan?«

»Ich bin hier«, sagte Logan und kroch rückwärts hinter dem Sofa hervor.

Porter ließ seine Hand an ihrem Oberarm liegen und zog sie mit sich, während er um das Sofa herum zu seinem Neffen ging. Er ging auf die Knie und zog Riley mit sich zu Boden. Dann schlang er einen Arm um den Jungen und den anderen um Riley. Er vergrub seinen Kopf an Logans Schulter und zitterte.

»Porter? Uns geht es gut«, sagte Riley in ihrem Versuch,

ihn zu beruhigen. Als sie ihn sah, wusste sie, dass sie beide in Sicherheit waren, da er sie vor Miles beschützen würde.

»Gib mir eine Sekunde«, murmelte er an Logans T-Shirt.

»Logan hatte eine tolle Idee«, sagte Riley zu ihm. »Er hat einen Ort zum Verstecken gefunden, nur für den Fall, dass Miles in die Wohnung eindringt. Apropos ... wo ist er denn?«

Sie konnte fühlen, wie Porter einmal tief durchatmete, dann hob er den Kopf und sah sie an. »Einer der Nachbarn hat die Polizei gerufen. Die Beamten sind zur gleichen Zeit wie ich eingetroffen. Sie haben ihn die Treppe hinuntergezogen und hoffentlich mit auf die Wache genommen, dann kam ich an, um nach euch zu sehen. Geht es euch gut?«

Logan nickte.

Porter legte seine große Hand um Logans Nacken und ließ seine Stirn für einen Moment gegen seine sinken. Dann nickte er und stand langsam auf, während er Riley ebenfalls auf die Füße half.

»Riley, es wirkt fast, als hätte es nicht geholfen, deinen Ex zu ignorieren.«

Sie konnte sich nicht helfen. Sie lachte leise. Sie konnte nicht glauben, dass sie in dieser ernsten Situation einen Funken Humor finden konnte, aber Porters Worte waren die Untertreibung des Jahres. Aber dann wurde sie wieder ernst. »Ich muss mit ihm reden.«

»Nein!«, warf Porter ein. »Auf keinen Fall. Ich will nicht, dass du auch nur in die Nähe dieses Arschlochs gehst.«

Riley hob die Augenbrauen und zeigte auf Logan, bevor sie sagte: »Achte auf deine Wortwahl.«

»Das ist okay«, sagte Logan, der zwischen ihnen stand. »Ich habe schon viel schlimmere Dinge gehört. Der Typ an der Tür kannte eine ganze Menge von ihnen. Bei einigen bin ich mir nicht sicher, was sie bedeuten, aber sie waren bestimmt keine Komplimente.«

Riley senkte den Kopf und seufzte. Das war noch etwas, das sie bedauerte.

Dann fühlte sie Porters Hand an ihrer Wange. »Schau mich an, Ri«, befahl er.

Sie öffnete die Augen und ihr Blick traf den von Porter. Das Grau seiner Augen war nicht mehr so stürmisch wie noch vor ein paar Minuten. »Ich will dich nicht in der Nähe dieses Typen haben.«

»Ich verstehe, aber vielleicht kann ich ihn überzeugen, dass ich nichts mehr von ihm habe«, sagte sie zu ihm.

Porter presste die Lippen aufeinander. »Er wird glauben, was er will. Dich zu sehen, vor allem jetzt, ist keine gute Idee. Aber du musst bei der Polizei aussagen.«

»Okay«, stimmte sie zu.

Porter sah zu Logan hinunter. »Mein Großer?«

»Ja?«, sagte Logan.

»Gute Arbeit, du hast dich und Riley in Sicherheit gebracht. Ich bin durch den Raum gegangen und bin nicht einmal auf den Gedanken gekommen, hinter dem Sofa nach euch zu suchen.«

Logan sah nicht stolz, sondern eher verärgert aus, als er nickte.

Riley wollte gern erfahren, woran das lag, aber in diesem Moment räusperte sich jemand im Flur.

Porter bewegte sich schneller, als sie es jemals zuvor gesehen hatte. Er blockierte sie und Logan mit seinem Körper und stellte sich zwischen die beiden und die Person in der Tür. Aber es war nur ein Polizist, nicht etwa Miles oder eine andere Bedrohung.

»Sieht so aus, als hätten Sie sie gefunden«, sagte der Polizist zu Porter.

»Ja, es geht ihnen gut«, entgegnete Porter.

»Wir werden Ihre Aussage brauchen.«

Riley nickte und nahm einen tiefen Atemzug. Sie

versuchte, an Porter vorbeizugehen, aber er hielt sie davon ab, indem er ihr den Arm um die Hüfte legte. Er sah sie an und sagte: »Falls du mehr Zeit brauchst, bis du bereit bist, ist das okay.«

»Nein, es ist schon in Ordnung. Ich will es nur hinter mich bringen, sodass wir uns von dem Schock erholen können. Ich habe mich auf heute Abend gefreut.«

»Ich mich auch«, flüsterte Porter. Dann küsste er sie auf die Stirn und nickte dem Polizisten zu.

Die nächsten zwei Stunden verbrachte sie damit, zwei Polizisten zu erzählen, was vorgefallen war – inklusive ihrer Vorgeschichte mit Miles. Sie fragten, ob sie in ihrer Wohnung nach dem Spiel suchen durften, von dem Miles behauptete, dass sie es noch immer hatte, und sie stimmte zu. Sie hatte nichts zu verbergen, vor allem nicht sein Spiel. Sie erklärte den Polizisten, dass sie bereit wäre, Miles fünfzig Dollar zu geben, damit er das Spiel neu kaufen konnte, aber Porter fuhr dazwischen und bestimmte, dass sie ihrem Ex nicht mal einen Cent geben sollte.

Als Porter die Tür hinter dem letzten Polizisten schloss, konnte sie die Augen kaum noch offen halten.

»Komm«, sagte Porter zu ihr.

Sie folgte ihm ohne Widerworte in sein Schlafzimmer, dann ins Badezimmer. Er drehte das Wasser für die Badewanne auf und steckte den Stöpsel in den Abfluss, als das Wasser warm wurde. Dann gab er eine großzügige Menge Badeschaum ins Wasser, bevor er sich zu ihr umdrehte.

»Ich weiß, dass es kein teurer Whirlpool ist, aber für ein schönes, langes Bad ist es trotzdem genug. Und das brauchst du jetzt.«

Ihre Augen wurden feucht. Sie konnte sich nicht erinnern, jemals so verwöhnt worden zu sein.

Er nahm ihr Gesicht in seine Hände und sah ihr in die Augen. »Ich hatte solche Angst, als ich dich nicht finden konnte. Ich glaube, ich bin in diesen wenigen Sekunden um zehn Jahre gealtert.«

»Ich auch«, gab sie zu.

»Entspann dich. Ich werde eine Weile bei Logan bleiben und sichergehen, dass es ihm gut geht.«

»Er hat mir gesagt, dass er das Versteck schon vorher gefunden hat. Wahrscheinlich hat er sogar ausprobiert, ob er hineinpasst«, erzählte Riley Porter.

Er runzelte die Stirn. »Ich werde mit ihm reden. Willst du heute Nacht hierbleiben? Keine Angst, ich werde nichts versuchen – ich will dich einfach nur neben mir spüren. Nur so kann ich sicher sein, dass es dir wirklich gut geht.«

»Das wäre schön«, sagte sie. Und das war es. Sie könnte auch in ihrer eigenen Wohnung ein Bad nehmen, aber sie mochte es, hier bei Logan und Porter zu sein. Und der Gedanke daran, in Porters Bett zu schlafen, war verlockend.

Porter lehnte sich zu ihr nach unten und sie stellte sich auf die Zehenspitzen. Der Kuss, den sie teilten, war intim und sanft, nicht leidenschaftlich und explosiv. Porter schien ganz genau zu wissen, was sie in diesem Moment brauchte. Sie hasste es, dass sie die Gefahr in sein Heim gebracht hatte und dass Logan ihretwegen hätte verletzt werden können. Die Polizisten hatten ihr gesagt, dass Miles nun eingesehen hatte, dass sich das Spiel nicht mehr in ihrer Wohnung befand, aber sie wusste nicht, ob die Sache damit beendet war. Er war sehr aggressiv gewesen und hatte ihr große Angst eingejagt.

Sie schob den Gedanken beiseite und konzentrierte sich auf die Gegenwart, nämlich Porters Lippen auf ihren. Er zog sich zurück und strich ihr mit der Hand durch die Haare. »Ich lege dir eins von meinen T-Shirts aufs Bett. Ich bin mir sicher, es ist so lang, dass es dir bis zu den Knien reicht. Aber wenn du etwas aus deiner Wohnung brauchst, sag einfach Bescheid, dann gehe ich schnell rüber und hole es.«

Er war so fürsorglich ihr gegenüber. »Dein T-Shirt ist in Ordnung«, sagte Riley. Sie hatte das Gefühl, dass sie das T-Shirt nicht zurückgeben würde, sobald sie es einmal hätte. Selbst wenn nie mehr zwischen ihnen passieren sollte, was sie in diesem Moment aber bezweifelte, wollte sie sich an diesen Moment erinnern. Wie geschätzt sie sich fühlte. Gewollt und umsorgt.

»Nimm dir Zeit mit dem Bad«, befahl er, bevor er einen Schritt zurück machte. Er schloss die Badezimmertür hinter sich und sie schloss die Augen und seufzte, während sie sich an das Waschbecken hinter sich lehnte.

Es war ein schwieriger Abend gewesen. Beängstigend. Sie wollte mit Porter in einem Bett schlafen, auch wenn sie in dieser Nacht nicht weiter gehen wollte. Aber der Gedanke daran, neben ihm zu liegen und mit ihm zu kuscheln, bis sie in seinen Armen einschlief, war wunderschön.

Riley wusste nicht, wie lange sie in der Badewanne gelegen hatte, aber sie fühlte sich viel besser, als sie wieder hinauskletterte. Und nun roch sie genauso wie Porter. Sie öffnete die Badezimmertür einen kleinen Spalt, da sie nur ein Handtuch um sich gewickelt hatte, und sah, dass der Raum leer war. Sie schnappte sich das T-Shirt, das Porter für sie aufs Bett gelegt hatte, und eilte zurück ins Badezimmer.

Sie war mehr als bereit, mit Porter zu schlafen, aber ihm einfach so ihren nackten Körper zu zeigen, das ging ihr noch einen Schritt zu weit.

Sie zog sich das T-Shirt an und stellte fest, dass es ihr tatsächlich bis zu den Knien reichte. Sie putzte sich die Zähne und bürstete sich die Haare, dann ging sie zur Tür. Sie wollte sich hinlegen, aber zuerst wollte sie Porter sagen, dass das Badezimmer frei war und sie sich angezogen hatte.

Sie ging in Richtung Wohnzimmer, hielt aber an, als sie im Vorbeigehen einen Blick in Logans Zimmer warf.

Porter saß auf dem Boden und sah Logan an, der tief und fest schlafend im Bett lag.

»Porter?«, flüsterte sie.

Er sah hoch und stand sofort auf. Die Emotionen in seinen Augen waren unübersehbar, als er sie von oben bis unten musterte.

»Geht es ihm gut?«

Porter nickte, verließ den Raum und schloss dabei die Tür bis auf einen Spalt. Er legte ihr die Hand auf den Rücken und geleitete sie zurück in sein Schlafzimmer.

Als die dort angekommen waren, schloss er auch diese Tür bis auf einen Spalt und sprach dann. »Es war nur ... als er endlich eingeschlafen war, konnte ich ihn nicht allein lassen. Ich liebe das Kind so sehr, ich kann mir einfach nicht verzeihen, dass ich so viele Jahre mit ihm verpasst habe. Er hat mir heute Abend erzählt, dass er seine Schule hasst. In seiner Klasse gibt es einige Kinder, die die anderen mobben. Nicht nur ihn, sondern viele andere auch. Ich freue mich, dass er endlich darüber spricht, aber es ist schlimm, dass ich ihm nicht wirklich helfen kann.«

»Ich glaube, du hast heute bewiesen, dass er sich auf dich verlassen kann und du für ihn da bist, wenn er Hilfe braucht«, sagte Riley.

»Ja, das kann sein. Aber ich glaube, dass er mir noch immer etwas verheimlicht.«

»Porter, er wird dir nicht jede Kleinigkeit erzählen, die ihn stört. Du solltest ihm einfach mehr Zeit geben«, sagte Riley sanft.

»Ich weiß, aber es macht mich fertig, dass er etwas vor mir verheimlicht.«

Riley wurde klar, dass sie nicht die Einzige war, die an diesem Abend etwas Fürsorge brauchte. Porter war gerade erst von seinem Einsatz zurückgekommen, der sicher nicht leicht gewesen war, und nun musste er sich um den Jungen kümmern. Sie hatte ihm heute Angst eingejagt und nun musste er sie um sich haben, genauso, wie sie ihn brauchte.

»Zieh dich um«, sagte sie. »Und komm ins Bett.«

Er lächelte müde. »In jeder anderen Nacht hätten diese Worte sofort dazu geführt, dass ich eine Erektion bekomme.«

»Also ist es doch gut, dass wir schon beschlossen haben, dass wir das auf ein anderes Mal verschieben, oder?«, entgegnete Riley.

»Ich bin froh, dass du da bist. Und dass es dir gut geht«, sagte Porter zu ihr.

»Ich auch. Und nun geh. Ich mache das Licht aus.«

Er nickte, dann drehte er sich um und ging ins Badezimmer.

Riley schaltete das Deckenlicht aus und kroch unter die Decke. Porter brauchte nicht lange, um sich fertig zu machen und zu ihr zu gesellen. Sie konnte seine breiten Schultern und seine langen, muskulösen Beine erkennen, bevor er die Decke anhob.

Dann lag sie in seinen Armen. Seine Haut war warm und weich und obwohl sie sich seltsam fühlen sollte, so hier mit ihm zu liegen, fühlte sich alles einfach richtig an. Das T-Shirt, das sie trug, rutschte nach oben, als sie sich zu ihm umdrehte und ihr Bein gegen seinen Unterschenkel drückte.

Er seufzte schwer und Riley konnte fühlen, wie die Anspannung von ihm abfiel. Das war es, was sie jetzt brauchte. Was sie beide brauchten. Sie fühlte sich nicht seltsam, machte sich keine Sorgen darüber, was sie tun und wie sie ihn berühren sollte. Sie waren einfach zwei Erwachsene, die sich aneinander erfreuten.

»Du riechst genauso wie ich«, murmelte er.

»Ich weiß.«

»Ich ziehe es vor, wenn du nach dir riechst«, sagte er zu ihr.

Riley lächelte. »Das werde ich mir merken.«

Eine Minute lang waren sie beide still. Dann sagte Porter: »Das gefällt mir. Sehr sogar.«

»Mir auch.«

»Es tut mir leid, dass ich nicht früher nach Hause gekommen bin.«

»Mhm«, sagte sie. »Miles hätte dennoch getan, was er getan hat. Es ist vorbei. Mir geht es gut. Logan geht es gut. Dir geht es gut. Lass uns nicht länger darüber nachdenken.«

Sie fühlte Porters Lächeln an ihrem Kopf. »Okay, Ri.«

»Was ist der Plan für Morgen?«, fragte sie.

»Ich habe ein paar Besprechungen, um den Einsatz, von dem wir gerade zurückgekehrt sind, abzuschließen. Und dann muss ich Logans Schule kontaktieren. Wenn er dort unglücklich ist, muss ich sehen, was ich tun kann, um ihm zu helfen. Und ich habe keine Lust mehr, geduldig nachzufragen, bis das Jugendamt endlich herausfindet, was mit Logans Sachen passiert ist. Ich hasse es, aber Logan scheint nichts von früher zu vermissen, also werde ich die Sache ruhen lassen. Ich muss außerdem unseren Familienplan anpassen und dich als die Person eintragen, bei der Logan lebt, während ich auf einem Einsatz bin – vorausgesetzt, das ist für dich in Ordnung.«

»Ja, natürlich. Er ist ein einfaches Kind. Es ist kein Problem, die Zeit mit ihm hier zu verbringen, während du unterwegs bist.«

»Ich will nur nicht, dass du denkst, er ist der einzige Grund, warum ich dich mag. Ich würde dich auch wollen, selbst wenn er nicht hier wäre.«

»Ich weiß. Es ist seltsam, dass ich vor nicht allzu langer Zeit beschlossen habe, die Finger von der Männerwelt zu lassen. Dann habe ich dich und Logan getroffen. Und nun kann ich mir nicht vorstellen, wie es wäre, euch nicht jeden Tag zu sehen.«

»Geht es dir alles zu schnell?«, fragte er.

»Nein.« Das tat es tatsächlich nicht. Porter war das genaue Gegenteil der Männer, mit denen sie bisher ausgegangen war. Es wäre dämlich, die Sache noch langsamer anzugehen, da sie zum ersten Mal im Leben wirklich glücklich war.

»Wie läuft es in deinem Job? Hast du noch genügend Zeit für deine Arbeit?«

»Ja, mir bleibt genügend Zeit«, antwortete Riley und freute sich, dass er gefragt hatte. »Ich habe meine Stundenanzahl nicht verändert, ich arbeite inzwischen nur zu anderen Zeiten. Es ist schön, den Laptop und die Kopfhörer zur Seite zu legen und den Nachmittag mit Logan und dir zu verbringen.«

»Gut. Ich will nicht, dass du unseretwegen Einbußen bei deinen Einkünften hast.«

Das war ein weiterer Grund, warum sie sich so schnell in diesen Mann verguckt hatte.

Sie waren für einen Moment still und Riley genoss das Gefühl seiner Finger an ihrem Rücken. Er streichelte sie abwesend, während er sie umarmte. Irgendwann entspannte er sich neben ihr vollkommen und Riley wusste, dass er nun eingeschlafen war.

Sie lächelte, als sie seine tiefen Atemzüge hörte – er schnarchte nicht, aber er atmete nicht gerade leise –, und schloss selbst die Augen. Sie nahm an, dass andere ein Problem damit hätten, dass er nicht ganz geräuschlos atmete, aber Riley fühlte sich dadurch weniger allein. Wie Logan auch mochte sie es, zu wissen, dass jemand bei ihr war – nur für den Fall der Fälle.

KAPITEL DREIZEHN

Oz brauchte ein paar Sekunden, um sich daran zu erinnern, wo er war und wer neben ihm lag. Aber als die Erinnerung zurückkam, musste er lächeln. Gestern war ein schwieriger Tag gewesen. Er war nicht da gewesen, als Riley und Logan ihn gebraucht hätten, aber Logan hatte die Nerven behalten und sich und Riley in Sicherheit gebracht.

Oz war erschöpft gewesen, als Logan endlich einschlief. Nach der aufwühlenden Situation hatte Logan ihm am Abend gestanden, dass er sich in seiner Schule nicht wohlfühlte. Das hatte Oz den Rest gegeben.

Mit Riley in seinen Armen einzuschlafen war genau das, was er gebraucht hatte. Die letzte Nacht hatte sich nicht seltsam angefühlt, auch wenn es das erste Mal gewesen war, dass sie ein Bett teilten. Er war zu müde gewesen, um viel zu versuchen, obwohl er kurz darüber nachdachte, ihr das T-Shirt auszuziehen, aber ihre ruhige Stimme hatte ihn schnell in den Schlaf gewogen.

Er hatte einen weiteren langen Tag vor sich. Er und der Rest der Einheit mussten den Bericht über ihren Einsatz in Somalia fertigstellen und aus irgendeinem Grund irritierten

ihn die Nachbesprechungen dieses Einsatzes ganz besonders, obwohl er normalerweise keine Probleme mit Besprechungen hatte. Oz wusste, woran das lag. Er wäre lieber zu
Hause bei Riley und Logan geblieben.

Er hatte Brain gefragt, ob diese Ungeduld auf der Arbeit
jemals wieder verschwand, aber sein Kamerad hatte nur
gelächelt und den Kopf geschüttelt. »Du wirst lernen, damit
umzugehen. Aber es ist immer besser, wenn deine Partnerin
Verständnis dafür hat, wie viel Zeit dein Job in Anspruch
nimmt.«

Und Riley hatte Verständnis. Sie hatte ihm mehrmals
versichert, dass es kein Problem war, und hatte dafür
gesorgt, dass weder er noch Logan sich wie ein Klotz am
Bein fühlten. Oz war klar, dass er Riley seine Dankbarkeit
noch mehr zeigen sollte, wusste aber nicht genau, wie er das
bewerkstelligen konnte.

Sie war gut darin, Logan und ihn mit kleinen Gesten
daran zu erinnern, wie oft sie an sie dachte. Sie hatte ihnen
beiden vorgeformte Tabletts gekauft, um sicherzustellen,
dass die einzelnen Komponenten ihres Essens sich nicht
mehr auf dem Teller berührten. Das war ein praktisches,
aber auch sehr nettes Geschenk. Es hatte sich etwas seltsam
angefühlt, von dem Tablett zu essen, aber er hatte Rileys
Lächeln geliebt, als sie sah, dass sie die Tabletts wirklich
benutzten.

Die Beziehung zwischen Riley und ihm war schnell
vorangeschritten, aber tief im Herzen wusste er, dass Riley
die Eine für ihn war. Es half, dass seine Kameraden ihn von
ganzem Herzen unterstützten. Niemand hinterfragte ihn.
Niemand sagte ihm, er solle die Dinge langsam angehen.
Trigger, Lefty und Brain hatten das schon selbst erlebt. Und
Oz wollte sicherstellen, dass kein Terrorist, kein Ex-Freund
und kein Attentäter seiner Partnerin wehtat.

Bei dem Gedanken an ihren Ex-Freund spannte Oz sich

an. Miles war nicht nur ein Arschloch, sondern auch ein Idiot, weil er Riley hatte gehen lassen. Der Mann hatte keine Ahnung, wie großartig sie war. Aber Miles' Verlust war ein Gewinn für Oz. Und er würde alles in seiner Macht Stehende tun, um zu gewährleisten, dass der Mann seine Familie in Ruhe ließ.

Seine Familie ...

Es sollte ihm Angst einjagen, diese Worte überhaupt zu denken, aber stattdessen war er zufrieden. Sie waren der Grund, warum er tat, was er tat. Sodass seine Partnerin und sein Kind in einer Welt leben konnten, in der es ein paar böse Menschen weniger gab.

Riley drehte sich zu ihm und Oz sah sie an. Ihre Lippen waren leicht geöffnet und er konnte ihr glattes, samtiges Bein an seinem Schenkel fühlen. Es sah so aus, als hätten sie sich in der Nacht beide nicht viel bewegt. Er fühlte sich ausgeschlafen und je länger er neben ihr lag, desto mehr machte ihn ihre Nähe an.

Aber es war nicht so, als wollte er sofort mit ihr schlafen. Vielmehr erfreute er sich an der Intimität, nebeneinander aufzuwachen.

Eine Bewegung im Augenwinkel zog seine Aufmerksamkeit auf sich, und als er sich umsah, erkannte er, dass Logan in der Tür zum Schlafzimmer stand. »Guten Morgen, mein Großer«, sagte Logan. »Willst du dich dazulegen?«

Obwohl er leise sprach, fühlte er, wie Riley sich neben ihm bewegte.

»Aber ihr seid doch beide angezogen, oder?«, fragte Logan.

Riley hatte die Frage gehört, denn sie bewegte sich nervös. Ihr nacktes Bein an seinem machte aus seiner Antwort eine Lüge.

»Natürlich. Komm nachschauen.«

Logan kam ins Zimmer hinein und kletterte ins Bett. Er

legte sich an das Fußende des Bettes, stützte seinen Kopf in die Hände und beobachtete sie beide.

Oz setzte sich im Bett auf, behielt den Arm aber um Riley geschlungen, sodass sie sich mit ihm aufrichten musste. Die Bettdecke bedeckte ihre Beine und glücklicherweise hatte Logans Erscheinen Oz' kleiner Morgenlatte den Garaus gemacht.

»Hast du gut geschlafen?«, fragte Logan.

Der Junge nickte, aber es war klar, dass ihm etwas durch den Kopf ging.

»Im Moment ist alles ein bisschen durcheinander, aber ich habe dir gestern Abend versprochen, dass wir uns die anderen Schulen in der Umgebung anschauen und sehen, ob es dir anderswo besser gefällt. Ich weiß, dass du nicht auf die Schule auf dem Stützpunkt gehen wolltest, aber vielleicht gefällt es dir ja dort, wenn du ihr eine Chance gibst«, sagte Oz zu ihm.

Logan nickte erneut.

»Was geht dir durch den Kopf, mein Großer?«, fragte Oz.

»Ich denke nur … ist es okay, Geheimnisse zu haben? Ich meine, so richtig große Geheimnisse?«, fragte Logan.

Oz fühlte, wie Riley sich neben ihm anspannte, aber er tat sein Bestes, gelassen zu bleiben. Er war sich nicht sicher, wie er dieses Gespräch am besten handhaben sollte, aber er musste es versuchen. »Das ist eine schwierige Frage, vor allem, wenn man nicht weiß, was das Geheimnis ist. Aber ich denke, dass Geheimnisse immer größer werden, wenn man sie lange für sich behält. Ein Geheimnis mit jemandem zu teilen, dem man vertraut, kann helfen, dass sich das Geheimnis nicht mehr so groß anfühlt.«

Logan ließ seine Hand sinken und legte sich auf den Rücken, um an die Decke zu starren, während Oz weitersprach.

»Es ist so, manche Geheimnisse sind in Ordnung. Wie

das von Riley, als sie uns die coolen Tabletts gekauft hat und uns erst nichts davon verraten hat. Ich wusste, dass sie ein Geheimnis hat. Und das war spaßig und witzig, als ich unsere Überraschung endlich sah«, sagte Oz. »Aber andere Geheimnisse können wehtun. Entweder der Person, die das Geheimnis ganz allein mit sich herumtragen muss, oder der Person, um die es bei dem Geheimnis geht. Das sind keine guten Geheimnisse.«

Logan nickte und sagte: »Aber es ist schwer herauszufinden, wem man vertrauen kann.«

Oz hasste die Unsicherheit in der Stimme seines Neffen. Er wollte dem Jungen sagen, dass er ihm vertrauen konnte, egal worum es ging – und ihn dann dazu kriegen, ihm sein Geheimnis zu verraten. Aber er überdachte seine Antwort für einen Moment.

Riley war schneller als er.

»Als ich in deinem Alter war, wusste niemand, was mit meinen Eltern los war. Ich war das neue Kind in der Schule, weil ich die Schule wechseln musste, als ich in die Pflegefamilie kam, und ich hatte keine guten Freundinnen, denen ich vertrauen konnte. Eines Tages bat eine Lehrerin mich, in der großen Pause im Klassenzimmer zu bleiben. Ich hatte richtig Angst, weil ich dachte, dass ich etwas falsch gemacht hatte. Aber sie legte mir den Arm um die Schultern und sagte zu mir, sie hätte bemerkt, dass ich Probleme mit den Schulaufgaben habe. Dann fragte sie mich, ob etwas nicht stimmte. Ob zu Hause alles in Ordnung sei. Ich weinte und erzählte ihr, dass ich bei Fremden lebte und darauf wartete, dass meine Eltern mich abholten, sobald sie durften. Und weißt du, was passiert ist?«

Logan sah sie an. »Was denn?«

»Meine Lehrerin hat mir mehr Zeit gegeben, um die Aufgaben zu machen. Sie hatte nicht gewusst, wie aufgewühlt ich gewesen war, aber nachdem ich es ihr erzählt hatte, konnte sie mir mehr Zeit geben. Jeden Tag fragte sie mich, wie es mir ginge und ob ich etwas bräuchte. Ihre Zuneigung half mir. Und zwar sehr. Es war schwer, ihr mein Geheimnis zu verraten, aber als ich es endlich getan hatte, fühlte ich mich viel besser. Ich habe meinen Mitschülern nichts erzählt, aber es hat schon geholfen, dass eine andere Person Bescheid wusste und mir mehr Zeit für meine Arbeit gab.«

Logan nickte und drehte den Kopf, um wieder an die Decke zu sehen.

Oz wollte ihn am liebsten anbetteln, ihnen zu erzählen, was er für ein so großes Geheimnis hielt, aber er wollte gleichzeitig, dass Logan diese Information freiwillig preisgab. Dass er ihnen genug vertraute, um ihnen zu sagen, was ihn bedrückte. Er sah Riley und wusste, dass sie seine Sorgen teilte, aber dass sie Logan Zeit geben wollte, um über ihre Geschichte nachzudenken.

Er drückte ihre Schulter und fühlte, wie sie ihre Fingerspitzen als Antwort an seine Brust presste. Er liebte es, wie sie sich ohne Worte verständigen konnten.

»Ich habe nachgedacht ... Killeen hat einen Baseballverein für Jugendliche. Hättest du Interesse, da mal hinzugehen?«, fragte Oz Logan.

Sein Neffe setzte sich im Bett auf. »Wirklich? Also, nicht nur zum Zuschauen, auch zum Spielen?«

»Ja, allerdings. Natürlich darfst du dann auch spielen.«

»Aber ist das nicht teuer?«

»Ich habe keine Ahnung, wie viel das kostet, aber ich habe das Gefühl, dass du richtig gut sein wirst, mein Großer. Du hast einen guten Arm zum Werfen und du triffst alle Bälle, die ich dir zuwerfe, ohne Probleme. Wenn du spielen willst, dann werde ich einen Weg finden, das möglich zu machen.«

Logan bekam große Augen und er nickte langsam, fast

so, als hätte er Angst, zu große Freude zu zeigen, weil sein Traum ihm dann wieder entrissen werden könnte.

»Sehr gut. Ich erkundige mich mal, ob es ein Team gibt, zu dem du dazustoßen könntest, und wann es sich trifft. Falls das möglich ist, sorge ich dafür, dass du schnell anfangen darfst«, sagte Oz.

Logan lächelte ihn an. Es war ein großes, selbstvergessenes Lächeln, das Oz so noch nie auf seinem Gesicht gesehen hatte. »Großartig!«, rief der Junge, dann hüpfte er vom Bett und stürmte in Richtung Tür.

»Wohin gehst du?«, fragte Oz.

»Ich muss mir meine Baseballsachen genau anschauen. Die müssen blitzblank sauber sein, damit ich beim ersten Training gut aussehe!«, rief Logan, ohne einen weiteren Blick an ihn zu verschwenden. Er verschwand im Flur, bevor Oz antworten konnte.

»Ich glaube, er freut sich«, sagte Riley trocken.

»Sicher?«, fragte Oz zurück. Dann bewegte er sich plötzlich schnell, sodass er über Riley lehnte, die nun flach auf dem Rücken lag und ihn überrascht anblinzelte. »Du bist wunderschön.«

Es überrasche ihn nicht, dass sie daraufhin rot anlief. »Ja, sicher. Ich bin gerade aufgewacht und meine Haare stehen in alle Richtungen.«

»Das tun sie«, stimmte Oz ihr zu, während sie die Nase rümpfte. »Aber es sieht so aus, weil du in meinen Armen geschlafen hast. In meinem Bett. Die ganze Nacht. Und deshalb ist es das Schönste, das ich jemals gesehen habe.«

»Porter«, flüsterte sie.

»Die letzte Nacht hat mir viel bedeutet«, sagte er zu ihr. »Ich habe das gebraucht. Diese Verbindung zu einem anderen Menschen. Zu dir. Und das hat mir noch einmal klar gemacht, dass ich das hier«, er gestikulierte zwischen ihnen beiden hin und her, »wirklich will. Wir beide. Als

Paar. Im Bett. Zusammen herauszufinden, wie wir aus Logan einen ganz normalen, glücklichen Jungen machen können. Daran zu denken, was ich alles falsch machen kann, macht mir große Angst. Zusammen sind wir aber ein ziemlich gutes Team. Willst du das auch? Ich will, dass wir zusammengehören. Aber ich muss wissen, dass ein Kind dir nicht zu viel Angst macht.«

»Es macht mir keine Angst,« sagte Riley sofort. »Ich wollte schon immer eine große Familie.«

Oz' Schwanz machte bei diesen Worten einen Satz. Sie hatte das mitbekommen und lächelte ihn schüchtern an.

»Verdammt. Gut. Okay, wir haben nun keine Zeit, sonst hätte ich dir gern gezeigt, wie großartig ich diese Idee finde. Aber vorausgesetzt, uns kommen keine verrückten Ex-Freunde, keine spontanen Militäreinsätze oder andere Katastrophen in die Quere, würde ich dir gern heute Abend zeigen, wie viel du mir bedeutest. Ich will, dass wir beide so innig miteinander verschmelzen, dass wir nicht mehr wissen, wo der eine anfängt und der andere aufhört. Ich will dir dabei zuschauen, wie du den Höhepunkt deines Lebens erreichst, wie du am ganzen Körper vor Lust zitterst, wie ich mich in dich ergieße. Und das wird passieren, Ri. Genau hier. Seit du mir erzählt hast, dass du dich hier in diesem Bett selbst befriedigt hast, kann ich dich fast riechen. Ich brauche dich. Nicht nur für den Sex, selbst wenn ich sicher bin, dass der Sex fantastisch wird. Ich brauche dich, weil du du bist.«

»Oh, wow«, sagte sie leise.

»Ich weiß. Das war eine ganze Menge. Aber ich musste es einfach loswerden. Das Leben ist zu kurz, um nicht das zu sagen, was man wirklich sagen will. Und ich will dich, Riley Rogers. Nur dich.«

»Ich will dich auch.«

»Gut. Und nun ... so sehr ich es liebe, dass du nur mein

T-Shirt trägst, würde ich dich bitten, eine Hose anzuziehen, bevor wir nach draußen gehen, um meinem Neffen Frühstück zu machen.«

Riley lachte leise. »Das kann ich tun. Aber du musst dir im Gegenzug ein T-Shirt anziehen. Meine Libido schlägt Purzelbäume, wenn du halb nackt durch die Wohnung läufst.«

Oz brach in Lachen aus. »Kein Problem.« Dann wurde er ernst. »Das zwischen uns wird funktionieren«, sagte er.

»Das hoffe ich. Ich habe selten etwas so sehr gewollt.«

»Es wird funktionieren. Soll ich heute Morgen die Pfannkuchen machen oder willst du das übernehmen?«

»Ich mache den Teig und du kannst sie braten. Logan mag es, wenn du verschiedene Figuren aus den Pfannkuchen formst. Bei mir kommen immer nur Kleckse dabei raus.«

»Abgemacht.« Dann lehnte Oz sich zu ihr und küsste sie auf die Stirn. »Ich würde dich gern richtig küssen, aber ich will mir erst die Zähne putzen. Und wenn ich jetzt anfange, dich zu küssen, kann ich sicher nicht mehr aufhören«, gab er zu.

Riley lächelte. »Ich habe noch nie einen Mann gekannt, der sich Gedanken übers Zähneputzen gemacht hat.«

»Ich glaube, so einen Mann wie mich hast du noch nie gekannt, auch wenn es um andere Dinge geht«, sagte Oz mit einer ordentlichen Portion Selbstbewusstsein. Nach einigen ihrer früheren Kommentare zu urteilen hatte sich noch nie ein Mann die Zeit genommen, sie richtig zu befriedigen. Und er war gern bereit, sich dieser Aufgabe zu stellen.

Oz rollte sich auf die Seite. Er bekam einen Teil ihrer nackten Oberschenkel und ihrer roten Unterwäsche zu sehen, bevor er sich zwang, den Blick abzuwenden. Je mehr Zeit er mit Riley verbrachte, desto mehr Zeit wollte er mit ihr verbringen. Das war ihm in der Vergangenheit noch nie so passiert.

»Ich benutze am besten die Toilette im Flur«, sagte Riley zu ihm.

»Vielen Dank, dass du die Nacht über geblieben bist«, sagte Oz, der an der Badezimmertür stand.

»Vielen Dank, dass ich bleiben durfte«, erwiderte sie.

»Du kannst jederzeit hierbleiben«, platzte es aus ihm heraus. Er hatte eigentlich nicht vorgehabt, ihr anzubieten, dass sie bei ihm einziehen konnte, aber sie verbrachte ohnehin schon viel Zeit hier. Er musste ihr einfach klarmachen, dass sie jederzeit willkommen war.

Sie presste die Lippen aufeinander und nickte.

Oz war etwas enttäuscht. Es wäre schön gewesen, wenn sie sofort zugestimmt hätte und sie darüber diskutiert hätten, welche Schubladen sie verwenden wollte. Aber das war nicht Rileys Stil. Sie war vorsichtig, weil sie sich nicht aufdrängen wollte.

Aber Oz wusste ganz genau, dass sie ihm niemals auf die Nerven gehen könnte.

»Die Zeit läuft«, neckte er sie nun. »Auf an den Teig. Ich werde nach Logan sehen, damit er sich auch wirklich für die Schule fertig macht und nicht immer noch vom Baseball träumt.«

»Viel Spaß beim Duschen«, sagte Riley lächelnd, dann kletterte sie aus dem Bett, zog ihre Jeans über und ging zur Tür.

Oz sah ihr nach, bis sie im Flur verschwand, dann zwang er sich, die Badezimmertür zu schließen. Er musste sich auf jeden Fall um das immer größer werdende Problem kümmern, das zwischen seinen Beinen erschienen war. Mit der Erinnerung an Riley in seinen Armen noch immer frisch in seinem Kopf würde es nicht lange dauern, bis er zum Orgasmus kam. Riley hatte ihn ganz um den kleinen

Finger gewickelt und wusste es nicht einmal. Oz gefiel das sehr.

Es war nicht einfach für Riley, sich auf ihre Arbeit zu konzentrieren, nachdem sie in ihre Wohnung zurückgekehrt war. Es hatte ein oder zwei Stunden gedauert, bis sie wirklich in Schwung gekommen war. Gedanken an Porter und Logan drehten sich in ihrem Kopf. Sie konnte nicht glauben, dass sie die gesamte Nacht in Porters Armen verbracht hatte. Es war schöner gewesen als in ihrer Fantasie. Er war warm, aber nicht zu heiß, und sie hatte sich bei ihm sicher gefühlt. Sicherer, als sie sich je zuvor gefühlt hatte.

Wäre sie allein in ihre Wohnung zurückgekehrt, hätte sie sicher Albträume von Miles gehabt, der versuchte, die Tür einzutreten. Aber stattdessen hatte sie tief und fest geschlafen. Porter würde nicht zulassen, dass ihr etwas passierte. Der Gedanke war gleichzeitig beruhigend und aufregend.

Aber Logan brach ihr manchmal das Herz. Sie hasste es, dass er sich ein Versteck gesucht hatte, nur für den Fall, dass er es brauchte. Solche Gedanken sollte ein Zehnjähriger nicht haben müssen. Er sollte sich bei seinem Onkel sicher fühlen. Aber weil Porter ein Fremder war und Logan eine schwierige Vergangenheit hatte, hatte er das Gefühl gehabt, einen Ausweg haben zu müssen – nur für den Fall, dass etwas passierte.

Und als sie an diesem Morgen über Geheimnisse geredet hatten ... Riley wollte ihn am liebsten ganz fest in den Arm nehmen und ihm sagen, dass er ihr und seinem Onkel vertrauen konnte. Aber er brauchte noch mehr Zeit. Sie hoffte nur, dass es nicht mehr allzu lange war. Sie hatte das Gefühl, dass der Junge und der Mann einander brauchten. Je schneller Logan verstehen würde, dass er Oz vertrauen konnte, desto glücklicher würden sie beide sein.

Aber sie wusste selbst nur zu gut, dass man Vertrauen wachsen lassen musste. Porter musste seinem Neffen irgendwie beweisen, dass er sich vollkommen auf ihn verlassen konnte.

Nach dem Mittagessen sah sie etwas im Augenwinkel, das ihre Aufmerksamkeit einforderte. Es war ihr Handy. Während sie die Kopfhörer trug, um zu arbeiten, stellte sie ihr Handy so um, dass ihr eingehende Anrufe durch ein Licht angezeigt wurden. Zwar bekam sie nicht viele Anrufe, aber sie wollte sicher sein, dass sie antwortete.

Sie zog sich die Kopfhörer aus den Ohren und nahm den Anruf an. Sie erkannte die Nummer nicht und antwortete deshalb etwas verhalten.

»Hallo?«

»Spricht da Riley Rogers?«

»Ja.«

»Guten Tag. Mein Name ist McClain, ich bin der Direktor von Logans Schule. Wir hatten hier einen Vorfall mit Logan Reed, und Sie sind als Kontaktperson für ihn gelistet. Stimmt das?«

Rileys Herz vergaß vor Schreck einen Moment lang zu schlagen. »Geht es Logan gut?«

»Ja, es geht ihm gut. Aber jemand muss ihn abholen. Wir haben ihn von der Schule ausgeschlossen, und zwar mit sofortiger Wirkung.«

Wie bitte? Ausgeschlossen? Riley hatte tausend Fragen, aber sie war schon auf dem Weg nach draußen. Sie hatte keine Ahnung, was passiert war, aber sie wusste, dass sie ihn sofort abholen musste. »Ich komme. Sie sind sicher, dass es ihm gut geht?«

»Ja. Kommen Sie zum Haupteingang. Wir werden Sie

dann reinlassen, danach kommen Sie am besten direkt zum Lehrerzimmer. Das ist gleich rechts neben dem Eingang.« Der Mann sprach ohne Emotionen, vollkommen auf die Fakten fixiert.

»Okay. Ich bin in zehn Minuten da.«

»Bis gleich«, sagte der Direktor und legte auf.

Sie lief die Treppe hinunter und versuchte gleichzeitig, Porter auf dem Handy zu erreichen, aber der Anruf wurde sofort auf die Mailbox weitergeleitet. Er hatte ihr erzählt, dass sie in ihren Besprechungen immer ihre Handys ausschalteten, damit sie sich besser konzentrieren konnten. Das machte Sinn, schließlich hielten sie ja keinen Small Talk über das Wetter, sondern unterhielten sich über hochgeheime Dinge, aber es stresste sie, dass sie ihn nicht erreichen konnte.

Sie verstaute das Handy in ihrer Tasche und lief zu ihrem Wagen, der auf dem Parkplatz vor dem Haus stand. Ihr Toyota Camry war alt und sicherlich nicht schick, vor allem nicht, wenn sie ihn mit Porters Expedition verglich, aber er brachte sie dorthin, wo sie hinmusste, und tat so seinen Dienst.

Acht Minuten später erreichte sie Logans Schule. Sie parkte auf dem Besucherparkplatz und ging zum Haupteingang. Die Tür wurde für sie geöffnet und sie eilte zum Lehrerzimmer. Sie musste Logan selbst sehen, um sicher zu sein, dass mit ihm alles okay war.

Auf der einen Seite des Zimmers saß ein Junge gegen die Wand gelehnt. Er hatte rote Haare und hielt sich einen Eisbeutel an die Wange. Aber anstatt sich über seine Verletzung aufzuregen oder gar zu weinen, hatte der Junge genügend Selbstbewusstsein, um Riley dreckig anzugrinsen, als sie den Raum betrat.

Riley hatte sofort ein schlechtes Gefühl bei der Sache. Der Junge war zwar nicht älter als Logan, aber er erinnerte sie sofort an die Tyrannen, mit denen sie sich rumschlagen musste, als sie in diesem Alter gewesen war. Der Junge sah nicht so aus, als würde er viel an andere denken oder daran, dass er ihre Gefühle verletzt haben könnte.

Sie ließ den Jungen links liegen und wendete sich an die Sekretärin. Sie sagte: »Ich bin Riley Rogers. Ich bin wegen Logan Reed hier.«

»Sie können gleich zum Direktor reingehen. Logan ist bei ihm.«

Sie nickte und ignorierte den Jungen, obwohl sie seinen Blick im Nacken spüren konnte. Dann öffnete sie die Tür und versuchte, sich nicht seltsam im Büro des Schulleiters zu fühlen. Sie war erwachsen, aber manche Dinge änderten sich eben einfach nie.

Logan saß auf seinem Stuhl, seine Beine nicht lang genug, um den Boden zu berühren. Er hatte den Kopf gesenkt und schaute bei ihrem Eintreten nur lange genug auf, damit sie die blanke Panik in seinen Augen erkennen konnte. Rileys Schritte wurden zögerlich. Hatte er etwa Angst vor ihr?

Sie ging direkt auf ihn zu und kniete sich vor ihm auf den Boden. Ihre Hände lagen sanft auf seinen Knien. »Geht es dir gut?«

Logan nickte.

»Bist du sicher?«

Er nickte erneut.

Riley wollte mehr sagen. Wollte, dass Logan mit ihr redete, aber sie konnte genau sehen, dass er sich in sein Schneckenhäuschen zurückgezogen hatte. Sie musste wohl oder übel mit dem Direktor sprechen, um herauszufinden, was passiert war.

»Vielen Dank, dass Sie so schnell gekommen sind. Ich bin Dr. Leonardo McClain«, sagte der Mann und streckte die Hand aus.

Riley wollte am liebsten mit den Augen rollen. Wer stellte sich selbst mit seinem Titel vor? Sie nahm an, dass er von Anfang an klarstellen wollte, dass er derjenige war, der einen Titel hatte, und damit auch der Wichtigste im Raum war. Und dann auch noch dieser lange Vorname. Warum nannte er sich nicht einfach Leo? Ein weiteres Anzeichen für seine Großkotzigkeit. Aber sie gab ihm trotz allem einen Vertrauensvorschuss. Viele Menschen hatten keine Spitznamen.

Sie schüttelte seine Hand und sagte: »Riley.«

»Gut.« Leonardo setzte sich und zeigte auf Logan. »Wir hatten heute ein Problem. Mr. Reed hier hat Gary Wittingham geschlagen, einen anderen Jungen aus seiner Klasse. Der Junge hat nun eine Verletzung im Gesicht.«

»Warum?«

Der Direktor blinzelte.

Riley starrte ihn weiter an.

»Ich glaube nicht, dass das wichtig ist. Wir können an dieser Schule keinerlei körperliche Gewalt tolerieren.«

»Das verstehe ich und das ist eine sehr gute Regel. Aber ich möchte dennoch gern wissen, warum Logan das andere Kind geschlagen hat. Es ist wichtig, die Umstände zu kennen.«

»Das ist es nicht«, sagte Leonardo überheblich.

Riley verging die Lust, weiter mit ihm zu diskutieren. Sie drehte sich zu Logan um. »Warum hast du Gary geschlagen?«

Eine Sekunde lang glaubte sie nicht, dass sie eine Antwort bekommen würde. Er sah die Hände in seinem Schoß an und wich ihrem Blick aus. Dann sagte er endlich: »Er hat Lacie angefasst.«

Riley runzelte die Stirn. »Wie meinst du das?«

Dieses Mal war Logans Stimme lauter und selbstsicherer und er sah ihr in die Augen. »Er hat Lacie angefasst.

Sie ist in meiner Klasse. Und sie ist dick, deshalb reden die meisten nicht mit ihr. Aber sie war nett zu mir. In der Pause hat Gary Witze über sie gemacht. Über ihre ... Brüste.« Das letzte Wort war geflüstert und es war klar, dass Logan sich schämte, das Wort überhaupt auszusprechen. »Dann hat er sie gegen die Wand gedrückt, da, wo die Lehrer es nicht sehen können, und sie angefasst. Genau da. Ich konnte sehen, dass Lacie große Angst hatte. Ich habe Gary gesagt, dass er aufhören soll, und Gary hat nur gelacht und gefragt, was ich denn dagegen tun würde. Und dann habe ich ihn geschlagen. Lacie ist weinend davongelaufen. Gary ist sofort zum Lehrer gegangen und hat mich verpetzt.«

Riley war wütend. Nicht auf Logan. Nein, sie war wütend, weil die Erwachsenen nicht nur Logan, sondern auch Lacie nicht beschützt hatten.

Sie stand auf und starrte den Direktor an. »Also muss er zu Hause bleiben, weil er ein anderes Kind beschützt hat?«

Leonardo zeigte keine Regung. »Nein, er bekommt einen Schulverweis, weil er ein anderes Kind geschlagen hat. Wie ich schon sagte, tolerieren wir keine Gewalt an dieser Schule.«

»Aber wenn ein Kind ein anderes begrapscht, dann ist das okay?«, schoss Riley zurück.

Der Direktor sah überrascht aus, dann fing er sich wieder. »Die Kinder sind für so etwas noch viel zu jung. Logan hätte einen Lehrer holen sollen, um die Situation zu klären. Gewalt ist nicht die Antwort.«

Riley wollte sich am liebsten die Haare raufen. »Also sagen Sie, dass Logan Lacie mit diesem Tyrannen hätte allein lassen sollen, während er sie begrapschte? Um einen Lehrer zu holen? Das ist doch unmöglich! Sie haben keine Ahnung, was der Junge getan hätte, bis Logan mit dem Lehrer zurückgekommen wäre.«

»Wir können es nicht dulden, dass die Kinder sich gegenseitig schlagen«, wiederholte der Direktor.

»Oder sich begrapschen«, erwiderte sie.

Dann hörte sie einen Aufruhr im Vorzimmer, der sie davon abhielt weiterzusprechen.

Sie hörte, wie die Sekretärin sagte: »Sie können nicht einfach –«

Und dann stand Porter neben ihr.

Er ging direkt zu Logan, genau so, wie Riley es getan hatte, und legte ihm die Hände auf die Schulter. »Geht es dir gut, mein Großer?«

Logan nickte, aber sein Blick war wieder auf seine Hände gerichtet.

»Was ist passiert? Ich war die ganze Zeit in Besprechungen und konnte nicht antworten, aber als wir in die Pause gingen, habe ich gesehen, dass erst die Schule angerufen hatte und dann Riley. Ich nahm an, dass etwas nicht stimmte, und bin direkt hierhergefahren. Ich habe von unterwegs angerufen, aber die Sekretärin hat mir nichts verraten. Nur, dass Riley hier ist und Logan etwas angestellt hat.«

»Setzen Sie sich, Mr. Reed«, sagte Leonardo.

»Ich stehe lieber«, entgegnete Porter mit kalter Stimme.

Riley konnte seine Art nur bewundern.

»Also, ich bin Dr. Leonardo McClain, der Direktor.«

»Das habe ich mir gedacht. Kann mir nun bitte jemand erklären, was passiert ist?«

Riley sah, wie Leonardo die Stirn runzelte, und nahm an, dass er Porters Befehlston nicht mochte. Aber dies war sicher der richtige Zeitpunkt, um harscher zu sprechen, auch wenn Porter die ganze Geschichte noch nicht kannte.

Sie beschloss, ihn ins Bild zu setzen. »Logan hat gesehen, wie ein Junge namens Gary ein Mädchen an der Brust berührte, und hat ihn daraufhin geschlagen. Dr. McClain ist es egal, warum er zugeschlagen hat. Er suspendiert ihn.« Sie konnte nicht anders, als ihren Missmut in ihrer Stimme mitschwingen zu lassen.

Riley konnte sehen, wie Porter sich anspannte. Der Muskel in seinem Kiefergelenk arbeitete.

Er.

War.

Nicht.

Glücklich.

»Schau mich an, Logan«, befahl Porter seinem Neffen.

Langsam hob Logan das Kinn und sah seinem Onkel widerwillig in die Augen.

»Ist es das, was passiert ist? Du hast das Mädchen beschützt?«

»Ja, Sir.«

Riley hatte Logan seinen Onkel noch nie »Sir« nennen hören, und es war klar, dass Logan Angst hatte, Ärger zu bekommen.

Porter drückte sanft Logans Schulter, dann wandte er sich an den Direktor. »Also geben Sie meinem Neffen einen Schulverweis, weil er eine andere Schülerin verteidigt hat, die angegriffen wurde. Was passiert mit dem anderen Jungen? Ich nehme an, er ist derjenige, der im Flur sitzt?«

»Sein Vater holt ihn nachher ab und bringt ihn ins Krankenhaus, um sicherzugehen, dass er nicht schwerer verletzt ist, als die Krankenschwester vermutet«, sagte der Direktor.

»Und?«, drängte Porter.

»Und dann muss er sich bei dem Mädchen entschuldigen.«

Riley hatte den Eindruck, dass Porter die Augen aus dem Kopf fallen würden, als er das hörte. »Das kann nicht Ihr verdammter Ernst sein.«

»Bitte achten Sie auf Ihre Wortwahl«, erwiderte Leonardo.

»Das ist Ihr Ernst«, sagte Porter und schüttelte den Kopf. »Sie wollen also, dass das arme Mädchen dem Angreifer gegenübertritt und eine erzwungene, nicht ernst gemeinte Entschuldigung annimmt. Das ist das Dämlichste, was ich je gehört habe. Wie wollen Sie sie und andere Mädchen vor dem Idioten im Flur in Zukunft beschützen? Ich nehme an, dass der andere Junge auf der Schule bleiben darf.«

»Er hat niemanden geschlagen«, sagte Leonardo.

»Sicher, aber er hat ein Mädchen ohne Erlaubnis berührt. Das ist nicht besser. Wie lange muss Logan zu Hause bleiben?«

»Eine Woche«, erklärte der Direktor.

Porter nickte. »Wir gehen, Logan. Wir sind hier fertig.«

Riley konnte sehen, dass Porter sich mit aller Macht zusammenreißen musste, aber sie respektierte ihn nun mehr als je zuvor. Er hatte nicht vor, sich noch länger von dem eingebildeten Dr. McClain fertigmachen zu lassen.

Logan stand auf. Seine Schultern hingen tief und er schien große Angst zu haben, mit seinem Onkel allein zu sein. Porter legte ihm die Hand auf die Schulter, als sie das Büro verließen.

Gary hatte noch immer ein überhebliches Grinsen auf dem Gesicht, wie er da im Flur an der Wand saß, und Riley wusste, dass das auch Porter aufgefallen war. Aber er sagte nichts, während er zum Ausgang ging. Sein eisernes Schweigen schüchterte sogar Riley ein, obwohl sie wusste, dass er kein gewalttätiger Mann war.

Er sprach erst, als sie das Gebäude verlassen hatten. »Du kommst mit uns mit«, sagte Porter zu ihr.

Riley hinterfragte das nicht. Sie konnte ihren Wagen später zur Wohnung zurückfahren. Sie brauchte ihn nicht oft und würde eine Weile ohne ihn klarkommen. Sie hoffte nur, dass die Schule ihn nicht abschleppen ließ.

Porter machte klar, dass er wie immer an alles dachte,

als er sagte: »Einer meiner Kameraden wird deinen Wagen später abholen.«

Riley nickte einfach.

Porter öffnete die Fahrzeugtür für Logan und wartete, bis er im Wagen saß. Bevor er die Tür schloss, sagte er zu ihm: »Ich muss einen Moment mit Riley sprechen. Warte kurz auf uns.«

Er wartete, bis sein Neffe nickte, bevor er die Tür schloss. Dann nahm er Riley am Arm und führte sie hinter den Wagen. Dort zog er sie so plötzlich an seine Brust, dass sich alles um Riley herum drehte.

Aber sie zögerte nicht, seine Umarmung zu erwidern. Sie konnte fühlen, wie Porter von seinen Emotionen geschüttelt wurde.

»Porter?«

»Mir geht es gut«, sagte er. »Ich bin nur wirklich richtig wütend.«

Sie blieb stumm, weil sie nicht wusste, was sie sagen konnte, um ihm zu helfen. Sie hielt ihn einfach in den Armen.

Es dauerte nicht lange, bis Porter sich wieder unter Kontrolle hatte. Er hob den Kopf und sagte: »Vielen Dank, dass du so schnell zu ihm kommen konntest. Es tut mir leid, dass ich nicht erreichbar war.«

»Kein Problem. Das ist der Grund, warum ich als Kontaktperson gelistet bin.«

»Vater zu sein ist viel, viel schwieriger, als ich es je für möglich gehalten hätte. Ich habe keine Ahnung, wie ich das überstehen soll«, gab er zu.

»Das wirst du«, sagte Riley.

Er seufzte. »Okay, Logan hat große Angst, wir müssen sehen, dass wir ihn beruhigen. Vielen Dank, dass du mitkommst.«

»Keine Ursache.«

Porter nahm ihre Hand in seine und führte sie um den Wagen herum zur Beifahrerseite. Er wartete, bis sie sich gesetzt hatte, bevor er zur Fahrerseite ging. Ohne ein Wort startete er den Motor und verließ den Parkplatz.

Riley dachte, dass sie direkt nach Hause fahren würden, aber sie merkte schnell, dass Porter andere Pläne hatte. Sie wusste nicht, wohin er fuhr, sagte aber nichts.

Sie war etwas geschockt, als sie im Stadtzentrum vor einem Eiscafé anhielten.

Nachdem Porter den Motor ausgeschaltet hatte, stieg er aus. »Kommt ruhig raus«, sagte er, als weder Riley noch Logan sich bewegten.

Riley wusste nicht, was Porter vorhatte, folgte aber seiner Bitte und stieg aus dem Wagen aus.

Er führte sie in den Laden, kaufte ihnen jeweils einen großen Eisbecher und zusammen setzten sie sich an einen der Tische.

Logan sah aus, als würde er gleich anfangen zu weinen, sagte aber immer noch nichts. Er aß ein paar Löffel von seinem Eis, aber man sah ihm an, dass er keinen Hunger hatte.

»Okay, ich glaube, ich habe mich jetzt genug beruhigt, um über das zu reden, was vorgefallen ist«, sagte Porter. »Wenn ich das richtig verstanden habe, dann wurde ein Mädchen von Gary angefasst, ohne dass sie es wollte. Also hast du Gary geschlagen, damit er aufhört. Und dann hat er dich verpetzt. Ist das richtig?«

Logan nickte. »Lacie ist schüchtern. Und dick. Ich sage das nicht, um gemein zu sein. Es ist einfach so«, erklärte er. »Sie ist dicker als die anderen Mädchen in meiner Klasse. Gary macht sich ständig über sie lustig. Er quietscht wie ein Schwein oder so, wenn die Lehrer es nicht hören. Das macht sie traurig. Sie ist nett zu mir, anders als Gary und die anderen Kinder. Er hat sie in der Pause zu einem Teil des

Schulhofs geführt, den die Lehrer nicht einsehen können, sie gegen die Wand gedrückt und dann berührt ... ihr wisst, wo. Lacie hatte Angst, das konnte ich sehen. Sie hat ihm gesagt, er soll aufhören, aber er tat es nicht. Sie hat angefangen zu weinen. Also bin ich zu ihnen gegangen und habe Gary gesagt, er soll aufhören. Aber er hat Nein gesagt. Und er hat gesagt, dass ich ihn schon überzeugen müsse. Das habe ich getan.«

Logan sprach schnell, als wollte er die ganze Geschichte loswerden, bevor Porter zu schreien begann.

Porter streckte die Hand aus und legte sie Logan in den Nacken. Dann lehnte er sich nach vorn, sodass ihre Köpfe nahe beieinander waren. »Ich bin stolz auf dich, mein Großer.«

Logan sah geschockt aus. »Wie bitte?«

»Ich bin stolz auf dich«, wiederholte Porter. »Du hättest nicht eingreifen müssen. Du hättest einfach wegsehen können. Aber das hast du nicht getan. Du bist dazwischengegangen und hast Lacie geholfen, als sie deine Hilfe brauchte. Du weißt, dass deine Mom und ich nicht miteinander gesprochen haben, aber sie hat es geschafft, dich gut zu erziehen. Ich weiß, dass sie Fehler gemacht hat. Aber du hast richtig gehandelt.«

»Aber ich habe Gary geschlagen.«

»Das hast du«, stimmte Porter ihm zu. »Aber er hatte es verdient. Niemand sollte einen anderen Menschen ohne seine Zustimmung berühren. Du weißt, was ich mit Zustimmung meine?«

»Ja. Das heißt, dass der andere sagen muss, es ist in Ordnung«, sagte Logan.

»Genau. Es ist egal, ob jemand fünf oder fünfundneunzig ist. Das ist nie in Ordnung. Und das gilt für Männer wie Frauen, für Jungs und Mädchen. Es ist nicht okay. Niemals. Du hast das Richtige getan. Ich werde dich immer beschützen, wenn andere dir deswegen Ärger machen.«

»Aber ... ich darf eine Woche nicht mehr in die Schule«, sagte Logan mit zitternder Lippe.

»Ja. Das gibt uns genügend Zeit, eine andere Schule für dich zu finden.«

Hoffnung stieg in Logans Blick auf. »Wirklich?«

»Du warst in dieser Schule nicht glücklich und es gibt noch andere Schulen in der Gegend. Nicht allzu viele, aber ein paar. Wir können uns die anderen Schulen anschauen und eine raussuchen, die dir gefällt. Ich habe dir schon gesagt, dass ich nichts dagegen habe, wenn du die Schule wechseln willst, aber nachdem sich dieser Typ so blöd aufgeführt hat, will ich nicht einmal mehr, dass du wieder in diese Schule zurückgehst.«

Riley sah, wie Logans Augen sich mit Tränen füllten. Sie griff über den Tisch und legte ihre Hand auf Porters Arm, weil sie eine Verbindung mit ihm spüren wollte. Sie war ebenfalls sehr stolz auf Logan und war erleichtert, dass Porter ihn lobte und nicht anschrie. Sie hatte eigentlich nicht erwartet, dass Porter wütend werden würde, aber ein Schulverweis war eine ernste Sache.

»Ich weiß, dass die letzten Monate für dich nicht einfach waren, mein Großer. Ich will alles in meiner Macht Stehende tun, damit du dich wohler fühlst. Ich erwarte nicht, dass du perfekt bist, aber ich hätte gern, dass du anderen gegenüber respektvoll bist und ein guter Mensch wirst. Und bis jetzt machst du alles richtig. Du könntest bitter und gemein sein, wie dieser Gary, aber das bist du nicht. Du hast Mitgefühl für andere, wie Lacie. Das wird dich im Leben sehr weit bringen. Und während ich es sehr schade finde, dass ich dich nicht früher kennengelernt habe, bin ich sehr froh, dass du nun ein Teil meines Lebens bist.«

Logan antwortete nicht, aber die Tränen strömten ihm nun über die Wangen. Er kniff die Augen zusammen, als würde er sich für sie schämen.

»Und schäme dich nicht fürs Weinen, mein Großer«, sagte Porter und wischte mit seiner freien Hand die Tränen von seinen Wangen. »Ich habe es viel lieber, wenn du Emotionen zeigst, als dass du wie ein Roboter durchs Leben gehst.«

»Weinst du auch?«, fragte Logan.

Porter nickte. »Ja. Ich habe in meinem Leben schon viel gesehen, also weine ich nicht mehr so oft. Aber wenn mir die Tränen kommen, dann lasse ich ihnen freien Lauf.«

»Wann zum Beispiel?«, fragte Logan.

Riley sah nun einen Teil von Porter, den sie so nicht erwartet hatte, und war gespannt, was er auf Logans Frage antworten würde.

»Ich war mal auf einem Einsatz. Wir befanden uns in einem sehr armen Land. Ich weiß zwar, dass wir es hier in Amerika sehr gut haben, aber ich war nicht auf das vorbereitet, war ich dort sehen musste. Wir patrouillierten und gingen um eine Ecke in eine Gasse. Ich habe in die Gasse hineingeschaut, um sicher zu sein, dass dort keine Feinde lauerten. Stattdessen sah ich einen kleinen Jungen, vielleicht in deinem Alter, aber viel, viel dünner. Er stand neben einem Haufen toter Hunde. Er versuchte, sie als Fleisch zu verkaufen.

Das war das Traurigste, was ich je gesehen habe. Mir tat der Junge leid, weil er das tun musste, aber auch die Hunde. Ich habe eine Stunde lang geweint, nachdem ich ihn gesehen hatte. Ich musste weiter patrouillieren, aber ich konnte mich nicht stoppen und musste meiner Traurigkeit Raum geben. Aber die Tränen hörten einfach nicht auf. Die anderen haben sich nicht über mich lustig gemacht. Sie haben mir nicht gesagt, dass ich ›ein starker Mann‹ sein muss oder so etwas Blödes. Sie haben mich stumm unterstützt und mir die Zeit gegeben, meine Emotionen zu verarbeiten. Ich will, dass du es auch so machst. Wenn du fröhlich bist, traurig oder wütend ... dann kannst du weinen. Das heißt nicht, dass du dann kein richtiger Mann mehr bist, verstehst du?«

Logan nickte.

Riley fühlte, wie sie selbst Tränen in den Augen hatte. Sie konnte sich die Dinge, die Porter auf seinen Einsätzen erleben musste, nicht einmal vorstellen. Sie hatte einfach vermutet, dass die Einsätze gefährlich waren und dass Porter auf Dinge schoss. Aber sie hatte ihn falsch eingeschätzt.

»Riley weint nun auch«, sagte Logan.

Porter drehte sich zu ihr und streckte die Hand nach ihrem Gesicht aus, ohne die andere Hand von Logans Nacken zu nehmen. Mit dem Daumen wischte er ihr über die Wange.

»Oz?«, fragte Logan leise.

Porter drehte sich wieder zu seinem Neffen. »Ja?«

»Ich dachte, dass du ganz furchtbar wütend sein würdest.«

»Das war ich auch. Bin ich immer noch. Aber nicht auf dich, mein Großer. Ich bin wütend auf Garys Vater, der ihm nicht beigebracht hat, andere zu respektieren. Ich bin wütend auf den Direktor, weil er Lacie nicht beschützt hat. Ich bin wütend, weil du einen Schulverweis bekommen hast. Aber ich bin nicht wütend auf dich.«

»Riley war auch wütend«, sagte Logan.

»War sie das?«, fragte Porter.

»Mhm-mhm. Ihr Gesicht wurde ganz rot und ich war mir nicht sicher, was sie tun würde. Es war ganz gut, dass du in dem Moment aufgetaucht bist.«

Porter warf ihr einen Blick zu, der dazu führte, dass sie

auf ihrem Stuhl hin und her rutschte. Logan hatte recht. Es war gut, dass Porter gekommen war, als er es tat, weil sie sonst nicht gewusst hätte, was sie dem lieben Dr. McClain so alles an den Kopf geworfen hätte.

»Es ist gut, dass sie auf dich aufpasst«, sagte Porter zu seinem Neffen. Dann sah er Logan lange an und fragte schließlich: »Geht es dir gut?«

»Ja.«

»Super. Unser Eis ist jetzt nur noch Soße, aber schmecken tut es trotzdem noch, oder?«

»Und wie!«, antwortete Logan mit einem Lächeln.

Riley freute sich, dass seine Stimmung schon viel besser war. Er hatte große Angst davor gehabt, was Porter zu ihm sagen oder ihm antun würde. Nun, da er wusste, dass er keinen Ärger bekommen würde und dass sein Onkel stolz auf ihn war, schien ihm eine große Last von den Schultern genommen worden zu sein.

Dann wandte Porter sich an sie. »Geht es dir gut?«, fragte er.

»Ja. Und dir?«, erwiderte sie.

»Langsam, aber sicher geht es wieder«, antwortete er. »Ich brauche noch ein bisschen mehr Zeit mit meinen Lieblingsmenschen, dann wird es gehen.«

Riley musste sich sehr zurückhalten, um ihm nicht sofort in die Arme zu fallen. Der heutige Tag hatte noch einmal bestätigt, wie sehr sie sich in ihn verliebt hatte. Er versuchte sein Bestes, ein guter Vater für Logan zu sein, und Riley fand, dass er einen wunderbaren Job machte.

Sie aßen den Rest der Eisbecher und fuhren dann nach Hause. Riley wusste nicht, wie die Beziehung zwischen ihr und Porter weitergehen würde, aber sie wusste, was sie wollte. Dennoch wollte sie ihm auch nicht auf die Nerven gehen.

Sie hätte sich keine Sorgen darum machen müssen. Als

die den Flur zu ihren Wohnungen hinuntergingen, fragte Logan: »Bleibst du zum Abendessen bei uns?«

»Ja, das wäre schön«, fügte Porter hinzu.

»Ich wollte euch ein bisschen Männerzeit geben«, antwortete sie den beiden. »Ihr müsst über die anderen Schulen reden und überlegen, was ihr als Nächstes machen wollt.«

»Wir haben noch genügend Zeit, darüber zu reden, nicht wahr, mein Großer?«, fragte Porter.

»Allerdings. Wir können zusammen Tacos machen. Ich will das Fleisch vorbereiten«, sagte Logan.

»Also gut, ihr habt mich überzeugt«, sagte Riley und lächelte.

»Hier ist der Schlüssel, du kannst schon vorgehen und aufschließen«, sagte Porter zu seinem Neffen. Logan nahm den Schlüssel und lief davon.

Porter lehnte sich zu Riley, sodass seine Lippen ganz nahe an ihrem Ohr waren, und flüsterte: »Willst du mein Fleisch vorbereiten?«

Riley verschluckte sich fast vor Lachen. »Porter!«, rief sie.

Er grinste von einem Ohr zum anderen und Riley war erleichtert. Es war ein sehr emotionaler Tag gewesen und sie mochte, dass er nach all den Vorkommnissen noch zu Scherzen aufgelegt war.

Doch dann wurde er ernst. »Bleib bei uns. Ich brauche dich. Ich war heute so wütend, dass ich mich sehr zurückhalten musste, um nicht auf diesen Idioten loszugehen. Ich habe Mitleid mit Lacie, aber ich kann Logan nicht weiter auf diese Schule gehen lassen. Nicht, wenn Leute wie McClain dort etwas zu sagen haben.«

»Ich weiß, ich war selbst kurz davor, mich mit ihm anzulegen«, sagte Riley.

»Also bleibst du?«

»Zum Abendessen?«, fragte sie.

»Ja. Und für die Nacht.«

Riley biss sich unsicher auf die Lippe, dann platzte es aus ihr heraus: »Ich will dich. Ich bin mir nicht sicher, ob ich wieder bei dir übernachten kann und dabei jugendfrei bleibe.«

»Jugendfrei«, sagte Porter leise lachend. »Du bist süß. Ich bin für alles zu haben, was du vorhast. Du kannst bestimmen, was wir im Bett machen oder nicht machen. Ich werde nichts tun, das du nicht willst.«

»Und was, wenn ich alles will?«, fragte Riley.

»Dann werde ich dir zeigen, was ich draufhabe. Danach willst du nie wieder einen anderen Mann in deinem Bett«, sagte Porter überzeugt.

»Ich glaube, dass ich schon jetzt niemand anderen in meinem Bett haben will«, gab Riley zu.

Porter öffnete den Mund, um etwas zu sagen, wurde aber von Logan unterbrochen. »Ich hab's!«, rief er. »Los jetzt! Ich habe Hunger!«

»Das Kind hat immer Hunger«, sagte Porter mit gespielter Verzweiflung. »Wir haben doch gerade ein Eis gegessen.«

»Du weißt, dass dir das nichts ausmacht. Er muss sowieso noch ein paar Kilos zunehmen«, sagte Riley.

»Du hast recht. Ri?«

»Ja?«

»Ich nehme es nicht auf die leichte Schulter, dass du bei mir übernachten willst. Ich weiß, dass unsere Beziehung sich schnell entwickelt, weil du auf Logan aufpasst und jeden Abend bei uns bist. Ich würde dich nicht bitten, bei mir zu bleiben, wenn ich es nicht ernst meinen würde mit uns. Und das tue ich.«

Seine Worte beruhigten Riley – obwohl sie gar nicht bemerkt hatte, dass sie aufgewühlt gewesen war. »Das geht mir auch so. Ich liebe Logan, aber ich will nicht mit dir ausgehen, nur um ihn zu sehen.«

»Gut. Ich gehe nachher mit dir in deine Wohnung, damit du dir ein paar Übernachtungssachen holen kannst.«

Riley hätte erwartet, dass sie sich dafür schämen würde, aber das tat sie nicht. Sie wollte bei ihm sein. Wollte ihre intimsten Geheimnisse mit ihm teilen. Sie war noch nie so glücklich gewesen wie mit Porter. Er war genau der Partner, den sie sich immer gewünscht hatte.

»Okay«, sagte sie mit einem breiten Grinsen zu ihm.

»Das wird ein langer Abend«, bemerkte Porter.

»Ich bin mir sicher, dass es die Vorfreude nur noch schöner macht«, entgegnete Riley.

»Schön wird es auf jeden Fall«, sagte Porter zu ihr und seine Augen glitzerten schelmisch.

»Reiß dich zusammen«, erwiderte Riley und schlug ihm leicht auf den Arm. »Dein Neffe schaut zu.«

Porter erwiderte nichts mehr, lächelte sie aber an. Er legte die Hand an ihren Rücken und geleitete sie zur Tür. Dabei glitten seine Finger wie zufällig unter den Saum ihrer Bluse und berührten ihre warme Haut. Sie bekam eine Gänsehaut. Das war gemein, aber am Ende des Abends würden sie beide bekommen, was sie wollten. Das hoffte sie zumindest.

KAPITEL VIERZEHN

Oz befand sich in einem Sturm der Gefühle. Er hatte sich noch immer nicht von der Nachricht erholt, dass Logan einen Schulverweis erhalten hatte, weil er ein Mädchen vor einem anderen Jungen beschützt hatte. Es war verrückt, dass ein Zehnjähriger überhaupt auf die Idee kam, die Brüste eines Mädchens anfassen zu müssen, und ebenso verrückt, dass Logan dafür bezahlen musste. Oz hatte nicht gelogen, er war wirklich stolz auf seinen Neffen, aber es machte ihn wütend, dass Logan für etwas bestraft wurde, das richtig war.

Auf der anderen Seite freute er sich sehr, dass Riley die Nacht bei ihm verbringen wollte. Er konnte nicht aufhören, an sie zu denken. Und wie sie Logan vor dem Direktor verteidigt hatte! Als er sie gefragt hatte, ob sie als Kontaktperson gelistet werden wollte, hatte er nie geglaubt, dass sie wirklich angerufen werden würde. Aber sie hatte ihre Sache gut gemacht.

Der Abend war schön gewesen. Logan war viel entspannter und offener als zuvor. Er hatte gelächelt und gelacht, während sie die Tacos zubereitet hatten, und nach dem Essen hatte er sich mit Oz zusammengesetzt und die Schulen in der Gegend angeschaut. Natürlich wussten sie nicht, wie die Kinder waren, die die einzelnen Schulen besuchten, aber sie würden sich die Schulen in Ruhe ansehen und ein Gefühl für die Stimmung bekommen.

Sie sprachen auch übers Baseballtraining und Logan freute sich sehr darauf, auch wenn er etwas Angst hatte, dass die anderen Kinder in seinem Alter viel besser spielten als er, weil sie schon länger geübt hatten. Oz versicherte ihm, dass sie zusammen trainieren könnten, damit er aufholen konnte.

Nachdem er Riley zu ihrer Wohnung begleitet hatte, sodass sie ihre Sachen packen konnte, machten sie es sich im Wohnzimmer bequem und sahen fern. Oz wurde sich währenddessen mehr und mehr der sexuellen Anziehungskraft zwischen ihm und Riley bewusst.

Logan bekam davon nichts mit, er war zu sehr auf den Film konzentriert. Aber Riley machte ihn langsam verrückt … und sie wusste es. Rileys Hand an seinem Oberschenkel wanderte öfter in gefährliches Territorium und er veränderte ihre Position so, dass er sie von hinten umarmte, damit ihre Hände seiner Männlichkeit nicht mehr zu nahekommen konnten.

Nun lag also ihr Rücken an seinem Schritt und sein Schwanz freute sich darüber. Sein Arm ruhte zwischen ihren großen Brüsten und er spielte mit ihren Fingern, während sie auf dem Sofa lagen.

Als er dachte, dass er es nicht länger aushalten würde, war der Film vorbei und Logan stand auf.

»Ich gehe jetzt ins Bett. Oz?«

»Ja, mein Großer?«

»Mhm …« Sein Blick driftete zu Riley und zurück zu Oz.

Oz verspannte sich. Er mochte den Blick seines Neffen nicht.

»Kann ich morgen mit dir reden? Mit dir allein?«

»Natürlich. Stimmt etwas nicht?«, fragte Oz.

»Nein. Ich meine, nicht wirklich. Aber ich bin bereit, über mein Geheimnis zu sprechen.«

»Okay, mein Großer. Du kannst mir alles erzählen, das weißt du bestimmt«, sagte Oz zu ihm.

»Ich war mir nicht sicher, bis heute. Vielen Dank, dass du nicht wütend geworden bist.«

»Ich wäre wütender gewesen, wenn du Lacie nicht geholfen hättest«, versicherte Oz ihm. »Geh schlafen. Ich habe meinen Vorgesetzten angerufen und ihm gesagt, dass ich mir morgen freinehme, damit wir uns ein paar Schulen anschauen können. Wir reden morgen.«

Logan nickte. »Du musst mich heute nicht ins Bett bringen. Das bekomme ich allein hin. Du kannst den Abend mit Riley verbringen.«

Für eine Sekunde hatte Oz eine Vision von der Zukunft. Er konnte sehen, wie ein Logan im Teenager-Alter ihm zunickte und sich für die Nacht in sein Zimmer zurückzog. Er konnte sehen, wie er selbst in sein eigenes Schlafzimmer ging, wo Riley im Bett auf ihn wartete. Es machte ihn zwar traurig, dass Logan so schnell erwachsen werden würde, auf der anderen Seite freute es ihn, dass Riley ein Teil seiner Vision war.

»Er wird so schnell erwachsen. Dabei ist er noch nicht einmal so lange bei uns«, sagte Riley und schüttelte den Kopf.

Oz war nicht überrascht, dass sie ähnliche Gedanken gehabt hatte wie er selbst.

Sie legte den Kopf in den Nacken, sodass sie ihn ansehen konnte, und sagte: »Du hast einen guten Einfluss auf ihn.«

»Machst du dir keine Gedanken wegen seines Geheimnisses?«, fragte Oz.

»Nicht wirklich. Ich meine, er macht sich selbst Sorgen deswegen. Aber ich freue mich, dass deine Unterstützung heute ihm gezeigt hat, dass er dir vertrauen kann. Er würde dir nicht davon erzählen, wenn er dir nicht vertrauen würde.«

»Es tut mir leid, dass er dich nicht dabeihaben will, wenn er mir davon erzählt.«

»Mir nicht«, sagte Riley, ohne zu zögern. »Du bist sein Onkel. Du solltest der erste Mensch sein, mit dem er spricht. Ich bin nur der Babysitter.«

Oz bewegte sich schnell und veränderte ihre Position so, dass Riley mit dem Rücken auf dem Sofa lag. Er befand sich über ihr und sah auf sie hinunter. »Du bist nicht ›nur‹ der Babysitter. Du hast genauso viel Zeit mit ihm verbracht wie ich, vielleicht sogar mehr.«

»Das ist okay, Porter. Wirklich. Ich freue mich einfach, dass er bereit ist, sein Geheimnis mit dir zu teilen. Aber ... werde nicht wütend, wenn er dir etwas erzählt, das du nicht magst. Ihr beide seid euch sehr viel nähergekommen und ich will nicht, dass er sich wieder in seinem Schneckenhaus verkriecht.«

»Glaubst du, dass ich das tun würde?«, fragte Oz.

Riley schüttelte den Kopf. »Nicht mit Absicht. Aber wenn er davon erzählen sollte, wie er in der Vergangenheit missbraucht wurde, vielleicht von den Freunden seiner Mutter, dann würde ich es verstehen, wenn du wütend wirst.«

Oz schloss die Augen, als der Schmerz ihn durchfuhr. Dann öffnete er sie wieder. »Glaubst du, dass das sein Geheimnis ist? Weil ich über Zustimmung geredet habe?«

Riley hob eine ihrer Hände und legte sie an seine Wange. »Ich weiß es nicht. Ich sage nur, egal was er dir erzählt, du darfst nicht wütend werden.«

»Ich verstehe«, sagte Oz. Sie hatte ihm einen guten

Ratschlag gegeben. »Ich werde mein Bestes versuchen. Aber ich kann nicht genau sagen, wie ich reagieren werde, wenn er mir wirklich so etwas erzählt.«

»Du wirst einen Weg finden, da bin ich mir sicher. Logan ist ein großartiger Junge. Er hatte eine schwere Zeit, aber deine Schwester hat ihn geliebt, das ist klar. Sie hatte ihre eigenen Probleme, aber sie hat ihn deswegen nicht weniger geliebt.«

»Ich weiß. Ich muss immer noch verarbeiten, dass sie mir nie von meinem Neffen erzählt hat. Aber ich habe ein paar nicht ganz so nette Dinge zu ihr gesagt, als wir das letzte Mal miteinander geredet haben, und sie hat sicher angenommen, dass ich mich seitdem nicht verändert habe. Ich fühle mich ein bisschen besser, weil es sich so anhört, als hätte sie ihr Leben in den letzten Jahren wieder besser unter Kontrolle gehabt und weil sie Logan ein bisschen über mich erzählt hat. Ich würde gern denken, dass sie sich irgendwann bestimmt gemeldet hätte. Vor allem, weil sie gar nicht weit entfernt in Austin gelebt hat. Wir waren uns so nahe, aber so fern.«

»Du bist ein guter Mann, Porter«, sagte Riley sanft und wiederholte so, was sie schon zuvor gesagt hatte.

Er verbannte die Gedanken an seine Schwester und ihre Probleme und widmete sich ganz Riley. Sie hatte sich ein Trägerhemd angezogen, als sie in ihrer Wohnung gewesen war. Es war ein normales Oberteil, aber seit sie aus ihrem Schlafzimmer gekommen war, musste er immer wieder daran denken, was sich darunter verbarg. Sie trug eine Jogginghose, die sich wie Seide anfühlte. Er liebte es, wie sie sich anfühlte, wenn er mit der Hand an ihrem Bein entlangstrich, aber er wollte noch lieber ihre warme Haut fühlen. Musste sie fühlen.

Er senkte den Kopf und liebkoste die Haut hinter ihrem

Ohr. Sie drehte den Kopf zur Seite und gab ihm so mehr Raum. »Mhmmmm«, murmelte sie.

»Ich kann es nicht erwarten, dich unter mir zu fühlen«, gab Oz zu.

»Was, wenn ich oben sein will?«, fragte sie mit einem Lächeln.

»Das passt mir ebenso gut«, sagte er zu ihr. »Über mir, unter mir, vor mir, wie auch immer du willst. Ich mache alles mit.«

»Mir ist es egal. Ich will nur dich«, sagte Riley schüchtern.

»Zeit fürs Bett«, beschloss Oz. Sein Schwanz pulsierte schmerzhaft in seiner Hose und er wusste, dass er nicht länger auf dem Sofa bleiben konnte, ohne über sie herzufallen. Aber er wollte nicht, dass Logan sie zufällig sah. Das wäre nicht nur für ihn, sondern auch für Riley sehr unangenehm.

Er stand auf, griff nach Rileys Hand und zog sie ebenfalls auf die Beine. Er ließ den Blick an ihrem Körper entlangwandern und konnte erkennen, dass ihre Nippel hart waren. Ihm lief das Wasser im Mund zusammen. Er wollte so gern ihre harten Knospen in seinem Mund spüren.

Er hörte sie leise lachen, als er sie den Flur zu seinem Schlafzimmer hinunterzog. Logan hatte seine Tür wie immer einen Spalt offen gelassen und Oz machte sich eine mentale Notiz, dass sie leise sein mussten. Dann öffnete er die Tür zu ihrem eigenen Schlafzimmer.

Er schloss die Tür hinter ihnen, behielt Rileys Hand in seiner, drehte sich um und setzte sich aufs Bett; Riley folgte ihm. Sie setzte sich auf seinen Schoß und Oz rutschte nach hinten, während sie auf ihm saß. Sein Schwanz presste gegen ihren Oberschenkel und Oz musste sich zurückhalten, um seine Hüfte nicht nach oben in ihre Richtung zu stoßen.

Als er die Mitte des Bettes erreicht hatte und ihre Beine nicht mehr über die Kante hingen, drehte er sie beide noch einmal, sodass sie auf der Matratze lagen.

»Es ist ziemlich sexy, dass du das kannst«, sagte Riley.

»Was kannst?«

»Mich bewegen, wenn ich auf dir sitze. Als wäre es überhaupt nicht schwierig.«

Oz grinste. »Es ist nicht schwierig«, sagte er. »Du bist nicht schwer. Fast wie mein Rucksack.«

Riley rollte die Augen. »Oh, das ist genau das, was jedes Mädchen hören will.«

Oz liebte es, dass sie so miteinander scherzen konnten. Er merkte, dass er Spaß mit ihr hatte. Er wollte bei ihr sein. Er wollte in ihr sein; so sehr, dass sein Schwanz noch immer in seiner Hose pulsierte. Er liebte es, dass sie dabei Witze miteinander machen konnten und sie darauf einging.

Er fuhr mit seinen Händen unter ihr Oberteil, bis ihre Brüste in seinen Händen lagen. Er drückte sie leicht und Riley streckte den Rücken durch, presste sich in seine Berührung.

»Ich will es langsam angehen. Ich will dir nicht wehtun«, sagte er, während ihm das Wasser im Mund zusammenlief.

Sie verlagerte das Gewicht über ihm, sodass sie seinen Schwanz noch besser spüren konnte. »Zum ersten Mal im Leben bin ich richtig erregt«, sagte Riley und sah ihm dabei tief in die Augen. »Ich habe mich noch nie so gefühlt. Ich hatte davor nie Lust. Ich dachte, Sex sei etwas, das einfach von mir verlangt wird. Aber mit dir ... Ich brauche dich. Ich kann nicht darauf warten, dich in mir zu spüren. Ich bin etwas nervös, weil ich nicht weiß, wie groß du bist, aber ich vertraue dir.«

Ihre Worte führten dazu, dass die ersten Lusttropfen sich an der Spitze seines Schwanzes sammelten. Oz konnte fühlen, wie seine Unterwäsche langsam feucht wurde. Er würde in seiner Hose kommen, wenn sie nicht bald etwas dagegen tun würden. »Du bist groß genug für meinen Schwanz«, sagte er und hoffte, dass das wahr war. Er war ein großer Mann ... überall. Bis jetzt hatte sich noch niemand beschwert, aber Riley war kleiner als die anderen Frauen, mit denen er in der Vergangenheit ausgegangen war. Dies war für sie beide eine neue Erfahrung.

Riley lächelte ihn an und griff dann nach dem Saum ihres Oberteils. Im Nu hatte sie es ausgezogen. Ihre großen Brüste quollen aus ihrem BH hervor und er zupfte an dem Stoff, wollte sie endlich sehen.

Er brauchte eine Sekunde, um zu realisieren, was er sah, aber als er es tat, richtete er sich halb auf, legte eine Hand an Rileys Rücken, um sie in Position zu halten, und nahm dann eine ihrer großen Brüste in den Mund. Ihre Nippel waren groß und dunkelrot; sie hatten sich zu festen, kleinen Spitzen verhärtet. Er öffnete seinen Mund weit und nahm so viel von ihr darin auf, wie es ihm möglich war. Dann saugte er daran, so fest er konnte.

Riley kreischte leise auf, ein Geräusch, das sich nach und nach in Stöhnen verwandelte, während er ihre Brust liebkoste. Bevor er wusste, was er getan hatte, hatte Oz sie auf den Rücken gedreht und thronte über ihr. Er wusste, dass ihre Köpfe sich am Fußende des Bettes befanden, aber das war ihm egal. Nichts war wichtig, außer Riley.

Sie beschwerte sich nicht über den Positionswechsel, aber sie lag auch nicht passiv auf dem Rücken. Oz fühlte, wie sie mit den Händen seinen Körper erkundete. Aber anstatt nach seinem Hemd zu greifen, fühlte er, wie sie sich an seiner Hose zu schaffen machte. Jedes Mal wenn sie mit den Händen über seinen Schwanz strich, fühlte er, wie ihn die Lust durchströmte. Sie machte ihn fast wahnsinnig.

Er wollte seinen Mund nicht von ihrer Brust nehmen, aber er musste sie nackt sehen. Musste Riley endlich nackt sehen. Er saugte noch einmal an ihrer Brust, dann ließ er sie los. Sein Schwanz hüpfte aufgeregt. Er schob ihre Hände beiseite und richtete sich auf die Knie auf. »Klamotten. Weg damit«, sagte er und wusste selbst, dass er wie ein Höhlenmensch klang.

Aber Riley beschwerte sich nicht. Sagte ihm nicht, dass er zu schnell war. Er griff nach dem Bund ihrer Hose und sie hob die Hüften, sodass er sie nach unten ziehen konnte.

Die lustvolle Art, wie sie sich unter ihm bewegte, und die Berührung ihrer Beine an seinen machten es fast unmöglich, seine eigene Hose über seine Erektion zu streifen. Aber irgendwie, mithilfe einer gymnastischen Einlage, die einen Applaus verdient hätte, wenn er sich nicht so schnell wie möglich hätte ausziehen wollen, schaffte er es, die Hose und die Unterwäsche loszuwerden.

Er zog sich gerade das Hemd aus, als er fühlte, wie Riley mit der Hand Kreise um seinen Schwanz zog.

Er erstarrte mit dem Hemd über seinem Kopf und konnte nichts anderes machen, als sich daran zu erinnern, wie man atmete.

Es dauerte nur ein paar Sekunden, aber es reichte, sodass Oz' Schwanz sich zu seiner vollen Größe aufrichtete. Er schmiss das Hemd zur Seite und starrte sie an. Er war vielleicht oben, aber sie hatte volle Kontrolle über die Situation. Riley war, bis auf ihren BH, nackt. Die Schalen ihres BHs waren nach unten gezogen und ihre Brüste lagen somit frei. Ihre Nippel waren noch immer hart und er konnte sehen, dass ihre Schamhaare kurz geschnitten waren.

Sie lächelte ihn schüchtern an, während sie mit den Händen weiter seinen Schwanz streichelte. »Ich hatte recht, du bist groß«, sagte sie zu ihm.

Oz wollte am liebsten nach oben rutschen und seinen Schwanz zwischen ihre gewaltigen Brüste schieben, wollte, dass sie die Spitze seiner Männlichkeit leckte, jedes Mal, wenn er nach vorn stieß, aber das würde später kommen. Er musste dafür sorgen, dass sie bereit war, ihn zu empfangen – und das, bevor er kam.

»Bitte sag mir, dass du ein Kondom hast«, flüsterte sie.

Oz wollte lachen. »Ist es dir peinlich, über Verhütung zu reden, während du meinen Schwanz streichelst und ich die Erregung deiner Muschi riechen kann?«

Er hatte vergessen, ihr zu verraten, dass er gern schmutzige Dinge sagte, wenn er heiß war.

»Ich weiß nicht«, sagte sie sanft.

Oz schüttelte amüsiert den Kopf. »Ich habe Kondome, Ri. Ich würde dich niemals in Gefahr bringen. Ich habe nichts Ansteckendes. In der Armee werden wir regelmäßig getestet.«

»Wirklich?«, entgegnete sie und legte den Kopf schief.

Oz atmete scharf ein, als sie mit einem Fingernagel an der empfindlichen Unterseite seines Schwanzes entlangfuhr. »Ja, wirklich«, antwortete er abwesend und schloss die Augen, um diesen Moment in Erinnerung zu behalten.

»Das ist gut. Ich auch nicht. Ich habe nicht mit vielen Männern geschlafen und sie haben immer ein Kondom benutzt, aber ich gehe jedes Jahr zum Frauenarzt.«

Oz hatte genug von diesem Gespräch – aber nicht, bevor er eine kurze Vision von Riley hatte, hochschwanger, ihr Kind in sich tragend.

Oz ließ sich auf den Rücken fallen und zog Riley mit sich. Er legte die Hände auf ihren Hintern und zog sie nach oben. Sie lachte – bis er ihre Hüften packte und sie aufforderte, sich auf sein Gesicht zu setzen.

»Oh, Porter, ich glaube nicht –«

»Nicht denken«, befahl er und schaute an ihr hinauf. Sie war so hübsch. Er liebte die Aussicht von seiner Position. Er konnte den Geruch ihrer Lust nun stärker riechen, sah ihren Bauch und ihre Nippel, die noch immer hart waren.

Sie blickte ihn unsicher an und ihm wurde bewusst, dass das noch nie ein Mann für sie getan hatte. Zumindest nicht in dieser Position.

Er sah ihre Muschi an und leckte sich die Lippen. Dann hob er den Kopf und liebkoste sie mit seiner Nase. Riley stöhnte.

»Leise, Rile«, erinnerte er sie. »Wir wollen nicht, dass Logan aufwacht.« Dann begann er ernsthaft damit, seine Frau zu befriedigen.

Seine Zunge suchte sich einen Weg zwischen ihre Falten und er leckte sie, einmal, langsam. Ihr Geschmack explodierte in seinem Mund. Sie hatte einen herben, süßen Geschmack und er wollte mehr. Er wollte, dass ihre Lust ihm ins Gesicht tropfte.

Er vergrub seine Finger in ihrer Hüfte und tat sein Bestes, ihr Lust zu bereiten. Es dauerte ein bisschen, bis sie sich an den Oralsex gewöhnt hatte, aber als sie es getan hatte, schloss Oz die Augen und genoss sie in vollen Zügen.

Ihre Hüften begannen, sich zu bewegen, und es war nicht einfach für ihn, seine Zunge an ihrem Lustpunkt zu halten. Aber er blieb dran und liebte es, wie sie sein Gesicht ritt. Sie versuchte, leise zu sein, aber kleine Lustschreie entwichen ihr immer wieder. Sie war leidenschaftlich und Oz hatte das Gefühl, dass sie sich später schämen würde, wenn sie sich daran erinnerte, wie sehr sie es genossen hatte. Aber er liebte es.

Es dauerte nicht lange und ihre Beine begannen zu zittern, weil sie nicht auf ihn fallen wollte. Oz nutzte die Kraft seiner Arme, um sie aufrecht zu halten, und konnte fühlen, wie sich ihr Orgasmus anbahnte.

Ihre Bauchmuskeln begannen zu zittern, dann hielt sie die Luft an und ihre Oberschenkel drückten gegen seinen Kopf. Oz bewegte seine Zunge noch schneller an ihrer Klitoris. Ihre Knospe war geschwollen und er ließ nicht locker. Er wollte, dass ihr Höhepunkt der beste war, den sie je erlebt hatte.

»Porter!«, rief sie leise, kurz bevor ihr gesamter Körper unkontrolliert zu zittern begann.

Zu sehen, wie ihr Höhepunkt sie erfasste, war das Beste, was er je erlebt hatte. Oz wollte sie nehmen. Wollte Riley ganz zu der Seinen machen.

Als sie neben ihm auf den Rücken fiel, rollte er sich ab und griff nach dem Kondom in der Nachttischschublade. Er drehte sich auf seine Knie, rutschte zwischen ihre Beine und drückte sie weiter auseinander. Dann zog er das Kondom über seinen großen Schwanz und bewegte sich langsam vorwärts, bis seine Spitze ihre Muschi berührte. Er nahm seinen Schwanz in die Hand und rieb mit der Spitze über ihren Lustpunkt.

Riley stöhnte und wand sich unter ihm. »Oh Gott, Porter. Mehr. Ich brauche mehr.«

Er wollte ihr den BH ausziehen. Wollte sie hinhalten. Aber sein Schwanz wollte nichts davon wissen. Er wollte in ihr sein. Sofort.

Er steuerte seine Spitze gegen ihren Eingang und stützte sich ab.

»Schau mich an«, sagte er mit tiefer, rauchiger Stimme.

Ihr Blick fand sofort seinen und sie umfasste mit den Händen seine Arme. Er fühlte, wie sie die Beine weiter auseinandernahm, und sagte ihm so ohne Worte, dass er weitermachen sollte.

»Du gehörst zu mir«, sagte er, während er langsam in sie hineinglitt.

»Und du zu mir«, antwortete sie und atmete stoßweise.

»Richtig«, stimmte er zu. Er liebte den Klang ihrer Liebkosungen.

Sie konnten beide nicht mehr sprechen, als sein Schwanz tiefer in sie eindrang. Sie war eng und er musste ein paarmal neu ansetzen, um ganz in sie eindringen zu können. Aber als ihre Schamhaare endlich aufeinandertrafen, seufzte sie zufrieden auf.

»Du passt in mich rein«, flüsterte sie.

»Und wie«, erwiderte er.

»Warum bewegst du dich nicht?«, fragte sie.

»Wenn ich mich jetzt bewege, dann komme ich sofort. Und ich will nicht die Chance verpassen, dich richtig vögeln zu können.«

Riley lachte leise unter ihm und er konnte die Kontraktion ihrer Muskeln an seinem Schwanz fühlen.

»Oh, verdammt«, sagte Oz, als seine Hüften ohne sein Zutun ausholten und er seinen Schwanz in sie hineinstieß.

Ihr Lachen wurde zum Stöhnen. »Gott, Porter, du bist so tief in mir.«

Jedes Wort machte ihn mehr an und Oz konnte sich nicht helfen, er stieß erneut zu. Immer wieder drang er in sie ein und als er an sich hinuntersah, konnte er erkennen, wie ihre Feuchte das Kondom umgab, das er übergezogen hatte.

Er hasste es, dass das Plastikteil sich zwischen ihnen befand. Er wollte ihre Feuchte auf seiner Haut fühlen. Wollte fühlen, wie ihr Innerstes gegen seinen Schwanz rieb.

Ihre Hüfte kam ihm beim nächsten Stoß entgegen und er vergaß das Kondom sofort. Er liebte es, dass sie sich aktiv beteiligte. Er vermutete, dass er länger durchhalten würde, wenn er ihr die Kontrolle gab. Deshalb lehnte er sich zu ihr und flüsterte: »Halt dich fest«, bevor er sich auf den Rücken rollte und sie mitnahm. Das Bettlaken hatte sich gelöst und er konnte die Falten unter seinem Rücken fühlen, aber das war ihm egal. Er wollte sich nur auf Riley konzentrieren, die versuchte, sich an die neue Position zu gewöhnen.

Ihre Haare standen in alle Richtungen und sie hatte rote

Flecke auf der Brust. Und sie war die schönste Frau, die er je gesehen hatte.

»Fick mich«, befahl er.

Ein Lächeln erschien auf ihrem Gesicht – und Oz wusste sofort, dass er einen taktischen Fehler begangen hatte.

Er hatte erwartet, dass er länger durchhalten würde, wenn sie oben war und die Geschwindigkeit der Stöße kontrollierte, aber er hatte falsch gedacht. Ihr nackter Körper über ihm und die Lust in ihren Augen, als sie ihre Hüfte bewegte, würden ihn nur noch schneller zum Kommen bringen.

Einmal mehr richtete er sich halb auf und griff nach dem Verschluss ihres BHs. Er öffnete ihn und zog die Träger an ihren Armen hinunter. Nun hingen ihre Brüste frei und als sie sich über ihm zu bewegen begann, hüpften sie auf und ab.

Oz wusste nicht, warum Männer die Brüste von Frauen so faszinierend fanden. Vielleicht weil sie so anders aussahen als eine Männerbrust. Aber er wusste, dass der Anblick von Rileys schwingenden, großen Brüsten über ihm genauso erregend war wie damals, als er als Teenager den ersten Blick auf ein Playboy-Magazin erhascht hatte.

Er ließ den Blick nach unten wandern, wo ihre Körper sich trafen. Er konnte immer noch nicht glauben, dass dies wirklich geschah. Riley ritt seinen Schwanz. Endlich. Er hatte die Hände zu Fäusten geballt, während er unter ihr lag, und er ließ sie nehmen, was sie wollte und brauchte. Eine ihrer Hände lag auf seinem Oberkörper, um sich abzustützen, während sie ihn ritt.

Als die andere Hand ihren Weg zu ihrer Klitoris fand, hatte er genug davon, ihr die Kontrolle zu geben.

»Halt dich fest«, befahl er, als er mit den Händen ihre Hüften ergriff. Und das war die einzige Vorwarnung, die sie bekam.

Riley war in ihrer Lust gefangen. Sie fühlte sich fast wie betrunken; ein weiterer Höhepunkt bahnte sich langsam an. Porter war groß und füllte sie ganz aus. Sie war noch immer überrascht, wie gut sich das anfühlte. Jedes Mal wenn er in sie eindrang, konnte sie spüren, wie die Spitze seines Schwanzes bis zu ihrem Muttermund vordrang. Das tat ihr nicht weh, aber sie konnte sehr genau fühlen, wie groß er war.

Sie liebte es, dass sie die Kontrolle übernehmen durfte. Liebte es, seine breite Brust anzuschauen, während sie ihn ritt. Sie liebte die Geräusche, die ihre Körper machten, wenn sie sich trafen. Aber sie brauchte mehr.

Sie führte eine Hand an ihren Lustpunkt und begann, sich zu befriedigen. Ihre Klitoris war von vorhin, als er sie geleckt hatte, immer noch geschwollen. Riley wusste, dass sie diese Erfahrung bis an ihr Lebensende würde genießen können. Zuerst hatte sie sich geschämt, aber er hatte sie so leidenschaftlich befriedigt, dass sie alles um sich herum vergessen hatte und sein Gesicht ritt, bis sie gekommen war.

Mit den Fingern berührte sie seinen Schwanz, während er immer wieder in sie hineinglitt, und das erregte sie noch mehr. Riley erkannte sich selbst nicht wieder. Sie war nie besonders leidenschaftlich gewesen. Hatte nie das Gefühl gehabt, einen Schwanz in sich spüren zu müssen, wie sie es jetzt mit Porter tat.

Sie befand sich am Rande eines weiteren Höhepunktes, als sie seine Hände an ihrer Hüfte fühlte.

»Halt dich fest«, sagte er.

Riley war sich nicht sicher, wo sie sich festhalten sollte, aber sie grub ihre Finger in seine Brust und öffnete ihre Beine noch etwas weiter. Sie konnte fühlen, wie sich ihre

Beine gegen die Bewegung sträubten, aber das war ihr im Moment egal.

Dann begann Porter, sie richtig zu vögeln. Sie war zwar oben, hatte aber nicht die Kontrolle. Nicht mehr. Er hielt sie in Position, während er seine Hüfte auf sie zu bewegte und seinen großen Schwanz wieder und wieder in sie hineinstieß. Ihre Haut klatschte gegeneinander, während er sie vögelte, und Riley konnte sich kaum erinnern, wie man atmete.

»Berühr dich«, befahl Porter. »Ich will, dass du kommst, während mein Schwanz in dir steckt. Ich will fühlen, wie dein Saft an meinem Schwanz entlangläuft.«

Himmel. Seine Verbalerotik war so heiß. Und sein Schwanz in ihr brachte sie dazu, Dinge zu fühlen, die sie noch nie in ihrem Leben gefühlt hatte. Sie liebe es.

Ihre Muskeln zogen sich jedes Mal zusammen, wenn er sich zurückzog, in einer vergeblichen Geste, ihn in sich halten zu wollen, und entspannten sich, sobald er wieder in sie hineinstieß. Rein. Raus. Rein. Raus.

»Verdammt, ich habe keine Kontrolle mehr über mich«, stöhnte Porter.

Sie hatte kein Problem damit, dass er außer Kontrolle war.

Riley fühlte, wie sich ein weiterer Höhepunkt in ihr aufbaute. Sie schnappte nach Luft und stützte sich mit der Hand, mit der sie sich selbst befriedigt hatte, auf seiner Brust ab.

Aber Porter gefiel das nicht und er kümmerte sich sofort um ihre Klitoris. Mit seinen schwieligen Fingerspitzen streichelte er ihre Knospe härter, als sie es bisher getan hatte. Es war genug, um sie sofort zum Orgasmus zu bringen. Ihre Muskeln spannten sich um seinen Schwanz an und sie schloss die Augen.

»Ja, das ist es. Verdammt, das ist großartig«, flüsterte Porter.

Dann stöhnte auch er und stieß noch tiefer in sie hinein. Er hielt ihre Hüfte an die seine gedrückt und stöhnte lange und tief, als auch er seinen Höhepunkt erreichte.

Für einen Zeitraum, der sich wie eine Ewigkeit anfühlte, verweilten sie in genau dieser Position. Dann gaben ihre Arme nach und sie ließ sich gegen seine Brust sinken. Porter nahm sie sofort in die Arme und hielt sie gegen seinen Oberkörper gedrückt.

Nach einer Weile fragte er sie: »Geht es dir gut?«

»Mir geht es guter als je zuvor«, witzelte Riley.

»›Guter‹?«, fragte Porter mit einem leisen Lachen.

»Dies ist nicht die Zeit für eine Grammatikstunde«, murmelte sie an seiner Brust.

»Nein. Du hast recht.« Sie fühlte, wie er sie auf den Kopf küsste, bevor er sagte: »Das war großartig.«

»Mhm.« Riley war erledigt. Es war ein langer Tag gewesen und sie war müde. Und die beiden Höhepunkte, die Porter ihr geschenkt hatte, hatten ihr den Rest gegeben. Er bewegte sich und sie erneut – sie liebte es, wie einfach es ihm fiel, sie ohne ihr eigenes Zutun zu bewegen – und zog seinen Schwanz aus ihrer Muschi, bevor sie protestieren konnte.

»Ich bin gleich zurück. Ich muss das Kondom entsorgen und nach Logan sehen.«

»Okay«, murmelte sie.

»Mensch, du bist so süß«, sagte Porter, bevor er sich auf die andere Seite rollte. Er sorgte dafür, dass das Bettzeug wieder einigermaßen glatt lag, bevor er sie noch einmal küsste und dann zum Badezimmer ging. Als Letztes sah Riley seinen gut aussehenden Hintern, bevor er verschwand.

Oz wollte Riley nicht zurücklassen, aber er musste sich davon überzeugen, dass Logan nicht geweckt worden war, und auch das Kondom forderte seine Aufmerksamkeit ein. Er zog es von seinem Schwanz und starrte es missgünstig an. Noch nie hatte er ein Problem damit gehabt, ein Kondom zu tragen. Er hatte es immer übergezogen, weil es die richtige und sichere Entscheidung gewesen war.

Aber mit Riley? Er wollte sehen, wie sein Sperma aus ihr herauslief. Wollte wissen, dass er sie bis zum Überfluss gefüllt hatte. Das war natürlich ein sehr altmodischer Gedanke, aber so fühlte er sich.

Sie war die Seine. Er hatte es gesagt und sie hatte sich nicht beschwert; stattdessen hatte sie erwidert, dass er ihr gehöre. In letzter Zeit hatte es große Veränderungen gegeben, aber seine Beziehung zu Riley erschien einfach richtig. Logan und Riley an seiner Seite zu haben ... und nun auch das Bett mit Riley zu teilen – es fühlte sich an wie sein Schicksal. Er musste nur herausfinden, was Logans großes Geheimnis war, sich darum kümmern und dann konnten sie ihr normales Leben weiterleben.

Oz benutzte einen Waschlappen, um sich zu säubern, und zog dann eine Unterhose an, bevor er zu Logans Zimmer ging. Als er sein eigenes Schlafzimmer durchquerte, sah er, dass Riley eingeschlafen war. Sie sah bezaubernd aus, wie sich ihr kleiner Körper in seinem großen Bett zusammengerollt hatte. Er konnte es gar nicht erwarten, zu ihr zurückzukehren und sie in die Arme zu nehmen. Er hatte die letzte Nacht, die sie bei ihm verbracht hatte, sehr gut geschlafen und war sich sicher, dass es diese Nacht genauso sein würde.

Die Müdigkeit meldete sich nun auch in Oz, aber er kämpfte dagegen an. Er ging den Gang hinunter und spähte in Logans Zimmer. Der Junge schlief tief und fest. Er hatte sich in der Mitte des Bettes ausgebreitet und alle Gliedmaßen von sich gestreckt. Seine Bettdecke hatte er zur Seite geschoben. Oz wusste nun, dass Logan schlief, und lehnte die Tür wieder an.

Dann, wie er es immer tat, wenn er nachts aufwachte, kontrollierte er, ob die Wohnungstür und alle Fenster geschlossen waren. Es war nicht so, dass er sich in seiner Wohnung unsicher fühlte, aber er hatte in seinem Leben genug gesehen, um vorsichtig zu sein.

Als er wusste, dass alle Fenster und Türen geschlossen waren und die Welt in Ordnung war, ging er zurück ins Schlafzimmer. Er dachte darüber nach, ob er Riley wecken und ihr das T-Shirt geben sollte, das sie letzte Nacht getragen hatte, aber dann entschied er sich dagegen. Er wollte ihre nackte Haut an seiner fühlen. Er hatte das Gefühl, dass er nie genug von ihrem nackten Anblick bekommen könnte. Wenn es nach ihm ginge, könnte sie die ganze Zeit nackt sein. Aber das war natürlich nicht möglich, vor allem, weil Logan auch in der Wohnung lebte. Er musste die Momente genießen, die er bekam.

Oz hätte am liebsten seine eigene Unterhose wieder ausgezogen, wusste aber, dass es besser war, sie anzulassen. Obwohl Riley offensichtlich viel Spaß gehabt hatte, würde sie am Morgen bestimmt noch nicht für eine zweite Runde bereit sein. Er hatte mitbekommen, wie schwer es für sie gewesen war, ihn ganz in sich aufzunehmen, auch nach ihrem ersten Orgasmus. Es wäre bestimmt nicht angenehm, wenn sein ungeduldiger Schwanz sie in der Nacht belästigen würde.

Er hoffte, dass seine Männlichkeit sich benehmen würde, und kletterte ins Bett. Die Bettwäsche roch nach Sex und Rileys Säften. Er liebte es. Als die Matratze sich mit seinem Gewicht absenkte, drehte Riley sich zu ihm. Sie platzierte ihr Gesicht auf seiner Brust und seufzte glücklich.

Ihm ging das Herz auf. Falls es das war, was Trigger, Lefty und Brain fühlten, wenn sie ihre Frauen im Arm hielten, dann konnte er gut verstehen, warum sie es nach Einsätzen kaum erwarten konnten, nach Hause zu kommen. Oz' Leben hatte sich sehr verändert, als Logan vor seiner Tür auftauchte, aber das war nichts im Vergleich zu der Veränderung, die er im Moment fühlte.

Sollte Riley ihn je verlassen, würde er nicht darüber hinwegkommen. Das wusste er. Er schwor sich, alles zu tun, um sie glücklich zu machen. Im Bett, aber auch in ihrem restlichen Leben. Es war nicht einfach, mit einem Soldaten verheiratet zu sein, vor allem nicht, wenn dieser in einer Spezialeinheit diente. Mit einem Kind war es fast ein Ding der Unmöglichkeit.

Sie würden ein größeres Haus brauchen. Wo sie auch in Ruhe arbeiten konnte. Er würde ihr ein Arbeitszimmer einrichten, sodass sie ohne Ablenkungen ihren Job verrichten konnte. Und er würde dafür sorgen, dass ihre Freundschaft mit Gillian, Kinley und Aspen weiterwuchs. Er wusste von einem Kameraden, dass es für ihre Freundinnen wichtig war, Gesprächspartnerinnen zu haben – vor allem dann, wenn die Männer auf einem Einsatz waren.

Er musste auch eine Schule finden, in der Logan glücklicher war. Riley sollte nicht noch einmal in die Lage kommen, alles stehen und liegen zu lassen, um zu Logans Schule zu fahren, wenn der Junge eigentlich nichts falsch gemacht hatte.

Sie alle brauchten einen geregelten Tagesablauf und Oz nahm sich vor, alles dafür zu tun, ihnen diesen geben zu können.

Seine Augenlider wurden schwer und Oz versuchte, seine Gedanken ruhen zu lassen. Sein Leben hatte sich im letzten Monat vollkommen verändert, aber das störte ihn nicht. Wie konnte es das auch, wenn diese Veränderungen dazu geführt hatten, dass Riley und Logan nun zu ihm gehörten?

Oz schlief mit Riley in seinen Armen ein und konnte jeden ihrer Atemzüge an seiner Brust spüren. Er war noch nie so zufrieden gewesen und er konnte sich ein Leben ohne sie schon jetzt nicht mehr vorstellen. Er hatte großes Glück, das wusste er. Nun, da er Riley gefunden hatte, wollte er nichts zwischen sie kommen lassen.

Nicht seine Arbeit. Nicht ihren Ex-Freund. Nichts auf der Welt.

Sie gehörte zu ihm. Sie hatte ihm zugestimmt und gesagt, dass er ebenfalls zu ihr gehörte.

Und das fühlte sich perfekt an.

KAPITEL FÜNFZEHN

Oz wachte auf und war glücklicher, als er es seit Langem gewesen war. Er war schon immer ein Frühaufsteher gewesen, bestimmt auch, weil er schon so lange als Soldat diente. Er und Riley hatten sich in der Nacht herumgedreht und nun lag er hinter ihr und hielt ihren kleinen Körper im Arm. Ihr Hintern drückte gegen seinen Schwanz und eine seiner Hände lag auf ihrer Brust.

Oz lächelte – er hätte die Hand nicht stillhalten können, selbst wenn er es gewollt hätte. Er begann, mit ihrem Nippel zu spielen, und liebte es, wie er bei seiner Berührung fast sofort hart wurde.

Riley drehte ich in seinen Armen und seufzte.

»Guten Morgen«, sagte Oz leise. Sie passte perfekt zu ihm, ihr Körper lag an seinem, als hätten sie schon immer zusammengehört.

»Guten Morgen«, antwortete sie verschlafen. »Wie spät ist es? Müssen wir Logan aufwecken?«

»Wir haben noch etwas Zeit«, sagte Oz zu ihr. »Entspann dich.« Dann bewegte er seine Hand an ihrem Körper hinunter zu ihrer Muschi.

Riley atmete tief ein und griff nach seinem Handgelenk. »Porter?«

»Entspann dich«, wiederholte er. »Lass mich dafür sorgen, dass du gut in den Tag starten kannst.«

»Ich glaube, ich kann das nicht, wenn es draußen schon hell ist.«

Oz musste lachen. »Dann schließ die Augen.«

Sie drehte den Kopf und schaute ihn über ihre Schulter hinweg an. »Willst du etwa ...« Sie hielt inne.

Es war schwer zu glauben, dass die leidenschaftliche Frau, die er gestern Abend kennengelernt hatte, heute Morgen zu schüchtern war, um dort weiterzumachen, wo sie aufgehört hatten. Aber Oz machte sich nicht über sie lustig. Er fand ihre Zurückhaltung süß.

»Ich nehme an, dass du heute Morgen auch etwas mitgenommen bist«, sagte er, während er vorsichtig ihre Falten erkundete.

Sie antwortete: »Nicht wirklich«, und drehte sich von seiner Berührung weg.

»Ich habe dir versprochen, dass ich dir nicht wehtun werde, das galt gestern Abend genauso wie heute Morgen. Vertrau mir.«

»Das tue ich«, sagte sie sofort und entspannte sich. Ihre Finger lockerten sich um sein Handgelenk, aber sie ließ ihn nicht vollkommen gehen.

Er bewegte seine Finger und ließ sie langsam um ihren Lustpunkt kreisen. Er erkundete sie langsam, ließ sich Zeit, war nicht in Eile. Es dauerte ein oder zwei Minuten, aber dann fühlte er, wie sich ihr Körper vollkommen entspannte und ihre Hüften sich sogar ein Stück auf ihn zubewegten.

»So ist es gut, Ri. Genieße es. Ich will, dass du dich gut fühlst.«

»Ich fühle mich immer gut, wenn ich bei dir bin«, sagte sie und sorgte dafür, dass er lächeln musste.

Er bewegte seinen Finger nach unten, in Richtung ihrer Falten, um seine Finger mit ihrem Saft zu benetzen, bevor er sich wieder ihrer Klitoris widmete. Obwohl er gestern Abend gedanklich sehr abgelenkt gewesen war, hatte er sich daran erinnert, was genau ihr gefiel und wie sie sich selbst befriedigte. Er wünschte sich, dass sie auf dem Rücken lag und er zwischen ihren Beinen, wünschte sich, ganz nahe bei ihr zu sein, aber er mochte es auch, sie dabei in den Armen zu halten. Er konnte genau spüren, wie sie sich bewegte. Wie sie sich an ihn drückte und wie sie sich zurückzog, wenn er zu enthusiastisch wurde.

Ihr Atem ging schneller, als auch seine Finger schneller wurden, und ihr Griff um sein Handgelenk wurde fester. Es fühlte sich intim an, dass sie das Gelenk der Hand umfasste, die sie befriedigte.

»Porter«, flüsterte sie.

»Weiter so«, feuerte er sie an. »Du bist wunderschön. Deine Nippel sind ganz hart und ich kann deine Lust riechen. Ich liebe deinen Geschmack und kann gar nicht genug von dir bekommen. Der Gedanke daran, wie du dich in meinem Bett befriedigst, während ich weg war, macht mich richtig heiß. Versprich mir, dass du dich jeden Abend selbst befriedigen wirst, wenn wir nicht zusammen im Bett schlafen. Ich will mir vorstellen, wie du dich selbst berührst, hier in meinem Bett.«

Sie schnappte nach Luft, antwortete ihm aber nicht.

»Riley?«, fragte Oz und ließ seine Hand innehalten. »Versprich es mir.«

»Versprochen«, rief sie. »Nicht aufhören! Ich komme gleich!«

Das wusste er. Er lernte schnell. Sein Schwanz war hart und presste gegen ihren Hintern, während sie sich gegen seine Hand drückte. Er wollte sich ebenfalls Erleichterung verschaffen, seinen Schwanz in ihre nasse Muschi stoßen, aber dieser Morgen gehörte ihr. So schnell konnte sie ihn nicht schon wieder in sich aufnehmen.

Er bewegte seine Finger und drückte gegen ihre Klitoris. Riley stöhnte und wollte die Beine weiter spreizen, aber ihre Position ließ das nicht zu.

Oz hielt sie hin, solange er konnte, und genoss es, wie sehr sie sich ihm hingab, nachdem sie erst einmal ihre anfängliche Scheu überwunden hatte. Frigide? Sie was alles andere als das. Sie konnte leidenschaftlicher werden als jede andere Frau, mit der er geschlafen hatte.

Rileys Griff an seinem Handgelenk wurde fester, bis er fast schmerzte. Ihre Arme begannen zu zittern, als der Höhepunkt sie überrollte. Das war zu viel für Oz. Eigentlich dachte er, dass er sich zurückhalten konnte, bis er unter der Dusche stand, aber da hatte er wohl falschgelegen. Er fühlte, wie das Sperma aus ihm hinausschoss, während er seinen Schwanz an ihrem Hintern rieb. Das hätte ihm peinlich sein sollen, aber er fühlte sich einfach befriedigt.

Nach einem Moment sagte sie leise: »Wir müssen duschen.«

Er zog seine Hand zurück und leckte ihre Säfte von seinen Fingern.

Dann legte er seinen Arm um ihre Hüfte und hielt sie fest.

»Bist du gekommen?«, fragte sie leise.

»Ja. In meine Unterhose. Ich konnte mich nicht zurück-halten. Wie dein Hintern immer wieder gegen meinen Schwanz stieß ... der Geruch deiner Lust ... dein Höhepunkt in meinen Armen ... du warst einfach zu heiß, ich konnte mich nicht beherrschen.«

»Ist es falsch, dass ich das toll finde?«, fragte sie.

»Nein. Deinen Mann zum Höhepunkt zu bringen ist nie ein Fehler«, sagte Oz zu ihr.

Riley wand sich in seinen Armen, bis sie auf dem

Rücken lag und zu ihm aufsah. »Du machst mir Angst, Porter«, sagte sie.

Er hätte nicht gedacht, dass sie so etwas in einem Moment wie diesem sagen würde. Er runzelte die Stirn. »Das will ich nicht.«

Sie schüttelte den Kopf. »Ich meine, es ist nur ... mich durchströmen im Moment so viele Gefühle. Es ist überwältigend. Falls du beschließen solltest, dass ich etwa zu schüchtern, zu ungebildet oder sonst etwas für dich bin, dann würde ich das nicht ertragen.«

Oz schüttelte sofort den Kopf. »Das verstehst du falsch, Ri. Ich bin derjenige, der Angst haben sollte. Du bist mir schon jetzt enorm wichtig. Mein Leben verändert sich im Moment so schnell. Ich versuche herauszufinden, wie ich ein gutes Vorbild für meinen Neffen sein kann. Die meisten Frauen wären nicht bereit, gleich am Anfang einer Beziehung auch mit dem Kind ihres Partners umzugehen. Und dann könnte ich jeden Tag auf einen weiteren Einsatz geschickt werden, der weiß Gott wie lange dauert. Ich habe Angst, dass es dir irgendwann zu viel wird, hinter dem Militär und Logan auf Platz drei zu landen. Nicht dass das wahr ist, du stehst natürlich nicht an dritter Stelle. Aber es wird Momente geben, in denen ich anderen Dingen die oberste Priorität geben muss.«

Riley hob eine Hand und legte sie in seinen Nacken, um ihn zu sich hinunterzuziehen. Sie küsste ihn. Lange und langsam. Als sie beide außer Atem waren, hob Oz den Kopf und sah zu ihr hinab.

»Ich habe kein Problem mit deinem Job«, sagte sie zu ihm. »Und ich verstehe, dass Logan an erster Stelle kommt. Das ist richtig so. Er braucht dich und ich glaube, du brauchst ihn auch. Ich will dich unterstützen, Porter. Solange, wie du es willst.«

Oz wollte am liebsten »für immer« antworten, aber er

wollte sie auch nicht ängstigen. Alles war nun anders, da sie das Bett miteinander geteilt hatten, aber er freute sich darauf herauszufinden, wohin ihre gemeinsame Reise gehen würde. Stattdessen sagte er: »Vielen Dank.«

»Keine Ursache«, entgegnete sie leise.

»Nun, wo wir darüber gesprochen haben … ich muss jetzt wirklich aufstehen. Meine Unterhose ist nass und das ist unbehaglich. Ich muss Logan wecken und mir überlegen, was wir zum Frühstück essen. Und in letzter Zeit habe ich mir beim Training nicht besonders viel Mühe gegeben. Wäre es in Ordnung, wenn du nach Logan siehst, während ich eine Runde joggen gehe? Ich brauche vielleicht vierzig Minuten. Dann kannst du in deine Wohnung zurückkehren, während ich mit Logan rede. Willst du heute mit uns die Schulen anschauen?«

»Das würde ich gern, aber ich habe keine Zeit. Ich muss arbeiten«, sagte Riley und runzelte die Stirn.

»Das hätte ich wissen sollen. Lass dich von mir niemals von deinen Pflichten abhalten, okay?«, entgegnete Oz.

»Okay. Aber ich will nicht, dass es so aussieht, als würde ich die Arbeit höher priorisieren als euch.«

»Das glaube ich dir. Ich bin stolz auf das, was du erreicht hast. Du hast dir einen guten Kundenstamm aufgebaut und die Arbeit läuft gut. Ich will dir nicht dazwischenfunken.«

Riley nickte.

Sie sahen sich einen Moment an, bevor Oz leise zu lachen anfing. »Normalerweise ist es nicht so schwer für mich, morgens aufzustehen, aber ich glaube, dass sich das in Zukunft ändern wird.«

Riley lief rot an und drückte seine Schulter. »Na dann, los geht's. Zeit zum Aufstehen, Langschläfer.«

Oz schüttelte den Kopf, aber er mochte es, wenn sie ihn aufzog. »Vielen Dank für dein Vertrauen gestern und heute. Und fürs Protokoll: Du bist ganz bestimmt nicht frigide.

Jeder, der mich dazu bringt, in meine Unterhose zu kommen, ist verdammt sexy.«

Er konnte sehen, dass ihr seine Worte gefielen, aber sie rollte mit den Augen. »Wenn du meinst.«

Oz küsste sie ein letztes Mal, dann stand er auf. Er zog sich die nasse Unterhose aus und warf sie in seinen Wäschekorb. Er musste unbedingt noch eine Ladung Wäsche aufsetzen, bevor er heute mit Logan loszog. Er ging zum Badezimmer und drehte sich um, um etwas zu ihr zu sagen, vergaß aber, was er hatte sagen wollen, als er sah, wie sie seinen Hintern musterte. »Schaust du mir etwa nach?«

»Ja«, gab sie unumwunden zu. »Ein Hintern wie deiner verdient es, bewundert zu werden.«

Oz lehnte sich in den Türrahmen und schäme sich nicht, weil er nackt war und sein Schwanz schon wieder auf Halbmast stand. »Ich habe gestern Abend schon gedacht, dass ich kein Problem damit hätte, wenn du immer nackt wärst – zumindest, wenn Logan nicht da ist.«

Riley setzte sich im Bett auf und zog die Bettdecke über ihre Brüste. »Keine Chance.«

Oz schmollte. »Warum nicht?«

»Darum. Viele Frauen fühlen sich in ihrem Körper nicht so wohl, wie Männer es tun. Und du siehst sowieso viel besser aus als ich mit all meinen hängenden Teilen.«

»Ich mag deine hängenden Teile«, versicherte er ihr. »Und ich kann es kaum erwarten, mir diese Teile erneut ganz genau anzuschauen.«

Riley lächelte. Dann sah sie, wie seine Erektion weitergewachsen war, und ihre Augen wurden groß. »Kannst du so überhaupt das Haus verlassen?«, fragte sie.

Oz musste lachen. »Nein. Was heißt, dass ich heute zweimal duschen muss. Jetzt, um mich um den kleinen Mann zu kümmern, und nachher nach dem Joggen. Ich sehe es schon kommen, ich werde in dieser Beziehung noch ein sehr reinlicher Mann werden.«

Riley biss sich auf die Lippe, während ihre Wangen rot anliefen. »Ich sehe nach Logan, während du ... duschst.«

»Das klingt gut. Ri?«

»Ja?«

»Ich liebe es, dich hierzuhaben. In meinem Bett. In meinem Leben.« So konnte er ansatzweise ausdrücken, was er für sie empfand, ohne seine Liebe einfach hinauszuposaunen.

»Ich bin auch gern hier«, gab sie zu.

»Das ist gut. Ich gehe jetzt duschen«, sagte Oz und zwang sich, sich vom Türrahmen abzustoßen. Er ging ins Badezimmer und schloss die Tür hinter sich. Am liebsten hätte er sie gebeten, mit ihm zusammen zu duschen, aber er wusste, dass sie dafür keine Zeit hatten. Für die Zukunft wollte er herausfinden, ob er in seiner Dusche eine Art Sitz einbauen konnte, damit sie dort bequemer Sex haben konnten. Dann kletterte er in die Dusche und stellte das Wasser an.

***

Anderthalb Stunden später saß Oz mit Logan auf dem Sofa. Riley hatte Omelett zum Frühstück gemacht, als er vom Joggen zurückkam. Sie hatte ihr Bestes versucht, Logan zum Lachen zu bringen, aber es war offensichtlich, dass dem Jungen etwas auf dem Herzen lag.

Oz hatte sie zu ihrer Tür gebracht und sie hatte ihn umarmt und gebeten, die Sache entspannt anzugehen. »Was auch immer er dir sagen wird, er vertraut darauf, dass du die Ruhe bewahrst.«

Das stimmte. Das Ereignis in der Schule hatte Logan wohl gezeigt, dass er seinem Onkel voll und ganz vertrauen konnte. Es hatte eine Weile gedauert, aber Oz konnte verstehen, dass er vorsichtig war.

»Hast du gut geschlafen?«, fragte Oz Logan.

Der Junge nickte. »Ich habe gestern Abend über etwas nachgedacht«, sagte er.

»Ja?«

»Warum Oz? Riley nennt dich bei deinem echten Namen. Mom hat das auch gemacht. Aber alle anderen nennen dich Oz. Warum?«

Oz zuckte mit den Schultern. »Als ich jünger war, habe ich viel Ozzy Ozbourne gehört. Ich hatte immer eine von seinen CDs an. Ein paar der Jungs, mit denen ich auf meinem ersten Stützpunkt zusammenlebte, begannen deshalb, mich Ozzy zu nennen. Später wurde Oz daraus.«

»CDs? Ich glaube, Mom hatte auch einige davon im Haus herumliegen.«

Oz musste lachen. »Ich hatte vergessen, dass man heute keine CDs mehr verwendet. Aber ja. Ich mochte seine Musik sehr und drehte im Auto die Lautstärke immer ganz auf. Ich bin überrascht, dass ich immer noch so gut hören kann.«

»Würde ich ihn mögen?«

»Ozzy Osbourne?«, fragte Oz.

»Ja.«

Er zuckte mit den Schultern. »Ich weiß es nicht. Er ist nicht jedermanns Geschmack und seine Musik ist ziemlich eigenartig. Aber du kannst dir gern ein paar Lieder anhören und mir sagen, was du denkst. Ich habe sicherlich noch einige seiner CDs irgendwo rumliegen.«

»Oder ich schaue einfach auf YouTube oder Spotify«, sagte Logan.

»Genau. Natürlich. Die Jugend und die Technologie«, sagte Oz kopfschüttelnd. Es war nicht so, dass er keine Ahnung von den neusten technischen Entwicklungen hatte.

Auf der Arbeit verwendeten sie einige davon. Aber er war einfach nervös, weil er nicht wusste, wie er mit Logan reden sollte, wenn dieser etwas auf dem Herzen hatte.

Logan lächelte ihn kurz an, dann schaute er in die Ferne.

»Du kannst mit mir über alles reden, mein Großer«, versicherte Oz ihm. »Ich kenne dich zwar noch nicht allzu lange, aber ich liebe dich. Und ich würde alles tun, damit du sicher, glücklich und gesund bist.«

»Ich bin hier glücklich«, sagte Logan leise. »Und manchmal fühle ich mich deshalb schlecht.«

»Warst du bei deiner Mom nicht glücklich?«, fragte Oz sanft.

»Nicht immer. Ich kann mich nicht an viel von dem erinnern, was passiert ist, als ich klein war. Aber ich weiß, dass sie viele Drogen genommen hat. Viele Männer kamen in unsere Wohnung und sie sagte mir immer, dass ich in meinem Zimmer warten soll.«

»Hat dir jemand wehgetan? Oder dich berührt, wenn du es nicht wolltest?« Oz war sich nicht sicher, wie er mit der Situation umgehen sollte. Er hoffe nur, dass er sich nicht zu schlecht anstellte. Er machte sich eine mentale Notiz, so bald wie möglich einen Kinderpsychologen zu finden. Aber nun wollte er einfach nur zuhören – egal was Logan ihm erzählen wollte.

»Nein. Mom hat alle angeschrien, die in mein Zimmer kommen wollten. Aber es war nicht einfach damals. Ich musste auf sie aufpassen. Schauen, dass sie genügend aß. Und manchmal musste ich auch Geld stehlen, damit ich Lebensmittel für uns einkaufen konnte. Aber es wurde besser. In den letzten Jahren war es schön bei ihr. Sie hat nicht mehr so viele Drogen genommen und versucht aufzuhören. Aber wenn sie zu lange wartete, dann zitterte sie am ganzen Körper und musste sich übergeben. Sie wurde richtig krank, bis sie wieder Drogen fand. Aber sie hat es versucht«, sagte Logan.

Oz hatte Mitleid mit ihm. Mit ihm und seiner Schwester. Becky war eine unabhängige Frau gewesen, die ungern Hilfe annahm. Hätte sie ihn kontaktiert, hätte er ihr helfen können. Aber wenn er ehrlich zu sich selbst war, dann wusste er nicht, wie er in diesem Moment reagiert hätte. Er hatte ihr klipp und klar gesagt, dass er mit den Drogen nichts zu tun haben wollte. Wäre sie zu ihm gekommen und hätte ihn um Hilfe für ihren Entzug gebeten, hätte er ihr geholfen? Er hoffte es, aber nun war es zu spät.

»Das ist gut«, sagte er zu Logan und meinte es auch so.

»Sie hatte einen Mann kennengelernt und für eine Weile dachte ich, dass er ganz nett sei. Aber dann begannen er und Mom, sich zu streiten. Und wie. Er mochte es nicht, dass sie mit den Drogen aufhören wollte. Er wollte viele Partys feiern und Leute einladen, aber das wollte sie nicht. Sie hat sich von ihm getrennt und ich war wieder glücklich. Aber er kam trotzdem ständig vorbei.«

»Wirklich? Warum tat er das, nachdem deine Mom mit ihm Schluss gemacht hatte?«

Logan schluckte schwer und sah auf seine Hände hinunter. »Weil er seine Tochter sehen wollte.«

Es dauerte eine Sekunde, bis Oz die Worte verstand.

Und als er es tat, wurde es ihm schwer ums Herz. »Wie bitte?«, flüsterte er.

Logan sah Oz in die Augen. »Das ist mein Geheimnis. Ich habe eine Schwester«, flüsterte er. »Wir haben andere Väter. Ihr Name ist Bria und sie ist sechseinhalb Jahre alt. Als Mom starb, kam ich zu dir und sie zu ihrem Vater. Ich vermisse sie sehr. Ich habe immer auf sie aufgepasst. Aber ich habe sie nicht mehr gesehen, seit ich hier bin. Kannst du rausfinden, wo sie jetzt ist und ob es ihr gut geht?«

In Oz' Kopf drehte sich alles – er musste sich stark am Riemen reißen, um nichts um sich zu werfen.

Er hatte nicht nur einen Neffen, von dem er lange nichts gewusst hatte, sondern auch eine Nichte. Die sonst wo lebte, bei einem Typen, der drogenabhängig war.

»Bist du wütend?«, flüsterte Logan.

Das half, damit Oz sich wieder unter Kontrolle hatte. »Nein«, versicherte er seinem Neffen. »Ich freue mich, dass ich eine Nichte habe, und ich bin traurig, dass du sie vermisst. Ich bin mir sicher, sie vermisst dich auch.«

Die Erleichterung auf Logans Gesicht war es wert, dass er sich so sehr zusammengerissen hatte.

»Unsere Pläne für heute haben sich geändert«, sagte er zu dem Jungen.

»Haben sie das?«

»Ja. Wir können uns die Schulen ein andermal anschauen. Heute will ich herausfinden, wo deine Schwester lebt, und wenn wir das schaffen, dann besuchen wir sie.«

Logan riss die Augen auf. »Heute?«

»Ja, mein Großer. Bria ist ihr Name, oder?«

Logan nickte.

»Okay. Also, du vermisst Bria und ich bin sicher, dass sie dich auch vermisst, weil du ein toller Junge bist und sicherlich auch ein toller Bruder. Aber zuerst muss ich telefonieren. Kannst du dich eine Weile selbst beschäftigen, während ich das tue?«

Logan nickte, sah aber schon wieder besorgt aus. »Darf ich nicht zuhören, wenn du telefonierst?«

Oz seufzte. »Du hast alles richtig gemacht, als du mir von deiner Schwester erzählt hast. Das Problem ist folgendes: Man hätte mir von Anfang an sagen sollen, dass ich noch eine Nichte habe. Und das wurde nicht gemacht. Deshalb werde ich vielleicht nicht ganz so nette Worte gebrauchen müssen, wenn ich beim Jugendamt anrufe. Und ich möchte eigentlich nicht, dass du das mitbekommst.«

»Ich bin zehn«, sagte Logan mit Nachdruck. »Ich bin kein Baby mehr und ich habe schon viele Schimpfwörter gehört.«

»Das stimmt, aber ich will nicht, dass du noch mehr von deinem Onkel hörst«, sagte Oz zu ihm.

Logan sah Oz lange an, dann nickte er. Er fragte: »Kann Riley auch mitkommen? Ich weiß, dass sie Bree mögen wird.«

»Ist das ihr Spitzname? Bree?«, fragte Oz.

Logan nickte.

»Okay. Ich bin mir absolut sicher, dass Riley Bree mögen wird. Und ja, ich kann sie fragen, ob sie mit uns kommen will. Aber ich warte damit, bis ich meine Anrufe getätigt habe. Sie muss noch einiges an Arbeit erledigen, mein Großer. Ich will auch, dass sie mitkommt. Aber es dauert sicher eine Weile, bis ich die richtigen Leute an der Strippe habe und wir deine Schwester besuchen können, okay?«

Oz konnte sehen, wie sein Neffe über seine Worte nachdachte, bevor er erneut nickte. »Okay.«

»Warum gehst du nicht in mein Schlafzimmer und schaust etwas fern? Ich bin mir sicher, du findest ein Programm, das dich interessiert, während ich mich durch den Behördendschungel beim Jugendamt kämpfe.«

»Warum ist es denn ein Dschungel?«, fragte Logan und legte den Kopf schief.

Oz lachte leise, was ihn selbst verwunderte, weil er sich nicht gerade heiter fühlte. »So sagt man eben«, erklärte er Logan.

»Seltsam«, erwiderte Logan.

Oz streckte die Hand aus und legte sie seinem Neffen auf die Schulter. »Vielen Dank, dass du mir dein Geheimnis verraten hast, mein Großer. Ich weiß, dass es nicht einfach war. Kann ich dich dennoch um etwas bitten?«

»Mhm-mhm.«

»Warum jetzt? Hast du Bree einfach so sehr vermisst, dass du etwas sagen musstest?«

Logan schüttelte den Kopf und sah seinem Onkel in die Augen. »Ich habe dir davon erzählt, weil du bei der Sache mit Gary meine Partei ergriffen hast. Ich wusste nicht, ob du Bree überhaupt treffen willst, vor allem, weil du auf Mom sauer warst. Aber als du mit mir gesprochen hast nach der Sache mit Gary, wusste ich, dass ich dir vertrauen kann.«

Oz schloss die Augen und atmete durch die Nase aus, bevor er sie wieder öffnete. »Dein Vertrauen bedeutet mir alles«, sagte er zu Logan. »Ich bin weder deine Mutter noch dein Vater, aber es ist mir sehr wichtig, dein Vertrauen zu haben. Ich will das Beste für dich und deine Schwester, und ich würde alles für euch tun. Das wird euch nicht immer gefallen, aber am Ende hoffe ich, dass ihr zurückschauen und verstehen könnt, warum ich diese Entscheidungen getroffen habe. Vielen Dank, dass du dein Geheimnis mit mir geteilt hast. Wie ich schon gesagt habe, oft ist es schwer, ein Geheimnis zu teilen, aber danach fühlt man sich, als wurde einem eine Last von den Schultern genommen.«

»Ich fühle mich besser«, gab Logan zu.

»Gut. Und jetzt los, such dir eine Sendung aus, die dir das Gehirn verkorkst.«

Logan lächelte. »Du bist komisch. Vom Fernsehen bekommt man kein verkorkstes Gehirn.«

Oz stand gleichzeitig mit Logan auf. Er sah zu, wie sein Neffe den Flur zu Oz' Schlafzimmer hinunterging. Er behielt sich unter Kontrolle, bis der Junge außer Sichtweite war, dann ballte er die Hände zu Fäusten und schloss die Augen. Sein ganzer Körper zitterte. Er brauchte seine ganze Konzentration, um nicht seiner Wut Ausdruck zu verleihen und etwa gegen die Wand zu schlagen oder etwas zu werfen. Aber so etwas würde Logan Angst machen, und das wollte er natürlich nicht.

Wie unvorstellbar es war, dass niemand ihm gesagt hatte, dass er eine Nichte hatte! Und obwohl er verstehen konnte, warum Bria bei ihrem leiblichen Vater lebte, machte es ihn trotzdem wütend. Und er hatte ein Problem damit, dass ihr Vater eventuell drogenabhängig war. Seine Nichte lebte seit über einem Monat bei dem Mann. Oz wollte gar nicht daran denken, wie es ihr in dieser Zeit ergangen war.

Aber vielleicht täuschte er sich ja. Vielleicht hatte ihr Vater sich gefreut, sie rund um die Uhr bei sich zu haben, und ihr ging es bei ihm sehr gut.

Oz' erster Gedanke, als er sich wieder unter Kontrolle hatte, war, Riley anzurufen. Er brauchte sie. Er brauchte ihre Unterstützung und ihre Einschätzung der Situation. Aber sie musste arbeiten und er hatte sie gehen lassen – dennoch würde er sie auf jeden Fall brauchen, wenn sie später Logans Schwester besuchten. Nichts würde ihn davon abhalten, dies heute zu tun.

Oz ging in die Küche, wo er nach dem Frühstück sein Handy liegen gelassen hatte, und schnappte sich ein Stück Papier und einen Stift. Er setzte sich an den Esstisch und öffnete den Internetbrowser auf seinem Handy. Er brauchte Antworten. Und zwar sofort.

Drei Stunden später hatte Oz die Informationen erhalten, die er brauchte. Es hatte ihn einige Anrufe gekostet und er musste lange auf Rückrufe warten, aber am Ende hatte er die Frau erreicht, die für Bria und Logan verantwortlich war. Sie teilte ihm mit, dass sie es nicht erlauben konnte, dass er

Bria allein besuchte. Aber schließlich willigte sie ein, sich mit ihm und Logan an dem Haus zu treffen, in dem Bria mit ihrem Vater lebte. Sie sagte, dass sie so den für nächsten Monat geplanten Hausbesuch vorverlegen konnte.

Anscheinend wollte sie auch in seiner Wohnung vorbeikommen, um zu sehen, ob Logan sich gut eingewöhnt hatte und ob es Probleme gab. Oz hatte diese Information nicht erhalten, als Logan bei ihm eingezogen war, und hatte keine Ahnung, wann dieser Besuch stattfinden sollte.

Bis jetzt hatte er keine sehr gute Meinung vom Jugendamt, aber er versuchte, sich zurückzuhalten. Sie hatten kaum genügend Mitarbeiter, um sich um die vielen Kinder in ihrer Obhut zu kümmern. Aber das hieß nicht, dass er weniger wütend war.

Er hatte vor einiger Zeit nach Logan gesehen und hatte ihn in dem großen Sessel in der Ecke seines Schlafzimmers gefunden, wo er eingeschlafen war. Der Junge hatte in der vorherigen Nacht sicher schlecht geschlafen, weil er sich so viele Gedanken über sein Geheimnis gemacht hatte.

Oz griff nach seinem Handy und schrieb Riley eine kurze Nachricht. Er wusste, dass sie ihn vielleicht nicht hören würde, wenn sie arbeitete und ihre Kopfhörer trug und er an die Tür klopfte.

Oz: Ich brauche dich.

Er hätte mehr sagen können, aber er wollte ihr nicht erzählen, wie schwierig es an diesem Vormittag gewesen war, die nötigen Informationen zu bekommen.

Sie antwortete sofort.

. . .

Riley: Ich bin auf dem Weg.

Oz liebte ihre Antwort. Sie ließ alles stehen und liegen, weil er sie brauchte. Deshalb hatte er sie nicht früher gestört. Sie hätte es auf sich genommen, ihn zu unterstützen, indem sie ihm half, die richtigen Nummern herauszufinden, und hätte seine Hand gehalten. Aber er wollte nicht, dass sie seinetwegen Kunden verlor.

Er stand auf und ging zur Wohnungstür. Als er sie öffnete, war sie schon den halben Weg zu ihm gegangen. Sie hatte keine Zeit verschwendet. Als sie an der Tür angekommen war, schlang Oz sofort die Arme um sie und zog sie zu sich. Sie ließ sich gern umarmen und hielt sich fest, als er rückwärts in seine Wohnung ging und die Tür schloss.

»Was ist passiert? War Logans Geheimnis so schlimm? Geht es ihm gut? Geht es dir gut? Wie kann ich helfen?«

Oz wurde die Kehle eng. Er schluckte schwer, wie er da in seinem Flur stand, und erklärte ihr dann, was los war.

»Uns geht es gut. Logan hat eine Schwester. Das war sein Geheimnis.«

Riley starrte ihn eine Sekunde lang an, bevor sie seine Worte verstand. »Oh verdammt, das heißt, du hast eine Nichte?«

»Anscheinend. Ihr Name ist Bria. Sie lebt im Moment bei ihrem leiblichen Vater.«

»Warum hast du nichts von ihr gewusst?«, fragte Riley, die sich zu ärgern begann. »Das ist doch bescheuert! Sie hätten dir von Anfang an sagen sollen, dass deine Schwester zwei Kinder hatte.«

Oz wusste, dass es nicht richtig war, aber es freute ihn, dass sie sich so für ihn aufregte. »Ich weiß. Und ich habe dafür gesorgt, dass auch die Frau beim Jugendamt, die das Unglück hatte, meinen Anruf anzunehmen, es auch weiß.

Es hat einige Zeit und ziemliches Durchhaltevermögen gebraucht, aber schließlich hat sie zugestimmt, dass Logan heute seine Schwester besuchen kann.«

Rileys Augen wurden groß. »Heute?«

»Ja. Wie viel Arbeit hast du heute Vormittag geschafft?«

»Fast alles«, sagte sie sofort. »Wenn ich genügend Motivation habe, kann ich sehr schnell arbeiten. Und bevor du fragst: Du bist meine Motivation.«

»Willst du uns begleiten?«, fragte Oz.

»Natürlich. Wie geht es Logan?«

»Er schläft gerade. Ich glaube, dass er letzte Nacht nicht gut geschlafen hat, weil er wegen seines Geheimnisses so aufgeregt war.«

»Der Ärmste«, sagte Riley und runzelte die Stirn.

Es war offensichtlich, dass sie eine tolle Mutter werden würde. Oz schob den Gedanken auf die Seite. Sie waren noch nicht an diesem Punkt in ihrer Beziehung angekommen. »Eine Mitarbeiterin des Jugendamtes trifft sich mit uns bei dem Haus in Austin. Wir können auf dem Weg etwas zum Mittagessen besorgen.«

»Okay, ich muss nur meine Handtasche holen und Schuhe anziehen, dann können wir los«, sagte Riley.

Oz sah nach unten und merkte, dass sie barfuß zu ihm gekommen war. Sie hatte es so eilig gehabt, dass sie noch nicht einmal Schuhe angezogen hatte. Hatte er je jemanden kennengelernt, der so selbstlos war wie sie? Er glaubte nicht. »Atme tief durch, Rile. Wir haben noch Zeit.«

Sie tat, wie geheißen, und legte den Kopf an seine Brust. »Du hast eine Nichte«, flüsterte sie.

»Ich weiß.«

»Wie alt ist sie?«

»Sechseinhalb«, sagte Oz.

»Das heißt, sie ist in der ersten Klasse?«, fragte Riley.

»Ich bin mir nicht sicher«, gab Oz zu. »Wir können

Logan fragen, während wir nach Austin fahren.«

Riley sah zu ihm auf, während sie mit den Händen seinen Rücken massierte. »Und wie geht es dir wirklich?«

»Ehrlich? Ich bin verärgert. Es ist schlimm genug, dass ich nicht wusste, dass ich einen Neffen habe. Aber das erscheint mir irgendwie schlimmer. Ich bin nicht wütend, weil Logan es mir verschwiegen hat. Er hat mir nicht vertraut und Bree war lange seine Verantwortung. Aber ich habe ein Problem mit dem Vorgehen des Jugendamtes. Laut Logan scheint er drogenabhängig zu sein.«

»Wer?«, fragte Riley und runzelte die Stirn.

»Brees Vater.«

Ihre Augen wurden groß. »Und trotzdem wurde sie zu ihm gebracht? Das ist doch nicht richtig«, sagte sie.

»Die Mitarbeiter dort können mir ja nicht einfach blind glauben, wenn ich ihnen sage, dass er süchtig ist. Sie hören sicherlich viele Geschichten von Leuten, die Vormundschaft für ein Kind haben wollen. Ein Vater ist ein näherer Verwandter als ein Onkel«, sagte Oz und wiederholte damit, was ihm am Telefon mehrmals erklärt worden war.

»Das. Ist. Mir. Egal. Du bist ein Soldat bei der Armee. Du hast einen respektablen Job. Sie hätten zumindest darüber nachdenken sollen, sie dir zu geben. Und außerdem haben sie so zwei Geschwister voneinander getrennt.«

»Das habe ich zu der Frau am Telefon auch gesagt«, erklärte Oz ihr. Er konnte sich nicht helfen, er freute sich, dass sie Partei für ihn ergriff. »Außerdem bin ich ein alleinstehender Mann, was nicht für mich spricht. Sie waren nicht sicher, ob ein kleines Mädchen sich bei mir wohlfühlen würde.«

»Das ist auch bescheuert«, sagte Riley. »Ist ihr Vater verheiratet?«

»Er hat eine Freundin, die bei ihm lebt«, sagte Oz.

»Warum ändert das die Sache?«, fragte Riley. Es war eine

rhetorische Frage, da sie sofort weitersprach. »Nur weil jemand mit einem Partner zusammenlebt oder verheiratet ist, heißt das nicht, dass derjenige ein guter Mensch ist oder dass er oder sie gut mit Kindern umgehen kann. Und wenn Logan sagt, dass er drogenabhängig ist, dann ist das noch schlimmer. Wann fahren wir los? Wir müssen Logan wecken. Und ich muss meine Sachen holen.«

Riley machte einen Schritt aus der Umarmung und öffnete die Tür zur Wohnung.

Er packte sie sanft am Arm und zog sie zurück gegen seine Brust. Eine Hand legte er um ihren Rücken, die andere in ihren Nacken. »Immer mit der Ruhe, Ri. Es ist alles in Ordnung.«

Sie schüttelte den Kopf. »Das stimmt nicht«, beharrte sie. »Logans Schwester hat sicher Angst und ist verwirrt. Sie weiß bestimmt nicht, was mit ihrem Bruder passiert ist, was mich traurig macht. Was, wenn ihr Vater nicht richtig auf sie aufpasst? Wir müssen hinfahren und nachsehen, ob es ihr gut geht.«

»Das werden wir«, sagte Oz beruhigend. Es half ihm, Riley zu beruhigen. So wurde auch er entspannter. »Atme tief durch, Ri.«

Er fühlte, wie sie langsam einatmete und wieder ausatmete. Oz nahm ihr Gesicht in seine Hände und drehte sie so, dass sie sich ansahen. »Besser?«

Sie nickte, sagte aber: »Nein.«

Oz lächelte. Ihm ging es um Welten besser, solange sie bei ihm war. Aber dann wurde er ernst. »Du musst mir heute helfen, damit ich nicht ausraste«, sagte er. »Falls Bree auch nur die kleinste Schramme hat, musst du mich zurückhalten, damit ich nichts Blödes tue.«

Riley nickte sofort.

»Ich meine es ernst, Ri. Ich darf nicht überreagieren, weil ich sonst das Sorgerecht für Logan verlieren könnte.«

»Das wirst du nicht«, schwor sie. »Ihr wird es gut gehen. Es wird ein schöner Besuch werden.«

Oz konnte sehen, dass sie ihre eigene Frustration und ihren eigenen Ärger unter Kontrolle halten musste, und dafür liebte er sie umso mehr.

Ja ...

Er liebte sie.

»Vielen Dank«, sagte er und beugte sich nach vorn, um sie zu küssen und sich so abzulenken. Nun war nicht der richtige Moment, um ihr seine Gefühle zu gestehen, aber er wusste, dass er nicht lange ein Geheimnis daraus machen konnte. Er hatte kein Problem damit, die so wichtigen Worte als Erster zu sagen, aber jetzt war nicht der richtige Zeitpunkt dafür.

Riley küsste ihn zurück und für ein paar Minuten waren sie miteinander beschäftigt. Dann zog Oz sich zurück und nahm einen tiefen Atemzug. Sie mussten sich langsam mal auf den Weg machen. »Übernachtest du heute bei mir?«, platzte es aus ihm heraus.

Sie blinzelte ihn an. »Warum?«

»Nach dem heutigen Tag muss ich dich neben mir spüren«, gab Oz zu, ohne sich zu schämen.

»Ich bleibe hier, wenn du das willst.«

»Das will ich.«

Riley lächelte ihn an. »Dann bleibe ich.«

»Super. Und nun zieh dir Schuhe an. Ich werde Logan wecken und dann fahren wir los.«

Riley nickte und langte nach dem Türgriff. Sie drehte sich noch einmal um, bevor sie die Tür öffnete. »Porter?«

»Ja?«

»Ich finde, dass du deine Sache mit Logan sehr gut machst. Nicht jeden würde es so sehr stören, eine Nichte zu haben, von der er nichts wusste. Andere wären einfach froh, dass nicht beide Kinder bei ihnen abgeliefert wurden.«

»Dann ist dieser ›Jemand‹ bescheuert«, sagte Oz, ohne zu zögern. »Ich will nicht sagen, dass es einfach war; Logan hat mein Leben vollkommen auf den Kopf gestellt. Aber er ist ein Wunder. Ich bin froh, ihn in meinem Leben zu haben. Zwei Kinder in meinem Leben zu haben, wäre nicht doppelt so anstrengend, sondern doppelt so schön.«

Er sah, dass Riley Tränen in den Augen hatte, als sie ihm zunickte, bevor sie die Tür öffnete.

Als Oz sich umdrehte, um Logan zu wecken, dachte er darüber nach, wie sehr sich sein Leben verändert hatte. Er hatte nicht gewusst, wie schwer es war, für ein Kind zu sorgen, vor allem, wenn man beim Militär diente. Er liebte seinen Job, aber die Regierung machte es nicht einfach, wenn sie von ihm verlangte, sich um ein Kind zu kümmern und gleichzeitig alles für sein Land zu geben. Am Anfang hatte er befürchtet, dass er seinen Job im Delta-Force-Team aufgeben musste, aber mit der Hilfe seiner Kameraden und ihrer Partnerinnen sowie Riley hatte er genügend Vertrauen in seine Fähigkeiten gewonnen, um seine Karriere weiter zu verfolgen. Darüber nachzudenken, sein Delta-Team zu verlassen, war sehr schmerzhaft gewesen.

Er versuchte, diese Gedanken zu verdrängen, als er die Tür zu seinem Schlafzimmer öffnete. Es war an der Zeit, Logan und seine Schwester zu vereinen. Sie hatten sich schon zu lange nicht gesehen. Oz hoffte, dass Bria ihn vielleicht auch mögen würde. Nicht sofort; es war nicht einfach gewesen, Logans Vertrauen zu gewinnen. Aber er hoffte, dass sie ihn irgendwann »Onkel Oz« nennen würde.

Aber zuerst mussten sie zu Seth Matthews' Haus in Austin fahren und die beiden Geschwister wieder zusammenbringen. Oz konnte sich nicht helfen. Wenn Seth und seine Freundin Vanessa Huff Bria nicht wie eine Prinzessin behandelten, dann würde jemand dafür bezahlen müssen.

KAPITEL SECHZEHN

Rileys Herz klopfte schnell. Sie freute sich und war gleichzeitig nervös, Porters Nichte kennenzulernen. Logan hatte auf der Fahrt nach Austin nicht aufgehört zu reden.

Sie hatten erfahren, dass Bria tatsächlich in die erste Klasse ging; sie und Logan hatten jeden Tag zusammen den Schulbus genommen. Sie hatte wohl die gleichen rotbraunen Haare wie ihr Vater, aber die haselnussbraunen Augen ihrer Mutter geerbt. Sie mochte Pokémon. Und Logan hatte ihr vor dem Tod ihrer Mutter oft aus den Harry-Potter-Büchern vorgelesen.

Die Liebe zu seiner Schwester war in Logans Erzählungen offensichtlich und es schmerzte fast, ihm zuzuhören. Es war klar, dass er seine Schwester sehr vermisste und sich Sorgen um sie machte.

»Sind wir bald da?«, fragte er vom Rücksitz.

Riley lächelte.

»Fast, mein Großer«, versicherte Porter ihm.

»Ich habe ihr beigebracht, sich zu verstecken«, sagte Logan plötzlich.

»Wie meinst du das?«, fragte Riley.

»Erinnerst du dich, wie wir uns hinter dem Sofa versteckt haben, als dieser Typ nach dir gesucht hat?«, fragte Logan Riley.

»Ja, ich erinnere mich. Das war clever.«

»Das habe ich Bree auch beigebracht.« Er senkte die Stimme. »An dem Tag, an dem unsere Mom starb, war sie krank. Sie ist nicht in die Schule gegangen. Bree hat mir erzählt, dass jemand an die Tür geklopft hat, und Mom sagte ihr, dass sie sich verstecken soll. Und sie hat sich versteckt, wie ich es ihr beigebracht habe.«

Riley sah Porter an, der ihren Blick erwiderte. Sie sah, dass er genauso fassungslos war wie sie selbst. »Bree war in der Wohnung, als eure Mom getötet wurde?«, fragte Riley Logan.

Er nickte. »Sie hatte Angst und zeigte sich erst, als die Polizei kam. Sie sagte, dass die Leute, die Mom verletzt hatten, nicht wussten, dass sie da war.«

»Verdammt«, murmelte Porter.

Riley dachte das Gleiche. Soviel sie wussten, hatte die Polizei noch nicht herausgefunden, wer Becky getötet hatte. Wenn das kleine Mädchen zu dem Zeitpunkt in der Wohnung gewesen war, könnte es wichtige Informationen haben.

»Hat sie mit der Polizei gesprochen?«, fragte sie.

Logan zuckte mit den Schultern. »Sie hat nichts gesagt. Viele Leute haben versucht, mit ihr zu reden, aber sie hat behauptet, dass sie sich versteckt und nichts gesehen hat. Sie hatte Angst«, erklärte Logan. »Sie hat nicht einmal mit mir darüber geredet. Und dann wurden wir getrennt.«

Riley streckte ihren Arm aus und ergriff Porters Hand. Er war angespannt und hatte die Stirn gerunzelt. Sie nahm einen tiefen Atemzug. »Du bist sehr gut darin, das perfekte Versteck zu finden«, sagte Riley zu Logan.

»Das bin ich«, stimmte er zu.

Dann wurde es still im Wagen. Die Situation wurde immer komplizierter und sie hatte Mitleid mit der gesamten Familie Reed. Falls Porter das Sorgerecht für Bria bekommen sollte – und sie hoffe, dass er das tat –, würde sie vorschlagen, dass das Mädchen einem Kinderpsychologen vorgestellt wurde; einem Experten für traumatische und kriminelle Ereignisse. Sie mussten mit äußerster Vorsicht vorgehen. Sie wollten nicht, dass das Kind ein weiteres Trauma durchleben musste, indem es über den Vorfall sprach.

Es dauerte weitere zwanzig Minuten, bis sie bei Seth Matthews' Haus ankamen. Riley runzelte die Stirn, als sie in die richtige Straße einbogen. Es war nicht der beste Teil der Stadt. Das hieß zwar nicht, dass die Leute, die hier lebten, nicht ihr Bestes gaben, um für ihre Familien da zu sein, aber die Vorgärten waren ungepflegt und überwachsen. Die Zäune fielen auseinander und die Häuser wirkten vernachlässigt.

Porter parkte seinen Wagen vor dem Haus, dessen Adresse sie bekommen hatten. In der Einfahrt stand ein weißer Crown Victoria und eine Frau in einem dunkelblauen Anzug diskutierte mit einer anderen Frau.

»Bleibt hier«, befahl Porter und langte nach dem Griff der Autotür.

»Atme tief durch, Porter«, sagte Riley und berührte ihn leicht am Rücken.

Er nickte, dann stieg er aus und schloss die Tür hinter sich.

»Was ist los?«, fragte Logan.

»Ich weiß es nicht, aber dein Onkel wird es herausfinden. Wir müssen kurz warten.«

Riley sah zu, wie Porter sich den beiden Frauen näherte. Er kam ihnen nicht zu nahe, aber jeder Muskel in seinem

Körper war angespannt, während er dem Gespräch lauschte.

Ohne nachzudenken, griff Riley nach ihrem Handy. Sie wusste nicht genau, was vor sich ging, aber es war klar, dass dies nicht der nette Besuch werden würde, auf den sie gehofft hatten. Porter brauchte Hilfe, und das mehr, als sie ihm geben konnte, und sie dachte, dass seine Kameraden vielleicht helfen könnten. Es würde sie einige Zeit kosten hierherzugelangen, aber sie hatte das Gefühl, dass sie die Unterstützung brauchen würden. Unterstützung auf mentaler, emotionaler und vielleicht sogar auf körperlicher Ebene.

Sie klickte den ersten Namen an, der ihr in den Sinn kam. Grover.

»Hey, Ri, wie geht es dir?«, fragte er, nachdem er den Anruf angenommen hatte.

»Grover, ich bin mit Porter in Austin. Ich glaube, wir brauchen dich.«

»Was ist passiert? Wo seid ihr?«

Sie erzählte ihm die ganze Geschichte in wenigen Worten, weil Logan mithörte.

»Ich komme sofort und informiere die anderen auch.«

»Ich weiß nicht, was das Problem ist oder ob es überhaupt ein Problem gibt. Wahrscheinlich überreagiere ich.«

»Das glaube ich nicht«, sagte Grover zu ihr.

»Ihr müsst nicht alle kommen. Ich habe vergessen, dass ihr heute arbeiten müsst«, sagte sie.

»Es wäre gut, wenn wir alle kommen. Aber wir haben heute ein paar wichtige Besprechungen. Da müssen wir aber nicht alle dabei sein. Ich rufe Lefty und Doc an, okay?«

»Vielen Dank«, sagte Riley.

»Wir sind so schnell wie möglich da. Bis gleich.« Er beendete den Anruf ohne ein weiteres Wort und Riley atmete aus. Sie hatte gar nicht gemerkt, dass sie die Luft angehalten hatte.

»Ich habe Angst«, flüsterte Logan. »Vanessa sieht wütend aus.«

Das tat sie. In diesem Moment tauchte ein Mann mit roten Haaren und einem unordentlichen Bart hinter der Frau auf. Riley nahm an, dass er Brias Vater war.

Logan wimmerte – ein Geräusch, das Riley das Blut in den Adern gefrieren ließ. Er klang verängstigt.

»Ist das Seth? Brias Vater?«, fragte sie.

»Mhm-mhm. Ich mag es nicht, wenn er schreit.«

Sie konnten Seth schreien hören, obwohl die Fahrzeugtüren geschlossen waren.

»Alles ist okay«, beruhigte Riley ihn. Sie musste zugeben, dass sie es auch nicht mochte, wenn Seth seine Stimme erhob, und sie hatte den Mann noch nie getroffen. »Porter wird sich darum kümmern.«

Sie sah zu, wie Porter sein Handy aus der Hosentasche zog. Sie wusste nicht, wen er anrief, aber ihr war klar, dass die Situation kurz davor war, außer Kontrolle zu geraten.

Oz hatte genug.

Die Situation war unerträglich. Vanessa wollte nicht, dass die Sozialarbeiterin das Haus betrat, und sie weigerte sich auch, Bria nach draußen zu bringen. Sie beschwerte sich, dass der Besuch unangemeldet war und dass sie nicht bereit für eine Kontrolle sei, aber das war natürlich Quatsch, denn so liefen die Besuche immer ab.

Dann kam Seth Matthews nach draußen und Oz' gesamter Körper spannte sich an. Der Mann sah so aus, als hätte er erst vor kurzem Drogen genommen. Er hätte sein gesamtes Vermögen darauf verwettet. Er begann sofort, die

Frau anzuschreien, und verbot ihr, das Haus zu betreten und seine Tochter zu sehen.

Oz war sich bewusst, dass Riley und Logan im Wagen hinter ihm saßen, und er wusste, dass sie im Moment in Sicherheit waren, aber er wollte nicht gehen, ohne seine Nichte gesehen zu haben. Er hatte ein schlechtes Gefühl. Irgendetwas stimmte hier nicht. Er hatte sich immer auf sein Bauchgefühl verlassen, und das würde er auch jetzt tun.

Er war zwar nicht auf einem Einsatz, aber die Situation fühlte sich gefährlich an. Er zog sein Handy aus der Tasche und wählte den Notruf.

»Notrufzentrale hier. Darf ich Sie mit der Polizei, der Feuerwehr oder dem Notarzt verbinden?«, fragte die Stimme am anderen Ende.

»Polizei.«

»Worum geht es?«

Oz gab die Adresse an, an der sie sich befanden, und beschrieb kurz die Situation. Er fügte hinzu, dass die Mitarbeiterin des Jugendamtes in potenzieller Gefahr schwebte – und ein Kind. Er sagte der Frau auch, dass er vermutete, dass Drogen im Spiel waren. Nein, bis jetzt waren keine Waffen zu sehen, es würde ihn aber nicht überraschen, wenn sich das ändern würde.

Die Stimme am anderen Ende bat ihn, in der Leitung zu bleiben, aber er legte auf. Er wollte sich ganz auf die Situation konzentrieren, die sich vor seinen Augen abspielte. Er war sich sicher, dass er mit Vanessa oder Seth fertigwerden würde, aber er konnte nicht beide gleichzeitig davon abhalten, etwas Dummes zu tun. Für den Moment wollte er sich zurückhalten, damit die Situation nicht weiter außer Kontrolle geriet. Aber er musste immer wieder an Bria denken und fragte sich, ob es ihr gut ging.

Oz wurde klar, dass er einen seiner Kameraden hätte

bitten sollen, ihn zu begleiten, aber dafür war es nun zu spät.

Ein paar angespannte Minuten später – Seth hatte die ganze Zeit geschrien – atmete Oz auf, als er die Sirenen der Polizei hörte.

Leider hörten auch Vanessa und Seth sie. Und sie rasteten aus.

Vanessa versuchte, die Tür zuzuwerfen, aber die Mitarbeiterin des Jugendamtes streckte geistesgegenwärtig den Arm aus und verhinderte so, dass die Tür komplett geschlossen wurde.

Oz bewegte sich rein instinktiv. Er wollte nicht, dass dies in einer Geiselnahme endete. Die beiden könnten sich stundenlang in ihrem Haus verstecken, während die Polizei sie zu überzeugen versuchte, nach draußen zu kommen. Und die ganze Zeit über wäre seine Nichte mit zwei instabilen, wütenden Erwachsenen gefangen.

Das konnte er nicht zulassen.

Er drängelte sich an der protestierenden Sozialarbeiterin vorbei und half ihr, die Tür offen zu halten.

»Lasst los!«, rief Vanessa.

»Niemals«, sagte Oz zu ihr. »Bringt meine Nichte nach draußen und wir verschwinden umgehend«, log er. Die beiden waren viel zu weit gegangen, als dass sie sich nun einfach umdrehen und gehen würden. Es war klar, dass das Paar etwas zu verbergen hatte.

»Verlasst endlich mein Grundstück!«, rief Seth und stemmte sich von innen gegen die Tür.

Oz hielt dagegen. Er wusste, dass es die Situation nur noch schlimmer machen würde, wenn sich die Tür nun schloss.

Er war sehr erleichtert, als er hinter sich Stimmen hörte.

»Kommen Sie mit erhobenen Armen nach draußen!«, rief einer der Polizisten.

Oz hörte, wie die Sozialarbeiterin einem in der Nähe stehenden Polizisten erklärte, was vor sich ging. Dafür war er dankbar. Er wollte nicht das falsche Ende einer Waffe sehen, während er nach seiner Nichte suchte.

»Ich trage einen Elektroschocker bei mir«, sagte ein Polizist zu einem anderen.

Er hatte nichts dagegen, den Elektroschocker an Seth oder Vanessa auszuprobieren, aber die Polizisten mussten sich damit beeilen. Er tat sein Bestes, Platz für die Polizisten zu machen und die Tür dabei weiter aufzudrücken, sodass Seth nun fast vollkommen sichtbar war.

»Kommen Sie raus, sofort!«, schrie der Polizist.

»Verschwinden Sie!«, rief Seth zurück.

Eine Sekunde später sah Oz, wie die Enden des Tasers ihr Ziel fanden und Seth mit einem lauten Schlag zu Boden fiel, wo er bewegungslos liegen blieb. Nun genügte es einfach, die Tür aufzustoßen. Vanessa fiel rückwärts über den Körper ihres Freundes, dann waren die Polizisten im Haus.

Oz ging ein paar Schritte zurück und streckte die Hände zur Seite aus, um zu zeigen, dass er keine Gefahr darstellte. Aber es sah so aus, als wüssten die Polizisten über die Situation Bescheid, denn sie sahen ihn nicht als Gefahr an.

Seth hatte sich wieder halb aufgerappelt und lieferte sich ein Handgemenge mit zwei der Polizisten, obwohl die Spuren des Tasers noch gut auf seiner Brust sichtbar waren. Vanessa hatte den Kampf aufgegeben und weinte nun hysterisch. Ein anderer Polizist zog sie aus dem Haus.

Oz hasste es, dass Logan sich diese Sache mit anschauen musste, aber er konzentrierte sich ganz darauf, Bria zu finden.

Im Vorgarten wimmelte es nun von Polizisten. Am Ende waren drei Leute nötig, um Seth unter Kontrolle zu bringen, aber er warf den Polizisten weiterhin Beleidigungen an den

Kopf. Er sagte, dass sie kein Recht hätten, in sein Haus einzudringen, und dass er sie alle verklagen würde; dass sie seine Rechte verletzten.

»Kann mir jemand sagen, was hier passiert ist?«, fragte eine Polizistin, nachdem Seth sicher auf der Rückbank eines Polizeiwagens untergebracht worden war.

Oz tat sein Bestes, die Situation zu erklären, und fragte dann: »Kann ich nun nach meiner Nichte sehen?«

Die Frau schien Mitgefühl mit ihm zu haben, schüttelte aber den Kopf. »Leider nicht.«

»Kann die Mitarbeiterin des Jugendamtes nachsehen? Oder einer von Ihnen? Ich weiß nicht, wo meine Nichte im Haus ist. Sie hat vielleicht Angst.«

Die Frau nickte. »Wir kümmern uns darum. Wir müssen das Haus durchsuchen und sicherstellen, dass dort keine weiteren Gefahren mehr lauern. Wir werden Ihre Nichte finden. Bitte ziehen Sie sich zurück und lassen Sie uns unsere Arbeit tun.«

Oz biss die Zähne zusammen. Das dauerte ihm alles zu lange. Er hatte gehofft, dass dieser Besuch friedlich verlaufen würde, selbst wenn er von Anfang an ein Problem damit gehabt hatte, Bria zurückzulassen. Er wusste, dass Logan das schwer treffen würde. Aber diese Situation war schlimmer als alles, was er sich hätte ausdenken können.

Er zog sich zurück und hörte, wie die Tür seines Wagens geöffnet wurde. Dann war Riley neben ihm. Sie schmiegte sich auf der einen Seite an ihn, Logan war auf der anderen Seite. Oz legte die Arme um sie beide und tat sein Bestes, um die Kontrolle zurückzugewinnen.

»Das lief also nicht so gut«, sagte Riley sanft.

Komischerweise musste Oz lächeln. »Meinst du?«, fragte er.

»Oz, wo ist Bree?«, fragte Logan.

»Ich weiß es nicht genau, mein Großer, aber die Polizei wird sie finden.«

Logan nickte, aber sein Griff um Oz' Hüfte wurde fester.

Oz freute sich, dass sein Neffe bei ihm Beistand suchte, aber er fand es schade, dass sie in eine Situation gekommen waren, wo das überhaupt notwendig war.

Die drei sahen zu, wie ein paar Polizisten mit gezogenen Waffen das Haus betraten.

»Aber sie werden nicht auf Bree schießen, oder?«, fragte Logan mit zitternder Stimme.

»Nein«, sagte Riley, bevor Oz ein Wort herausgebracht hatte. »Sie wollen nur sichergehen, dass keine anderen Erwachsenen im Haus sind.«

Oz beobachtete die Haustür und glaubte, dass die Polizisten jeden Moment mit Bria dort auftauchen würden. Aber mit jeder Minute, die verging, ohne dass etwas passierte, wurde er nervöser.

Ein Polizist kam nach draußen und winkte die Mitarbeiterin des Jugendamtes zu sich. Sie ging ins Haus, aber Bria kam noch immer nicht nach draußen.

Der gleiche Polizist trat wieder vor die Tür und kam auf die drei zu. Er sagte in einem leisen, besorgten Tonfall: »Wir haben die Kleine gefunden, aber sie hat Angst und will nicht mit uns kommen.«

»Ich kann sie bestimmt überzeugen«, sagte Logan. »Wenn sie mich sieht, kommt sie mit.«

Oz biss so fest die Zähne zusammen, dass sein Kiefer schmerzte. Er wusste nicht, warum Bria sich weigerte, nach draußen zu kommen, aber irgendwas stimmte nicht.

»Es tut mir leid, aber das geht nicht«, sagte der Polizist sanft zu Logan.

»Ich kann es versuchen«, bot Riley an.

»Nein. Ich bin ihr Onkel. Ich hole sie«, sagte Oz. Falls es in dem Haus Drogen gab, dann wollte Oz nicht, dass Riley oder Logan nach drinnen gingen. Das Verhalten der Polizisten bestärkte ihn in der Annahme, dass irgendetwas in dem Haus nicht stimmte. Der Polizist wollte offensichtlich nicht, dass Logan das sah. Falls seine Schwester verletzt war, war das das Letzte, was er sehen sollte.

»Folgen Sie mir«, sagte der Polizist.

Logan griff nach dem Bund von Oz' Hemd und Oz sah zu ihm hinunter.

»Etwas stimmt nicht«, flüsterte er.

Oz kniete sich vor Logan hin und legte ihm die Hände auf die Schultern. »Ich weiß«, sagte er, da er Logan nicht anlügen wollte.

»Manchmal habe ich mit Bree Verstecken gespielt. Meistens, wenn Mom Besuch von komischen Leuten hatte. Ich habe ihr erklärt, dass sie nicht aus ihrem Versteck kommen darf, bis ich die Zauberwörter sage.«

»Und wie lauten diese Wörter?« fragte Oz.

»Ich sagte immer: Der Osterhase ist da«, erklärte Logan. »Ich weiß, dass das bescheuert ist, aber sie wollte den Osterhasen unbedingt sehen. Ich glaube, sie wusste, dass der Osterhase nicht existiert, aber sie kam immer aus ihrem Versteck, wenn ich das gesagt habe. Und niemand würde diesen Satz zufällig sagen.«

»Ich finde nicht, dass das bescheuert war«, sagte Oz zu seinem Neffen. »Das war eine sehr, sehr schlaue Idee. Ich werde deine Schwester finden. Kannst du dich noch ein bisschen länger gedulden und hier bei Riley bleiben?«

Logan nickte.

Oz lehnte sich vor und küsste Logan auf die Stirn. Es war das erste Mal, dass er das tat, aber der Junge machte keine Anstalten, seiner Berührung auszuweichen. Stattdessen warf er die Arme um Oz' Hals und hielt ihn lange fest. Dann zog er sich zurück und wischte sich verschämt eine Träne aus dem Gesicht. »Mir geht es gut.«

»Das weiß ich doch, mein Großer.« Oz stand auf und gab auch Riley einen Kuss. Er brauchte ihre Sanftheit und ihr Mitgefühl für die Aufgabe, die vor ihm lag. Dann drehte er sich um und ging dem Polizisten hinterher. Bevor er das Haus betrat, nahm er einen tiefen Atemzug.

Es war schlimmer, als er erwartet hatte.

Überall lag Müll. Aufgestapelte Zeitungen. Milchkartons, aus denen saure Milch tropfte. Er konnte sogar Rattenmist auf dem Boden liegen sehen. In einem solchen Haus sollte keiner leben müssen – vor allem kein junges Mädchen.

Er ging ins Badezimmer, wo ein Polizist Fotos von verschiedenen weißen Pulverhäufchen machte, die auf dem Boden und dem Toilettensitz verstreut lagen. Man konnte sich denken, was Seth getan hatte, während Vanessa draußen stand und mit der Sozialarbeiterin diskutierte.

Je weiter er in das Haus hineinging, desto schlimmer wurde der Geruch. Es war klar, dass zumindest einer der Bewohner zwanghaft Sachen sammelte und nichts wegwerfen konnte. Überall lagen Klamotten und Kartons herum. Er und der Polizist mussten über die Haufen klettern, um zum Schlafzimmer im hinteren Ende des Hauses zu gelangen.

Die Sozialarbeiterin kniete auf dem Boden vor etwas, das wie ein Hundekäfig aussah.

Ein Hundekäfig!

Als sie ihn sah, stand sie auf. Er konnte den Schmerz in ihren Augen erkennen.

Oz freute sich, dass die Frau Mitleid mit den Kindern zeigen konnte, die sie betreute, aber diese Erkenntnis kam mit einem bitteren Nachgeschmack. Hätte sie sich schon früher darum gekümmert, nach Bria zu sehen, dann wäre es gar nicht erst so weit gekommen. Er fragte sich, wie lange das Mädchen gezwungen gewesen wäre, in diesen Verhältnissen zu leben, hätte er nicht das Amt angerufen und verlangt, dass Logan seine Schwester sehen durfte. Er wusste, dass die Mitarbeiter viel zu tun hatten, aber das war nicht akzeptabel.

»Sie hat Angst«, sagte die Frau.

Oz nickte und nahm seinen ganzen Mut zusammen, bevor er sich vor dem Hundekäfig auf den Boden kniete.

Er war nicht auf das vorbereitet, was er sah.

Ein kleines Gesicht starrte ihn aus dem hintersten Winkel des Käfigs an. Es war schmutzig und der Geruch, der aus dem Käfig strömte, war fast überwältigend. Brias Fingernägel waren schwarz vor Dreck und ihre Haare sahen so aus, als wären sie seit Wochen nicht gebürstet worden. Ihre braunen Locken waren stumpf und strähnig und hingen an ihrem Gesicht hinunter, als wäre sie ein Straßenköter.

»Hey, Bree«, sagte Oz und schob seinen wieder aufflammenden Hass auf Vanessa und Seth zur Seite. Alles, was zählte, war dieses kleine Mädchen. »Ich bin Oz ... dein Onkel.«

Bria starrte ihn an, ohne eine Miene zu verziehen.

»Ich weiß, dass du Angst hast. Das verstehe ich. Dieses Haus ist ziemlich gruselig. Aber dein Dad und seine Freundin können dir nicht mehr wehtun. Die Polizei hat sie mitgenommen.«

Bria drehte sich und sah in eine andere Richtung; und nun sah Oz zum ersten Mal die Kette, die um ihr Fußgelenk geschlungen war.

Seine Wut übermannte ihn fast und er musste die Augen schließen, um seine Gefühle unter Kontrolle zu halten. Er durfte nicht ausrasten. Logan, Riley und Bria zählten auf ihn. Er wusste auch, dass der Polizist und die Sozialarbeiterin hinter ihm standen. Er musste dafür sorgen, dass Bria hier wegkam. Sofort.

»Willst du wissen, warum ich heute hier bin?«, fragte er, als er sich wieder unter Kontrolle hatte. Es störte ihn nicht, dass Bria ihn nicht anschaute, sie konnte ihn auf jeden Fall hören. »Logan hat seine Schwester vermisst. Und ich wusste noch nicht einmal, dass Logan eine Schwester hat! Verrückt, oder? Wie kann ich eine Nichte haben, von der ich gar nichts weiß? Vor allem, wenn sie so toll ist wie du! Es hat eine Weile gedauert, aber heute Morgen hat Logan beschlossen, dass er mir vertraut. Dann hat er mir von dir erzählt. Deshalb sind wir hier. Ich bin so schnell gekommen, wie ich konnte. Entschuldige, dass es so lange gedauert hat.«

Er sah, wie sie unter ihren ungekämmten Haaren mit den Augen nach seinem Blick suchte.

»Ich wäre sofort gekommen, hätte ich gewusst, dass du hier bist. Und weißt du was? Logan ist auch hier. Er wartet draußen auf dich. Er hat dich ganz arg vermisst.«

Er hörte ein leises Wimmern aus dem Käfig.

Er hatte das Gefühl, dass er nun ihre volle Aufmerksamkeit hatte, und näherte sich ihr langsam, bis sein Kopf in den Hundekäfig hineinragte. Er senkte die Stimme, als wollte er ihr ein Geheimnis verraten. »Und weißt du, was Logan mir auch erzählt hat?«

Bria schüttelte den Kopf, was Oz freute. Sie ließ sich auf ihn ein. »Er hat mir gesagt, dass der Osterhase hier ist.«

Mit diesen Worten hatte er Brias ungeteilte Aufmerksamkeit. Der Hoffnungsschimmer, der auf ihrem Gesicht erschien, ließ Oz die Tränen in die Augen steigen. Oz machte keine Anstalten, die Tränen abzuwischen, die ihm über die Wangen liefen.

»Ich weiß, ich hatte auch meine Bedenken. Es ist ja gar nicht Ostern. Aber Logan hat mich gebeten, dir das auszurichten.«

Seine Nichte streckte eine ihrer kleinen Hände aus und

berührte die nassen Tränen auf seinem Gesicht. »Warum weinst du?«, flüsterte sie. »Bist du auch hungrig?«

Oh Gott, das arme Mädchen!

Oz schüttelte den Kopf. »Ich weine, weil ich mich so freue, dich kennenzulernen. Deine Mom war meine Schwester. Wir haben lange nicht miteinander geredet. Logan hat mir erzählt, dass eure Mutter über mich gesprochen hat. Ich vermisse meine Schwester ganz doll. So wie Logan dich auch vermisst. Willst du mitkommen, um ihn zu sehen? Und vielleicht treffen wir ja auch den Osterhasen.«

Oz war Logan dankbar, dass er ihm die geheimen Zauberwörter verraten hatte. »Mom hat über unseren Onkel Porter gesprochen.«

»Das bin ich«, sagte Oz, machte einen kleinen Schritt zurück und streckte die Hand nach ihr aus.

Als Bria seine Hand ergriff, ging Oz das Herz auf. Er wusste, dass er alles für das kleine Mädchen tun würde. Er schwor sich, dafür zu sorgen, dass ihr nie wieder jemand wehtun konnte.

Er nahm ihre Hand in die seine und wartete geduldig, während sie auf den Knien in seine Richtung kroch. Die Kette an ihrem Fußgelenk rasselte auf dem harten Plastik des Hundekäfigs. Seth und Vanessa hatten nicht einmal dafür gesorgt, dass sie eine Decke hatte.

Oz scherte sich nicht darum, dass das Mädchen ganz dringend ein Bad brauchte – als sie nahe genug war, nahm er sie sofort in die Arme. Sie schlang ihre Arme um seinen Hals und vergrub ihr Gesicht an seinem Nacken.

Oz konnte fühlen und hören, wie einer der Polizisten zu ihnen kam und die Kette um Brias Fußgelenk durchtrennte. Er stand ohne Probleme auf, als wöge seine Nichte nichts. Er suchte sich seinen Weg zurück zur Haustür, während Bria sich an ihm festklammerte.

»Du bist groß«, flüsterte sie.

»Das bin ich, aber ich lasse dich nicht fallen«, versicherte Oz ihr. Er runzelte die Stirn, als sie sich daraufhin noch fester klammerte. Verdammt, er hatte das Falsche gesagt. Er hatte ihr keine Angst machen wollen. Aber sie versuchte weder, sich aus seinem Griff zu winden, noch schreckte sie vor ihm zurück, also ging Oz einfach weiter. Er musste aus diesem Haus raus. Aber vor allem wollte er, dass Bria dieses Haus endlich hinter sich lassen konnte.

Er musste sich sehr konzentrieren, um nicht die Kontrolle zu verlieren. Er wusste, dass nicht mehr viel nötig war, bevor er komplett ausrastete. Er war kurz davor, direkt zu dem Wagen zu gehen, in dem Seth saß, und ihn windelweich zu prügeln. Was ihn zurückhielt, war nicht etwa der Gedanke an die Straftat, die er begehen würde, sondern Bria und Logan. Sie brauchten ihn.

Und er würde alles daransetzen, Bria mitnehmen zu dürfen. Alles auf der Welt.

Als er nach draußen ins Sonnenlicht trat, atmete Oz tief ein. Er strich mit einer Hand über Brias Haare. »Du bist frei, meine Kleine.«

Sie hob den Kopf und starrte ihn an. »Versprochen?«, fragte sie.

»Versprochen«, sagte er zu ihr.

»Bree!«

Oz drehte sich um und sah, dass Logan auf sie zulief. Er kniete sich hin und stellte Bria auf den Boden, behielt aber beschützerisch einen Arm um sie geschlungen. Er fing Logan sanft am Arm ab und sagte: »Sei vorsichtig, mein Großer.«

Logans Augen wurden groß und er konnte sehen, dass auch er eine mächtige Wut in sich trug. Aber der Junge riss sich zusammen.

Er umarmte seine Schwester ganz sanft, dann machte er einen Schritt zurück. »Hast du Hunger? Ich habe dir etwas von meinem Happy Meal aufgehoben, das wir auf dem Weg geholt haben. Das ist Oz, er ist unser Onkel. Er ist nett. Du kannst ihm vertrauen. Und das ist Riley«, sagte er und zeigte hinter sich. »Sie ist auch toll. Sie ist unsere Nachbarin und die Freundin von Oz. Sie übernachtet manchmal bei uns und sie schreit nie. Sie macht das beste Frühstück, auch wenn Oz' Pfannkuchen schöner aussehen. Oz hat mir einen Baseballhandschuh gekauft und ich darf bald in einem richtigen Team spielen!«

»Du musst ihr nicht alles erzählen, was passiert ist, seit du sie das letzte Mal gesehen hast«, mischte Oz sich sanft ein.

Logan brach das Herz, als er sagte: »Aber ich weiß nicht, wann ich sie wiedersehen werde.«

Oz wusste, dass er die nächsten Worte nicht aussprechen sollte, aber er tat es trotzdem. »Sie kommt mit uns nach Hause. Sie wird in Zukunft bei uns leben, also musst du ihr nicht alles sofort erzählen.«

»Ich werde bei euch leben?«, fragte Bria. Die Hoffnung in ihrer Stimme war unüberhörbar.

»Wird sie das?«, wiederholte Logen.

»Ähm, da habe ich aber auch noch ein Wort mitzureden«, sagte die Sozialarbeiterin, die neben ihnen aufgetaucht war.

Oz schüttelte den Kopf und stand auf, ließ seine Hände aber auf den Schultern von Bria und Logan ruhen. »Da bin ich mir nicht so sicher«, sagte er mit Nachdruck.

»Wir müssen unserer Verfahrensweise folgen. Sie können nicht einfach entscheiden, dass Sie sie mitnehmen.«

»Sie ist meine Nichte«, sagte Oz zwischen zusammengebissenen Zähnen. »Sie haben mir verschwiegen, dass es sie überhaupt gibt. Darüber bin ich nicht sehr glücklich. Da ihr Vater sich als nicht besonders zuverlässig herausgestellt hat, will ich das Sorgerecht für sie.«

»Das kann schon sein, aber wir müssen die Situation erst einmal bewerten und es kann sein, dass sie noch andere Verwandte hat, die das Sorgerecht haben wollen.«

»Bewerten?«, fragte Oz ungläubig. »Sie war mit einer Kette in einem Hundekäfig angekettet«, stieß er hervor. Er nahm einen tiefen Atemzug, um weiter auf die Frau einzureden, aber dann fühlte er eine Hand auf seinem Arm.

Riley.

»Atme tief durch, Porter«, flüsterte sie. Dann wandte sie sich an die Sozialarbeiterin. »Bitte entschuldigen Sie Porter, wir hatten heute einen schwierigen Tag. Er will nur das Beste für seine Nichte. Und die Ereignisse hier sind nicht gerade einfach zu verdauen.«

Die Gesichtszüge der Frau wurden weicher. »Das geht uns allen so.«

Riley nickte. »Er hat gerade erst erfahren, dass er eine Nichte hat – und sie in diesem Zustand zu finden ... das ist nicht einfach. Ich bin mir sicher, dass Ihre Vorgehensweise die richtige ist, und die Bewertung der Situation ist ebenfalls sehr wichtig. Aber wir würden alles tun, damit die beiden Geschwister nicht mehr getrennt werden.«

Sie war extrem diplomatisch und Oz war sehr dankbar, sie an seiner Seite zu haben.

Ein Krankenwagen und ein Pick-up hielten fast gleichzeitig vor dem Haus an. Grover, Lefty und Doc sprangen aus dem Wagen und kamen direkt auf sie zu.

Oz konnte seine Kameraden nur ungläubig anstarren. Er hatte keine Ahnung, was sie hier taten. Er war anscheinend länger im Haus bei Bria gewesen, als er gedacht hatte. Und Lefty musste sehr schnell gefahren sein, um so rasch nach Austin zu gelangen.

Oz sah Riley an und wusste, dass sie die anderen angerufen hatte. Er war gerührt, dass sie sich so um ihn sorgte und ihm den Rücken freihielt.

Er würde sie nicht gehen lassen. Niemals.

»Bria muss ins Krankenhaus«, sagte die Sozialarbeiterin zu ihnen. »Dann müssen wir mit ihr reden – wir haben eine sehr gute Kinderpsychologin, die sich um solche Situationen kümmert.«

Oz wollte nicht von Bria getrennt werden. Er hatte sie gerade erst gefunden und der Gedanke daran, dass sie ins Krankenhaus abtransportiert und ausgefragt werden sollte, war ihm nicht recht.

»Sie können sie begleiten, wenn Sie wollen«, fügte die Frau hinzu und Oz atmete erleichtert auf.

»Ich auch?«, fragte Logan.

Oz schaute nach unten und sah, dass Logan die Hand seiner Schwester festhielt. Es schien ihm nichts auszumachen, dass sie dreckig war und schlecht roch. Er freute sich einfach, bei ihr zu sein. Und Bria schien sehr glücklich, ihren Bruder zurückzuhaben.

»Du auch«, sagte die Frau mit einem Lächeln.

Oz wusste, dass sie ihr Bestes tat, aber er konnte nicht umhin, daran zu denken, dass sie sich früher hätte um Bria kümmern müssen.

»Ich fahre dem Krankenwagen zum Krankenhaus nach«, sagte Riley leise.

Oz fand es schade, dass sie nicht bei ihnen bleiben konnte, aber er wusste, dass das nicht möglich war. Sie war weder mit ihm noch mit den Kindern verwandt. Einen Moment lang schoss ein Gefühl des Bedauerns durch ihn hindurch, aber er schob es zur Seite. Er musste sich auf das Hier und Jetzt konzentrieren.

»Ich fahre mit Riley«, sagte Grover, der das Ende des Gesprächs mitbekommen hatte. Er konnte den Blick einfach nicht von Bria lösen und Oz konnte die Wut auf seinem Gesicht erkennen. Lefty und Doc waren ebenfalls wütend, aber ihre Anwesenheit allein machte es Porter einfacher, seine eigenen Gefühle unter Kontrolle zu halten.

»Vielen Dank«, sagte er zu seinem Freund.

»Sie ist eine verdammte Lügnerin!«, schrie Vanessa, als ein Polizist die Tür des Wagens öffnete, in dem sie gesessen hatte. Sie zogen sie aus dem Wagen, um sie zu einem anderen Fahrzeug zu bringen, während sie weiterschrie.

»Sie lügt die ganze Zeit! Sie ist eine Lügnerin! Sie erzählt wilde Geschichten! Ihr könnt ihr gar nichts glauben!«

Ihre Worte führten nur dazu, dass Oz sich schwor, jedem Wort von Bria noch viel aufmerksamer zu lauschen. Vanessa war in solcher Panik, dass kaum einer ihr glauben würde, dass das Mädchen eine Lügnerin war. Die Frage war nur, warum?

Er fing Rileys Blick auf und sah, dass sie sich die gleiche Frage stellte.

»Sie haben es getan«, flüsterte sie ungläubig.

Oz nickte ernst. Er war ziemlich sicher, dass Seth seine Schwester getötet hatte. Er wusste nicht warum, und das war ihm im Moment auch egal. Aber es war offensichtlich, dass auch Vanessa etwas damit zu tun hatte.

Er fühlte, wie Bria sich gegen sein Bein lehnte, und sah nach unten. Sie sah ihn mit großer Furcht in den Augen an und ihm wurde das Herz schwer. Er kniete sich vor sie und hob mit einem Finger sanft Brias Kinn an, sodass sie ihn anschaute. »Du siehst wie ein sehr ehrliches Mädchen aus«, sagte er zu ihr. »Ich glaube dir jedes Wort, das du sagst, und die Polizisten auch. Hab keine Angst, ich sorge dafür, dass du sicher bist. Jetzt und auch in Zukunft.«

Er war sich nicht sicher, ob sie ihm glaubte, und war erleichtert, als Logan sich einmischte.

»Ich glaube dir auch, Bria. Wir gehören zusammen, nicht wahr?«

Sie nickte.

»Entschuldigen Sie bitte«, sagte der Sanitäter aus respektvoller Distanz.

»Und, sollen wir zusammen einen Ausflug machen?«, fragte Oz Bria.

»Logan auch?«

»Logan auch«, bestätigte Oz. Er wusste nicht genau, ob das erlaubt war, aber er wollte die beiden Geschwister auf keinen Fall trennen. Sie brauchten einander – in diesem Moment mehr als je zuvor.

»Ich hole mein Happy Meal für sie«, rief Logan aufgeregt.

»Warte kurz, mein Großer. Ich glaube, damit müssen wir noch warten. Aber wir können ihr später ein eigenes Happy Meal besorgen, okay?«

»Sag einfach Bescheid und ich bringe alles, was du brauchst, ins Krankenhaus oder zur Polizeistation«, sagte Lefty.

Oz nickte dankbar.

»Ich nehme dich jetzt wieder auf den Arm, Rotkäppchen, ist das in Ordnung?«

Bria nickte und Oz lehnte sich nach vorn, um sie hochzuheben. Sie seufzte zufrieden, als sie ihre Arme wieder um seinen Hals schlingen konnte. Logan griff nach dem Fuß seiner Schwester und blieb ganz dicht an Oz' Seite, während sie zum Krankenwagen gingen.

Nachdem er Bria noch einmal versichert hatte, dass ihr nichts passieren würde, übergab er sie an den Sanitäter und drehte sich zu Riley um.

Sie kuschelte sich an seine Brust und umarmte ihn lange.

»Wie kann ich sie so sehr lieben, obwohl ich sie gerade erst getroffen habe?«, flüsterte Oz.

»Weil du du bist«, antwortete sie. »Alles wird gut werden. Jetzt hat sie dich. Und du passt auf sie auf.«

Ihr Vertrauen und ihr Glaube an ihn waren fast überwältigend. Und genau das, was er gebraucht hatte. Oz sah zu seinen Kameraden hinüber. »Passt ihr für mich auf sie auf?«

»Natürlich«, sagte Grover. »Wir sehen uns im Krankenhaus.«

Er schuldete seinen Freunden etwas. Einen riesigen Gefallen. Er lehnte sich nach unten und küsste Riley kurz. »Ich liebe dich«, flüsterte er.

Ihre Augen wurden groß und sie antwortete sofort: »Ich liebe dich auch.«

Er wusste nicht, wie er sich ihr erstes Liebesgeständnis vorgestellt hatte, aber so fühlte es sich richtig an. Sie hatte gezeigt, dass sie in einer schwierigen Situation Ruhe bewahren konnte. Das fühlte sich gut an. Und er wusste jetzt, dass sie wirklich so stark war, wie er immer vermutet hatte.

»Falls du etwas brauchst, schreib mir eine Nachricht«, sagte sie.

»Das werde ich.«

»Ich werde Bree auf dem Weg zum Krankenhaus ein paar Klamotten besorgen.«

Oz hatte daran gar nicht gedacht und nickte dankbar.

»Und du brauchst auch etwas zum Anziehen. Das Hemd gehört in den Müll.«

Er sah an sich hinunter und erkannte, dass sein Hemd mit Dreck verschmiert war. Riley hatte recht. Selbst wenn das Hemd noch zu retten gewesen wäre, hätte er es nie wieder tragen können, ohne sich an den heutigen Tag zu erinnern – und es war kein guter Tag gewesen.

»Ich bin mir sicher, die anderen wissen, welche Größe du hast, und können mir helfen«, fuhr Riley fort. »Geh jetzt. Pass auf sie auf. Ich rede mit der Sozialarbeiterin und der Polizei über unsere Vermutung. Ich bin mir sicher, dass sie das kleine Mädchen nicht mit irgendjemand anderem heimgehen lassen, wenn ich mit ihnen fertig bin.«

Oz lächelte. Verdammt, er liebte sie. »Bis später.«

»Und richte Logan aus, ich hätte gesagt, dass er ein großartiges Kind ist. Er hatte sich super unter Kontrolle. Ich bin sehr stolz auf ihn.«

»Das werde ich.«

»Sir«, sagte der Sanitäter, »wir können nun los.«

Riley trat einen Schritt zurück und lächelte ihn mutig an. »Ich liebe dich«, flüsterte sie.

»Ich liebe dich auch. Bis gleich.« Oz kletterte in den Krankenwagen. Bria sah auf der großen Krankenliege unglaublich klein aus. Der Sanitäter hatte ihr das Oberteil ausgezogen. Die blauen Flecke auf ihrer Brust führten dazu, dass in Oz wieder die Wut aufstieg. Aber dann sah er, wie ängstlich und besorgt Logan aussah, und er wusste, dass er sich erst darum kümmern musste, seinen Neffen zu beruhigen.

Er setzte sich auf den Stuhl, auf den der Sanitäter gezeigt hatte, und nahm Logans Hand in seine. Der Krankenwagen fuhr los und Logan drückte seine Hand. Alles würde gut werden. Für alle drei. Dafür würde er sorgen.

KAPITEL SIEBZEHN

Oz wusste nicht, wie spät es war. Aber er wusste, dass er unglaublich müde war. Es fühlte sich so an, als wäre er seit Tagen auf den Beinen.

Nachdem Bria im Krankenhaus untersucht worden war – die Ärzte hatten dabei herausgefunden, dass sie dehydriert war, blaue Flecke am ganzen Körper hatte und viel zu wenig wog –, hatte eine Kinderschwester sie mitgenommen, um sie zu baden. Dann hatten sie ihr die neuen Klamotten angezogen, die Riley besorgt hatte, und waren zum Büro des Jugendamtes in der Stadtmitte gefahren.

Oz konnte nur ein paar Minuten mit Riley verbringen, aber er genoss jede Sekunde davon. Sie gab ihm Halt. Nur mit ihrer Hilfe blieb er ruhig, denn am liebsten wäre er ins Gefängnis eingebrochen und hätte Seth und Vanessa umgebracht.

Die beiden waren wegen Kindesmisshandlung festgenommen worden. Sie würden nicht nur der Vernachlässigung einer Minderjährigen angeklagt werden, sondern mussten auch mit einer Anklage wegen Drogen- und

Waffenbesitzes rechnen. Er hoffte, dass diese Liste um eine Mordanklage erweitert werden würde.

Oz wusste, dass Grover Riley zum Jugendamt gefahren hatte, aber er wusste nicht, wo sie jetzt war und ob sie überhaupt noch hier war. Bria war auf dem Weg zum Jugendamt eingeschlafen und Oz hatte darauf bestanden, dass die Sozialarbeiter sie schlafen ließen. Sie war ein paar Stunden später aufgewacht und hatte zusammen mit ihrem Bruder gegessen.

Überraschenderweise schien es dem Mädchen ganz gut zu gehen. Solange ihr Bruder in der Nähe war, lachte und lächelte sie und hatte kein Problem damit, mit Fremden zu sprechen. Aber die Psychologin hatte den Fehler gemacht, Logan nach draußen zu schicken, und Bria war ausgerastet. Sie hatte angefangen, zu zittern und zu weinen. Nur Logan, der sich neben sie setzte und in den Armen wiegte, konnte sie wieder beruhigen.

Oz musste sich das alles hinter einem verspiegelten Glasfenster ansehen, was ihn nervös machte. Er wollte sein kleines Mädchen in den Armen halten. Er wollte, dass es ihr besser ging – und konnte im Moment nichts für sie tun.

Als Logan im Raum bleiben durfte, hatte Bria begonnen, mit der Psychologin zu reden. Die Frau war gut – es wirkte so, als würde sie ein ganz normales Gespräch mit Bria führen. Dennoch schaffte sie es, Bria Informationen über ihre Zeit bei ihrem Vater zu entlocken.

Bria erzählte ihr und ihrem Bruder, dass sie »eine lange Zeit« in dem Hundekäfig gelebt hatte und nicht in die Schule gehen durfte. Vanessa und ihr Vater hatten ihr nicht viel zu essen gegeben. Sie durfte einmal am Tag den Käfig verlassen, um auf die Toilette zu gehen. Aber manchmal reichte das nicht und nach so einem Unfall musste sie den Käfig selbst wieder sauber machen.

Die Geschichten waren grauenvoll und Oz konnte nicht

verstehen, warum ihr so etwas angetan worden war. Die Psychologin konnte das wohl auch nicht verstehen und fragte Bria, warum Seth und Vanessa das getan hatten.

»Sie wollten, dass ich ihnen sage, was ich gesehen habe, als Mom starb«, sagte Bria und zog die Nase hoch.

»Und hast du es ihnen gesagt?«

Bria schüttelte den Kopf. »Nein. Ich hatte Angst. Aber sie wurden wütend, weil ich es ihnen nicht gesagt habe.«

»Was hast du ihnen nicht gesagt?«

Bria sah Logan an und er drückte ihre Hand. »Alles ist gut. Ich bin jetzt da. Du bist in Sicherheit.«

Das war es wohl, was Bria hören musste, denn sie begann, der Psychologin zu erzählen, was sie an diesem Tag mitbekommen hatte.

Sie hörte, wie ihr Vater an die Tür klopfte und nach ihrer Mutter rief. Ihre Mutter sagte ihr, sie solle sich verstecken. Sie hatte sich hinter dem Sofa versteckt, genau so, wie ihr Bruder es ihr beigebracht hatte. Und dann hörte sie, wie ihr Vater ihre Mutter anschrie. Schließlich hörte sie Kampfgeräusche. Sie hörte, wie ihr Vater zu Vanessa sagte, dass sie ein Kabel besorgen solle. Sie hörte, wie ihre Mutter um ihr Leben flehte ... und dann war ihre Mutter still.

Dann sind Vanessa und ihr Vater durch das Haus gegangen und suchten etwas; schließlich sind sie gegangen, ohne bemerkt zu haben, dass Bria im Haus war.

Oz musste in diesem Moment den Raum verlassen. Draußen traf er zum Glück Doc. Das hielt Oz davon ab, in seinen Wagen einzusteigen und etwas Dummes zu tun. Der Gedanke daran, dass seine kleine Nichte gehört hatte, wie ihr eigener Vater ihre Mutter tötete, war überwältigend.

Nachdem sie noch länger mit ihrem Bruder an ihrer Seite mit der Psychologin geredet hatte, schien es Bria gut zu gehen. Oz wusste, dass er sie im Auge behalten und dafür sorgen musste, dass sie noch eine Weile regelmäßig eine Psychologin sah, um sicherzugehen.

Oz erfuhr auch, dass ein Polizist mit Vanessa und Seth geredet hatte. Die beiden hatten herausgefunden, dass Bria an dem Tag, an dem ihre Mutter gestorben war, nicht in der Schule gewesen war. Sie hatten Angst bekommen, dass Bria jemandem erzählte, was sie gesehen und gehört hatte, und hatten sie deshalb in ihrem Haus eingesperrt. Das kam einem Geständnis gleich und Oz hoffte, dass sie ihr restliches Leben hinter Gittern verbringen würden.

Dass es Bria trotz allem so gut ging, war ein Wunder. Und es gab Oz zu denken ... denn es bedeutete, dass sie auch bei ihrer Mutter kein gutes Leben gehabt hatte. Oz hatte genug von Logan gehört, um das zu wissen.

Logan hatte erzählt, dass Bria an dem Tag, an dem ihre Mutter gestorben war, zu Hause gewesen war. Die Polizisten wussten Bescheid und einer war zum Jugendamt gekommen, um Brias Gespräch mit der Psychologin beizuwohnen. Der Polizist hatte noch mehr Fragen, die die Psychologin für ihn stellte. Das Gespräch verlief sehr langsam, um Logan und Bria nicht noch mehr zu traumatisieren.

Dann musste Oz sich mit einigen Sozialarbeitern treffen, um die Erlaubnis zu erhalten, Bria mit nach Killeen zu nehmen. Sie mussten seinen Vorgesetzten kontaktieren, um eine Charaktereinschätzung zu erhalten. Er erfuhr auch, dass Seth und Vanessa fast alles, was sich in Beckys Wohnung befunden hatte, verkauft hatten. Es machte ihn traurig, dass Bria und Logan keine Erinnerungsstücke an ihre Mutter bekommen konnten, aber er wollte dafür sorgen, dass sie sie niemals vergaßen.

Becky war nicht die beste Mutter gewesen, aber sie hatte alles gegeben und versucht, von den Drogen wegzukommen. Oz respektierte das.

Oz war seit Stunden gedanklich damit beschäftigt, was

seiner Nichte und seiner Schwester zugestoßen war. Erst vor ein paar Minuten hatte er das Okay bekommen, Bria mit nach Hause zu nehmen. Es war inzwischen dunkel geworden und Bria schlief halb, als er zu ihr kam.

»Wir fahren jetzt nach Hause«, sagte er zu ihr und Logan.

»Wir beide?«, fragte Logan.

»Ja, mein Großer. Ihr beide.«

»Das hat du versprochen«, sagte Bria.

»Das ist richtig«, stimmte Oz ihr zu.

»Riley auch?«, fragte Logan. Dann wandte er sich an seine Schwester. »Du wirst sie mögen. Ich habe dir von ihr erzählt. Sie ist großartig. Sie riecht nach Blumen.«

Bria lächelte ihren Bruder müde an. Es war klar, dass sie ihrem Bruder nicht ganz glaubte, aber Oz wusste, dass sie einfach Zeit brauchte. Dann würde sie Riley mögen. Riley war eben einfach toll.

»Ich weiß nicht genau«, sagte er zu Logan. »Es ist spät und wir waren lange hier. Riley ist vielleicht schon zurück nach Killeen gefahren.«

Er hatte den Satz gerade ausgesprochen, als sie den großen Warteraum im Eingang des Gebäudes betraten. Oz hielt abrupt an.

Das Zimmer war voll mit Leuten. Nicht nur Lefty, Grover und Doc hatten auf sie gewartet, die anderen Teammitglieder waren ebenfalls gekommen. Trigger, Brain und Lucky standen auf, als er den Raum betrat.

Gillian war ebenfalls da. Auch Kinley, Aspen und Devyn waren gekommen.

Aspen legte einen Finger an ihre Lippen und sagte leise: »Sie ist endlich eingeschlafen.«

Oz folgte ihrem Blick und sah, dass Riley auf einem der Stühle saß. Ihr Kopf war gegen die Wand gelehnt und sie schlief tief und fest.

»Willst du einen Moment bei deiner Schwester bleiben, mein Großer?«, fragte Oz und setzte Bria ab.

»Okay.«

Oz ging zu Riley und umarmte auf dem Weg jeden seiner Freunde. Er war nach dem langen Tag sehr emotional und zu sehen, wie sehr er und seine Familie unterstützt wurden, tat gut.

Aber Riley hier zu sehen, so erschöpft von einem langen Tag, an dem sie sich um Logan, Bria und ihn gekümmert hatte, ließ Tränen in seine Augen steigen. Er hatte sich selten so aufgewühlt gefühlt.

Seine Freunde redeten in leisem Ton hinter ihm, aber Oz hatte nur Augen für die Frau, der seine ganze Liebe galt.

Er kniete sich vor sie und musste lächeln, wenn er daran dachte, wie oft er sich in letzter Zeit auf die Knie fallen ließ. Groß zu sein war nicht hilfreich, wenn man kleine Kinder betreute.

Er legte eine Hand auf Rileys Knie und hoffte, sie so sanft wecken zu können. Aber sobald er sie berührte, riss sie die Augen auf und sah sich alarmiert um.

»Alles gut, Ri. Ich bin's.«

»Porter. Wo sind die Kinder?«

»Sie sind hier. Wir können endlich nach Hause fahren.«

»Bria auch?«

»Bree auch«, versicherte er ihr.

Dann brach Riley in Tränen aus. Sie hatte ihre Emotionen den ganzen Tag versteckt. Erst jetzt, wo sie wusste, dass alles gut war, ließ sie ihnen freien Lauf. Oz nahm sie in die Arme und stand auf. Er war noch nie so froh gewesen, dass er groß und stark war. Seine Freundin brauchte ihn und er war froh, ihr eine starke Schulter zum Anlehnen bieten zu können. Heute, aber auch jeden Tag, der folgen würde.

»Mir geht es gut«, murmelte Riley an seiner Brust.

»Das weiß ich doch«, sagte er. »Zeit für den Heimweg.«

»Stimmt«, sagte sie mit Nachdruck. »Setz mich ab, Porter, ich kann selbst gehen.«

»Das weiß ich«, sagte er. Dann setzte er sie ab, behielt seinen Arm aber um ihre Hüfte geschlungen. Riley lehnte sich schwer an ihn, als sie zu Logan und Bria gingen.

»Riley?«, fragte Logan, als sie näher kamen.

»Ihr geht es gut«, erklärte Oz seinem Neffen. »Sie freut sich nur, dass wir alle nach Hause können. Zusammen.«

»Ich auch«, sagte Logan.

Er hatte den Arm noch immer um Riley geschlungen und griff mit der freien Hand nach Logans. Sein Neffe griff nach Brias Hand und zusammen gingen sie in die Nacht hinaus. Oz hätte nicht gedacht, dass er auf diesem Weg eine Familie bekommen würde, aber er würde es um nichts in der Welt ändern wollen.

Auf dem Rückweg nach Killeen waren sie alle sehr still. Riley war zwar erschöpft gewesen, aber nun war sie wieder wach. Logan und Bree waren eingeschlafen, kaum dass die Wagentür hinter ihnen zugefallen war. Sie hielt Porters Hand, während sie fuhren. Sie sprachen nicht miteinander, sondern genossen einfach den Moment. Sie war froh, bei ihm zu sein.

Zu Hause angekommen trug Porter Bria die Treppe hoch und Riley hielt Logans Hand, als sie die Wohnung betraten.

»Sie kann mein Zimmer haben«, sagte Logan zu Porter, nachdem sie die Tür geschlossen hatten. »Ich kann auf dem Sofa schlafen. So wie du, als ich ankam und du mir dein Bett gegeben hast.«

Riley fühlte, wie ihre Augen sich mit Tränen füllten. Es

war klar, dass Logan sehr genau aufpasste, was sein Onkel tat. Und er hätte sich kein besseres Vorbild aussuchen können.

Porter sagte nichts, aber er trug Bria in Logans Zimmer und legte sie in sein Bett. Sie brauchte nicht viel Platz. Riley musste daran denken, welche leckeren Rezepte sie dem kleinen Mädchen kochen könnte, damit sie wieder ein normales Gewicht erreichte.

Dann nahm Porter Logan bei der Hand und führte ihn ins Wohnzimmer. Er setzte sich mit ihm auf das Sofa. »Wir haben ein Problem, mein Großer. Du weißt ja, dass wir nur zwei Schlafzimmer in der Wohnung haben. Ich danke dir, dass du heute dein Zimmer hergegeben hast, aber ich will nicht, dass du auf dem Sofa schläfst. Zumindest nicht für immer. Ich muss schauen, dass ich ein Haus für uns finde, in dem wir alle genügend Platz haben. Aber wäre es für dich in Ordnung, dir bis dahin das Zimmer mit Bree zu teilen? Mein Schlafzimmer ist größer. Ihr beide könntet zusammen mein Schlafzimmer haben und ich ziehe in das kleine Zimmer. Ich weiß, es ist nicht so toll, sich das Zimmer mit seiner Schwester zu teilen. Aber ich verspreche, dass ich uns ein großes Haus suchen werde.«

Logan riss die Augen auf. »Du würdest uns dein Zimmer geben?«

Porter nickte. »Natürlich«, sagte er zu seinem Neffen.

Riley hielt die Luft an. Wie sehr sie diesen Mann liebte! Es gab nicht viele Menschen, die ihr Schlafzimmer ohne einen zweiten Gedanken zwei Kindern überlassen würden, die sie noch nicht lange kannten – verwandt oder nicht.

»Können wir ein Stockbett haben? Ich mag mein Bett, aber es nimmt viel Platz weg. Wenn wir ein Stockbett haben, könnte ich oben schlafen und Bree unten«, sagte Logan. »Und dann müsstest du uns das Schlafzimmer nicht geben. Ich weiß nicht, ob du und Riley in mein Zimmer passt.«

Rileys Herz setzte einen Schlag aus. Sie konnte nicht glauben, dass Logan nach einem so langen Tag auch an sie dachte. Porters Blick traf ihren. Sie konnte die Emotionen darin erkennen und es fiel ihr schwer, ihn nicht auf der Stelle in den Arm zu nehmen.

»Du bist ein gutes Kind«, sagte Porter zu Logan. »Und ich finde, dass ein Stockbett eine Superidee ist. Einer meiner Freunde kann auf dein großes Bett aufpassen, bis wir ein Haus gefunden haben. So kannst du es wiederhaben, wenn wir umziehen, okay?«

»Okay«, sagte Logan und gähnte.

»Wäre es bis dahin für dich okay, das Bett mit Bree zu teilen?«, fragte Porter.

Logan nickte. »Ja, wir haben uns auch ein Bett in Moms Wohnung geteilt. Das ist kein Problem.«

»Okay, mein Großer. Ich weiß, dass es ein langer, emotionaler Tag war, aber vergiss nicht, dir die Zähne zu putzen. Wir wollen ja nicht, dass sie alle ausfallen.«

Logan lächelte. Dann streckte er die Arme aus und umarmte Oz. »Vielen Dank, dass du meine Schwester gerettet hast.«

»Ich habe sie nicht gerettet. Das warst du«, sagte Porter und erwiderte die Umarmung des Jungen. »Hättest du mir nicht von deinem Geheimnis erzählt, dann wäre ich nie mit dir nach Austin gefahren und wir hätten sie nicht getroffen.«

»Warum sind die Leute so gemein?«, fragte Logan und setzte sich wieder aufrecht hin.

»Ich weiß es nicht«, sagte Porter. »Aber es ist gut, dass Bree dich hat und du auf sie aufpasst. Und ich passe auf dich auf. Und Riley auf mich. Alles wird gut werden.«

Daraufhin nickte Logan. Die Worte seines Onkels waren für ihn Gesetz. Er stand auf und ging den Flur hinunter.

»Ich komme in ein paar Minuten und sage Gute Nacht«, sagte Porter zu ihm.

Logan nickte und verschwand im Bad.

»Komm zu mir«, sagte Porter und streckte die Arme nach Riley aus.

Sofort kam sie zu ihm und setzte sich auf dem Sofa auf seinen Schoß. Porter hielt sie fest, als hielte nur ihre Anwesenheit ihn davon ab, in tausend Teile zu zerspringen. »Alles ist gut«, murmelte sie. »Sie ist in Sicherheit.«

»Das war grauenvoll«, sagte Porter mit geplagter Stimme.

»Ich weiß.« Und das tat sie. Riley hatte Bria zwar nicht in ihrem Käfig gesehen, aber sie hatte genug von den Polizisten vor Ort gehört, um sich ausmalen zu können, wie schlimm es gewesen war. »Du musst dich noch ein bisschen zusammenreißen«, sagte sie zu Porter. »Du musst den beiden noch Gute Nacht sagen. Dann kannst du ins Bett kommen und ich halte dich die ganze Nacht fest.«

Riley wusste nicht, woher sie die Kraft nahm. Aber sie konnte nicht mit ansehen, wie schlecht es Porter ging. Es war klar, dass es ihm nicht gut ging.

Er nickte und zog sich zurück. »Ich liebe dich«, sagte er. »Heute war ein schlimmer Tag. Aber ich werde trotzdem nie vergessen, dass wir uns heute das erste Mal unsere Liebe gestanden haben.«

Riley lächelte. »Ich liebe dich auch. So sehr, dass es mir Angst macht.«

»Bitte hab keine Angst vor mir«, bat er. »Liebst du mich genug, um mich so zu nehmen, wie ich bin? Mit den beiden Kindern?«

Sie runzelte die Stirn. »Ich kann nicht glauben, dass du das überhaupt fragen musst«, schalt sie ihn.

»Nicht jede Frau würde das mitmachen«, sagte Porter.

»Ich bin aber nicht ›jede Frau‹«, erwiderte Riley.

»Stimmt, das bist du nicht. Ich dachte eigentlich, dass du schon lange nach Hause gefahren wärst. Ich hätte dich nicht weniger geliebt, wenn du das getan hättest.«

»Ich würde dich nicht zurücklassen. Niemals«, sagte Riley. »Und falls du mir sagst, dass ich das hätte tun sollen, werde ich wütend. Los jetzt, sag deinem Neffen und deiner Nichte Gute Nacht«, befahl sie.

»Sehr dominant«, stellte Porter fest. »Ich mag das.«

Er stand plötzlich auf und Riley konnte sich gerade noch davon abhalten zu kreischen, weil sie Bria nicht wecken wollte.

Porter grinste, als sie die Beine zu Boden sinken ließ. »Vielen Dank, dass du uns heute begleitet hast.«

»Ich hätte nirgendwo anders sein wollen«, entgegnete sie ehrlich.

Er ging mit ihr den Flur hinunter und hielt ihre Hand fest in seiner, bis sie bei Logans Zimmer angekommen waren. Dann küsste er sie auf die Stirn und sie ging weiter zu seinem Schlafzimmer.

Sie zog sich fürs Bett um und schlüpfte gerade unter die Decke, als Porter hereinkam. Er ging ins Badezimmer und erschien ein paar Minuten später wieder. Riley sah zu, wie er seine Klamotten aus- und eine frische Unterhose anzog. Er fühlte sich in seiner Haut so wohl, dass er kein Problem damit hatte, sich vor ihr nackt auszuziehen. Sie war noch nicht so weit und wusste nicht, ob sie es je sein würde, aber sie liebte es, ihn zu beobachten.

Als er auch unter die Decke geschlüpft war, zog er sie in seine Arme. Sie konnte seinen gesamten Körper gegen den ihren gepresst fühlen, von der Brust bis zu den Fußspitzen. Und nicht viel später begann Oz zu zittern.

Er weinte in ihr T-Shirt, ließ all die Gefühle raus, die er den ganzen Tag kontrolliert hatte. Riley hielt seinen Kopf gegen ihre Brust gedrückt und streichelte über seine Haare, während er weinte. Sie murmelte ein paar aufmunternde, liebevolle Worte.

Irgendwann wurde sein Schluchzen weniger und seine Tränen versiegten. Er lag neben ihr und Riley hatte sich noch nie einem Menschen so nahe gefühlt wie Porter in diesem Moment.

»Vielen Dank, dass du mich heute unterstützt hast. Dafür, dass du meine Kameraden angerufen hast. Dafür, dass du mir geholfen hast, mich unter Kontrolle zu halten. Ich weiß nicht, was ich ohne dich getan hätte.«

»Ich bleibe bei dir«, sagte sie zu ihm.

»Das wäre großartig«, sagte Porter. Dann drehte er sich, sodass er auf dem Rücken lag, und nahm sie in die Arme.

Riley legte den Kopf auf seine Brust und konnte sein Herz schlagen hören.

»Ich habe keine Ahnung, wie das alles weitergehen wird«, sagte Porter. »Ich muss eine neue Schule finden, die die beiden mögen. Und ich muss meinem Chef sagen, dass ich nun zwei Kinder habe. Das heißt auch, dass ich den Familienplan anpassen muss. Ich habe keine Ahnung, wo ich ein Stockbett herbekommen soll oder welche Klamotten ein kleines Mädchen tragen will. Ich muss herausfinden, wie ich meine Nichte daran gewöhne, mit mir alleine zu sein. Außerdem braucht sie eine Psychologin.

Ich habe es immer noch nicht geschafft, die Frau auszuführen, die ich liebe. Und nun weiß ich nicht, wann ich das je schaffen werde. Aber ich will, dass du weißt, dass ich mein Leben mit dir teilen will. Es wird nicht immer einfach sein und ich weiß, dass ich dir wegen meines Jobs und der beiden Kinder nicht immer die Aufmerksamkeit zukommen lassen kann, die du verdienst, aber ich will dich nicht verlieren, Riley. Sag mir einfach, was du brauchst«, bat er.

»Solange du mich liebst«, sagte Riley sanft, »habe ich alles, was ich brauche.«

»Immer«, flüsterte Porter. »Aber ich will nicht, dass du dich ausgenutzt fühlst. Du bist weder meine Putzfrau noch meine Köchin noch der Babysitter. Ich weiß, dass ich von vielen Dingen keine Ahnung habe. Aber ich will nicht, dass du mir meine Arbeit einfach abnimmst.«

»Das werde ich nicht. Und ich verbringe gern Zeit mit Logan. Mit Bria wird es mir sicher nicht anders gehen. Ich würde mich freuen, wenn wir so weitermachen können wie bisher. Ich kann nach der Schule gern auf die beiden aufpassen, bis du nach Hause kommst.«

»Ich habe echt viel Glück«, sagte Porter zu ihr.

Riley grinste. »Ich glaube, ich bin die, die sich glücklich schätzen darf. Ich wollte schon immer eine große Familie, und genau das hast du mir geschenkt.«

»Ich habe kein Problem damit, auch eigene Kinder zu haben«, sagte Porter ernst. »Wann immer du bereit bist.«

Rileys Herz machte einen Satz. »Ähm ... Ich glaube, dass zwei Kinder erst mal genug sind. Später können wir immer noch darüber nachdenken, ob wir ein Baby wollen.«

»Aber du bist nicht vollkommen dagegen«, sagte Porter lächelnd. »Das finde ich gut.«

»Du bist verrückt«, sagte Riley zu ihm.

»Mein Leben hat sich in den letzten Monaten vollkommen geändert und ich kann mich nur glücklich schätzen. Und mir ist klar, dass ich das ohne dich niemals geschafft hätte.«

»Das stimmt so nicht«, widersprach Riley ihm. »Du hättest das gemeistert. Porter Reed ist ein knallhartes Mitglied der Delta-Force-Einheit und hat niemals Angst.« Sie lächelte ihn an, um ihn wissen zu lassen, dass sie einen Scherz machte. Aber er lächelte nicht zurück.

»Ich habe Angst, das zu verlieren, was mich auf der Welt am glücklichsten macht«, sagte er ernst. »Dich.« Dann hob er den Kopf, um sie lange, hart und voller Verlangen zu küssen.

Er zog sich zurück und presste ihren Kopf gegen seine Brust. »Lass uns schlafen, Ri. Es ist spät. Ich weiß nicht, wie viel Uhr es ist, aber irgendwann müssen wir wieder aufstehen.«

Riley mochte es, dass Porter sie nicht nur für Sex brauchte. Er wollte mit ihr in seinen Armen schlafen. Das freute sie und ließ eine große Wärme in ihr aufsteigen. Sie liebte ihn deshalb umso mehr.

»Ich liebe dich und bin stolz auf dich«, sagte sie.

»Ich liebe dich auch«, antwortete Porter.

Sie wollte wach bleiben und diesen Moment genießen, aber sie war zu müde. Sie fühlte sich so sicher in Porters Armen, dass sie sofort einschlief.

KAPITEL ACHTZEHN

Die nächsten Tage waren sehr stressig. Riley verbrachte jede Nacht bei Porter. Nach dem Frühstück ging sie in ihre eigene Wohnung zurück und arbeitete so schnell sie konnte. Sie hatte ihren Kunden die Situation erklärt und die meisten hatten Verständnis gezeigt. Es half, dass sie trotz allem in der Lage war, ihre Transkripte rechtzeitig fertigzustellen. Ein paar Kunden, die große Aufträge schnell benötigten, verwies sie an eine Kollegin, der sie vertraute, und die freute sich über die Empfehlung.

Am Mittag ging Riley zurück in Porters Wohnung und ließ sich erzählen, wie der Morgen verlaufen war. Danach erledigten sie zusammen die anstehenden Aufgaben. Porter hatte Bree schon zweimal einem Kinderpsychologen vorgestellt und bis jetzt schienen die Sitzungen gut zu verlaufen. Der Psychologe hatte Porter gesagt, dass Bree ein bemerkenswertes junges Mädchen sei. Er vermutete eine posttraumatische Belastungsstörung, aber der Kontakt mit ihrem Bruder schien ihr sehr zu helfen.

Sie waren zum Stützpunkt gegangen und Bree hatte ihren eigenen Ausweis bekommen. Sie musste ihn jedem zeigen, den sie nun traf, so stolz war sie darauf. Sie kauften zusammen im Supermarkt ein, gingen in einen Spielwarenladen und an einem Nachmittag bauten Logan und sein Onkel zusammen das Stockbett auf, das sie gekauft hatten.

Sie fanden sogar die Zeit, Brain und Aspen abends zu besuchen. Seine Kameraden und all deren Freundinnen waren gekommen. Selbst Winnie, Brains über neunzigjährige Nachbarin, war vorbeigekommen; ihre Enkelin war mit ihrem Freund ebenfalls da gewesen. Das Haus war voll und Riley war stolz auf Logan und Bree. Beide waren sehr höflich zu den Erwachsenen gewesen und schienen sich nicht an den vielen Leuten zu stören. Als sie nach Hause fahren wollten, war Bria auf Winnies Schoß eingeschlafen.

Heute wollten sie die Gerry Linkous Grundschule besuchen. Porter hatte es sich nicht leicht gemacht, eine neue Schule für Logan zu finden. Obwohl er nicht mehr lange auf die Grundschule gehen würde, war es ihm wichtig, eine Schule zu finden, in der er sich wohlfühlte. Und Bria würde noch mehrere Jahre dort verbringen.

Die Gerry Linkous Schule hatte einen guten Ruf. Porter wusste, dass dort vor ein paar Jahren ein bewaffneter Attentäter in das Gebäude eingedrungen war, aber er fand, dass sie die Situation seitdem gut im Griff hatten. Er hatte auch Fletch angerufen und ihn um seine Meinung gebeten, weil seine Tochter Annie die Schule besucht hatte.

»Ich mochte die Schule auf dem Stützpunkt«, sagte Porter zu Logan, als sie zur Gerry Linkous Schule fuhren, »aber ich glaube, dass diese Schule besser zu euch passt. Sie ist im gleichen Stadtviertel wie die Highschool, die das beste Baseballteam der Stadt hat.«

Riley drehte sich rechtzeitig um, um Logan auf der Rückbank nicken zu sehen. Er sah besorgt aus.

»Was ist los, mein Großer?«, fragte Porter, der die

Aufmerksamkeit sowohl auf die Straße als auch den Rück-spiegel richtete, um seinen Neffen zu beobachten.

Logan zuckte mit den Schultern. »Ich weiß nicht genau. Bis jetzt hatte ich mit Schulen noch nicht so viel Glück.«

Riley hasste es, dass sie Angst in seiner Stimme erkennen konnte. Bria war nicht sicher, ob sie Angst haben oder sich freuen sollte; sie sah immer wieder zu ihrem Bruder, um herauszufinden, wie er die Sache sah.

Das kleine Mädchen hatte sich schnell an ihren Onkel gewöhnt und mochte ihn. Vielleicht lag es daran, dass er es gewesen war, der sie aus dem Haus gerettet hatte, oder daran, dass er ein Mann war, wie ihr Bruder auch; auf jeden Fall himmelte sie ihn an. Riley hatte sich fest vorgenommen, das Herz des Mädchens ebenfalls zu gewinnen. Es war ihr egal, wie lange es dauerte – sie wollte, dass Bria ihr auch vollkommen vertraute.

»Ich glaube, du musst die Perspektive wechseln«, sagte Riley leise. »Wenn du nicht in der anderen Schule gewesen wärst, was wäre dann mit Lacie passiert? Du hast dich für sie eingesetzt und ich bin sicher, dass sie das zu schätzen wusste.«

Logan zuckte mit den Schultern.

»Ich habe ein gutes Gefühl, was diese Schule angeht. Euer Onkel hat mir erzählt, dass eine ehemalige Soldatin dort als Sportlehrerin arbeitet. Ich bin mir sicher, dass sie großartig ist.« Riley wandte sich an Bria. »Und Mr. Santoro, einer der Lehrer für die erste Klasse, hat ganz viele Preise gewonnen. Vielleicht wird er dein Lehrer werden.«

Brias Augen leuchteten auf, aber nachdem sie ihren Bruder für einen Moment beobachtet hatte, imitierte sie sein desinteressiertes Schulterzucken.

Seufzend drehte Riley sich wieder nach vorn um. Sie hatte es versucht. Hoffentlich würde der Tag gut verlaufen.

Eine Stunde später durfte Bria in Mr. Santoros Klasse

vorbeischauen. Sie würde die Klasse besuchen, während die anderen einen Termin mit der Direktorin Jane Allen hatten. Sie hatte einen Doktortitel, benutzte ihn aber nicht, als sie sich vorstellte. Sie wirkte bodenständig und nahbar, das genaue Gegenteil von Mr. McClain.

Nachdem sie sich vorgestellt hatten, setzte Riley sich auf den Stuhl an der Seite des großen, offenen Büros und überließ Logan und Oz die Stühle in der Nähe des Tisches.

»Es ist schön, dich kennenzulernen, Logan. Darf ich fragen, warum du die Schule wechseln willst, obwohl du erst ein paar Wochen hier bist?«

Als Logan nicht sofort antwortete, sagte Oz: »Sie hat dir eine Frage gestellt, mein Großer.«

Logans Schulter waren gesenkt und es war offensichtlich, dass er sich unwohl fühlte. Porter hatte ihn gewarnt, dass er gefragt werden würde, warum er einen Schulverweis erhalten hatte und warum er auf eine neue Schule gehen wollte. Logan war damit nicht glücklich gewesen.

»Ich habe einen Schulverweis bekommen«, sagte er nach einem Moment.

Miss Allen zeigte daraufhin keine sichtbare negative Reaktion.

»Sag ihr warum«, forderte Porter ihn auf.

»Ich habe Gary Wittingham geschlagen«, sagte Logan so leise, dass es schwer war, ihn zu hören.

»Warum?«

Riley entspannte sich. Die Frau fragte schon jetzt nach mehr Einzelheiten, als Dr. McClain es getan hatte.

»Weil er Lacie angefasst hat und sie wollte nicht angefasst werden.«

Miss Allen stützte sich mit den Ellbogen auf den Tisch und lehnte sich nach vorn, bevor sie sagte: »Ich verstehe. Ich nehme an, dass die andere Schule Gewalt in keiner Form geduldet hat.«

Logan nickte.

»Wir haben hier auch diese Regel. Aber wir hören uns ganz genau an, was passiert ist, bevor jemand gewalttätig wurde. Wir finden es nicht gut, wenn jemand einen anderen schlägt, aber wir wollen immer wissen, wie es zur Gewalt gekommen ist. Glaubst du, du hättest etwas anders gemacht, wenn du gewusst hättest, was danach passiert?«

Logan dachte einen Moment darüber nach und sagte dann: »Ich hätte mich zwischen Lacie und Gary stellen können, sodass er sie nicht mehr anfassen kann.«

»Das klingt doch gut«, sagte Miss Allen und nickte. »Also. Dein Onkel hat mir erzählt, dass du Baseball magst?«

Logan sah die Direktorin verwirrt an.

»Was denn?«, fragte sie.

»Also ... also reden wir nicht mehr darüber, dass ich Gary geschlagen und einen Schulverweis bekommen habe?«

Die Direktorin lächelte. »Nein. Du hast nicht das Richtige getan, aber du hast es getan, weil du jemand anderen verteidigt hast. Ich hätte lieber Schüler an meiner Schule, die andere verteidigen, anstatt andere zu triezen. Also ... Baseball?«

Es war, als wäre Logan eine Last von den Schultern genommen worden. Er setzte sich aufrechter hin und begann, Miss Allen alles über Shin-Soo Choo zu erzählen, der seiner Meinung nach der beste Defensivspieler der Welt war.

Riley schaute kurz zu Porter und war erleichtert. Es sah so aus, als hätten sie eine neue Schule für Bria und Logan gefunden. Obwohl sie mit keinem der Kinder verwandt war, war es ihr sehr wichtig, dass Porter eine gute Schule für seine Nichte und seinen Neffen fand.

Auf dem Weg zu einem Burger-Restaurant, in dem sie zu Mittag essen wollten, konnten Bria und Logan gar nicht mehr aufhören zu reden. Bree erzählte ihrem Bruder, wie toll es in Mr. Santoros Klasse gewesen war und wie sehr sie die anderen Kinder mochte. Logan hatte kurz die Lehrer und einige der Schüler aus der fünften Klasse getroffen. Bis jetzt hatte er sich noch keine Meinung über die anderen Kinder gebildet, aber er wirkte hoffnungsvoll.

Porter griff nach ihrer Hand. Er sah müde aus, was Riley Sorgen machte. Er arbeitete sehr hart und war nicht daran gewöhnt, sich um ein Kind zu kümmern – oder um zwei. Aber er beschwerte sich nicht. Er stand jeden Morgen um fünf auf, um zur Arbeit zu gehen und an den ersten Besprechungen teilzunehmen. Um acht Uhr war er wieder zu Hause, um das Frühstück für die Kinder vorzubereiten und sie zu beschäftigen, solange sie arbeitete.

Sein Vorgesetzter war sehr großzügig gewesen und hatte ihm erlaubt, sich so viel Freizeit zu nehmen, wie er brauchte. Aber nun war es langsam an der Zeit für sie alle, wieder in eine normale Routine zurückzukehren. Die Kinder brauchten das genauso sehr wie Porter.

Sie hatten ausgemacht, dass Logan und Bria schon morgen in die neue Schule gehen konnten. Sie würden morgens und nachmittags gemeinsam im Schulbus fahren. Riley konnte sich so wieder mehr auf ihre Arbeit konzentrieren und auch Porter konnte in Vollzeit zum Stützpunkt zurückkehren.

Sie alle stiegen auf dem Parkplatz des Restaurants aus dem Fahrzeug aus. Riley war überrascht, als Bria mit ihrer kleinen Hand nach ihrer griff, während sie auf die Tür zugingen.

Sie war noch nie so glücklich wie in diesem Moment gewesen. Sie hatte einen wunderbaren Freund, Bria fing an, ihr zu vertrauen, und sie hatte das Trauma ihrer Vergangenheit gut verarbeitet, und auch Logan kam mehr und mehr aus seinem Schneckenhaus gekrochen.

Porter zog sie mit dem Arm eng an sich und beugte sich nach unten, um sie auf den Kopf zu küssen. Er musste nichts sagen, aber es war klar, dass auch er glücklich war.

Später am Abend, nachdem Porter zu den Kindern ins Zimmer gegangen und ihnen gesagt hatte, dass es nun Zeit zum Schlafen und nicht zum Reden sei, kam er mit einem Lächeln auf dem Gesicht zurück. Er kletterte ins Bett und kuschelte sich an sie. »Wer hätte gedacht, dass ich es je genießen würde, meine Kinder anzuschreien?«

»Zu schreien?«, fragte Riley grinsend.

»Okay, geschrien habe ich nicht, aber ich habe sie höflich darum gebeten, endlich die Klappe zu halten«, stellte Porter richtig.

»Ich mag es, wenn du sie ›deine Kinder‹ nennst«, sagte Riley zu ihm.

Er nickte. »Sie sind meine Kinder. Ich habe sie vielleicht nicht von Anfang an gekannt, aber von jetzt an werde ich immer für sie da sein. Und ich werde sie beschützen, solange ich lebe. Bree hat in ihrem jungen Leben schon genug erlebt. Und Logan fühlt sich für sie verantwortlich. Ich werde ihnen das beste Leben ermöglichen, das ich ihnen geben kann.«

»Das wirst du«, sagte Riley, die von ihrer Liebe zu diesem Mann erneut fast überwältigt wurde. Manche Leute würden ein Kind, das ihnen so mir nichts, dir nichts in die Arme gelegt wurde, nicht akzeptieren und eher als Klotz am Bein sehen. Aber seit Bria bei ihnen war, war Porter noch mehr darauf fokussiert, die beiden zu beschützen und sie zu lieben.

Sie hatten erfahren, dass Vanessa und Seth eine lange Zeit ins Gefängnis mussten, da sie der Kindesmisshandlung und des Mordes angeklagt worden waren. Außerdem war nun endlich eine neue Schule gefunden. Porter schien an diesem Abend entspannter. Es war, als würde ihm eine kleinere Last auf den Schultern ruhen.

Riley lauschte angestrengt, konnte die Kinder im anderen Zimmer aber nicht mehr hören.

Sie hatten nicht wieder miteinander geschlafen, seit Bria eingezogen war, aber in diesem Moment überkam Riley das Verlangen nach Porter.

Sie zog sich aus seinen Armen und bewegte sich an seinem Körper hinunter; auf dem Weg nahm sie seine Brustwarze in den Mund und saugte daran.

»Ri«, stöhnte Porter und die Lust in seiner Stimme bestätigte sie nur darin weiterzumachen. Sie hatte Erfahrung darin, Männer oral zu befriedigen, aber sie hatte es nie genossen. Nun konnte sie es gar nicht abwarten, ihre Hände und ihren Mund um Porters Schwanz zu schlingen.

Sie zögerte nicht, als sie seine Unterhose erreichte; sie packte den elastischen Bund und zog die Hose mit einem Ruck nach unten. Porter hob seine Hüften, um es ihr einfacher zu machen, und sie hatte seinen Schwanz in der Hand, noch bevor er die Unterhose vollständig ausgezogen hatte.

»Verdammt, Ri«, stöhnte er, als sie seinen Schwanz mit einer Hand festhielt und dann in den Mund nahm.

Riley wusste nicht, was sie überkommen hatte, aber sie fühlte sich, als müsste sie seinen Schwanz jetzt sofort in sich haben. Ihr Selbstvertrauen wurde größer, als sein Schwanz unter ihr schnell hart wurde. Sie nuckelte an der Spitze und ließ ihre Zunge über die empfindliche Unterseite gleiten. Sie fühlte, wie er auf den Oberschenkeln Gänsehaut bekam. Seine Reaktion gab ihr ein Gefühl von Dominanz.

Sie kniete sich zwischen seine Beine und begann, ihren Mund nach oben und unten zu bewegen, während sie weiter an ihm leckte; sie wollte ihn ganz verrückt machen.

»Verdammte Scheiße!«, fluchte Porter und Riley lächelte, während sie seinen Schwanz weiterbearbeitete.

Sie konnte spüren, wie sie selbst feucht wurde, während sie ihn befriedigte. Sie fühlte sich stark und sexy. Als er dann begann, ihren Kopf festzuhalten und immer wieder seinen Schwanz in ihren Mund zu stoßen, musste sie laut stöhnen. Sie nahm seine Hoden in die Hände und rollte sie hin und her, während sie sich mit der anderen Hand abstützte.

Sie liebkoste die empfindliche Stelle hinter seinen Hoden und ein Lusttropfen landete auf ihrer Zunge.

»Mach das noch mal«, befahl Porter.

Das tat sie – und ein weiterer großer Spritzer landete in ihrem Mund.

»Genug«, sagte er dann und legte seine Hände auf ihre Schultern. Er hatte sie so umgedreht, dass sie nun auf ihren Händen und Unterschenkeln kniete, bevor sie wusste, wie ihr geschah.

»Ich war noch nicht fertig«, beschwerte Riley sich.

»Aber ich bin kurz davor, fertig zu sein«, erwiderte Porter. Er zog ihr Nachthemd über ihren Hintern und stöhnte erneut, als er feststellte, dass sie keine Unterwäsche trug. Sie fühlte, wie sein Schwanz ihre Muschi streifte, als wollte er testen, wie bereit sie war. Dann waren seine Finger da und liebkosten ihre Klitoris.

»Porter, ich bin bereit. Bitte«, sagte sie zu ihm und wandte sich; sie wollte ihn sofort in sich spüren.

Sie stöhnten beide, als er tief in ihre heiße, nasse Muschi eindrang.

Dann wurde Porter plötzlich stocksteif und er fluchte.

»Was? Was ist passiert?«, fragte Riley.

»Kondom«, sagte Porter und zog sich wieder zurück.

Sie wollte ihm sagen, dass er sich deshalb keine Sorgen machen sollte. Dass er sie so nehmen konnte. Aber sie wusste, dass das unverantwortlich war. Es war noch nicht einmal sonderlich klug, ohne Kondom in sie einzudringen.

Sie nahm die Pille nicht und die Lusttropfen von ihrem Oralsex hingen noch immer an seinem Schwanz.

Sie wartete ungeduldig, während er sich vorbeugte und ein Kondom aus der Nachttischschublade fischte. Sie hörte, wie er die Verpackung aufriss, dann ließ er eine Hand zu ihrem Bauch sinken und glitt wieder in sie hinein.

»Verdammt, du fühlst dich so gut an«, sagte er zu ihr. »Ohne Kondom in dir zu sein, das war so heiß. Ich würde alles geben, um dich nackt vögeln zu können. Ich will dich mit meinem Sperma füllen; ich will dich mit meinem Baby füllen.«

Riley schauderte. Sie liebte es, wenn er so erregt war und die Verbalerotik geradezu aus ihm herausplatzte. Sie hatte kein Problem damit, daran zu denken, wie er in ihr explodierte. Ihre Muskeln umklammerten seinen Schwanz, während er sie langsam von hinten vögelte.

»Gefällt dir das, Ri?«, fragte er. »Willst du meine Babys haben?«

»Ich will alles von dir haben«, platzte es aus ihr heraus.

»So ist es richtig«, sagte Porter, als er sich schneller zu bewegen begann. »Mach es dir selbst. Ich halte nicht mehr lange durch. Nicht, wenn ich diesen hübschen Hintern vor mir habe und wenn ich daran denke, wie du meinen Schwanz in deinem Mund hattest. Ich habe noch nie etwas Schöneres gesehen als dich mit meinem Schwanz im Gesicht.«

Sie stützte sich mit einer Hand ab, während sie die andere zu ihrer Klitoris gleiten ließ und sich selbst befriedigte. Gleichzeitig nahm sie der Mann, den sie über alles liebte, hart von hinten. Seine Hoden trafen ihre Hand bei jedem Stoß und sie spielte eine Weile mit ihnen, während er in sie stieß.

»Konzentrier dich auf dich selbst«, befahl er. »Komm, damit ich auch kommen kann.«

Sie liebte es, dass er ihren eigenen Orgasmus abwarten wollte, bevor er selbst zum Höhepunkt kam. Sie war noch nie mit jemandem zusammen gewesen, der ihre Lust so ernst nahm.

Sie wusste, dass sie nicht mehr lange brauchen würde, als sie sich wieder ihrer Klitoris widmete.

Sie hörte, wie Porter ihr sagte, wie heiß sie sei, wie gut sie sei, wie sehr er sie liebte, aber sie konnte sich kaum noch darauf konzentrieren, als der Höhepunkt auf sie zuraste. Als der Orgasmus sie durchschüttelte, hielt Porter ihre Hüften fest und vögelte sie, so hart er konnte. Seine Hüften schlugen immer wieder gegen ihren Hintern und das Geräusch war laut in dem sonst stillen Raum. Es waren nur vier weitere Stöße nötig, bis er seinen Schanz tief in sie presste und laut stöhnte.

Riley führte ihre Finger zu seinen Hoden und dahinter und streichelte die empfindliche Stelle erneut. Er drückte sich noch tiefer in sie hinein und sagte: »Verdammte Scheiße!«, während die Lust ihn fest im Griff hatte.

Lächelnd und zufriedener, als sie es je nach dem Sex gewesen war, wartete Riley darauf, dass Porter sich wieder unter Kontrolle hatte.

»Du bringst mich noch um«, murmelte er, als er seinen Schwanz aus ihr herauszog. Aber anstatt sie gehen zu lassen, blieb er hinter ihr. Er spielte mit ihren Falten und ließ seine Finger dann langsam in sie hineingleiten.

»Porter?«, fragte sie etwas nervös.

»Vertrau mir«, sagte er sanft.

Das tat sie, aber sie erschreckte sich trotzdem, als er mit der anderen Hand ihre Klitoris fand. Sie hatte sich kaum von ihrem ersten Orgasmus erholt, als Porter sie erneut aufs Äußerste erregte. Er ließ zwei seiner Finger immer wieder in sie hineingleiten, während er ihren Lustpunkt bearbeitete, und es dauerte nicht lange, bis sie zu zittern begann.

»Ich liebe es, dich so zu sehen«, sagte Porter zwischen ihren Beinen. »Komm für mich, Ri. Ich will sehen, wie deine Muschi so feucht wird, dass sie tropft.«

Gott, seine Verbalerotik würde sie noch ins Grab bringen, aber Riley konnte nicht anders, als genau das zu tun, was er gesagt hatte. Sie drückte ihren Rücken durch und erlebte ihren zweiten Höhepunkt. Sie blieb nur in Position, weil er sie mit den Händen festhielt.

Dann schockierte er sie, indem er sich nach vorn beugte und ihre tropfend nasse Muschi leckte.

Riley wusste, dass sie sich nicht mehr lange halten konnte. »Porter«, warnte sie ihn.

Er hob den Kopf und sagte: »Ich weiß. Du bist so wunderschön und ich liebe dich so sehr.«

Er half ihr, sich auf die Seite zu legen, und war in Windeseile im Badezimmer verschwunden. Sekunden später war er zurück und stieg hinter ihr ins Bett. Das T-Shirt, das sie trug, bedeckte nicht einmal mehr ihre Brüste, aber sie hatte nicht die Energie, es zurechtzurücken. Porter schob einen Arm unter ihre Schulter und bedeckte mit der anderen ihre noch immer pulsierende Muschi.

Sie schnappte nach Luft, als er mit dem Handballen ihre Klitoris berührte, aber er sagte: »Entspann dich, Ri. Ich bin für heute fertig.«

Sie atmete erleichtert auf und war dennoch überrascht, als er eins ihrer Beine anhob und sein eigenes Bein zwischen ihre schob, sodass seine Hand mehr Platz hatte. Er streichelte sanft über ihre Muschi.

»Was machst du denn?«, fragte sie schüchtern.

»Ich denke darüber nach, wie es sich anfühlen würde, mein Sperma in dich reinzuspritzen.«

»Porter!«, rief sie.

»Was denn?«, fragte er.

»Das ist ... ich weiß auch nicht ...«

»Es ist heiß«, sagte er, ohne zu zögern. »Ich weiß, dass es unverantwortlich war, ohne Kondom in dich einzudringen, aber Ri, es hat sich so verdammt gut angefühlt. Ich habe noch nie ohne Kondom mit einer Frau geschlafen und ich bin froh, dass du die erste bist. Und die letzte. Zu sehen, dass Aspen schwanger ist ... und wie glücklich das Brain macht ... das will ich auch. Ich weiß, dass das verrückt ist. Wir sind noch nicht so lange zusammen und außerdem habe ich beide Hände mit Bria und Logan voll. Ich liebe es, mich um die beiden zu kümmern, obwohl ich jeden Tag Angst habe, ich könnte etwas falsch machen. Ich liebe dich, und ich will Kinder mit dir.«

Riley wusste nicht, was sie sagen sollte. Das wollte sie auch, aber etwas hielt sie davon ab, das laut auszusprechen. Vielleicht war es ihre eigene Vergangenheit. Die Unsicherheit, ob Porter auch noch nächstes Jahr mit ihr zusammen sein wollte.

»Du denkst aber lange nach«, sagte er vorwurfsvoll. »Aber was auch immer du denkst, es ist Schwachsinn – außer du denkst darüber nach, wie sehr du mich liebst und mir vertraust.«

Sie musste leise lachen.

Porter seufzte an ihrem Nacken und zog sein Bein zurück. Dann griff er nach der Decke. Er zog sie über ihre beiden Körper und bewegte seine Hand, sodass eine ihrer Brüste darin ruhte. Er zog sie zu sich und sie schloss zufrieden die Augen. Sie hatte gerade unglaublich guten Sex gehabt, ihr Freund liebte sie so sehr, dass er zugegeben hatte, Kinder mit ihr zu wollen, und sein Neffe und seine Nichte kamen langsam in ihrem neuen Leben an. Alles war gut.

Aber warum verspürte sie dann so ein Gefühl von Unwohlsein in der Magengrube?

Vielleicht lag es daran, dass in der Vergangenheit, wenn

alles gerade gut zu laufen schien, immer jemand den Teppich unter ihren Füßen weggezogen hatte. Sie hatte keine Ahnung, ob sie es überstehen würde, wenn sie Porter und seine zwei großartigen Kinder verlieren würde.

»Ich liebe dich«, flüsterte sie.

»Ich himmele dich so sehr an, ich kann es gar nicht in Worte fassen«, antwortete Porter. »Vielen Dank, dass du du bist.«

Riley seufzte. Sie hatte darauf keine Antwort. Sie hoffte einfach, dass es genug war. Die Zeit würde es zeigen.

KAPITEL NEUNZEHN

Eine Woche später fiel es Oz schwer, sich auf die Besprechung zu konzentrieren, in der er mit seinen Kameraden saß. Er liebte es, jeden Morgen neben Riley aufzuwachen, und Logan und Bria unterhielten ihn, während er ihnen Frühstück zubereitete und sie für die Schule fertig machte.

Logan hatte ihm am vorherigen Abend, als sie zusammen im nahen Park einen Baseball hin- und hergeworfen hatten, erzählt, wie sehr er seine neue Schule mochte und dass er einen Freund in seiner Klasse gefunden hatte, der ebenfalls Baseball mochte.

Bria schien sich auch gut einzugewöhnen. Sie hatte immer wieder Momente, in denen sich ihr Trauma zeigte, aber mit ihrem Bruder an ihrer Seite fühlte sie sich sichtlich wohl.

Und dann gab es da noch Riley. Oz war noch nie so glücklich in einer Beziehung gewesen wie mit ihr. Sie arbeitete hart, beschwerte sich nie und schien mit ihrem neuen Tagesablauf ebenso glücklich zu sein wie er. Oz hatte keine Ahnung, was er ohne sie tun würde. Er würde sich bestimmt irgendwie durchschlagen, aber sie machte sein

Leben viel einfacher, viel erfüllter, einfach dadurch, dass sie bei ihm war.

Sie traf sich am Nachmittag mit Logan und Bria, wenn sie aus dem Schulbus stiegen, und beschäftigte sich mit den beiden, bis er nach Hause kam. Gillian, Aspen und Kinley waren immer mal wieder vorbeigekommen, um Riley mit den Kindern zu helfen. Sie waren zusammen in den Park gegangen oder hatten gebastelt; was auch immer ihnen einfiel, um die Kinder bis zum Abendessen zu beschäftigen.

Er war ein glücklicher Mann. Je mehr Zeit er mit Riley verbrachte, desto mehr Zeit wollte er mit ihr verbringen.

»Du fühlst es, nicht wahr?«, fragte Trigger, als sie im Konferenzraum saßen und auf den Beginn der Besprechung warteten.

Er schämte sich nicht, als er nickte – wohl wissend, dass seine Kameraden allesamt dem Gespräch lauschten. »Dass ihr etwas passiert, während ich nicht da bin? Dass ich kaum erwarten kann, dass der Tag vorbei ist? Dass, sollte sie mich je verlassen, ich ein gebrochener Mann sein werde? Ja, das kann ich fühlen.«

Trigger grinste. »Das ist toll, oder?«

»War es wirklich so toll, als du dachtest, dass Gillian angeschossen worden war, und du ausgerastet bist?«, fragte Lucky halb im Scherz.

»Halt die Klappe«, sagte Trigger zu seinem Freund und schmiss einen Stift nach ihm. »Warte nur, bis du deine Seelenpartnerin findest und sie sich in den Finger schneidet. Da stündest du auch kurz vor der Ohnmacht.«

Lucky grinste. »Das wird nicht passieren. Jede Frau, die sich auf mich einlässt, wird auch eine Portion meines verdammten Glücks abkriegen.«

»Oh, verdammt«, sagte Brain. »Wir werden sehen.«

»Da du an meiner Schwester interessiert bist, hast du offensichtlich keine Ahnung. Devyn kann einen in den

Wahnsinn treiben. Mit ihr wird dir nicht langweilig. Ich schwöre dir, wenn sie dir das erste Mal erzählt, dass sie Bungee-Jumping an einem Steilhang machen will, wirst du dir die Seele aus dem Leib kotzen.«

Lucky wurde tatsächlich etwas bleich und Oz musste leise lachen.

Die Tür ging auf und somit war das Gespräch beendet. Ein Major kam herein und legte einen dicken Ordner vor sich auf den Tisch, bevor er sich setzte.

Jede Heiterkeit des Delta-Teams verschwand sofort spurlos, denn es war offensichtlich, dass der Mann nicht gerade glücklich war.

»In Afghanistan gab es eine Reihe von Entführungen«, sagte er ohne Einleitung. »Es sieht so aus, als hätte Abdul Shahzada das Kommando von Mullah Abbas Akhund übernommen.«

»Dem Idioten, den wir getötet haben«, sagte Lefty.

»Genau der. Wir haben schon lange vermutet, dass Shahzada schon die ganze Zeit der Strippenzieher hinter den Kulissen gewesen ist – Akhund war nur sein Aushängeschild. Und wir hatten recht. Nun sind einige Dienstleister, die auf dem Stützpunkt gearbeitet haben, verschwunden. Ihre Freunde und Verwandten haben allesamt nichts von ihnen gehört. Wir haben Grund zu der Annahme, dass Shahzada dahintersteckt. Aber er ist noch immer kaum greifbar. Wir wissen nicht viel über ihn – außer, dass er immer mächtiger wird. Es wird erzählt, dass er seine Foltermethoden verfeinert hat, als Vorbereitung darauf, die dort stationierten Soldaten anzugreifen.«

»Wie sieht der Plan aus?«, fragte Doc.

»Bis jetzt gibt es noch keinen. Wir schauen zu und warten ab.«

»Und die verschwundenen Angestellten?«, fragte Grover.

Der Major seufzte. »Wir können nicht viel tun. Ihre

Arbeitgeber haben Privatdetektive beauftragt, um ihren Aufenthaltsort herauszufinden, aber wir sind bis jetzt nicht wirklich in der Lage einzugreifen.«

»Das ist doch scheiße«, beschwerte sich Grover. »Die Dienstleister dienen ihrem Land doch genauso, wie es die Soldaten und Soldatinnen tun.«

»Ich weiß und ich stimmte Ihnen zu. Aber mit der politischen Landschaft in Aufruhr ist es gerade nicht einfach, die Erlaubnis für einen Auslandseinsatz zu bekommen, um sie zurückzuholen.«

»Eine der Kantinenmitarbeiterinnen hat nicht auf meine E-Mails geantwortet, seit wir das letzte Mal in Afghanistan waren«, sagte Grover mit Sorge in der Stimme. »Ist sie auch eine der Vermissten?«

»Wie heißt sie?«

»Sierra Clarkson.«

Der Major ging die Papiere durch, die vor ihm auf dem Tisch lagen, und Oz konnte sehen, wie ungeduldig Grover auf eine Antwort wartete.

»Niemand hat von Sierra Clarkson gehört«, sagte der Major. »Es sieht so aus, als wäre sie abgereist, kurz nachdem Akhund getötet worden war. Ihr Gepäck ist ebenfalls verschwunden.«

»Ich glaube kaum, dass sie einfach so abgereist ist«, sagte Grover wütend. »Vor allem nicht, wenn noch andere Leute verschwunden sind. Niemand spaziert einfach so von seinem Stützpunkt in Afghanistan.«

»Manche haben Einheimische geheiratet«, sagte der Offizier.

»Sierra war kaum lange genug im Land, um jemanden zu treffen – und noch viel weniger, um sich mit ihm zu verheiraten«, wandte Grover ein.

Oz wusste, dass Grover dem Major einmal zu oft widersprochen hatte, und obwohl er sich ebenfalls Sorgen um

Sierra machte, war er sich nicht sicher, was sie im Moment für sie tun konnten. Bevor er sich überlegen konnte, wie er seinen gestressten und wütenden Kameraden beruhigen konnte, mischte sich Lucky in das Gespräch ein.

»Wie viele Leute müssen noch verschwinden, bis wir die Erlaubnis bekommen, etwas dagegen zu unternehmen?«

»Ich weiß es nicht. Hoffentlich niemand«, sagte der Major.

Der Mann klang gestresst und Oz glaubte ihm, was er sagte.

»Zum nächsten Punkt«, sagte der Offizier. »Die Situation in Venezuela ist immer noch nicht unter Kontrolle.«

Trigger schnaubte, sagte aber nichts. Das brauchte er auch nicht, sie alle erinnerten sich an das letzte Mal, als sie im Land waren. Gillians Flugzeug war entführt worden – und dem war noch einiges gefolgt.

Oz hörte gut zu, während sie die Länder besprachen, denen die USA im Moment besondere Aufmerksamkeit zukommen ließen. Der Major zählte ein Land nach dem anderen auf und Oz merkte, dass er an seinem neuen Leben besonders genoss, wie normal es sich anfühlte ...

Bria aß keine Hotdogs, aber liebte Chicken Nuggets. Logan konnte den ganzen Tag lang über Baseballspieler reden und Riley unterstützte sie alle. Sein Leben zu Hause war das komplette Gegenteil von seinem Job als Delta-Force-Soldat, bei dem er jeden Tag mit Gewalt und Konflikten zu tun hatte.

Er hatte viel Glück gehabt – und Oz wusste das. Nun, da er wusste, welches Leben er mit Riley haben konnte, würde er nichts tun, was dieses Leben in Gefahr brachte – zumindest hoffte er das.

Miles Bowen saß in seinem grauen Kia Rio und starrte das Gebäude auf der anderen Seite der Straße hasserfüllt an. Warum er jemals mit Riley Rogers ausgegangen war, war ihm ein Rätsel. Vielleicht weil sie so schön praktisch war. Bei ihr hatte er sich gut vor der Polizei verstecken können. Aber sie hatte mit ihm Schluss gemacht und ihn rausgeschmissen.

Aber niemand machte mit Miles Schluss. Er war derjenige, der entschied, wann es vorbei war.

Aber das war noch nicht einmal das Schlimmste. Riley interessierte ihn einen feuchten Dreck. Er mochte sie noch nicht einmal besonders – aber er musste unbedingt die DVD zurückhaben, die er in ihrer Wohnung liegen gelassen hatte. Wenn sie ihn einfach reinlassen würde, damit er sie holen konnte, hätte er schon längst das Weite gesucht.

Er hatte erwartet, dass sie schnell aufgeben würde, nachdem er mit den Nachrichten begonnen hatte, und er seine Sachen abholen könnte. Aber dann hatte sie ihm geschrieben, dass sie seine Sache zusammengesammelt und in einem Karton im Flur deponiert hatte. Er war kurz davor durchzudrehen, wenn er daran dachte, dass jeder Depp vorbeikommen und seine Sachen hätte stehlen können, bevor er sie abholte. Aber dann wurde ihm klar, dass sein »Spiel« nicht in diesem Karton sein konnte.

Weil es natürlich kein Spiel war. Es war ein Video, das er auf DVD gebrannt und in ihrer Wohnung versteckt hatte. Dieses Video könnte ihn für sein restliches Leben ins Gefängnis schicken; und das wäre ein Todesurteil.

Miles wusste, wie Pädophile im Gefängnis behandelt wurden. Er würde keine Woche überleben.

Aber es war nicht seine Schuld, dass er sich zu Kindern hingezogen fühlte. Er war schon immer so gewesen. Aber das Video könnte sein Untergang sein und er brauchte es zurück.

Als er in seinem Wagen saß, kam ein Schulbus um die Ecke und hielt an. Ein paar Kinder stiegen aus. Miles setzte sich aufrecht hin. Einige der Kinder waren zu alt für ihn, aber ein paar waren unwiderstehlich. Er konnte nicht anders.

Während er sie beobachtete, sah er voller Überraschung, wie seine Ex-Freundin Riley das Haus verließ und beide Arme zur Begrüßung ausstreckte. Ein süßer kleiner Junge mit braunen Haaren lief auf sie zu und umarmte sie. Ein kleineres, rothaariges Mädchen lächelte Riley schüchtern an, als sie näher kam.

Miles war überrascht. Er hatte keine Ahnung, zu wem die Kinder gehörten, aber man konnte sehen, dass Riley ihnen sehr nahestand. Hatte sie etwa Kinder, von denen er nichts wusste? Er schüttelte den Kopf. Nein. Auf keinen Fall. Das waren bestimmt ihr Neffe und ihre Nichte oder so. Vielleicht passte sie auf die Kinder anderer Leute auf, um sich etwas dazuzuverdienen.

Sein Blick blieb weiter an dem Jungen hängen. Er brauchte seine DVD zurück. Deshalb war er gekommen. Er hatte beschlossen, in die Wohnung einzubrechen, und wartete eigentlich darauf, dass Riley das Haus verließ. Er hatte die DVD in einer ihrer Filmhüllen versteckt, wo sie sie kaum finden würde, aber er konnte seine Aufregung kaum im Zaum halten, als er den Jungen sah.

Er war Riley offensichtlich sehr wichtig. Er könnte bei ihr einbrechen, seine DVD zurückbekommen – und alles, was er sonst noch finden konnte. Dann würde er den Jungen mitnehmen und Riley so noch mehr verletzen. Sie würde es bereuen, ihn ignoriert zu haben.

Niemand ignorierte Miles Bowen.

Er schaute auf die Uhr und versuchte abzuschätzen, wie lange er brauchen würde, um in Rileys Wohnung einzudringen, sich um sie zu kümmern, seine DVD zu finden und dann die Kinder an der Bushaltestelle zu treffen.

Kinder waren nicht besonders schlau. Er wusste genug über Riley, um sie dazu zu bringen, mit ihm mitzukommen. Es wäre großartig, sie mit den Kindern zu erpressen. Ihr würde klar werden, dass alles, was den Kindern geschah, ihre eigene Schuld war.

Er konnte es kaum erwarten.

KAPITEL ZWANZIG

Heute würde ein guter Tag werden. Sie wollten am Nachmittag alle gemeinsam das Baseballspiel in der Schule anschauen. Porter wollte früher von der Arbeit heimkommen, sodass sie alle gemeinsam pünktlich zum Spiel fahren konnten. Logan war so aufgeregt gewesen, dass er sich kaum auf etwas anderes als das Spiel konzentrieren konnte.

Riley konnte manchmal nicht glauben, wie leicht ihr das neue Leben mit ihrem Freund und den zwei Kindern fiel. Sie mochte es, das Frühstück für alle zu richten und dann die Schulsachen der Kinder zusammenzusuchen, bevor sie sie aus der Tür scheuchte. Danach hatten Porter und sie normalerweise eine halbe Stunde für sich selbst. Manchmal waren sie ins Schlafzimmer zurückgegangen und Porter hatte sie schnell und hart gevögelt. Manchmal machten sie es sich auf dem Sofa bequem und sprachen über den Tag, der vor ihnen lag.

Sie mochte es, Zeit allein mit Porter zu verbringen, aber es war fast ebenso schön, wenn Logan und Bria zu Hause waren. Sie liebte alle Reeds. Bree war noch immer etwas schüchtern, aber sie kam nach Logan und ihre eigene

Persönlichkeit wurde immer offensichtlicher. Sie war anderen gegenüber sehr aufmerksam und wollte immer gefallen. Sie widersprach niemandem und tat, was man ihr sagte, ohne sich zu beschweren. Riley wusste, dass sich das mit zunehmendem Alter sicherlich ändern würde. Aber sie genoss es, solange sie konnte.

Nachdem Porter zum Stützpunkt gefahren war, ging sie in ihre Wohnung zurück und arbeitete für ein paar Stunden. Ihr Leben fühlte sich so viel voller an als zuvor. Sie ging mehr aus und Riley mochte es, Freundinnen zu haben. Gestern hatte sie bestimmt zwanzig Minuten mit Aspen gesprochen, darüber, wie ihre standesamtliche Hochzeit verlaufen war und wie ihre Schwangerschaft voranging.

Riley fühlte sich in ihrem neuen Leben sehr wohl.

»Ich sollte um sechzehn Uhr zu Hause sein«, sagte Porter, als sie gemeinsam vor seiner Tür standen. Er war auf dem Weg zur Arbeit. Riley liebte es, ihn in seiner Uniform zu sehen. Es war keine besonders aufwändige Uniform, aber ein Mann in Uniform war einfach etwas Besonderes. Nein, das stimmte so nicht. Es war etwas Besonderes, Porter in Uniform zu sehen.

»Das klingt gut. Dann haben die Kinder eine Stunde Zeit, um etwas zu essen und mit den Hausaufgaben anzufangen, nachdem sie von der Schule heimgekommen sind. Das Spiel fängt um siebzehn Uhr an, oder?«, fragte sie.

»Ja. Ich nehme nicht an, dass sie die volle Spiellänge spielen. Es geht eher darum, dass die Mannschaft einmal vor Publikum spielt und sich vorstellt«, sagte Porter.

Riley nickte. Sie hatte keine Ahnung von Baseball, aber sie hatte das Gefühl, dass sie noch viel lernen würde, wenn Logans Interesse an dem Sport so groß blieb.

»Du freust dich nicht allzu sehr, oder?«, fragte Porter mit einem Lächeln.

Riley zuckte mit den Schultern. »Das tut nichts zur

Sache. Wenn Logan Baseball anschauen will, dann machen wir das.«

»Ich liebe dich so sehr. Bree wird bestimmt langweilig werden, du kannst also gern mit ihr spazieren gehen, wenn du willst«, sagte Porter.

Sie wollte diese Worte am liebsten immer wieder von ihm hören. »Ich liebe dich auch. Mach dir keine Sorgen um uns. Wir kriegen das hin.«

»Musst du heute viel arbeiten?«, fragte er.

Riley lächelte. Es fühlte sich fast so an, als wollte er seinen Abschied hinauszögern, und sie liebte es, dass er nicht gehen wollte. »Nicht allzu viel. Aber ich werde den ganzen Vormittag beschäftigt sein.«

»Ich sollte mich also auf den Weg machen.«

»Du bist den ganzen Tag in Besprechungen, oder? Kein Training?«

»Genau. Ich glaube, wir werden die restliche Woche trainieren, aber heute reiht sich eine Besprechung an die andere.«

Riley rümpfte die Nase.

Porter lachte leise. »Ja, das Gleiche denke ich auch. Aber das Hintergrundwissen ist unersetzlich im Einsatz. So wissen wir, wie wir uns schützen können.«

»Ich weiß, aber trotzdem. Du willst so gern aktiv sein. Und du kannst kaum still sitzen, wenn du dich den Tag über nicht bewegt hast. Den ganzen Tag Besprechungen zu haben ist nicht dein Ding.«

Porter lächelte sie an.

»Was denn?«, fragte sie.

»Du kennst mich sehr gut«, sagte er einfach. »Nun muss ich aber wirklich los. Ich bekomme Ärger, wenn ich zu spät bin ... schon wieder.«

»Du bekommst noch einen schlechten Ruf«, sagte sie neckisch.

»Ach was, meine Kameraden haben Verständnis. Lefty, Trigger und Brain waren genauso, als sie ihre Traumfrau fanden.«

Riley wusste, dass sie rot anlief, aber sie konnte es nicht ändern.

»Und unter uns, Lefty hat mir gesagt, dass er keine Lust mehr hat zu warten. Er hat Flugtickets nach San Francisco gekauft, sodass er und Kinley bald heiraten können.«

Riley lächelte. »Das ist toll.«

»Ja, ich glaube, er hat sich etwas geärgert, weil Brain schneller war als er.«

»Ihr Jungs seid so wetteifernd«, beschwerte sie sich im Scherz.

»Ja. Wenn wir eine Entscheidung treffen, dann setzen wir sie durch.«

Riley konnte nicht entscheiden, ob in seinen Worten eine versteckte Botschaft mitschwang, aber sie lächelte ihn trotzdem an.

»Hab einen schönen Tag«, sagte Porter und lächelte zurück. »Und wenn du dich gut anstellst, dann können wir heute Abend gemeinsam meine Dusche ausprobieren. Ich weiß, dass es mit uns beiden etwas eng werden kann, aber da fällt uns schon was ein.«

Riley konnte nur begeistert nicken. Sie hatten schon mehrmals gemeinsam die Dusche einweihen wollen, aber bis jetzt war immer etwas dazwischengekommen. Es war nicht so, dass sie glaubte, besseren Sex in der Dusche zu haben, aber sie hatte es dort noch nie ausprobiert und sie wollte so viele Erfahrungen wie möglich gemeinsam mit Porter sammeln.

Sie ging auf die Zehenspitzen, um ihm entgegenzukommen. Er wollte sie nur kurz zum Abschied küssen, aber der Kuss dehnte sich aus. Als sie sich endlich voneinander lösen konnten, hatte Porter eine halbe Erektion in seiner

Hose und Riley konnte die Nässe in ihrer Unterhose fühlen.

»Verdammt, du machst mich irgendwann noch wahnsinnig«, sagte Porter und schüttelte den Kopf. »Ich wünschen dir einen schönen Tag.«

»Ich dir auch«, sagte sie zu ihm.

Sie folgte ihm aus der Wohnung und ging zu ihrer eigenen Tür, nachdem er die Wohnungstür hinter sich abgeschlossen hatte. Sie winkte noch einmal, als er sich in Richtung Treppe aufmachte. Sie betrat ihre Wohnung, legte die Kette vor und ging in die Küche. Sie schenkte sich ein großes Glas Orangensaft ein und bemerkte dabei, dass ihr Kühlschrank in letzter Zeit sehr leer geworden war. Das war nicht wirklich eine Überraschung, weil sie zum Frühstück und Abendessen meistens in Porters Wohnung war.

Sie hatte nur genug im Haus, um sich ein Mittagessen zu machen. Riley wurde bewusst, dass sie ihre Wohnung eigentlich nur noch als Arbeitsplatz benutzte. Ein paar ihrer Klamotten hatten schon den Weg in Porters Wohnung gefunden und langsam, aber sicher wurden es mit seiner Unterstützung immer mehr. Decken, Kissen – er hatte einmal erwähnt, dass er ein Bild an ihrer Wand sehr mochte, und auch das hatte den Weg zu ihm gefunden. CDs, DVDs für Kinder, Bücher ... wenn sie nicht vorsichtig war, würde sie vollständig umziehen, ohne es zu bemerken.

Und wäre das denn so schlimm?

Sie fand das nicht. Und Porter auch nicht. Er hatte klar gesagt, dass er Kinder mit ihr wollte – und das würde er nicht sagen, wenn er nicht an einer langfristigen Beziehung interessiert wäre.

Lächelnd nahm Riley das Glas in die Hand und ging an ihren Schreibtisch. Sie hatte keine Ahnung, wie groß das Haus oder die Wohnung sein würde, die Porter aussuchen würde, aber realistisch gesehen brauchten sie fünf Zimmer.

Wohnzimmer, zwei Kinderzimmer, ein Schlafzimmer und ein Arbeitszimmer. Porter hatte nicht einmal daran gedacht, sie zu bitten, mit ihrer Arbeit aufzuhören – zum Glück. Er verstand, dass es ihr wichtig war, ein eigenes Einkommen zu haben – um etwas zum Haushalt beizutragen und auch für sie selbst.

Sie setzte sich an ihren Schreibtisch und dachte noch einmal darüber nach, wie viel Platz sie brauchen würden. Würde Porter eigene Kinder wollen, bräuchten sie ein sechstes oder sogar siebentes Zimmer. Sie könnte ihr Arbeitszimmer vielleicht in den Keller verlegen.

»Du machst dir viel zu viele Gedanken«, sagte sie laut und schüttelte den Kopf. »Du weißt noch nicht einmal, ob die Beziehung mit Porter halten wird.«

Natürlich hoffte sie das. Sie liebte Porter mit all seinen Ecken und Kanten. Sie konnte damit umgehen, dass der Mann kaum still sitzen konnte, damit, dass er die Nachrichten mit größter Aufmerksamkeit verfolgte, und wie groß die Unordnung in der Küche war, wenn er etwas kochte. Sie war selbst nicht perfekt – weit davon entfernt.

Sie nahm einen tiefen Atemzug und versuchte, alle Gedanken an Porters zukünftige Kinder zur Seite zu schieben. Dann fuhr sie ihren Computer hoch. Sie kontrollierte ihre E-Mails und sah, dass sie drei weitere Aufträge bekommen hatte. Zwei waren von Stammkunden, ein Kunde war neu.

Sie war dankbar, dass sie sich in der Arbeit vergraben konnte. Sie nahm ihre Kopfhörer mit Geräuschdämmung in die Hand und setzte sie auf. Sie legte das Telefon neben sich auf den Tisch, sodass sie sehen konnte, wenn jemand anrief oder ihr schrieb, dann klickte sie die erste Audiodatei an und öffnete ein leeres Word-Dokument. Der Arbeitstag hatte begonnen.

Miles wusste nicht genau, wie er die Sache angehen sollte. Er wusste, wann der Schulbus ankommen würde, wollte davor aber genügend Zeit haben, seine DVD zu finden. Er wusste, wie neugierig Rileys Nachbarn waren. Als er das letzte Mal das Haus ausgekundschaftet hatte, hatte einer der Nachbarn vom Handy aus die Polizei angerufen und dabei keine Anstalten gemacht, den Anruf vor ihm zu verbergen. Also musste er heute besonders vorsichtig sein. Er musste es schaffen, leise in ihre Wohnung einzudringen, sodass die Nachbarn nicht auf ihn aufmerksam wurden. Er wusste aber, dass Riley ihn nicht einfach reinlassen würde, wenn er klopfte.

Er wusste auch, dass sie sich um diese Zeit in ihrem zweiten Schlafzimmer aufhielt und Kopfhörer trug. Sie liebte ihren geregelten Tagesablauf – was ihn immer in den Wahnsinn getrieben hatte. Sie hatte keinen Funken Spontaneität in sich. Sie hatte kein Problem damit, den ganzen Tag zu Hause zu sitzen. Sie war einfach total langweilig.

Sein Plan war es, in die Wohnung einzudringen, seine DVD und noch ein paar andere Sachen mitgehen zu lassen, um sie dann zu Geld zu machen, und danach würde er seinen Spaß mit Riley haben.

Er war nur mit ihr ausgegangen, damit er einen Platz zum Abhängen hatte. Er hatte davor in seinem engen, heißen Wagen gelebt und ihre Wohnung war einfach zu verlockend. Sie hatte eine Klimaanlage und einen vollen Kühlschrank. Bevor sie beschloss, dass er nicht mehr zu ihr kommen konnte, war es eine ideale Situation für ihn gewesen. Sie hatte ihn in Ruhe gelassen, während sie in ihrem Arbeitszimmer gearbeitet hatte. Er musste sich noch nicht einmal Sorgen darum machen, sie zu ficken. Riley hatte kein Interesse an ihm und war äußerst frigide. Er hatte es einmal halbherzig versucht, hatte aber keinen hochbekommen.

Danach hatten sie es beim Küssen belassen. Er fühlte nichts, wenn sie sich küssten, aber er hatte es nicht schwer gefunden, ihr die ganze Schuld an ihrem nicht vorhandenen Sexleben zu geben.

Aber sie war einfach nicht sein Typ, sie war zu alt. Und das falsche Geschlecht.

Miles hatte sich lange für seine Vorlieben geschämt, aber inzwischen hatte er sich damit abgefunden. Alle Menschen waren verschieden. Außerdem hatte er keinen einzigen der Jungen mit Gewalt genommen. Nein. Er hatte sie verführt. Wie man es bei einer Frau machen würde. Das mochte er. Er verdiente es ebenso wie jeder andere, geliebt zu werden.

Der Junge, der in ungefähr einer Stunde aus dem Bus steigen würde, war etwas jünger als die Jungs, mit denen er davor zusammen gewesen war, aber Miles würde ihn eine Zeit lang bei sich behalten. Er würde ihn mitnehmen und ihn zu einem perfekten kleinen Liebhaber erziehen. In einem Jahr wäre er sicherlich bereit, die Beziehung intimer werden zu lassen. Und wer weiß? Vielleicht würden sie danach für immer miteinander glücklich werden. Dann müsste Miles nicht mehr ständig nach der Polizei Ausschau halten. Er fand seinen Plan gut – auch wenn er illegal und unmoralisch war. Miles drückte die Brechstange, die in seinem Kofferraum gelegen hatte, unter dem Pullover an seinem Arm nach oben. Das war komisch, aber er wollte nicht, dass Riley oder ihre Nachbarn noch einmal die Polizei riefen.

Aber er hätte sich keine Sorgen machen müssen. Auf dem Weg zur Haustür begegnete er keiner Menschenseele.

Miles wusste, dass im Flur Kameras aufgehängt waren, und schlenderte betont lässig an ihnen vorbei. Weil es mitten am Tag war, waren die meisten Bewohner auf der Arbeit. Das würde seinen Plan viel einfacher machen.

Er ging zu Rileys Wohnungstür und starrte dabei hasserfüllt die Tür ihres Nachbarn an. Er hasste den Kerl. Der Typ hielt sich für unfehlbar. Miles konnte sich noch immer daran erinnern, wie er mit überkreuzten Armen im Türrahmen gestanden hatte, als Riley ihn vor die Tür setzte. Er war sicher, dass er dem Typen körperlich überlegen war – aber sein Kind mitzunehmen war ein besserer Plan.

Er hatte endlich eins und eins zusammengezählt. Als er seine Sachen holen wollte, war sie in seiner Wohnung gewesen. Wahrscheinlich war sie schon die ganze Zeit mit dem Typen ausgegangen, während er bei ihr gewohnt hatte. Er wusste, dass der Junge nicht Rileys Sohn war, also gehörte er sicher zu ihm. Der Typ hatte bestimmt Duzende Kinder mit unterschiedlichen Frauen. Warum Weiber so sehr auf Soldatenschwänze standen, konnte er nicht verstehen.

Er konzentrierte sich wieder auf die Aufgabe, die vor ihm lag. Er ließ die Brechstange unter seinem Pullover hervorgleiten, packte sie und rammte sie zwischen Türrahmen und Rileys Tür. Es dauerte nicht lange, bis das Schloss nachgab; es war billig und nicht sehr stabil.

»Das hätte ich schon viel früher tun sollen«, murmelte Miles, als er Rileys Wohnung betrat. Er schloss die Tür hinter sich. Sie konnte zwar nicht mehr verschlossen werden, aber er wollte sie nicht offen stehen lassen, während er nach seiner DVD suchte.

Er ging schnurstracks auf das DVD-Regal zu und sein Herz blieb fast stehen, als er sah, dass ungefähr die Hälfte aller DVDs fehlte. Dann seufzte er erleichtert auf, denn der Film, den er gesucht hatte, war noch da: *Spiceworld*. Als er sie fragte, warum zum Teufel sie so einen Film besaß, hatte sie gelacht und geantwortet, dass er reduziert gewesen war und sie einfach zugegriffen hatte. Sie hatte auch zugegeben, dass sie nicht mehr als die Hälfte des Films angeschaut hatte, bevor sie aufgab. Als er fragte, warum sie die DVD dann überhaupt behielt, hatte sie mit den Schultern gezuckt und gesagt, dass sie den Film vielleicht irgendwann noch einmal anschauen wollte.

Er war sich sicher gewesen, dass seine eigene DVD hinter der des Films in Sicherheit war – und er hatte recht behalten. Miles atmete auf, als er die Hülle öffnete und die DVD, die ihm so viele Probleme bereitet hatte, darin liegen sah.

Er stand auf und drehte sich um – und blieb abrupt stehen.

Riley stand im Türrahmen und sah ihn schockiert an.

»Hi, Riley«, sagte Miles und tat entspannt, während ihm das Adrenalin durch die Adern strömte.

»Was machst du hier?«, fragte sie. »Verschwinde!«

»Ich habe mein Spiel abgeholt«, sagte er. »Hättest du mich früher reingelassen, dann hättest du dein beschissenes Leben einfach weiterleben können, ohne mich je wiederzusehen. Aber du hast mich wütend gemacht, als du die Bullen gerufen hast.«

»Ich habe die Bullen nicht gerufen«, protestierte sie.

Miles ließ jeden Schein sinken. »Deinetwegen wurde ist fast festgenommen. Und dafür wirst du bezahlen, Schlampe.«

Riley konnte nicht glauben, dass Miles in ihrem Wohnzimmer stand. Sie hatte keine Ahnung, wie er in die Wohnung gekommen war, aber sobald sie ihn sah, spannte sich jeder Muskel in ihrem Körper an. Sie hatte ihre Arbeit beendet und war hungrig gewesen, weil sie das Mittagessen ausgelassen hatte. Sie schaute auf die Uhr und war froh zu sehen, dass sie noch genügend Zeit hatte, um sich ein Brot zu schmieren, bevor sie die Kinder vom Bus abholen und für den Abend fertig machen musste.

Aber als sie das Wohnzimmer betrat, sah sie, wie Miles vor dem DVD-Regal hockte. Im ersten Moment wollte sie ihm sagen, dass sie sein dämliches Spiel nicht hatte, aber er stand mit einer ihrer DVD-Hüllen in der Hand auf, bevor sie etwas sagen konnte.

Als er die Stimme gefährlich senkte und ihr zuflüsterte, dass sie dafür zahlen würde, dass er von der Polizei festgenommen worden war, folgte sie endlich der Stimme in ihrem Kopf, die ihr schon die ganze Zeit zuschrie: *Lauf weg!*

Sie drehte sich um und lief in Richtung Schlafzimmer, aber Miles kam ihr nach und packte sie, bevor sie das Zimmer erreichte. Sie kämpfte mit aller Kraft. Sie trat um sich, schlug mit den Armen und kratzte, aber ihr Ex zwang sie zurück ins Wohnzimmer. Er warf sie auf den Boden und setzte sich auf ihren Bauch. Wegen seines Gewichts konnte sie sich kaum bewegen. Sie wollte schreien, aber er hielt ihr den Mund zu. Er drückte so fest zu, dass ihre Zähne sich in ihr Zahnfleisch bohrten.

Miles atmete laut, als er über ihr thronte. Seine braunen, strähnigen Haare fielen auf ihre Wangen und sie zitterte. Er roch, als hätte er schon lange nicht mehr geduscht, und seine Klamotten waren schmutzig. Sie hatte keine Angst vor ihm gehabt, als sie miteinander ausgegangen waren, aber nun war er ein anderer Mann.

»Du bist so richtig dumm«, hänselte er sie. »Glaubst du wirklich, dass mir ein blödes Spiel so wichtig gewesen wäre? Wie bescheuert du doch bist. Es gibt kein Spiel. Es geht um eine DVD. Darauf ist ein Video, das nicht in fremde Hände geraten darf. Ich wusste, dass du mich sofort rausschmeißt, wenn du es je entdecken würdest.«

Rileys Gedanken überschlugen sich. Ein Video? Wovon?

Ihre Fragen mussten sich auf ihrem Gesicht gespiegelt haben. »Hast du dich nie gefragt, warum ich keinen Sex mit dir will? Und warum ich keinen hochbekommen habe, als wir es versucht haben?«, fragte er.

Riley schüttelte den Kopf, so gut es unter seiner Hand möglich war. Sie hatte Angst, weiter gegen ihn anzukämpfen, aber genauso viel Angst, es nicht zu tun.

»Weil ich nicht auf Brüste stehe. Oder Haare. Oder Kurven.«

Rileys Augen wurden groß. Meinte er etwa …

»Endlich verstehst du es. Ich hätte keinen hochbekommen, ganz egal, was du getan hättest. Ich habe dich ausgenutzt, du Schlampe. Für Essen. Deine Wohnung. Deinen Fernseher. Erinnerst du dich an die paar Male, die ich auf dem Sofa übernachtet habe? Ich habe mir einen runtergeholt, während ich mir das Video angesehen und von dem geträumt habe, was ich wirklich will.«

Riley wollte sich am liebsten übergeben. Sie konnte nicht glauben, dass sie mit diesem Mann ausgegangen war. Diesem … Perversen. Sie wollte ihm sagen, dass er sein Video nehmen und sie in Ruhe lassen sollte, aber sie brachte unter seiner Hand kein Wort heraus.

»Ich habe dich beobachtet und mir überlegt, wie ich mir am besten zurückholen kann, was mir gehört. Dann habe ich die Kinder gesehen«, sagte Miles. »Und wenn ich mich nicht irre, kommen sie bald nach Hause. Ich habe im Moment keinen Freund – und der kleine Junge ist sehr hübsch.«

Nun begann Riley wirklich zu kämpfen. Sie schüttelte den Kopf und trat mit den Beinen um sich, um sich aus Miles' Griff zu winden.

Er nahm seine Hand von ihrem Mund und presste sie gegen ihre Kehle. Seine andere Hand legte er ebenfalls um ihren Hals und begann zu drücken, so fest er konnte.

Sie schnappte verzweifelt nach Luft, konnte ihre Lunge aber nicht füllen. Er erwürgte sie.

»Die Sache ist die, ich will nicht, dass du zu den Bullen läufst, und ich weiß genau, was du tun wirst, wenn ich dich gehen lasse. Du würdest mich sofort verpetzen und dann wäre die Kacke am Dampfen. Bis jetzt haben sie mich noch nicht erwischt, und das werden sie auch nicht. Deshalb brauchte ich meine DVD zurück. Ich gehe nicht ins Gefängnis. Ich weiß, was mit Männern wie mir dort passiert. Also bleibt mir keine Wahl.«

Riley kämpfte, wie sie noch nie in ihrem Leben gekämpft hatte. Miles wollte sie umbringen. Er würde sie tot hier in ihrer Wohnung liegen lassen und sich dann an Logan und Bree ranmachen. Sie beide hatten Miles noch nie gesehen und wussten nicht, dass er ein böser Mann war.

Sie wollte nicht sterben. Sie wollte leben. Sie wollte ihr Leben mit Porter verbringen. Sie wollte Kinder mit ihm bekommen. Sie wollte die Familie haben, von der sie immer geträumt hatte.

Aber Miles ließ sie nicht gehen.

Riley schlug weiter um sich. Sie griff nach oben und zerkratzte sein Gesicht, aber das schien ihn noch wütender zu machen. Sein Griff wurde fester. Sein Gesicht lief rot an, als er sich mit seinem vollen Gewicht auf ihren Hals lehnte. »Stirb, du Schlampe! Stirb einfach!«

Das waren die letzten Worte, die sie hörte, bevor alles um sie herum schwarz wurde.

Miles ließ seine Hände noch einen Moment um ihren Hals geschlungen, als sie unter ihm schlaff wurde, um sicherzugehen, dass sie ihn nicht täuschte. Dann stand er schnell auf und sah sich nach seiner DVD um. Sein Schwanz war hart und er schaute überrascht an sich herunter.

»Oh. Wer hätte das gedacht?«, sagte er laut und lächelte.

Er hätte nicht gedacht, dass ihn das erregen würde. Also waren es nicht nur Kinder.

Er fragte sich, wie es wohl wäre, beides miteinander zu verbinden.

Vielleicht würde er den Jungen doch nicht so lange behalten, wie er es geplant hatte. Vielleicht würde er diese neue Leidenschaft weiter auskundschaften.

Er sah auf die Uhr und ihm wurde klar, dass er fast keine Zeit mehr hatte. Er musste nach unten gehen, um den Schulbus noch zu erwischen.

Er verließ die Wohnung ohne einen weiteren Blick zurück und schloss die Tür hinter sich, so gut es ging. Er pfiff leise vor sich hin, als hätte er überhaupt keine Sorgen, während er zurück zur Haustür schlenderte.

Logan war gut drauf. Er würde heute ein Baseballspiel sehen! Er hatte viele Spiele im Fernsehen gesehen, aber hatte noch nie auf der Tribüne gesessen. Der Schultag war heute noch langsamer als sonst vergangen und er war ungeduldig, als Bria hinter ihm aus dem Bus stieg.

»Beeil dich, Bree«, nörgelte er.

Sie lächelte ihn an und lief ein paar Schritte, um zu ihm aufzuholen. Sie griff nach seiner Hand und er schloss sofort seine Finger um ihre. Er wusste, dass manche Jungs es nicht mochten, die Hand ihrer kleinen Schwester zu halten, aber er hatte sie sehr vermisst und freute sich, dass sie wieder zusammenlebten.

Er hatte auch kein Problem damit, sich das Zimmer mit ihr zu teilen. Ihr Stockbett war cool und sie beide waren glücklicher als je zuvor. Logan hatte deshalb noch immer ein schlechtes Gewissen. Er hatte seine Mutter geliebt, aber es war schwer, mit ihr zu leben. Es war seine Verantwortung, etwas zu essen für Bree aufzutreiben – und manchmal auch für seine Mom. Er musste dafür sorgen, dass er und Bria in ihrem Zimmer eingeschlossen waren, wenn Leute vorbeikamen, und manchmal musste er seiner Mom helfen, wenn sie krank war.

Mit Oz und Riley zu leben war dagegen so einfach. Sie machten ihm zu essen, wuschen seine Klamotten und halfen ihm mit den Hausaufgaben. Sie spielten mit ihm und lachten viel. Er musste zwar im Haushalt helfen, aber seine Aufgaben waren nicht schwer. Er bedauerte es, Oz nicht früher von seiner Schwester erzählt zu haben, aber er freute sich, dass sie jetzt zusammen sein konnten.

Als sie zum Haus liefen, runzelte Logan die Stirn. Normalerweise wartete Riley hier auf sie. Sie waren noch nicht allzu lange mit dem neuen Schulbus unterwegs, aber bis jetzt hatte Riley sie kein einziges Mal verpasst.

Ein Mann kam auf ihn zu und Logan stellte sich instinktiv vor seine Schwester. Der Fremde Mann hatte strähniges braunes Haar, das lange nicht mehr gebürstet worden war, und seine Kleidung war zerknittert. Er hatte große, rote Kratzer im Gesicht, die so aussahen, als würden sie wehtun.

»Hi«, sagte er Mann mit freundlicher Stimme, als sie näher kamen. Er hielt etwas entfernt von ihnen an und Logan fühlte sich besser, weil er ihnen nicht zu nahekam.

»Hi«, antwortete er, weil er nicht unhöflich sein wollte.

»Ihr fragt euch sicher, wo Riley ist. Eine ihrer Freundinnen hatte einen Notfall und sie ist zu ihr gefahren. Sie hat mich gebeten, euch hinzubringen.«

»Gillian?«, fragte Logan, der nicht wusste, von welcher Freundin der Mann sprach.

»Ja. Sie hatte einen Unfall und liegt jetzt im Krankenhaus. Riley hat sich Sorgen gemacht, weil sie nicht hier sein konnte, um euch vom Bus abzuholen, deshalb hat sie mich gefragt, ob ich euch ins Krankenhaus fahren kann.«

»Wo ist Oz?«, fragte Logan und sah sich um.

»Er ist auch im Krankenhaus und wartet auf uns«, sagte der Mann, ohne zu zögern. »Mein Name ist Mark. Ich wohne im ersten Stock.« Er gestikulierte auf den Flur hinter sich. »Ich kenne Riley schon eine ganze Weile.«

»Warum hat sie dich dann noch nie erwähnt?«, fragte Logan unsicher.

»Weil wir nur Nachbarn sind. Wir sehen uns hin und wieder im Flur, unternehmen aber nichts zusammen. Aber sie war so in Sorge, als sie losgefahren ist. Sie hat geweint und alles. Sie hat mich angefleht, euch abzuholen und ins Krankenhaus zu bringen.«

»Was ist mit deinem Gesicht passiert?«, fragte Logan, der mehr Zeit brauchte, um nachzudenken.

»Ich habe eine Katze, die mich heute Morgen erwischt hat«, sagte der Mann, ohne zu zögern.

Logan biss sich auf die Lippe. Er mochte es nicht, dass Gillian verletzt war. Er konnte sie gut leiden. Er mochte alle Frauen, mit denen Oz befreundet war. Er mochte aber nicht daran denken, dass Riley geweint hatte. Die meiste Zeit war sie sehr glücklich und lächelte viel. Er war außerdem niedergeschlagen, weil das wohl hieß, dass sie heute Abend nicht zum Baseball gehen würden, aber er wusste, dass es im Leben wichtigere Dinge gab.

»Na gut«, sagte er langsam.

Mark lächelte breit. »Super. Mein Wagen steht da

drüben. Ich werde mich beeilen. Ich muss wieder hier sein, bevor meine Frau von der Arbeit heimkommt.«

Zu hören, dass der Mann eine Frau hatte, beruhigte Logan. »Los, Bree. Lass uns zu Riley und Oz fahren.«

Seine Schwester nickte vertrauensvoll und folgte ihm zu Marks Fahrzeug. Es war ein kleines Auto mit vier Türen, das schon bessere Tage gesehen hatte. Der Mann hielt ihnen die Tür auf und Logan kletterte hinein. Er rümpfte die Nase, als er den Müll im Fußraum sah. Außerdem roch es komisch. Bria saß auf dem Sitz neben ihm, dann schloss der Mann die Tür.

Er lächelte sie durchs Fenster an und setzte sich auf den Fahrersitz. Er startete den Motor und fuhr los. Logan passte erst nicht auf, weil er Bria half, den Gurt anzulegen, aber als er aufschaute, konnte er seine Umgebung nicht erkennen.

Dann bog Mark auf die Schnellstraße ab und gab Gas.

»Ähm, Entschuldigung. Ich glaube nicht, dass das der Weg zum Krankenhaus ist.«

Der Mann sagte nichts. Logan konnte ein Grinsen auf seinem Gesicht erkennen, aber er drehte sich nicht einmal zu ihm um.

Logan zog sich der Magen zusammen. Er hatte einen Fehler gemacht, das wusste er sofort. Dieser Typ war nicht Rileys Freund. Sie würde niemals einen Fremden schicken, um sie abzuholen. Sie hätte Kinley, Lucky oder einen der anderen gebeten.

Er wollte sich am liebsten übergeben und sein ganzer Körper zitterte vor Angst. Er hatte sein ganzes Leben die Warnungen gehört, nicht zu Fremden ins Auto zu steigen. Und genau das hatte er getan. Nur weil der Mann behauptete, dass er Riley kannte, musste das noch lange nicht stimmen. Er lebte wahrscheinlich noch nicht mal im gleichen Haus.

Er war so ein Idiot! Er hatte sich und Bree in Gefahr gebracht.

Der Mann lehnte sich nach vorn und schaltete das Radio ein. Laute Musik begann zu spielen und Logan taten die Ohren weh. Aber er war froh, dass die Musik lief. So konnte er mit Bree reden, ohne dass der Mann es mitbekam.

Er musste sich einen Plan ausdenken. Er musste Bree retten. Er musste sie beschützen – wie er es schon sein ganzes Leben getan hatte.

Oz war guter Stimmung, als er zu seiner Wohnung ging. Er konnte es nicht erwarten, den Nachmittag mit den Leuten zu verbringen, die er auf dieser Welt am meisten liebte. Er schloss die Tür zu seiner Wohnung auf und war bereit, sich von Logans Vorfreude und Rileys Lächeln überraschen zu lassen. Aber als er nach drinnen ging, war es ruhig. Er konnte die Kinder nicht reden hören und es roch nicht nach Essen.

Obwohl Oz fast sicher war, dass niemand sich in seiner Wohnung befand, suchte er jeden einzelnen Raum ab. Sein Magen begann, sich zusammenzuziehen. Er suchte sogar hinter dem Sofa, Logans Versteck. Niemand war hier.

Oz zog sein Handy aus der Tasche und wählte Rileys Nummer. Er seufzte erleichtert, als er ihren Klingelton durch die dünne Wand zwischen ihren Wohnungen hörte. Anscheinend war sie aus irgendeinem Grund mit den Kindern in ihre Wohnung gegangen, während sie auf ihn wartete.

Er kam sich blöd vor, weil er sich so schnell Sorgen gemacht hatte, und ging zurück zur Tür. Er machte sich nicht die Mühe, sich umzuziehen, weil es ihm wichtiger war, Riley und die Kinder zu sehen, als bequeme Klamotten zu tragen. Er ging zu Rileys Wohnung.

Aber sobald er ihre Tür sah, kehrte seine Nervosität zurück. Und wie. Jemand war in ihre Wohnung eingebrochen. Jemand hatte das Schloss aufgestemmt.

Oz wusste, dass er sofort die Polizei hätte rufen sollen, aber er konnte nicht einfach im Flur stehen bleiben und auf sie warten. Riley war in der Wohnung. Er hatte ihr Handy gehört. Sie nahm ihr Handy überall hin mit. Sie hatte ihm gesagt, dass sie immer erreichbar sein wollte, falls die Schule anrief. Oder falls Gillian, Kinley, Devyn oder Aspen sie brauchten. Sie stand den anderen Frauen inzwischen sehr nahe und sie schrieben sich ständig Nachrichten.

Er nahm sein Messer aus der Hülle, die an seinem Gürtel hing, und stieß vorsichtig die Tür auf, um eventuelle Fingerabdrücke des Einbrechers nicht zu verwischen.

»Ri?«, rief er in den Raum. Er bekam keine Antwort. Er machte langsam einen Schritt über die Türschwelle. Die Stille war bedrückend. Wären Logan und Bria im Haus, hätten sie ihn schon längst gehört. Er sah ins Wohnzimmer, als er eintrat – und ihm gefror das Blut in den Adern.

Riley lag auf dem Boden und bewegte sich nicht.

Oz wusste, dass er zuerst die Wohnung durchsuchen sollte. Er musste sicherstellen, dass der Angreifer sich nicht mehr in der Nähe befand. Aber er konnte sich nicht davon abhalten, zu der Frau zu eilen, der sein Herz gehörte. Sie lag bewegungslos auf dem Boden. Leblos.

Er konnte sehen, dass sich an ihrem Hals rote Striemen befanden, als wäre sie gewürgt worden. Er konnte keinen Gegenstand sehen, mit dem sie gewürgt worden war, aber der Angreifer hatte diesen vielleicht mitgenommen.

Oz schluchzte, als er sich neben Riley kniete. Er hatte Angst, sie zu berühren. Aber er wusste, dass er ihr helfen musste, falls sie noch am Leben war.

Er bewegte sich langsam, wie in Zeitlupe streckte er die Hand nach ihr aus. In der anderen hielt er noch immer das Messer. Er legte zwei Finger an Rileys Handgelenk, um ihren Puls zu überprüfen. Er wusste, dass es einfacher war, den Puls am Hals zu erfühlen, aber der Angreifer hatte sie dort gewürgt und er wollte keine DNA-Spuren verwischen.

Es dauerte eine Sekunde, aber dann konnte er es fühlen. Sie hatte einen Puls.

Sie war noch am Leben. Er wusste zwar nicht, wie sie den Angriff überstanden hatte, aber er war extrem dankbar.

»Ich bin für dich da, Ri«, sagte er zu ihr. Er war sich nicht sicher, ob er sie in die Arme nehmen oder nach den Kindern suchen sollte.

Seine Stimme musste zu ihr durchgedrungen sein, denn sie gab ein leises Stöhnen von sich. Oz legte das Messer auf den Boden und nahm ihre Hand in seine. Er konnte sehen, dass sie Blut unter den Fingernägeln hatte. Sie hatte den Angreifer ziemlich zerkratzt. Gut so. Das bedeutete, dass sie noch mehr DNA-Spuren an sich hatte.

»Kannst du mich hören, Riley? Ich bin's, Oz ... Porter. Ich bin hier. Alles ist gut.« Er zog sein Handy aus der Tasche und wählte den Notruf.

»Notrufzentrale. Wie kann ich Ihnen helfen?«

»Wir brauchen einen Arzt und die Polizei. Ich habe meine Freundin bewusstlos am Boden gefunden. Jemand hat sie gewürgt. Mein Neffe und meine Nichte sind verschwunden.« Oz wusste, dass er nicht nach Logan und Bree suchen musste. Sie waren nicht hier. Sie hätten sich gezeigt, sobald sie seine Stimme hörten. Das wusste er ohne jeden Zweifel.

»Okay. Wie ist die Adresse?«

Er gab sie dem Mitarbeiter der Notrufzentrale.

»Und Ihr Name?«

»Porter Reed.«

»Und der Ihrer Freundin?«

»Riley Rogers.«

»Atmet sie noch?«

»Ja. Aber sie hat Verletzungen an ihrem Hals.«

»Porter?«, flüsterte Riley. Ihre Stimme war heiser und klag überhaupt nicht nach ihr.

»Ja, ich bin hier«, versicherte er ihr und beugte sich über sie.

»Miles«, flüsterte sie.

»Was sagst du?«, fragte Oz.

»Hat sie etwas gesagt?«, fragte der Mitarbeiter der Notrufzentrale.

Oz ignorierte ihn und versuchte, Riley zu verstehen.

»Es war Miles«, wiederholte sie. »Es war kein Spiel. Es war Kinderpornografie. Logan und Bree ...«

Oz wurde kalt. Seine Stimme wurde hart. »Ich hole sie zurück«, sagte er zu Riley.

Sie öffnete die Augen einen kleinen Schlitz. »Es tut mir leid.«

Er schüttelte den Kopf. »Nein. Du musst dich nicht entschuldigen. Niemals. Verstehst du? Es war nicht deine Schuld, okay?«

Sie schluckte und zuckte zusammen.

»Die Polizei und der Krankenwagen sind auf dem Weg.«

»Du musst sie finden«, bat sie ihn. »Sofort!«

Oz wusste nicht, was er tun sollte. Er musste seine Kinder finden, aber er konnte Riley nicht allein lassen. Er sah auf sein Handy und beendete den Anruf. Er wusste, dass er eigentlich in der Leitung bleiben sollte, aber er musste seine Kameraden anrufen.

Trigger antwortete nach dem ersten Klingeln.

»Ich brauche eure Hilfe«, sagte Oz zu ihm. »Riley wurde angegriffen und die Kinder sind weg. Sie sagt, dass es Miles gewesen sei. Die Polizei ist auf dem Weg, aber ich brauche euch.« Seine Stimme brach.

»Ich bin auf dem Weg. Ich rufe die anderen an. Geht es Riley gut?«

»Ich glaube schon«, sagte Oz zu ihm. »Aber das Arschloch hat versucht, sie zu erwürgen. Er muss aufgehört haben, als sie ohnmächtig wurde.«

Das auszusprechen war schwer. Er konnte nicht glauben, dass er gleichzeitig so wütend und so erleichtert war. Er hatte sich noch nie so gefühlt. Selbst auf ihren Einsätzen mitten im Gefecht hatte er noch nie solche Gefühle verspürt – als wäre seine Haut zu eng und er sich übergeben müsste.

»Wir sind in zehn Minuten da«, sagte Trigger. »Halte durch, mein Freund.« Dann legte er ohne ein weiteres Wort auf.

Oz machte sich solche Sorgen um die Kinder. Sollte Miles wirklich ein Pädophiler sein, waren sie in großer Gefahr.

Er fühlte Rileys Hand auf seinem Arm. »Geh!«, befahl sie ihm.

»Das werde ich. Sobald die anderen hier sind.«

Sie nickte.

»Alles wird gut. Er wird damit nicht davonkommen. Ich liebe dich, Riley.«

»Ich liebe dich auch.« Ihre Augen füllen sich mit Tränen.

Oz fühlte sich hilflos, während er auf die anderen wartete. Er konnte nichts tun, außer neben Riley zu sitzen und ihre Hand zu halten, während er dabei zusah, wie sich ihre Brust nach oben und unten bewegte, wenn sie atmete. Er war so froh, dass sie am Leben war.

Dann hörte er Schritte im Gang. Selten hatte sich ein Geräusch so gut angehört.

»Sie sind hier. Alles wird gut«, sagte er zu Riley.

»Du musst unsere Kinder finden«, befahl sie.

Unsere Kinder.

Ja, das waren sie.

Er wollte gern bei ihr bleiben und sie ins Krankenhaus begleiten – aber er musste ihrem Befehl Folge leisten. Er war sich sicher, dass Gillian und die anderen Frauen bald hier sein würden. Sie würden Riley ins Krankenhaus begleiten.

Er und sein Team mussten sich um den Entführer kümmern.

KAPITEL EINUNDZWANZIG

»Verstehst du, was du tun musst?«, fragte Logan Bree.

Sie nickte. Ihr Gesicht war blass und ihre Wangen mit Tränen verschmiert, aber Logan wusste, dass sie auf ihn hören würde. Er hatte keine Ahnung, ob sein Plan funktionieren würde, aber er musste es versuchen.

»Mister?«, fragte er, aber die Musik war so laut, dass der Mann ihn nicht hören konnte.

Er räusperte sich und versuchte es noch einmal. »Mark?«

Diesmal hörte der Mann ihn. Er lehnte sich nach vorn und stellte die Musik leiser. »Was?«

»Ich muss aufs Klo«, sagte Logan.

»Mach dir einen Knoten rein«, sagte der Mann.

Logan schüttelte den Kopf. »Kann ich nicht«, wimmerte Logan. »Ich habe ganz viel getrunken, bevor ich in den Bus gestiegen bin, und nun muss ich mal. Ich pinkele auf den Sitz, wenn wir nicht anhalten.«

Der Mann fluchte leise. Logan konnte nicht alles hören, aber die Worte, die er hörte, waren definitiv nicht in Ordnung.

Aber sein Plan schien aufzugehen. Der Mann bog von der Schnellstraße ab und fuhr eine Landstraße hinunter.

Verdammt. Logan hatte gehofft, dass er an einer Raststätte halten würde, aber es sah nicht so aus, als gäbe es hier welche. Er konnte nur ein paar Bauernhöfe erkennen und weiter weg ein paar Büsche und Bäume.

»Du musst zu den Bäumen laufen«, flüsterte Logan Bria zu.

Sie nickte und Logan drückte ihre Hand. Er hielt sie fest, als der Mann auf den Seitenstreifen fuhr. Ein paar einzelne Bäume standen am Straßenrand, aber weiter weg ragten große, dicke Bäume in die Höhe. Logan zeigte mit einer Hand auf die Bäume und Bria nickte.

»Also los. Wenn es vor einer Sekunde noch so schlimm war, worauf wartest du dann?«, sagte der Mann genervt.

Logan öffnete die Tür auf seiner Seite des Wagens und ging um ihn herum, um zu den kleineren Bäumen zu kommen. Der Mann folgte ihm mit einem komischen Grinsen im Gesicht. Bis jetzt funktionierte sein Pan, aber er mochte es nicht, dass der Mann ihm so auf die Pelle rückte.

»Ich komme gleich wieder«, sagte er.

Der Mann schüttelte den Kopf. »Ich lasse dich nicht aus dem Blick, mein Junge. Ich warte genau hier.«

Logan zitterte. Er mochte den Ausdruck des Mannes nicht. Und er wollte ganz sicher nicht vor ihm pinkeln.

Aus dem Augenwinkel konnte er sehen, wie Bria aus dem Wagen geklettert war und nun so schnell sie konnte über die Straße in Richtung der großen Bäume rannte.

Leider hatte der Mann, der sich Mark nannte, sie auch gesehen.

»Verdammt«, fluchte der Mann und machte ein paar Schritte in Richtung des Wagens, als wollte er ihr nachlaufen. Logan machte sich bereit, in die andere Richtung zu entkommen, aber dann hielt der Mann an und lief zu ihm zurück. Er packte ihn am Arm und schleifte ihn zum Wagen. Logan wehrte sich gegen ihn, aber er war zu schwach.

Ein Fahrzeug fuhr an ihnen vorbei und Mark erstarrte bei seinem Anblick.

Dann fluchte er erneut und ging zur Fahrerseite. Er schmiss die Tür zu, die Bria offen gelassen hatte, und schleuderte Logan auf den Fahrersitz. »Auf den Beifahrersitz mit dir. Und wehe, du tust etwas, das mich wütend macht.«

Logan hatte Angst und tat, was der Mann ihm befohlen hatte. Er kletterte über die Mittelkonsole und kauerte sich auf dem Beifahrersitz zusammen. Er hatte große Angst, aber er war erleichtert, dass Bria es geschafft hatte wegzulaufen. Nun war er allein mit dem gruseligen Mann.

Mark warf seine eigene Tür zu und aktivierte die Schließanlage. Dann fuhr er zurück auf die Straße und drehte um. Er drückte aufs Gas und der Wagen schoss nach vorn. Nach einer Weile begann der Mann, sich leise zu beschweren, wie nervig Kinder waren.

Als sie sich wieder der Schnellstraße näherten, versuchte Logan sein Bestes, um sich die Umgebung einzuprägen. Er hielt nach Straßenschildern und besonderen Merkmalen Ausschau. Er hatte Bria gesagt, dass sie davonlaufen und sich verstecken solle, bis der Osterhase auftauchte. Ihr geheimer Code. Er wollte nicht daran denken, was passieren würde, wenn er nicht zu ihr zurückfinden würde.

»Dafür wirst du bezahlen«, sagte der Mann. Dann drehte er die Musik wieder auf. Die aggressive Heavy-Metal-Musik war noch lauter als zuvor. Logan hob die Hände und bedeckte seine Ohren, um die Lautstärke abzuschwächen. Tränen liefen ihm über die Wangen, als er aus dem Fenster schaute. Er hatte solche Angst, seine Schwester nie wiederzusehen. Oder Oz. Oder Riley.

Oz saß auf dem Beifahrersitz von Leftys Wagen und sah sich jede Einfahrt an, an der sie vorbeifuhren. Grover hatte gehört, wie einer der Polizisten Miles Bowens letzte Adresse und die Marke seines Fahrzeugs erwähnt hatte. Die Polizei hatte eine Vermisstenmeldung für Bria und Logan herausgegeben, aber Oz wollte nicht darauf warten, dass sie einen Tipp bekam. Er musste selbst aktiv werden.

Gillian hatte sich vor einiger Zeit bei ihm gemeldet und versichert, dass es Riley gut ginge. Sie hatte starke Schmerzen, aber die Ärzte in der Notaufnahme sagten, dass ihr Überleben einem Wunder glich.

Oz wollte am liebsten bei ihr sein, aber Riley hatte zu Gillian gesagt, dass er auf keinen Fall ins Krankenhaus kommen solle. Es ging ihr gut. Er musste die Kinder finden. Und das würde er.

Leider hatten er und seine Kameraden nicht so viele Informationen wie sonst, wenn sie auf einen Einsatz gingen. Es war, als würden sie die Nadel im Hauhaufen suchen. Oz hatte große Angst.

»Jemand hat sich gemeldet«, sagte Lucky vom Rücksitz. Sie telefonierten schon die ganze Zeit über und nutzten ihre Kontakte, um auf dem Laufenden zu bleiben. Er hatte den Anruf vor einem Moment bekommen, aber Oz hatte es nicht einmal gemerkt. Als er auflegte, klingelte das Telefon sofort wieder. Oz war noch nie so froh über die Kontakte bei der Polizei gewesen, die sich das Team über die Jahre aufgebaut hatte. Wer auch immer gerade mit Lucky sprach, wusste, dass es illegal war, ihnen diese Informationen zu geben, half ihnen aber trotzdem.

»Jemand hat die Vermisstenmeldung auf den Anzeigetafeln neben der Schnellstraße gesehen und angerufen. Derjenige sagte, er hätte einen grauen Kia am Straßenrand gesehen, ungefähr fünfzehn Kilometer nördlich von Killeen. Ein Mann hat einen Jungen ins Auto gezerrt.«

»Welche Schnellstraße?«

»Ich weiß es nicht.«

»Und Bree?«

»Ein Mädchen wurde nicht erwähnt«, antwortete Lucky.

»Verdammt«, fluchte Oz.

»Es ist ein Anhaltspunkt«, sagte Doc beruhigend vom Rücksitz. »Jetzt wissen wir schon mehr.«

Lefty trat das Gaspedal durch und fuhr in Richtung Schnellstraße.

Oz hielt die Luft an und fühlte sich hilflos.

»Die Polizei hat den Kia Rio auf der Schnellstraße gesichtet«, sagte Lucky nun. Er hatte eine Frequenzüberwachungs-App auf seinem Handy geöffnet und den Kanal der Polizei gefunden.

»Welche Richtung?«, fragte Lefty.

»Gen Norden.«

Oz sah, wie der Tacho auf hundertdreißig kletterte. Dann hundertvierzig. Lefty gab alles und Oz hätte ihm nicht dankbarer sein können. Er wünschte sich, dass Trigger seinen Porsche nicht verkauft hätte. Sie könnten im Moment einen schnellen Wagen gebrauchen. Lefty fuhr schon halsbrecherisch schnell, aber Oz hätte es am liebsten gehabt, wenn er noch schneller gefahren wäre. Sie mussten so schnell wie möglich zu seinen Kindern kommen.

Die Landschaft flog an ihnen vorbei und Oz atmete kaum, während sie gen Norden rasten – hoffentlich zu Logan und Bria.

»Miles wird nicht langsamer. Er versucht zu flüchten. Sie haben eine Straßensperre errichtet ... verdammt, er ist an ihnen vorbeigefahren und hätte fast die Kontrolle über den Wagen verloren. Aber er hat sich wieder gefangen. Sein Kia kann nicht mit dem Polizeiwagen mithalten. Sie haben ihn fast eingeholt.«

Oz fand es schlimm, zu wissen, was passierte, ohne eingreifen zu können.

»Wie weit sind wir von ihnen entfernt?«, fragte Lefty.

Lucky sah sich um. »Keine sieben Kilometer.«

Oz konnte nichts sagen. Sein Mund war trocken. Normalerweise behielt er in schwierigen Situationen einen kühlen Kopf, aber im Moment war nichts mit ihm anzufangen. Er konnte nur beten und hoffen, dass seinen Kindern bei dieser wilden Jagd nichts passierte. Denn die Jagd würde früher oder später enden. Das wussten sie alle. Die Frage war nur, wie.

Entweder, weil der Entführer aufgab, oder weil er einen Unfall baute.

»Okay, sie ziehen sich ein wenig zurück. Sie wollen eine weitere Straßensperre etwas weiter nördlich errichten.«

Lucky klang aufgeregt, aber Oz konnte seine Emotionen nicht teilen. Die Nagelsperren, die die Polizei verwendete, konnten ein Fahrzeug zwar stoppen, aber wenn Miles mit großer Geschwindigkeit darüberfuhr, konnten sie den Wagen aus dem Gleichgewicht bringen.

»Sie sind bereit ... er kommt näher ... Und sie haben ihn! Alle vier Reifen sind platt. Er fährt auf den Felgen. Die Reifen rauchen ... er wird langsamer ...«

Lucky wurde still.

Lefty flog die Schnellstraße hinunter, um so schnell wie möglich zum Ort des Geschehens zu gelangen.

»Was? Was passiert jetzt?«, fragte Doc.

Lucky hob einen Finger und bedeutete Doc so, zu warten.

Oz drehte sich um und starrte seinen Freund an. War

der Wagen verunfallt? Ging es den Kindern gut? Hatten sie Miles schon in Handschellen oder benutzte er Logan oder Bree als Geisel? Aber Luckys Gesicht blieb ausdruckslos, sodass er nicht erkennen konnte, was vor sich ging.

Oz wollte seinen Freund am liebsten am Kragen packen und ihn zwingen, mit ihm zu reden, oder ihm das Handy aus der Hand reißen und Informationen verlangen.

Dann begann Lefty, langsamer zu werden.

Oz richtete den Blick nach vorn und sah eine große Ansammlung von Polizeiautos vor sich. Der Rauch um den Kia nahm ihm die Sicht, sodass er kaum erkennen konnte, was passiert war. Einige Fahrzeuge hatten vor ihnen angehalten, aber Lefty zog auf den Grünstreifen in der Mitte der Schnellstraße und fuhr an ihnen vorbei.

Der Wagen wurde wegen des unebenen Bodens durchgeschüttelt, aber Oz wollte seinen Freund nicht bitten, langsamer zu fahren. Stattdessen murmelte er: »Schneller.«

Sie hielten direkt hinter den Polizeiwagen an, die die Schnellstraße gesperrt hatten. Oz zögerte nicht und sprang aus dem Wagen. Er lief auf den immer noch rauchenden Kia zu, der nun mit der Vorderseite in die falsche Richtung zeigend in der Mitte der Straße stand. Er war von mindestens sechs Polizeiwagen umgeben und die Polizisten hatten ihre Waffen gezogen und auf den Kia gerichtet.

Bewegung auf der linken Seite des Kias erregte seine Aufmerksamkeit – ein Polizist trug einen kleinen Körper aus dem Kia.

Oz atmete tief aus. Riley hatte überlebt – würde er dafür eines der Kinder verlieren?

Dann sah er, wie sich der Beamte neben den Polizeiwagen kniete – und das Kind auf seine Füße stellte.

Oz war bis zu diesem Zeitpunkt vor Angst wie erstarrt gewesen, aber nun konnte er sich nicht schnell genug bewegen. Er lief zu dem Mann und dem Kind, wurde aber aufgehalten, als ein Polizist die Waffe auf ihn richtete und rief: »Bleiben Sie sofort stehen!«

Er fiel auf die Knie und versuchte, wieder Luft in seine Lunge zu bekommen. Der Junge drehte sich um und lief auf ihn zu, bevor der Polizist eingreifen konnte. Er streckte ihm die Arme entgegen, als Logan ihm um den Hals fiel.

»Oz!«

»Oh mein Gott. Logan«, murmelte Oz.

»Alles gut, er ist der Onkel«, rief einer seiner Kameraden hinter ihm, aber Oz konnte sich auf nichts außer Logan konzentrieren. Er schob ihn zurück und musterte ihn von oben bis unten. »Geht es dir gut? Wurdest du verletzt?«

»Mir geht es gut«, sagte Logan, während ihm Tränen über die Wangen liefen.

»Bist du sicher?«

»Sicher«, sagte Logan.

Dann umarmte Oz ihn erneut.

»Wir müssen die Straße freimachen«, sagte der Polizist.

Oz nickte und stand auf, ohne Logan loszulassen. Er trug ihn zu der Grasfläche auf dem Mittelstreifen und kniete sich wieder hin, als Logan sich in seinem Griff wandte.

»Bree«, sagte sein Neffe mit erstickter Stimme.

»Was ist mit ihr? Wo ist sie?«, fragte Oz. »Ist sie noch im Wagen?«

Er wusste, dass sich inzwischen seine Kameraden und einige Polizisten um ihn herum versammelt hatten, aber er richtete seine ganze Aufmerksamkeit auf Logan.

Logan schüttelte den Kopf und sagte leise: »Nein. Ich habe Mark gesagt, dass ich mal muss, und er hat angehalten. Ich habe Bria gesagt, sie soll davonlaufen, wenn ich aussteige. Das hat sie gemacht. Und jetzt habe ich sie verloren.« Er begann wieder zu weinen.

Oz nahm an, dass Mark der Name war, den Miles Logan

und Bria genannt hatte, aber seine Gedanken rasten sofort weiter. Er hatte Mitleid mit seinem Neffen und legte seine Hände auf seine Schultern. »Du hast sie nicht verloren, du hast sie gerettet«, sagte er und glaubte fest daran. »Wir müssen nur dahin zurückkehren, wo ihr wart, als sie davongelaufen ist.«

»Aber ich weiß nicht mehr, wo das war«, rief Logan.

»Atme tief durch«, befahl Oz ihm. Er wollte selbst am liebsten in Tränen ausbrechen, aber er musste sich zusammenreißen, damit sein Neffe sich konzentrieren konnte.

Logan folgte seiner Anweisung und atmete einmal tief ein.

»Super, und noch mal.«

Er sah wohlwollend zu, wie sich sein Kind, das in seinem jungen Leben schon so viel hatte durchmachen müssen, konzentrierte.

»Sieh dich um, Logan.« Oz wartete, während Logan das tat. Er bekam große Augen, als er Lucky, Lefty, Doc und Grover sowie die Polizisten um sich herumstehen sah. Trigger und Brain waren mit den Frauen ins Krankenhaus gefahren, wo sie sich um Riley kümmerten, bis Oz mit den Kindern zu ihr kommen konnte.

»Siehst du all diese Leute? Sie sind deinetwegen hier. Sie wissen, wie mutig und clever du bist. Sie wussten, dass du durchhalten würdest. Und das hast du getan. Du hast deine Schwester aus einer gefährlichen Situation gerettet und den Mann lange genug aufgehalten, sodass wir dich einholen konnten.«

Logan nickte.

Oz zog seinen Neffen in eine weitere Umarmung. Er konnte sich kaum daran erinnern, wie sein Leben gewesen war, bevor er angefangen hatte, es mit diesem Kind zu teilen. Es war verrückt, dass er vor ein paar Monaten noch nicht einmal gewusst hatte, dass es dieses Kind gab, aber sein Leben hatte sich in dem Moment zum Besseren gewendet, als Logan ihm an seiner Tür übergeben wurde.

»Schließ die Augen«, sagte er zu Logan und lehnte sich zurück, sodass er sein Gesicht sehen konnte.

Logan gehorchte ihm.

»Wo wart ihr, als er an den Straßenrand gefahren ist? Was kannst du sehen?«

»Ich hatte gehofft, dass er zu einem Rastplatz fährt, wo Bria und ich um Hilfe rufen können, aber er bog auf eine einsame Straße ab. Es gab ein paar Häuser, die weit entfernt waren, und Bäume.«

Oz' Magen zog sich vor Sorge zusammen, aber er unterstützte Logan, indem er sagte: »Was hast du sonst noch gesehen, mein Großer?«

»Ich bin ausgestiegen und habe die Tür offen gelassen. Ich habe Bria gesagt, sie solle über die Straße zu den Bäumen laufen.«

»Clever.«

Logans Stimme wurde selbstsicherer, je länger er redete. »Mark war ziemlich wütend, als er gesehen hat, wie sie davonlief, und zog mich zurück in den Wagen. Jemand ist vorbeigefahren und ich glaube, dass Mark Angst bekommen hat.«

»Ich nehme an, das waren die Leute, die die Polizei angerufen haben«, sagte Oz. »Seid ihr dann sofort auf die Schnellstraße zurückgefahren?«

»Ja. Wir sind an einem Laden vorbeigekommen, in dem Feuerwerkskörper verkauft werden. Er war rot, weiß und blau. Wir sind ein paarmal abgebogen und ich glaube, ich habe ein Schild gesehen, auf dem *Elm* stand.«

Oz schloss erleichtert die Augen. Das waren genügend Informationen. Zumindest hoffte er das. Er öffnete die Augen und sah seine Kameraden an. Lucky telefonierte bereits und zwei der Polizisten sahen auf ihre Handys.

»Ich habe es gefunden«, sagte einer der Polizisten eine Minute später. Oz stand auf, ließ seine Hand aber auf Logans Schulter liegen. »Es gibt eine Ausfahrt, in deren Nähe ein Laden ist, in dem eine große Auswahl an Feuerwerkskörpern angeboten wird. Und der Name der Straße ist *Elm Street*.«

Der Polizist drehte sich um, um zu seinem Wagen zu gehen, und Oz folgte ihm.

»Ich komme mit Ihnen«, sagte er zu ihm.

»Ganz sicher nicht. Sie bleiben hier«, sagte der Polizist.

Oz schaute auf das Namensschild des Polizisten und schüttelte den Kopf. »Officer Myers, ich hatte noch nicht die Gelegenheit, mich vorzustellen. Ich bin Porter Reed, ich diene als Delta-Force-Soldat bei der US-Armee. Meine Nichte hat sicher große Angst und Sie werden mich brauchen, wenn Sie sie finden.«

»Und mich«, sagte Logan, der neben ihm stand.

Oz drückte unterstützend seine Schulter.

»Ich kann Ihnen zeigen, wo wir angehalten haben. Und wir haben ein geheimes Codewort. Bree wird nicht rauskommen, wenn wir es nicht sagen«, fügte Logan hinzu.

»Delta Force?«, fragte Officer Myers.

Oz nickte.

»Okay, aber Sie müssen tun, was ich sage.«

Oz stimmte sofort zu. »Das sind meine Kameraden. Sie werden uns nachfahren.«

Officer Myers ging in Richtung seines Wagens, Oz und Logan folgten ihm. Lefty ging mit den anderen zu seinem Wagen zurück. Oz wusste, dass der Polizist sie nicht hätte mitnehmen müssen. Er machte eine große Ausnahme. Er war erleichtert, dass der Polizist seine Aufgabe ernst zu nehmen schien und so schnell wie möglich zu dem Ort kommen wollte, an dem Bree sich versteckte.

Oz wollte gar nicht daran denken, wie viel Angst sie

haben musste. Er half Logan in den Wagen und stieg nach ihm ein. Es gefiel ihm nicht, auf der Rückbank zu sitzen, aber er wollte einfach so schnell wie möglich zu Bree kommen.

Aus dem Augenwinkel sah er, dass Miles in einem der anderen Wagen saß. Er war ohne Zwischenfall festgenommen worden. Wie der Feigling, der er war, hatte er sich sofort ergeben. Oz konnte sich im Moment keine Gedanken über die Zukunft machen, wie etwa den Gerichtsprozess oder die Frage, ob Logan aussagen musste. Im Moment war er nur froh, dass es Logan gut ging, und seine gesamte Aufmerksamkeit war darauf gerichtet, Bree zu finden. Alles andere kam später.

Als sie losfuhren, unterhielt sich der Polizist mit seinen Kollegen über Funk. Oz sah Logan an. Er saß ganz dicht neben Oz und hatte beide Arme um seinen Oberkörper geschlungen.

»Mein Großer?«

Logan sah zu ihm auf.

»Das ist das erste und letzte Mal, dass ich dich auf der Rückbank eines Polizeiwagens sehen will, verstanden?«

Logans Lippen zitterten. »Kein Problem.«

»Du hast das gut gemacht. Ich bin stolz auf dich«, sagte Oz leise.

»Ich hätte nicht zu ihm in den Wagen steigen sollen«, sagte Logan traurig. »Ich wusste es nicht besser.«

»Danach weiß man es immer besser. Ich nehme an, er hat euch angelogen?«, fragte Oz.

Logan zuckte mit den Schultern. »Er sagte, dass Gillian im Krankenhaus liegt und Riley zu ihr gefahren ist. Er hat gesagt, dass er auch im Gebäude wohnt und dass sie ihn gebeten hätte, uns ins Krankenhaus zu fahren.«

Oz atmete tief ein. Miles war geschickt gewesen. Er war zwar ein Arschloch, aber clever.

»Natürlich würde Riley sich Sorgen um Gillian machen, aber sie würde nie einen Fremden bitten, uns abzuholen. Ich war dumm.«

Oz hob Logans Kinn an, sodass er ihn anschauen musste. »Wir alle machen Fehler, Logan. Selbst ich. Aber die Sache ist die, du bist mit ihm gegangen, weil du dir Sorgen um Riley gemacht hast. Und um Gillian. Das ist nichts Schlechtes. Und dann hast du alles getan, um deine Schwester zu retten. Ich glaube, wir brauchen als Familie einen Geheimcode, genauso wie du einen mit deiner Schwester hast. Falls so etwas je wieder passiert.«

Logan nickte. Dann zog er die Nase hoch und sagte: »Bree hat bestimmt große Angst.«

»Mit Sicherheit. Aber sie hätte bestimmt auch große Angst, wenn sie noch im Wagen gewesen wäre, als die Polizisten mit ihren Waffen darauf zielten. Und sie hätte sicher auch Angst gehabt, wenn der Typ euch zu einem fremden Haus gebracht hätte, oder? Ich will damit sagen, du hast alles getan, um deine Schwester zu beschützen. Riley und ich sind stolz auf dich.«

»Wo ist Riley?«, fragte Logan.

Oz' Magen zog sich zusammen. Verdammt. Logan würde schon bald herausfinden, was passiert war, aber vielleicht wäre es besser, ihm erst davon zu erzählen, wenn sie Bree gefunden hatten. Dennoch konnte er seinen Neffen nicht anlügen. »Es geht ihr gut«, sagte er.

Logan starrte ihn weiter an.

Oz beschloss, die Sache schnell hinter sich zu bringen. »Der Mann, der dich und deine Schwester entführt hat, hat ihr wehgetan. Er war ihr Ex-Freund. Der Typ, der euch Angst eingejagt hat, als er gegen die Tür schlug, während ihr euch hinter dem Sofa versteckt habt. Aber es geht ihr gut. Sie ist im Krankenhaus und versucht, so schnell wie möglich wieder nach Hause zu kommen, um dich und Bree zu sehen.«

Logan sah ihn lange schweigend an. »Und du lügst auch nicht? Es geht ihr gut? Sie ist nicht tot, so wie Mom?«

»Sie ist nicht tot«, flüsterte Oz. Die Worte auch nur auszusprechen tat weh. »Ich würde dir nicht sagen, dass es ihr gut geht, wenn es nicht stimmt.«

Logan dachte eine Minute darüber nach, dann schenkte er Oz ein kleines Lächeln. »Ich glaube nicht, dass es ihr gefällt, im Krankenhaus festzusitzen. Sie würde sicher gern bei uns sein.«

»Das glaube ich auch«, stimmte Oz ihm zu. Er wusste, wie sehr sie die Kinder mochte. Dabei konnte sie ganz schön zur Löwenmutter werden. Wenn sie wollte, würde er ihr ein ganzes Schloss inklusive Burggraben bauen, um die Kinder zu beschützen.

»Das ist die Ausfahrt«, sagte der Polizist auf dem Fahrersitz.

Logan setzte sich aufrechter hin und seine Augen wurden groß. »Das stimmt. Hier war es. Und dort drüben ist der Laden.«

»Ich werde ganz langsam fahren und du sagst mir Bescheid, wenn du etwas wiedererkennst«, sagte Officer Myers zu ihnen.

Logan streckte den Hals, um etwas zu erkennen, und Oz sah aus der Heckscheibe. Ihnen folgten bestimmt zehn Fahrzeuge. Er sah Leftys Wagen und viele Polizeiautos. Sie gehörten den Texas Rangers, der Verkehrspolizei und der Polizeistation von Killeen an. Sie alle waren da, weil sie helfen wollten, das kleine, entführte Mädchen wieder sicher nach Hause zu bringen.

»Hier war es«, rief Logan.

Sofort fuhr der Polizist noch langsamer.

»Sehen Sie die Bäume?«, fragte Logan und zeigte nach

rechts. »Das ist es, wo ich pinkeln sollte. Da habe ich gestanden. Und Bria ist in diese Richtung gelaufen.« Er zeigte in die andere Richtung.

Officer Myers schaltete den Motor aus und stieg aus dem Wagen, dann hielt er Oz und Logan die Tür auf.

Oz starrte über das Feld hinweg zu den Bäumen und ihm wurde das Herz schwer. Die Umgebung war sehr weitläufig. Bria könnte überall sein.

»Wir haben einen Heli beantragt«, sagte Officer Myers.

»Mit FLIR?«, fragte Oz hoffnungsvoll.

»Ja.«

»Was ist flier?«, fragte Logan. »Warum versuchen wir nicht, Bria zu finden?«

»FLIR ist ein sogenanntes vorausschauendes Infrarot-Sichtgerät. So können wir herausfinden, wo deine Schwester ist, ohne selbst den ganzen Wald abzusuchen. Sie wird auf der Kamera als weißer Punkt angezeigt. Die Umgebung ist dunkel. Die Polizisten im Helikopter werden uns zu ihr bringen, mein Großer.«

Logan sah noch immer besorgt aus, aber das Vertrauen, das er zeigte, machte Oz froh.

»Worauf warten wir noch?«, fragte Lucky, der eilig auf sie zukam. Die Umgebung war vollgepackt mit Polizisten und es war klar, dass auch das Delta-Team am liebsten sofort losstürmen wollte, um Bria zu finden.

»Ein Heli mit FLIR ist auf dem Weg«, sagte Oz zu Lucky.

»Zum Glück«, entgegnete sein Kamerad erleichtert.

Doc, Grover und Lefty waren rechtzeitig eingetroffen, um die Neuigkeiten über den Heli zu hören.

Sie warteten mit angehaltenem Atem am Straßenrand. Der Hubschrauber sollte jeden Moment auftauchen. Sie hörten die Rotoren, noch bevor sie den Helikopter sehen konnten. Als er endlich in ihr Blickfeld kam, war er das Schönste, das Oz je gesehen hatte.

»Wie lange wird es dauern, bis sie sie finden?«, fragte Logan und hüpfte ungeduldig von einem Fuß auf den anderen.

»Ich weiß es nicht, mein Großer. Aber sie werden ihr Möglichstes tun«, beruhigte Oz ihn. Am liebsten hätte er die gleiche Frage gestellt. Ihm dauerte das alles zu lange, aber er musste geduldig bleiben. Er fühlte, wie Grover seine Hand auf seine Schulter legte, und es half ihm zu wissen, dass sein Freund hinter ihm stand.

Nach siebeneinhalb Minuten – Oz wusste es ganz genau, denn er behielt die Zeit im Auge – hörten sie, wie die Funkgeräte der Polizisten anschlugen. Die Piloten, die den Helikopter flogen, hatten jemanden entdeckt, den sie für Bria hielten.

»Ihr müsst hierbleiben«, sagte Officer Myers zu ihnen.

Oz schüttelte schon den Kopf, noch bevor der Polizist seinen Satz beendet hatte.

»Ganz sicher nicht«, sagte er zu ihm. »Ich verstehe, dass Sie Ihren Job machen müssen, aber ich kann Ihnen garantieren, dass ich schon mehr erlebt habe, als Sie es sich vorstellen können. Ich muss dabei sein, wenn Sie sie finden.«

»Er auch?«, fragte der Polizist und nickte in Richtung Logan.

Oz wusste nicht, was er tun sollte. Er wollte nicht, dass Logan mit dabei war, falls Bria etwas zugestoßen war. Aber er glaubte nicht, dass das der Fall war. Bria war clever, selbst wenn sie erst sechseinhalb war. Er war sich sicher, dass sie genau das tat, was ihr Bruder ihr gesagt hatte. Sie war schnell weggelaufen und hatte sich versteckt. Er wusste, dass sie Logan bei sich brauchte, um sich sicher zu fühlen.

»Nein, aber ich habe Vertrauen in meine Nichte. Es geht ihr gut. Sie hat Angst und wartet darauf, dass ihr großer Bruder sein Versprechen einlöst und sie findet.«

Der Polizist seufzte und nickte dann. »Okay, aber Sie müssen hinter mir bleiben. Das meine ich ernst. Ansonsten habe ich Sie schneller verhaftet, als Sie gucken können.«

»Natürlich«, sagte Oz sofort. Es gefiel ihm zwar nicht, dass er hinter dem Team der Polizisten bleiben musste, das sich auf die Suche nach Bria machte, aber zumindest durfte er mitkommen. Er würde tun, was ihm gesagt wurde.

Seine Kameraden hatten es ebenfalls geschafft, das Suchteam davon zu überzeugen, dass sie mitkommen durften. Sie alle liefen über das trockene Gras in Richtung Wald. Der Polizist, der sie anführte, stand im engen Austausch mit dem, der die Infrarotkamera bediente. Er lief auf einen Bereich mit besonders dichtem Unterholz zu.

»Braves Mädchen«, sagte Oz leise.

Als sie dort ankamen, konnte Oz sehen, dass die Polizisten einen Bereich direkt vor ihnen im Auge hatten.

»Genau hier. Sie sollte direkt vor Ihnen liegen. Sie liegt auf dem Boden.«

Oz konnte nichts außer Gebüsch erkennen. Er wollte am liebsten selbst ins Unterholz springen und nach ihr suchen. Er verstand, warum sie sich nicht sofort zeigte. Sie hatte wahrscheinlich Angst. Sie hatte auf die harte Tour erfahren, dass nicht alle Erwachsenen nett waren.

Er hoffte nur, dass sie nicht verletzt war.

Nein, ihr ging es gut. Es musste ihr gut gehen. Er würde es nicht ertragen, Logan und Riley zurückbekommen zu haben und sie zu verlieren.

Logan hatte bis jetzt schweigend neben ihm gestanden, aber bevor Oz ihn aufhalten konnte, war er an ihm und den Polizisten vorbeigelaufen und rief den Namen seiner Schwester.

Ohne um Erlaubnis zu bitten, rief er: »Bree? Ich bin es, Logan. Alles ist gut, du kannst rauskommen. Ich habe den Osterhasen dabei, wie ich es versprochen habe.«

Oz hielt die Luft an – und keine Sekunde später erschien Brees roter Haarschopf aus einem Haufen Stöcker und Blätter. »Logan?«

»Ja«, rief Logan aufgeregt. »Dir geht es gut. Ich habe dich gefunden.«

Oz ging vor Erleichterung auf die Knie, während Bria aus ihrem Versteck sprang und Logan in die Arme lief. Er sah zu, wie Bruder und Schwester sich unter Tränen und erleichtert begrüßten.

Er fühlte, wie einer seiner Kameraden ihm auf den Rücken klopfte. Er wollte ihnen dafür danken, dass sie ihn unterstützt hatten. Dass sie alles gegeben hatten, um seine Liebsten zu beschützen. Aber er konnte nicht. Er konnte nichts anderes tun, als Bria und Logan anzustarren. Er weinte, aber er konnte die Tränen auf seinen Wangen kaum spüren.

Als wüsste er, was sein Onkel brauchte, nahm Logan Bria bei der Hand und zog sie zu Oz.

»Schau, Oz, ich habe sie gefunden«, sagte er.

»Das hast du, mein Großer«, sagte Oz leise. Er hörte kaum, wie sich der Helikopter entfernte und die Polizisten sich gegenseitig gratulierten. Er hatte nur Augen und Ohren für die Kinder.

»Geht es dir gut, Bree?«, fragte er leise.

Sie nickte. »Ich hatte Angst«, sagte sie zu ihm, »aber ich wusste, dass Logan mich finden würde. Und das hat er.«

»Natürlich hat er das. Er liebt dich sehr und du hast Glück, dass er dein Bruder ist. Ich liebe dich auch. Ich kenne dich noch nicht so lange, aber ich liebe dich, meine Kleine. So sehr.«

Sie ließ die Hand ihres Bruders fallen und lief auf ihn zu. Sie trat zwischen seine Knie, schlang ihre kleinen Arme um seinen Hals und umarmte ihn.

Dann sah sie ihm ins Gesicht und sagte ernst: »Jungs sollen nicht weinen.«

»Wer sagt das?«, fragte Oz.

Bria sah verwirrt aus. »Ich weiß es nicht.«

»Okay. Also, Jungs weinen auch. Und das ist völlig normal. Es ist okay, seine Gefühle zu zeigen, egal ob man ein Junge oder ein Mädchen ist.«

»Bist du traurig?«, fragte Bria, als sie ihre schmutzige Hand ausstreckte und seine Wange damit abwischte. Oz wusste, dass sie den Dreck wahrscheinlich in seinem Gesicht verteilte, aber das war ihm egal.

»Jetzt nicht mehr«, sagte er zu ihr. »Dir und deinem Bruder geht es gut. Und Riley auch. Den drei Menschen, die ich auf dieser Welt am meisten liebe, geht es gut. Also kann ich gar nicht traurig sein.«

»Oz?«, fragte Bria.

»Ja, meine Liebe?«

»Ich habe Hunger. Können wir heimgehen?«

Oz lachte leise und hörte, wie die anderen um ihn herum in Lachen ausbrachen. »Ja. Aber wir müssen noch einen kurzen Zwischenstopp einlegen.« Er sah zu Grover. »Hat jemand mit Riley gesprochen? Ihr Bescheid gegeben?«

»Ja, Lucky hat mit ihr geredet, seit wir angehalten haben.«

Oz nickte erleichtert. Es überraschte ihn nicht, dass einer seiner Kameraden die Neuigkeiten bereits an Riley weitergegeben hatte. Er schuldete ihnen etwas. Und wie. »Wurde sie schon entlassen?«

»Ich weiß nicht, ob die Ärzte sie schon gehen lassen wollen«, sagte Lefty.

Oz sah Doc an. »Was denkst du?«

»Solange sie keine Symptome hat, ist sie sicher. Sie hatte viel Glück.«

Oz wusste das.

»Wir müssen mit dem Mädchen sprechen«, sagte einer der Polizisten, der ihr Gespräch mithört hatte.

Oz seufzte und nickte, dann stand er langsam auf. Er fühlte sich schwach und zittrig, er wusste, dass dies die Nachwirkungen des Adrenalins waren, das bis eben durch seinen Körper geströmt war.

»Trigger und Brain können Riley zu deiner Wohnung bringen«, sagte Lucky. »Ich muss ein paar Leute anrufen.«

»Vielen Dank. Du hilfst mir sehr«, sagte Oz zu ihm. Und das hatte er. Oz hatte keine Ahnung, woher er all die Leute kannte, die sie heute so dringend gebraucht hatten, und würde das nicht vergessen. Lucky zog das Glück wirklich an ... und er würde Glück Erfahrung immer vorziehen ... auch wenn Lucky natürlich auch langjährige Erfahrung mitbrachte.

Oz spürte, wie jemand an seinem Hosenbein zog, und sah nach unten. Bree stand neben ihm und als sie sah, dass sie seine Aufmerksamkeit hatte, streckte sie ihm die Arme entgegen. Oz nahm sie auf den Arm und Bree legte sofort den Kopf an seine Schulter. Oz seufzte erleichtert.

Logan lehnte sich gegen seine andere Seite und Oz schlang den Arm um seine Schultern. So gingen sie zurück zur Straße. Als Familie, die dankbar war, zusammen zu sein. Nur Riley fehlte – aber bald würde sie wieder bei ihnen sein.

Oz war kein religiöser Mann. Er hatte zu viel Gewalt und Hass gesehen, um daran glauben zu können, dass eine allmächtige Kraft sich um das Wohl der Menschen sorgte. Aber in diesem Moment kam es ihm so vor, als hätte seine Familie einen ganz persönlichen Schutzengel. Logan hatte eine Entführung und eine wilde Jagd auf der Schnellstraße überlebt, Bria hatte es geschafft zu fliehen und beide schienen dadurch nicht sonderlich mitgenommen. Und Riley ...

Oz musste schwer schlucken und versuchte, die Tränen zurückzuhalten, die ihm wieder in die Augen stiegen. Sie hätte tot sein sollen. Das wussten sie alle. Miles hatte sie zu töten versucht, aber es war ihm misslungen.

Oz schaute in den wolkenlosen, blauen Himmel von Texas und schickte ein stummes Gebet nach oben. Wer auch immer nach ihnen sah – er dankte ihm dafür, auf die Leute aufzupassen, die ihm wichtiger waren als alles andere auf der Welt. Er wusste nicht, was er getan hätte, wenn die drei den heutigen Tag nicht überlebt hätten.

»Wir haben das Baseballspiel verpasst«, sagte Logan leise zu ihm.

Oz musste lächeln. »Das haben wir«, stimmte er zu. »Aber die Baseballsaison ist noch lang und es gibt noch einige Spiele, die wir uns anschauen können.«

Logan wirkte daraufhin schon etwas fröhlicher. »Stimmt.«

Oz konnte nicht glauben, dass er lächelte, aber es fühlte sich gut an. Sehr gut sogar. Nun fehlte nur noch Riley.

KAPITEL ZWEIUNDZWANZIG

»Wir sind bestimmt dreihundert Sachen gefahren! Überall war Rauch und ich konnte kaum etwas sehen. Das Auto hielt an und dann standen plötzlich hundert Polizisten mit gezogenen Waffen um uns herum. Ich wurde aus dem Auto geholt und plötzlich war Oz da. Er hat geweint. Wir durften in einem Polizeiwagen mitfahren und dann ist auch noch ein Helikopter gekommen und ich habe Bree unseren Geheimcode gesagt, damit sie aus ihrem Versteck kommt. Oz hat noch einmal geweint und dann haben wir einen Burger gegessen und als wir nach Hause gekommen sind, warst du hier!«

Riley lächelte Logan an. Er erzählte ihr gerade, was alles an diesem Tag passiert war. Es war inzwischen spät geworden und die Sonne war schon lange untergegangen, aber sie war nicht müde.

Sie hatte sich einen Pullover mit hohem Kragen angezogen, obwohl sie im Bett lag, damit die Kinder die Prellungen an ihrem Hals nicht sahen. Im Laufe der letzten Stunden waren sie immer dunkler geworden. Den Abdruck von Miles' Fingern an ihrem eigenen Hals zu sehen machte auch sie selbst nervös. Sie fühlte sich steif und blass, aber dafür, dass sie vor ein paar Stunden fast gestorben wäre, sah sie überraschend gut aus.

Sie saß auf Oz' Bett und hatte Bria auf dem Arm. Logan saß an ihren Füßen, Oz war neben ihr und hatte einen Arm um sie geschlungen. Er stützte sie und Bria, und Riley hatte sich noch nie so befreit gefühlt wie in diesem Moment.

Miles saß in Untersuchungshaft und hatte eine lange Liste an Anklagen zu erwarten. Neben Entführung, versuchten Mordes und Flucht vor der Polizei wurde er auch der Kinderpornografie angeklagt. Nachdem er wochenlang versucht hatte, die DVD aus ihrer Wohnung zu holen, damit die Polizei sie nicht fand, hatten die Polizisten sie letzten Endes in seinem Wagen gefunden. Ihr wurde gesagt, die Staatsanwaltschaft sei sehr zuversichtlich, dass auf Miles eine lange Gefängnisstrafe wartete.

Aber Riley wollte nicht an Miles denken. Sie war einfach froh, noch am Leben zu sein. Logan und Bria ging es gut.

»Hört sich an, als wäre es ein ziemliches Abenteuer gewesen«, sagte sie zu Logan.

»Das war es. Aber … Oz hat mir gesagt, dass es das erste und letzte Mal ist, dass ich auf der Rückbank eines Polizeiautos sitzen darf.«

Riley lächelte. »Da hat er recht. Und wie geht es dir, Bree? Du hattest es in den letzten paar Monaten nicht einfach«, sagte sie sanft.

Bria zuckte mit den Schultern. »Mir geht es gut. Ich hatte Angst, aber Logan hat mir gesagt, dass ich mich verstecken soll. Ich wusste, dass er zurückkommen würde, um mich zu holen.«

Riley fühlte, wie Oz ein Schauer über den Rücken lief. Sie beide wussten, dass dabei einiges hätte schiefgehen können. Wäre Logan nicht schlau genug gewesen, sich nach

Straßenschildern und besonderen Merkmalen in der Landschaft umzuschauen, nachdem Bria davongelaufen war, würde sie vielleicht immer noch da draußen auf ihren Bruder warten. Im Dunkeln. Sie alle hatten sehr viel Glück gehabt.

»Geht es dir wirklich gut?«, fragte Logan. »Der Mann hat dir wehgetan.«

Oz' Griff wurde fester. Er war sehr still gewesen, nachdem sie heimgekommen waren. Er hatte ihr geholfen, sich umzuziehen, und sie von Kopf bis Fuß untersucht; er wollte mit eigenen Augen jede Verletzung sehen, die Miles ihr zugefügt hatte. Sie mussten miteinander reden, aber zuerst mussten sie sich um die Kinder kümmern.

»Das stimmt«, sagte sie, »aber mir geht es gut. Die Sache ist die, ich könnte weinen und einen Monat im Bett liegen, aber das würde nicht ändern, was passiert ist. Entweder lebe ich mein Leben weiter oder ich gebe auf. Aber ich habe viel zu viel zu tun, um aufzugeben. Wir haben dir versprochen, zu einem Baseballspiel zu gehen, Bree hat mit ihrer Klasse bald ein Konzert, auf das sie sich sehr freut und das wir alle anhören werden, und ich habe Kunden, die sich darauf verlassen, dass ich ihre Aufträge bearbeite.«

Logan nickte, als machte ihre kleine Rede für ihn Sinn, aber Bria sah zu ihr auf. »Ich will glücklich sein. Manchmal erinnere ich mich an den Hundekäfig und wie viel Hunger ich hatte, aber jetzt bin ich bei Logan. Und ich mag dich. Und Onkel Oz auch.«

Riley umarmte sie. »Gut. Und es ist gut, wenn du über das redest, was passiert ist, wie du es auch mit deinem Therapeuten machst. Ich sage nicht, dass ich vergessen werde, wie er mir wehgetan hat, aber ich habe euch und Porter und wie kann ich da nicht glücklich sein?«

Bria kuschelte sich wieder an sie und nickte.

Riley fühlte, wie Porter sie auf die Haare küsste, und sie

seufzte. Heute war der schlimmste Tag in ihrem Leben gewesen, aber hier in Porters Armen zu liegen und zu wissen, dass es Logan und Bria gut ging, machte sie froh.

Niemand sprach für eine Weile. Dann sagte Porter leise: »Ich glaube, Riley braucht ein bisschen Schlaf. Und ihr auch. Es war ein langer, anstrengender Tag. Und ich glaube, morgen gehen wir weder zur Schule noch zur Arbeit. Vielleicht gehen wir zusammen in den Park und spielen Baseball. Bree, dort gibt es einen Hindernisparcours, den du vielleicht magst.«

»Super!«, rief Logan.

Bria schien nicht genau zu wissen, worüber ihr Bruder sich so freute, aber sie nickte trotzdem.

»Das klingt gut«, sagte Riley sanft.

»Und du wirst an der Seite sitzen und zuschauen«, sagte Porter leise zu ihr. Etwas lauter sagte er: »Los, Kinder, wir machen uns bettfertig.«

Riley sah zu, wie die drei den Raum verließen, und lehnte sich dann mit einem Seufzen zurück in die Kissen. Sie schloss die Augen und musste wohl eingeschlafen sein, denn plötzlich war Porter zurück und zog sie in seine Arme. Er hielt sie fest, als wäre sie das Wichtigste auf der Welt.

Es war das erste Mal, dass sie allein waren, nachdem Porter sie auf dem Boden ihrer Wohnung gefunden hatte. Nun musste sie endlich aussprechen, was ihr durch den Kopf ging, seit sie wieder aufgewacht war und verstanden hatte, was passiert war.

»Es tut mir so leid –«

»Nein«, unterbrach Porter sie.

»Wie bitte?«, fragte sie und drehte sich zu ihm um.

»Entschuldige dich nicht. Du hast nichts falsch gemacht.«

»Wie kannst du das sagen?«, fragte Riley ungläubig. »Ich

habe mit Miles alles falsch gemacht. Ich weiß gar nicht, wo ich anfangen soll.«

»Nein, das hast du nicht. Du wolltest mit einem netten Mann ausgehen und hast geglaubt, dass Miles das ist. Er hat dich ausgenutzt, weil er ein Dach über dem Kopf brauchte. Du warst nett zu ihm. Er hat dich fertiggemacht, beschimpft und wollte dich auf jede Art schlechtmachen.

Aber das hat nicht funktioniert. Du hast ihn rausgeworfen. Vielleicht hätten wir ihn nicht ignorieren sollen, als er begann, dich zu belästigen, aber das konnten wir beide nicht wissen. Wir hatten keine Ahnung, dass er so verrückt ist. Wir hätten uns besser absichern sollen. Wir hätten eine einstweilige Verfügung gegen ihn erwirken sollen. Aber das hätte ihn auch nicht davon abgehalten, in deine Wohnung einzubrechen. Rile, er ist derjenige, der dich fast erwürgt hätte. Er ist derjenige, der die Kinder entführt hat. Er ist derjenige, der Logans Leben in Gefahr gebracht hat, weil er wie ein Irrer gefahren ist. Du musst dich für nichts entschuldigen. Das ist alles seine Schuld. Nicht deine.«

Riley brauchte einen Moment, bis sie wieder sprechen konnte. Der Kloß in ihrem Hals war fast überwältigend. »Ich habe so viel Glück mit euch«, flüsterte sie.

»Ich glaube, das ist mein Satz«, sagte Porter. »Ich muss zugeben, dass ich noch nicht so dachte, als Logan bei mir ankam, aber nun kann ich mir ein Leben ohne ihn nicht mehr vorstellen. Und Bree? Sie erinnert mich so sehr an meine Schwester. Ich vermisse sie. Es tut mir leid, dass ich nicht die Gelegenheit bekommen habe, unsere Beziehung wiederaufleben zu lassen, aber sie hat mir zwei wunderschöne Geschenke gemacht. Drei, wenn ich dich mitzähle.« Er lehnte sich zu ihr und seufzte gegen Rileys Wange. »Du hast mir solche Angst gemacht«, gab er zu. »Als ich dich am Boden liegen sah, dachte ich, dass du tot bist.«

Riley wusste nicht, was sie sagen sollte. Sie wusste, dass

Miles in Eile gewesen war und deshalb nicht überprüft hatte, ob sie wirklich nicht mehr lebte. Sie hätte tot sein sollen, aber darüber wollte sie nicht nachdenken.

»Ich kann ohne dich nicht leben«, flüsterte er.

»Und ich kann ohne dich nicht leben«, erwiderte sie. »Ich weiß nicht, was ich tun soll, während du auf einem Einsatz bist. Ich will es fast nicht sagen, weil das so viel Druck auf dich ausübt, aber: Sei vorsichtig, wenn du unterwegs bist.«

Porter drehte sie so, dass sie auf dem Rücken lag und zu ihm aufsah. Er strich eine Strähne aus ihrem Gesicht. »Ich habe mir bis jetzt nicht viele Gedanken über den Tod gemacht. Ich wusste, dass die Möglichkeit bestand, wann immer wir auf einen Einsatz gehen, aber ich will unbedingt zu euch zurückkehren. Dass Brain, Trigger, Lefty und ich nun Partnerinnen haben, mit denen wir den Rest unseres Lebens verbringen wollen, bedeutet, dass wir nun noch vorsichtiger sind als früher.«

Sie hörte gern, dass er sein restliches Leben mit ihr verbringen wollte.

Aber nun hatte sie genug davon, über schwierige Themen zu sprechen, und sagte: »Also, wenn wir für immer zusammenbleiben wollen, dann müssen wir uns nach einem größeren Haus umsehen. Und außerdem habe ich das Gefühl, dass die Sache viel einfacher wäre, wenn wir tatsächlich verheiratet wären, damit ich nicht mehr nur die Nachbarin bin, die auf die Kinder aufpasst.«

Sie machte einen Scherz, um die Stimmung etwas aufzulockern.

»Ja«, antwortete Porter allerdings, ohne zu zögern und völlig ernst.

»Ja? Ja, was?«, fragte sie.

»Ich nehme deinen Heiratsantrag an«, sagte er zu ihr.

Riley blinzelte ihn an. »Ich habe dir doch keinen Antrag gemacht«, protestierte sie.

»Doch, das hast du. Und ich habe ihn angenommen. Nun sind wir also verlobt. Hast du mir einen Ring besorgt?«, scherzte er.

Riley wusste nicht, was gerade passiert war. Machte er einen Witz? Sie war sich nicht sicher.

»Ist auch egal«, sagte er und drehte sich weg. Er öffnete die Schublade seines Nachttisches und zog eine kleine, schwarze Schachtel heraus. »Falls du ihn nicht magst, kann ich einen anderen besorgen.«

Er öffnete die Schachtel und darin lag ein schlichter Diamantring. Der Stein hatte einen Smaragdschliff und glänzte im Licht. Sie starrte ihn an und war sprachlos.

»Ich liebe dich, Riley. Ich will den Rest meines Lebens mit dir verbringen. Ich habe das Gefühl, dass unser Leben auch weiterhin sehr aufregend sein wird, und ich kann es kaum erwarten, das gemeinsam mit dir herauszufinden. Willst du mich heiraten? Willst du mit mir Kinder bekommen?«

»Oh, Porter«, sagte Riley.

Er lächelte und nahm den Ring aus der Schachtel. Dann nahm er ihre Hand in die seine. Er steckte ihr den Ring an. Er war etwas zu groß. »Ich war mir nicht sicher, welche Größe du hast, aber ich war so ungeduldig, weil ich dir unbedingt einen Antrag machen wollte, dass ich ihn nicht richtig habe anpassen lassen.«

»Wann hast du den Ring gekauft?«, fragte sie, noch immer geschockt.

»Vor einer Woche.« Er zuckte mit den Schultern. »Ich weiß, dass es schnell geht. Aber ich liebe dich. Du liebst mich. Die Kinder himmeln dich an. Nach dem, was heute passiert ist, nachdem ich euch alle fast verloren hätte, bin ich umso glücklicher, dass ich ihn schon gekauft habe, weil ich dich nun sofort bitten konnte, meine Frau zu werden.«

Riley war noch nie so glücklich gewesen wie in diesem Moment. »Weißt du, wenn ich schwanger werde, werde ich sowieso zunehmen. Ich glaube, der Ring passt perfekt, wenn meine Finger dann dicker werden.«

Sie sah, wie die Lust für einen Moment Porters Bick vernebelte.

»Verdammt«, fluchte er leise. Eine Hand glitt an ihrem Körper hinunter und kam auf ihrem Buch zum Liegen. »Ich kann es nicht erwarten, dich schwanger zu sehen. Das ist vielleicht etwas seltsam, aber ich kann nicht anders. Nun, da ich weiß, wie großartig Kinder sind, will ich noch mehr.«

»Sie werden aber nicht mit zehn oder sechs Jahren geboren. Babys sind laut. Und sie ändern das Leben vollkommen«, warnte sie ihn.

»Mir egal«, sagte er, als er sich wieder neben sie legte. Sie trug noch immer ihren Pullover und ihre Jogginghose, aber sie hatte einfach nicht die Energie, sich umzuziehen. Porter hatte seine Hand unter ihren Pullover rutschen lassen und sie auf ihren nackten Bauch gelegt.

»Vielen Dank, dass du so stark bist und nicht aufgegeben hast«, sagte Porter sanft.

»Vielen Dank, dass du die Kinder gefunden hast.«

»Ich liebe dich.«

»Ich liebe dich auch«, sagte Riley.

Das Licht war noch immer an, sie war noch immer angezogen und sie wäre an diesem Tag fast gestorben. Aber Riley hatte noch nie so gut geschlafen wie in dieser Nacht.

EPILOG

»Porter, ich kann nicht sehen, wo ich hingehe«, rief Riley lachend.

Oz hielt sich den Finger an die Lippen, um Logan und Bria zum Schweigen zu bringen. Die beiden kicherten und hüpften um ihn und Riley herum. Er hatte ihr die Augen verbunden und sie als Überraschung hierhergebracht. Eine Hand lag auf ihrem Handgelenk und er führte sie, damit sie nicht hinfiel.

Es war jetzt drei Monate her, seit Riley fast gestorben wäre und die Kinder entführt worden waren, aber nun schien es allen sehr gut zu gehen. Bree war witzig und Oz freute sich, dass ihre Persönlichkeit mehr und mehr zum Vorschein kam. Sie liebte ihren Klassenlehrer. Und sie schien sich besonders geschickt anzustellen, wenn es um den Hindernisparcours auf dem Stützpunkt ging. Dieses Interesse unterstützte ihre Sportlehrerin, Mrs. O'Brien-Santoro sehr gern.

Logan ging es in seiner Klasse ebenfalls gut. Er würde nächstes Jahr auf die weiterführende Schule kommen, aber er hatte schon jetzt einige Freunde gefunden. Der Baseballverein war ebenfalls gut angekommen, er konnte es jedes Mal kaum erwarten, zu Hause für das nächste Training zu üben.

Oz hatte keine Zeit verschwendet und Riley geheiratet. Sie hatte recht behalten, ihre Heirat machte vieles einfacher, wenn es um das Militär ging. Er musste sich nun keine Sorgen mehr um den Familienplan machen und sie hatte eine Krankenversicherung abschließen können – sie erhielt nun all die Sozialleistungen, die der Frau eines Soldaten zustanden. Sie waren zum Standesamt gefahren und danach hatten seine Kameraden eine große Party bei Brain und Aspen organisiert.

Lefty und Kinley waren am nächsten Tag endlich nach San Francisco geflogen, um zu heiraten, weil Lefty nicht der Einzige sein wollte, der seine Verlobte noch nicht geheiratet hatte. Kinley hatte sich sehr gefreut, dass er seine Pläne endlich in die Tat umsetzte. Seine Eltern hatte eine kleine Feier in ihrem Garten organisiert und Lefty hatte später gesagt, dass es perfekt gewesen sei.

Aspen konnte man die Schwangerschaft nun richtig ansehen und Brain konnte die Finger kaum von ihrem Bauch lassen. Wann immer sie nebeneinander standen, hatte er eine Hand auf ihrem Bauch liegen. Die anderen nahmen ihn deswegen auf den Arm, aber Oz konnte ihn verstehen. Er und Riley hatten aufgehört zu verhüten und er hoffte jeden Tag, dass sie schwanger werden würde. Er hatte nicht geglaubt, dass es normal für einen Mann war, so ungeduldig darauf zu warten, dass seine Frau schwanger wurde, aber das war ihm egal. Er wollte ein Baby mit Riley. Sofort.

Und dann war da noch etwas anderes ... Miles hatte sich ein paar Tage nach seiner Festnahme in seiner Zelle erhängt. Das hatte sie überrascht. Oz hatte nicht geglaubt, dass der Mann zu so etwas in der Lage war. Aber er konnte eine gewisse Genugtuung nicht abstreiten. Er hätte gern gesehen, wie er für das bezahlte, was er seiner Familie angetan hatte, aber auf diese Weise mussten Logan und Bria die Situation während des Prozesses nicht noch einmal durchleben, was eine Erleichterung war.

Und heute war ein ganz besonderer Tag. Er hatte hart daran gearbeitet, seinen Plan vor Riley geheim zu halten. Oz hatte ein schlechtes Gewissen gehabt, weil er in letzter Zeit so oft spät nach Hause gekommen war. Aber Riley hatte sich nie beklagt. Sie hatte Logan zum Baseballtraining gefahren, mit Bree gespielt, den beiden bei den Hausaufgaben geholfen und dafür gesorgt, dass sie alle etwas Essbares bekamen.

Sie war nicht wieder in ihre Wohnung zurückgekehrt, nachdem sie dort überfallen worden war. Oz konnte ihr das nicht übel nehmen und außerdem freute er sich, dass sie nun zusammenwohnten.

Er war ein paarmal in ihre Wohnung zurückgegangen, um mit der Hilfe seiner Kameraden und deren Frauen Rileys Sachen zu packen, und ihm war es jedes Mal kalt den Rücken hinuntergelaufen. Er konnte nicht aufhören, den Fleck anzustarren, wo Riley auf dem Boden gelegen hatte. Deshalb hatten Doc, Grover und die anderen den größten Teil des Umzugs für sie übernommen.

Danach war seine Wohnung mit ihrer beider Sachen vollgestopft. Die Dreizimmerwohnung war einfach zu klein für vier Leute und deren Besitztümer. Er und Riley hatten darüber geredet, eine Vierzimmerwohnung zu suchen, als Zwischenlösung, bis sie ein Haus gefunden hatten, aber sie hatten einfach nicht die Zeit gefunden, sich darum zu kümmern.

Und nun wollte er Riley seine Überraschung zeigen.

Die Kinder liefen voraus und Oz stellte sicher, dass Riley nicht hinfallen konnte, während er sie langsam vorwärts führte. Er hielt nach ein paar weiteren Schritten an und atmete einmal durch, um sich selbst zu beruhigen. »Bist du bereit?«, fragte er.

Riley lachte erneut. »Porter, ich bin schon ewig bereit. Ich wusste die ganze Zeit, dass du etwas ausheckst, wollte aber nicht nachfragen. Los jetzt, bevor ich explodiere.«

Oz brach in Lachen aus. Er hätte wissen müssen, dass er keine Geheimnisse vor seiner aufmerksamen Frau haben konnte. »Okay. Also gut«, sagte er zu ihr und öffnete den Knoten der Augenbinde. Er bekam sie auf und ließ sie um ihren Hals fallen, während sie überrascht in das helle Licht blinzelte.

»Überraschung«, rief Logan.

»Unser neues Zuhause«, fügte Bree hinzu.

Riley sah das große Haus, das vor ihr stand, geschockt an. »Was? Wie ... Oh, Porter!«

Er lächelte sie an. »Willkommen in deinem Zuhause«, flüsterte er ihr ins Ohr. »Es hat sechs Schlafzimmer. Genügend Zimmer also, um unsere Familie zu erweitern. Im Erdgeschoss gibt es auch ein Arbeitszimmer, das für dich perfekt wäre. Die Küche wurde neu gemacht und das Elternschlafzimmer ist wunderschön – es hat eine riesige Dusche. Ich habe eine Putzfrau gefunden, die alle zwei Wochen kommen kann, weil ich weiß, wie schwer so ein großes Haus sauber zu halten ist. Bria und Logan haben sich ihre Zimmer schon ausgesucht.«

»Können wir reingehen, Oz? Können wir?«, rief Logan von der Veranda.

»Klar!«, rief er zurück.

Mit einem aufgeregten Kreischen verschwanden die beiden Kinder durch die Haustür.

»Ich kann nicht glauben, dass du ein Haus gekauft hast«, rief sie aufgeregt.

»Ich habe schon lange dafür gespart. Mein Job wird nicht schlecht bezahlt.«

»Aber was, wenn das Militär dich versetzt?«, fragte Riley nervös.

»Das können wir dann entscheiden. Eventuell können wir das Haus dann vermieten oder so. Aber ich will hier leben. Meine Familie aufwachsen sehen. Ich werde nicht immer beim Militär bleiben und ich mag die Gegend hier. Logan liebt seine Schule und seinen Baseballverein. Ich glaube, es wird ihm hier in den nächsten Jahren gut gehen.«

»Sechs Schlafzimmer?«, fragte Riley mit einem Lachen.

Oz zuckte mit den Schultern. »Besser zu groß als zu klein«, sagte er.

Riley drehte sich um, schlang ihm die Arme um die Hüfte und hob den Kopf, um ihm in die Augen sehen zu können. Die Verletzungen an ihrem Hals waren inzwischen verheilt und nichts erinnerte sie mehr an den Vorfall mit ihrem Ex. Jedes Mal wenn Oz sie ansah, dankte er ihrem Schutzengel, dass sie noch bei ihm war.

»Ich glaube, es ist gar nicht so schlecht, dass wir so viele Schlafzimmer haben. In weniger als einem Jahr werden vier davon belegt sein.«

Oz nickte abwesend – und runzelte dann die Stirn. »Wie bitte?«

»Ich bin schwanger«, sagte Riley leise. »Überraschung.«

Oz war sprachlos. »Wirklich?«

»Ja. Ich würde dich doch nicht anlügen. Du hast dich so darauf gefreut. Aber eventuell hätte ich nichts sagen sollen, damit du dir die nächsten Monate genauso viel Mühe im Bett gibst wie jetzt.«

Oz stieß einen Schrei aus, hob sie hoch und ließ sie um sich kreisen, bevor er sie küsste.

Sie küssten sich immer noch, als sie Logans Stimme im Haus hörten. »Hört ihr endlich auf mit dem Küssen und schaut euch das Haus an?«

Oz zog sich zurück und betrachtete die Frau in seinen Armen. Er wusste nicht, was er sagen sollte.

»Ich liebe dich«, sagte Riley.

»Ich wusste nicht, was diese Worte bedeuten. Nicht wirklich. Nicht, bis ich dich getroffen habe«, erwiderte Oz.

Riley strahlte ihn an. Dann sagte sie schüchtern: »Und wann weihen wir das neue Haus ein?«

»Trigger und Gillian haben angeboten, morgen Babysitter zu spielen«, antwortete er mit einem Grinsen.

»Ich mag es, wenn ein Mann einen Plan hat«, sagte sie.

»Und wenn du glaubst, dass unser Sexleben nun einschlafen wird, weil du schwanger bist, dann hast du dich getäuscht. Schließlich geht es nicht nur ums Schwangerwerden, sondern auch darum, dir etwas Gutes zu tun.«

Riley lachte. »Da werde ich mich kaum beschweren.«

»Gut. Und nun los. Ich will dir unser Schloss zeigen, Prinzessin.«

Lucky beobachtete Devyn von der anderen Seite des Gartens. Sie feierten zusammen die Einweihungsparty für Oz' neues Haus sowie die gemeinsame Hochzeit von Lefty, Brain und Oz. Logan und Bree liefen im Garten umher, voller Energie aufgrund der S'Mores, die sie zuvor über dem Feuer zubereitet hatten.

Alle waren hier. Trigger, Gillian, Lefty, Kinley, Brain, Aspen, Doc, Grover und Devyn. Selbst Winnie war mit ihrer Enkelin und Rocket, deren Mann, gekommen. Auch einige von Oz' neuen Nachbarn hatten sich blicken lassen.

Die Stimmung war entspannt. Die Deltas taten ihr Bestes, ihre Freizeit zu genießen, weil sie nicht wussten, wann sie das nächste Mal zu einem Einsatz gerufen werden würden. Die Dinge auf der Welt schienen immer mehr aus dem Gleichgewicht zu geraten. Immer mehr Kämpfe brachen aus und an den Grenzen stiegen die Spannungen.

Der Drogenhandel hatte ein neues Hoch erreicht und Terroristen waren auf der ganzen Welt tätig. Nordkorea war wie immer eine ernst zu nehmende Bedrohung. Manchmal hasste Lucky seinen Job – der Mangel an Respekt für Menschenleben, der ihm täglich begegnete, war niederschmetternd. Aber wenn er jemanden retten oder einen Unterschied in der Welt machen konnte, dann war es das wert. Und bis jetzt war er auf mehr erfolgreichen Missionen gewesen als auf gescheiterten.

Lucky hatte vielleicht »Glück« im Leben und im Job, aber in der Liebe lief es nicht so rund. Er wollte, was auch seine Freunde hatten. Und es gab nur eine Frau, mit der er zusammen sein wollte.

Devyn Groves. Grovers Schwester.

Sie war schon vor einer ganzen Weile nach Texas gezogen, aber so sehr er auch versuchte, ihr näherzukommen, so sehr hielt sie ihn auf Abstand. Lucky wusste nicht warum, und das machte ihn traurig.

Devyn war genau die Frau, mit der er sein Leben verbringen wollte. Oz mochte es vielleicht, dass seine Partnerin viel kleiner war als er selbst, aber Lucky fühlte sich mehr zu größeren Frauen hingezogen. Mit ihren ein Meter achtzig war sie keine zehn Zentimeter kleiner als er selbst. Sie war dünn, aber gut trainiert, und er wusste, dass sie oft Sport machte. Sie kümmerte sich um ihren Körper, sodass sie in der Lage war, auch mit größeren Tieren umzugehen, denen sie in ihrem Job als Tierarzthelferin begegnete.

Sie war schlau, mitfühlend und nett, aber hatte keine Angst zu sagen, was sie dachte. Vor allem, wenn es um ihren großen Bruder ging. Es war offensichtlich, dass die beiden eine gute Beziehung zueinander hatten, und Lucky erfreute sich daran, die beiden zusammen zu sehen.

Für ihn war Devyn einfach perfekt. Sie sah gut aus und hatte einen tollen Charakter.

Aber er konnte in ihren Augen erkennen, dass etwas sie belastete, und das machte ihn fertig. Am liebsten wollte er alle ihre Drachen töten – oder ihr zumindest beistehen, während sie das selbst tat –, aber sie gab ihm die Gelegenheit gar nicht.

Hätte er Devyn nicht so genau beobachtet, hätte er die nächste Situation bestimmt nicht mitbekommen.

Sie unterhielt sich gerade mit Gillian, als sie einen Anruf bekam. Sie griff in ihre Tasche und antwortete, ohne nachzusehen, wer angerufen hatte. Sie runzelte sofort die Stirn und Lucky wurde klar, dass sie sich nicht über den Anruf freute.

Sie sagte etwas zu Gillian und entfernte sich. Dann, mit dem Rücken zu den anderen gewandt, führte sie ein kurzes Telefongespräch. Nachdem sie aufgelegt und das Handy wieder in ihre Tasche gesteckt hatte, ging sie ins Haus, ohne mit jemandem zu reden.

Lucky stand auf. Ging sie etwa? Einfach so?

Er folge ihr, bevor ihm klar wurde, was er tat.

»Was hast du vor?«, fragte Grover ihn, als er im Haus an ihm vorbeiging. Lucky wollte Devyn aufhalten, bevor sie tatsächlich gehen konnte, und der schnellste Weg zur Haustür war durch das Haus.

»Devyn hat einen Anruf bekommen, der sie nicht gerade glücklich gemacht hat«, sagte Lucky zu seinem Freund.

Grover seufzte. »Verdammt. Ich habe Spencer gebeten, sie später *heute Abend* anzurufen.«

Lucky starrte seinen Freund an. »Euer Bruder?«

»Ja. Er nervt mich schon länger, weil er mit Devyn sprechen will. Ich nehme an, sie haben sich gestritten, bevor sie Missouri verlassen hat, und nun geht sie ihm aus dem Weg. Mom übrigens auch. Er hat nach ihrer neuen Nummer gefragt und ich habe sie ihm gegeben. Er ist unser Bruder. Warum also nicht? Ich weiß nicht, was los ist, aber am liebsten wäre mir, wenn sich alle wieder vertragen würden, damit wir wieder eine richtige Familie sind. Ich habe ihm gesagt, dass wir heute eine Party feiern und dass er sie erst später anrufen soll.«

»Ich war nicht nahe genug, um zu hören, mit wem sie geredet hat, aber ich nehme an, dass er nicht gewartet hat«, sagte Lucky.

Grover sah traurig aus. »Ich hasse es, nicht zu wissen, was los ist.«

»Ich werde versuchen, es herauszufinden«, versprach Lucky ihm.

»Das weiß ich zu schätzen«, entgegnete Grover.

Lucky nickte und öffnete die Haustür. Er sorgte sich nicht nur wegen Grovers Bedenken um Devyn. Er tat es, weil er Devyn anhimmelte. Und wie. Sie war eine gute Freundin, arbeitete hart und war witzig. Jedes Mal wenn er in ihrer Nähe war, fiel der Stress der Arbeit von ihm ab. Bei ihr fühlte er sich ... wohl. Solche Gefühle hatte er einer Frau gegenüber noch nie empfunden. Er war froh, dass Grover kein Problem damit hatte, dass er Interesse an seiner Schwester zeigte. Er unterstützte Lucky in seinem Plan, mit Devyn auszugehen. Was großartig war – aber Devyn war nicht daran interessiert, mit jemandem zusammenzukommen.

Aber so leicht gab Lucky nicht auf. Sie versuchte gerade, die Tür ihres Wagens aufzuschließen.

Er trat neben sie und nahm ihr den Schlüssel aus der Hand. »Lass mich mal versuchen«, sagte er sanft.

Es war wohl ein Ausdruck dessen, wie aufgebracht sie war, denn sie beklagte sich nicht. Sie gab ihm den Schlüssel.

»Ich fahre«, sagte er zu ihr und hoffte, dass sie darauf eingehen würde.

Wieder nickte Devyn und ging um den Wagen herum zur Beifahrertür. Lucky schloss das Fahrzeug auf und sie stiegen beide ein.

»Willst du darüber reden?«, fragte Lucky, nachdem er den Motor angelassen hatte.

»Ich will einfach nur nach Hause«, sagte Devyn und schüttelte den Kopf.

Lucky hätte gern nachgefragt, aber er wollte sie nicht dazu zwingen, mit ihm zu reden. Er wollte, dass sie freiwillig zu ihm kam, wenn sie Hilfe brauchte. Wenn sie froh war, wollte er ihre gute Laune teilen. Wenn sie traurig war, wollte er sie trösten. Er wollte alles mit Devyn teilen und er würde tun, was er konnte, um ihr Vertrauen zu gewinnen. Er wusste, wie gut sie zusammenpassen würden, wenn sie ihm nur eine Chance geben würde.

Aber nun würde er sie einfach nach Hause fahren. Wo sie sich sicher fühlte. Und er würde tun, was er konnte, um herauszufinden, was los war. Sie hatte Grover oft vorgeworfen, dass er dickköpfig war, aber sie wusste nicht, wie dickköpfig Delta-Force-Soldaten sein konnten, wenn es darauf ankam. Er würde es ihr zeigen. Er mochte es nicht, dass Devyn nicht mit ihrer Mom und nun auch mit Spencer redete, aber das gab ihm einen Grund, an der Sache dranzubleiben.

Aber Spencer hatte kein Recht, Devyn aus dem Gleichgewicht zu bringen. Niemand würde ihre Freunde in eine unangenehme Situation bringen – nicht einmal, wenn es sich dabei um einen Bruder handelte.

Sierra Clarkson lag im Dreck auf dem Boden ihrer Zelle und versuchte zu überlegen, wie lange sie schon hier war. Aber das war nicht einfach – sie war schon so lange in der

Dunkelheit gefangen, dass sie nicht wusste, ob es Tag oder Nacht war. Sie war von einem Haus zum anderen transportiert worden und war am Ende hier gelandet. In einer Höhle in den Bergen. Es war keine richtige Zelle, aber jemand hatte Gitter in die Felswand geschlagen, sodass eine Flucht unmöglich war.

Langsam wurde ihr klar, dass die Männer, die sie vom Stützpunkt entführt hatten, keine Lust mehr hatten, sie zu foltern. Nun lag sie hier, mehr oder weniger vergessen, und hatte ein schlechtes Gewissen, weil ihr langweilig war.

Langweilig. Was für ein Witz. Vor ein paar Monaten – zumindest glaubte sie, dass es ein paar Monate her war – hätte sie ein bisschen Langeweile gut gebrauchen können. Im ersten Monat, nachdem sie entführt worden war, hatten Shahzadas Gefolgsmänner sich damit abgewechselt, sie zu foltern. Sie wollten herausfinden, wie sie sie zum Weinen bringen konnten. Wie sie ihr die meisten Schmerzen zufügen konnten. Sie hatte schnell herausgefunden, dass die Männer schneller aufhörten und sie in ihre Zelle zurückbrachten, wenn sie aufgab.

Andere Gefangene hatten zeitweise mit ihr die Zelle geteilt und nun richteten die Männer ihre ganze Aufmerksamkeit auf sie, weil sie mehr über den Militäreinsatz herausfinden wollten.

Aber das war bescheuert. Die Dienstleister, die die Männer entführt hatten, kannten sich mit der Militäroperation nicht aus. Zumindest hatten sie keine Informationen, die Shahzada helfen würden. Sie hatte versucht, mit den anderen Gefangenen zu reden, wenn sie allein gelassen wurden, aber sie waren stumm geblieben. Sie hatten zu viel Angst.

Einer nach dem anderen war verschwunden. Sierra wusste nicht, was mit ihnen passiert war, aber sie glaubte nicht daran, dass sie einfach freigelassen worden waren.

Sie verstand nicht, warum sie immer noch hier war. Was Shahzada von ihr wollte.

Sie wollte keine unnötige Aufmerksamkeit auf sich lenken, aber wenn die Männer vergaßen, ihr Nahrung oder Wasser zu bringen, dann musste sie schreien und weinen, bis einer sich an sie erinnerte und ihr etwas zu essen brachte.

Aber die meiste Zeit wartete sie. Sie versuchte, positiv zu bleiben. Die Dinge könnten schlechter stehen. Sie könnte noch immer jeden Tag gefoltert werden. Sie könnte vergewaltigt werden. Sie könnte tot sein. Aber das war sie nicht. Sie war am Leben und mit jedem Tag, der verging, wuchs ihr Wille, das auch zu bleiben. Irgendwann würde jemand sie finden. Vielleicht weil nach den anderen gesucht wurde. Oder Shahzada würde einen Fehler machen und das Militär würde ihn finden.

Also musste sie weiterleben, bis dieser Tag kam. In der Zwischenzeit würde sie alles tun, um zu überleben. Sierra hatte schon gelernt, wie sie die Folter abkürzen konnte, nun fragte sie sich, wie sie die Männer sonst noch manipulieren konnte.

Sie schloss die Augen und seufzte. Sie versuchte, an etwas anderes zu denken als die Zelle, in der sie saß. Ihr Lieblingsgedanke, seit sie hier war, war der an Fred Groves, der von seinen Freunden nur Grover genannt wurde. Der Name Fred passte nicht zu ihm – auch sie nannte ihn in Gedanken Grover.

Es hatte sie gefreut, dass er Interesse an ihr gezeigt hatte. Normalerweise übersahen die Leute sie. Aber er nicht. Als er sie fragte, ob sie weiterhin in Kontakt bleiben wollten, hatte sie sich sehr gefreut. Aber sie hatte ihm nur ein einziges Mal schreiben können, bevor sie entführt worden war.

Sie fragte sich, was aus ihrem Brief geworden war. Hatte

Grover ihn bekommen? Hatte er ihr zurückgeschrieben? Dachte er noch an sie? Sie wusste es nicht, aber der Gedanke an den starken, gut aussehenden Soldaten war schöner, als daran zu denken, wie groß ihr Hunger war, und Angst vor den Dingen zu haben, die sie in der Zukunft erwarteten.

Holen Sie sich jetzt Buch 6 von Delta Team Zwei, *Ein Held für Devyn*!

BÜCHER VON SUSAN STOKER

Delta Team Zwei
Ein Held für Gillian
Ein Held für Kinley
Ein Held für Aspen
Ein Held für Jayme
Ein Held für Riley
Ein Held für Devyn (1 Sept)
Ein Held für Ember
Ein Held für Sierra

Das Bergungsteam vom Eagle Point
Ein Retter für Lilly
Ein Retter für Elsie (29, Juni)
Ein Retter für Bristol (15 Nov)
Ein Retter für Caryn
Ein Retter für Finley
Ein Retter für Heather
Ein Retter für Khloe

Die Delta Force Heroes:

Schutz für Summer
Schutz für Cheyenne
Schutz für Jessyka
Schutz für Julie
Schutz für Melody
Schutz für die Zukunft
Schutz für Kiera
Schutz für Alabamas Kinder
Schutz für Dakota

Die SEALs von Hawaii:

Die Suche nach Elodie
Die Suche nach Lexie
Die Suche nach Kenna
Die Suche nach Monica
Die Suche nach Carly (11 Oct)
Die Suche nach Ashlyn
Die Suche nach Jodelle

BIOGRAFIE

Susan Stoker ist die New York Times, USA Today und Wall Street Journal Bestsellerautorin der Buchreihen »Badge of Honor: Texas Heroes«, »SEAL of Protection«, »Die Delta Force Heroes« und einigen mehr. Stoker ist mit einem pensionierten Unteroffizier der US-Armee verheiratet und hat in ihrem Leben schon überall in den Vereinigten Staaten gelebt – von Missouri über Kalifornien bis hin zu Colorado. Zurzeit nennt sie die Region unter dem großen Himmel von Tennessee ihr Zuhause. Sie glaubt ganz und gar an Happy Ends und hat großen Spaß daran, Geschichten zu schreiben, in denen Romantik zu Liebe wird.

Besuchen Sie Susan im Netz!
www.stokeraces.com
facebook.com/authorsusanstoker
twitter.com/Susan_Stoker
bookbub.com/authors/susan-stoker

instagram.com/authorsusanstoker
Email: Susan@StokerAces.com

www.ingramcontent.com/pod-product-compliance
Lightning Source LLC
Chambersburg PA
CBHW060307100726
47907CB00002B/314